电影编剧 没有秘密

珍藏版

SCREENWRITING HAS NO SECRETS

芦 苇／王天兵 ◎著

北京科学技术出版社

图书在版编目（CIP）数据

电影编剧没有秘密：珍藏版 / 芦苇，王天兵著 . —
北京：北京科学技术出版社，2022.10（2023.5 重印）
　ISBN 978 - 7 - 5714 - 2499 - 2

　Ⅰ . ①电 … Ⅱ . ①芦 … ②王 … Ⅲ . ①电影编剧
Ⅳ . ① I053.5

中国版本图书馆 CIP 数据核字（2022）第 145614 号

策划编辑：许苏葵　　赵子涵
责任编辑：许苏葵
责任校对：赵子涵
责任印制：吕　越
版式设计：北京麦莫瑞文化传播有限公司
出 版 人：曾庆宇
出版发行：北京科学技术出版社
社　　址：北京西直门南大街 16 号
邮政编码：100035
电　　话：0086 - 10 - 66135495（总编室）
　　　　　0086 - 10 - 66113227（发行部）
网　　址：www.bkydw.cn
印　　刷：北京雅昌艺术印刷有限公司
开　　本：710 mm × 1000 mm　1/16
字　　数：403 千字
印　　张：28.25
版　　次：2022 年 10 月第 1 版
印　　次：2023 年 5 月第 2 次印刷
ISBN 978 - 7 - 5714 - 2499 - 2

定　　价：128.00 元

芦苇怎样写剧本

——故事的主题与类型

王天兵

　　热爱电影的人都知道芦苇是《霸王别姬》《活着》等影片的编剧，但这都是他三十年前的作品。很少有人知道，在那以后他又写了十多部电影剧本，其中《图雅的婚事》荣获了柏林国际电影节金熊奖。另外，他根据"中国现代舞第一人"裕容龄与光绪皇帝的传奇故事创作了《龙的亲吻》，其恢宏华丽的格局与《霸王别姬》异曲同工；他根据一位普通农民的日记改编的《岁月如织》，其如泣如诉的韵致则不输于《活着》；改编自美籍华人哈金的同名小说的《等待》，笔法细密，如同一幅工笔人物画长卷；七易其稿的《白鹿原》剧本，厚重凝练，与已上映的同名电影大相径庭；未被吴宇森采用的《赤壁》剧本，虽只写了一稿，但足以让历史真相跃然纸上；仅写了一个提纲的《杜月笙》，气势恢宏，寥寥数笔勾勒出的人物已卓然成型……

　　还有芦苇为日本导演撰写的《李陵传》、为法国导演改编的《狼图腾》，等等。我不知道在中国还有哪位电影编剧写过这么多精彩的剧本，内容千差万别，却都是分量十足，若经名导之手，必成电影经典。

　　我认识芦苇二十多年来，不但反复看过《霸王别姬》《活着》这些电影成品，而且有幸阅读过他未曾投拍的那些剧作。二十多年来，我们之间有过无数次交谈，话题当然离不开电影和编剧。日复一日，我感到芦苇不但是一个好编剧，而且还是一个难得的好老师。

自古以来，中国传统教育就强调临摹、背诵、默写，即先被动地接受经典，同时强调悟性，即通过一个神秘的"渐悟"或"顿悟"过程，最终融会贯通，能够独立创作后还要达到所谓"无法之法"的境界。

中国作家、诗人惯于以"文章憎命达"来概括杰作的来历。苦难被当作通往创作的必由之路。很少有人去思索创作是否可教或如何改进教授创作的方法，更没有人愿意下功夫去总结实用、具体的创作指南。学生没有创作冲动或遇到写作障碍，只能归咎于缺乏悟性或没有"吃过苦"。

据我观察，当代中国大专院校的教师对电影、文学、绘画等艺术门类的讲解与传统的填鸭式教学没有根本性的区别，学生都要观看、阅读、临摹大量经典、范文、名作。教学往往侧重作品的时代背景、作家的个人经历以及所谓的中心思想，而不是从创作的角度去分析作品的结构是否匀称、追考人物的形成、讲究文字的精雅。这种教育让学生感觉一部经典仿佛是生来如此的，是给定的，而且是不可改动的。一部作品可能经过哪些中间过程才成为最终的样子，则完全被忽略了……当然，老师会辩解：创作是不能教的，那需要天赋。

这些先天不足和后天缺失使得莘莘学子在学习写作的过程中备感挫折，甚至迷失自我。而芦苇作为一位编剧老师、创作老师，他本人对创作方法的口传心授与当代中国编剧教学甚至整个语文教学的方式大不相同。

芦苇讲起自己的创作经历时从不故弄玄虚，也不把创作动机归于苦难经历，尽管他确实"吃过苦"。芦苇从不讳言他的编剧启蒙读物是美国作家拉约什·埃格里的《编剧的艺术》。这是美国文化所特有的一种指导书（how-to-book），该书叙述口吻平易近人，不强调悟性，不以道德说教取代技巧分析。

最为典型的是芦苇也曾读过的另一部剧作指南——悉德·菲尔德的《电影剧本写作基础》，作者单刀直入地讲解技法，将好莱坞经典电影剧本《唐人街》的剧作结构和情节布局可视化，分出段落，画成图表，然后逐句逐段地掂量品评，几乎是手把手地教你怎样处理结构、怎样编造人物、怎样开篇……悉德还非常强调剧本格式的简单明了等技术性问题。这些细致入微的讲解让你觉得作者不是高高在上的传道者，也不是遥不可及的大课教授，而是一位亲传手艺的贴心师傅。读完书，你会获得一种信心，那就是自己能够创作一部电影剧本。

芦苇可以说是这种美国实用教材的传播人。在我认识的作家中，没有谁像芦苇这样了解技巧。他常说："'艺术不要技巧'是外行人说的话。有匠气的人恰恰证明他不太懂技巧。"

芦苇看一部电影时，既像一名普通观众那样欣赏故事情节，又像一位创作者那样分析布局谋篇、人物设置、情节转换、台词韵味。全篇分为几个章节？前十分钟发生了什么？主人公是怎么出场的？什么事件使人物陷入困境？人物又怎样突围而出？……听他复述一部电影或一部小说的情节是一种享受。他这样勾勒黑泽明《七武士》的大纲主线："武士们开始是雇佣军。村民们吃糠咽菜、节衣缩食，勒紧裤腰带省下大米给武士们吃，武士们被感动了——转折从这儿开始……他们本来是雇佣契约关系，是有偿服务，但是因为相互的理解和同情，契约升为道义，又从道义升华为情感与责任，最后融为一体，……导演也完成了人物的戏剧性超越。"一瞬间，他仿佛将繁杂的故事变成了一张清晰的图像挂在你面前。用他的话说，这叫将故事"立起来"。实际上，这种情节分解、结构图释正是编剧应有的看家本领。

此外，我很少听芦苇提"悟性"这个词，倒总听他说自己不是天才。在写作前，他总要阅读大量背景资料、观看经典影片。他不急于写作，而是要先完成一些准备工作。

他对主题的关注令我吃惊，凡是受过完整的中小学教育的人可能都会对语文课本里总结中心思想的练习记忆犹新。这中心思想往往存在一种"标准答案"，是课本编者强加给文章的，或所选原文本身就是为了凸显某个中心思想而写的。这种教育方式使不少学生反感中心思想。

也许，芦苇这个生于1950年的人，满打满算只受过小学和初中教育，在少年时代却读了契诃夫等诸多俄国作家的作品，反而对主题没有成见。对他来说，一部作品的主题不过是作者最在乎的那个东西。在改编一部小说前，他会追问：对原作者来说，什么东西最重要？主人公最在乎什么、最关心什么、最担心什么？这往往就是主题。

芦苇曾对我说，小说《活着》的主题就是一句俗话："好死不如赖活着。"这其实是中国人的一种生存哲学，但电影中从未表现过。写作《活着》电影剧本之初，芦苇已对此主题高度自觉，但他没有让任何人物说过这句台词。这其实仅是一种编剧的技巧。最终，整部影片的意韵却并未被这个主题所囿。

对于原创作品，这个主题也许不是写作之前就能明确的，而是在写作过程中发现的。但无论如何，这是一个不能回避的问题。"美国通俗小说之王"斯蒂芬·金在《论写作》中也说过类似的话：作品完成后，他自己对确定主题从不迟疑，还要在修改时强化主题。

谈起当代电影，芦苇往往说它们价值观混乱，实际上是指其主题含混不清。一方面，也许是中心思想的灌输使当代电影人早有了逆反心理，从而有意无意地回避主题；另一方面，他们在写作时又有一种自己是天才的幻觉，以至于信马由缰，或刻意深刻，或流于浅俗。对主题的判断往往是中国第五代、第六代导演，甚至更年轻的导演解不开的死结。

其实，很多大作家、名导演终身就围绕一个或几个属于他们自己的主题来创作。例如，英国导演斯坦利·库布里克，他在科幻片《2001太空漫游》中讲述了一次筹划得几乎天衣无缝的宇宙航行因超级计算机HAL9000失灵而夭折的故事；而在战争片《全金属外壳》中，他讲的则是越战中一支被训练成野兽、武装到牙齿的海军陆战队被一个看似弱不禁风的女狙击手玩于股掌的故事。这两个截然不同的故事拥有同一个主题：人类无论发展到什么地步，永远无法完全驾驭自己的命运，一次意外就可能导致满盘皆输。他的《大开眼戒》《闪灵》《奇爱博士》《发条橙》，以及芦苇认为改编得不成功的《洛丽塔》，主题莫不如此，或与之相关。斯蒂芬·金也曾强调，自己毕生的作品主题仅包括人类不得不以暴易暴并最终可能走向覆灭，以及儿童从根本上有别于成人等少数几个。

中国第五代、第六代导演的电影主题含混不清或摇摆不定，恰恰说明他们从来没有找到过真正属于自己的作品主题，即不知道自己最看重什么，而从写作技巧的角度恰可洞悉其心灵的缺损。芦苇的剧作中常见的主题可以概括为：小人物委曲求全，为活着而活着，如《活着》《等待》《岁月如织》《图雅的婚事》；新旧时代交替之际友谊、爱情、亲情等关系的形成与破裂，如《秦颂》《霸王别姬》《龙的亲吻》《李陵传》《杜月笙》《白鹿原》《狼图腾》。这些主题深植于中国的历史与社会环境，与剧烈的时代变迁息息相关。

很多小说家有意避谈作品的主题，他们认为如果整部小说能被一个主题概括，那就没必要写出一部小说来。而芦苇总是直面主题。对他来说，主题不是枷锁，没有标准答案，它来自内心，为剧作提供一个精神指向。他真正知道自己看重什么、在意什么、关心什么，因此并不担心会被主题所限。

我认识芦苇二十多年来，很少听他提"艺术"两字，他总是不厌其烦地说起"类型"。他认为，对类型的认知是否自觉、是否准确才是区别业余与专业创作的根本标准。

大部分老师、编辑和家长提起编故事、写小说，总是声称要从描写自己熟悉的事物开始。可是，一旦从熟悉的事物入手，文章就往往充斥着陈词滥调，情节多流于俗套……为什么会这样？

人是复杂的，而故事已讲了数千年。一篇故事不可能穷尽人的方方面面，只要侧重某一方面，如生存、成长、友谊、爱情、远游、历险、逃亡、寻宝、破案……你就会发现相关故事早已有人讲过，而且讲得很精彩。别说是一个初学者，就算是一个有经验的作家，就上述某一方面写出的故事也不可能是"全新的"。实际上，当你以自己熟悉的人物为素材编故事时，所用的方式往往是别人用过的。有些故事流传久远，说明人性在数千年间并未发生根本性变化；有些故事仍然深入人心，说明其中有某些通用的成分可以提取出来。于是，很多故事被归并为一类，就出现了"类型"。

美国影片《星球大战》前三部（分别上映于1977年、1980年、1983年）讲述了主人公在星际历险过程中找到父亲，发现自我，最终成为一名真正武士的故事。该系列电影开创了好莱坞的一个时代，而它的编剧、导演、制片人——乔治·卢卡斯其实是美国比较神话学宗师约瑟夫·坎贝尔的门徒。坎贝尔研究了人类不同地域、不同宗教、不同文化的神话、传说、史诗，他发现，无论背景有多么不同，这些故事都有相同的结构，即主人公离家远游、历险、战胜邪恶（往往就是自身）、找到自我、成为英雄，最终返家，他的专著《千面英雄》影响了几代人。他从流传于世界各地的宗教传说、史诗、神话中提取出一种故事类型。《星球大战》的情节安排完全遵循坎贝尔的故事类型。影片经久不衰的轰动效应说明古老的故事类型在科技日新月异的今天仍然适用。

所谓创新，其实正是对古老类型的翻新。编故事、写小说，应该从类型开始。

我是二十世纪九十年代中期在美国看的国产武侠片《双旗镇刀客》的录像带。这部影片叙事干净利索，故事回肠荡气。我认识芦苇后才知道此电影的大纲原来是他写的，而且，恰恰是以美国西部片类型为模板的。

这个类型的结构是：一、英雄来到小镇；二、小镇被恶势力控制，小镇人民无力反抗；三、英雄初露本色，有超强本领，打破了小镇的平静；四、英雄与恶势力发生冲突；五、小镇人民不理解英雄；六、英雄与恶势力的冲突升级，因为得不到支持，英雄受到磨难；七、英雄在濒临绝境时，凭个人智勇杀出重围，消灭恶势力；八、小镇人民挽留英雄，被英雄拒绝；九、英雄离开小镇。

乍看之下，也许你会说：如此照猫画虎，难道不会流于俗套吗？对此疑问，《双旗镇刀客》影片已经做了回答，它的情节严格按照类型要求，但结果仍然出人意料、别开生面。芦苇说："类型只是提供一个不失败的基础，但不能保证你出彩，出不出彩那是创造问题。什么是创造？其实模式下处处都得创造，比如第一男主角到底是什么人？概念化的杀手观众见得太多，有厌恶之情，这时候换一个孩子，或者老太太，或者妇女，就会让观众耳目一新，因为没有见过。《双旗镇刀客》应验了一句老话：回回上当，当当不一样。'当'是一个模式，'当当不一样'就是一个创造。"

芦苇深得类型三昧，在故事类型上高度自觉。他反复强调，在写作之前，编剧首先要明确的，除了主题，就是类型。很多作家凭本能悟出了类型，比如王朔，他写作之初就是自觉地写爱情和侦探两种类型（前者包括《空中小姐》《浮出海面》，后者包括《人莫予毒》等单立人探案系列），在后来的《玩的就是心跳》中，他试图将这两种类型融为一体。当然，也有人终生未察其妙。

其实，创新就来自对旧类型的融合。芦苇的《霸王别姬》是类型融合的典范，其中包括经典正剧模式、三角爱情关系的类型、人物传记的类型，再有就是戏中戏，这也是一种类型。用芦苇的话说就是，"生活中的角色、舞台上的角色，最后统一了。张国荣用生命证明了这一点"。

也许有人会觉得，这种类型意识只适用于电影或通俗小说，严肃的、纯文艺的或前卫的小说未必如此。实际上，正如芦苇所说："类型这个东西是给你一个拐棍，让你去利用。"博尔赫斯的小说《小径分岔的花园》是将侦探小说类型与量子力学的某些观点相融合，而纳博科夫的小说《洛丽塔》则是对传统童话类型的颠覆和戏仿。艺贵出新，专业作家了解的类型越多，故事才越新颖，越能打动人。

只要从类型的角度看一下近年来的中国电影，你会发现这又是当代电影人的一个"死穴"。芦苇对国产电影的批评除了价值观混乱，就是类型不清。

除了主题和类型之外，在写作之前要做的准备工作还有人物分析、台词设计等，足以再谈个三天三夜。说起电影，芦苇从不故弄玄虚，总是毫无保留。他在谈话中流露出的剧作经验，不只是对电影编剧，对其他门类的作者也会有启发，尤其是对各大专院校的莘莘学子，他们也许刚刚开始学习创作，热情就被"悟性"的玄谈和"吃苦"的唠叨浇灭，他们也许湮没在数十人、上百人的大课里，匆匆看了大量经典而仍在创作的门外徘徊。如果那些拜了名师却得不到口传心授的学徒们，以及那些有过一些写作经验，但渴望突破的写手们能和芦苇谈天说地，也将获益匪浅。

从 2005 年起，我就有意识地开始记录与整理我和芦苇的谈话。2008年，在曲江编剧高研班（西安曲江电影编剧高级研习班）上，芦苇和我将过去关于类型和艺术的讨论整理后，以对话的方式做了两次讲座，结果引起学员们的热烈反响。谈话整理成文，以《电影编剧的秘密》为题在《读库0804》杂志发表后大受欢迎，此期杂志加印，电子版在网络上流传至今。此后，我们又在《读库0901》和《读库1305》上连载了两篇谈话。最后，这些文章在 2013 年底结集出版，即《电影编剧的秘密》。该书出版后引起热烈反响，十年来加印五次，被各大专院校影视专业列为参考书。

今年由北京科学技术出版社全新出版的《电影编剧没有秘密》收录了我和芦苇在 2013 年之后的全部重要谈话，是对我们之前出版过的图书的一次全面补充，不但有针对此前未详谈或未曾提及的芦苇的电影剧本，如《龙的亲吻》《李陵传》《岁月如织》《赤壁》《沂蒙母亲》，以及他还在构思的《弗朗索瓦——一个法国外交官在云南》的全面回顾，围绕电影《白鹿原》《赤壁》的编剧技巧、创作过程及相关纠纷的深度访谈也是第一次公开面世，书的最后还附有《白鹿原》电影剧本。另外，芦苇对民间戏曲、民乐和民歌的渊博学识在中国电影界可谓首屈一指，这不但是他编剧功力的重要组成部分，也是由他编剧的电影如此有魅力的根本原因之一。本书收入的相关谈话第一次系统回顾了芦苇在这方面鲜为人知的视野和追求。

我和芦苇的公开谈话始于 2008 年由吴天明导演发起的曲江编剧高研班上，当时我们以《霸王别姬》为例，回顾了芦苇作为一位初出茅庐的电影编剧，怎样完成了从警匪片到史诗片的类型跨越，但谈话内容限于电影类型的综述，对《霸王别姬》剧本点到即止，未及详谈，这让很多学员感到意犹未尽。那年以后，曲江编剧高研班戛然而止，我们也没有机会公开探讨这部经典剧作了。直到 2014 年吴天明导演猝然离世之后，他的女儿吴妍妍继承父亲的遗志，在中国电影基金会吴天明青年电影专项基金的支持下，一手组织操办了"大师之光"青年编剧高级研习班，将曲江编剧高研班的薪火再次点燃，我们应邀做了一场长达八小时的专题讲座，对《霸王别姬》从原著到剧本的创作过程进行了深度解析。芦苇现身说法，我们对剧本逐场讨论，在学员中引起强烈反响，现场讲座整理成文后篇幅长达十几万字，从未发表，这次全文收入，也寄托了我们对吴天明导演的深切缅怀。

对未曾听说过芦苇的人，阅读本书是一次让人喜出望外的不期而遇；对已经熟悉芦苇的读者，这是久别之后令人耳目一新的重逢。本书可作为《电影编剧的秘密》的延续，同时也自成一体，而且分量十足，对电影编剧技巧的讲解更细致入微，更便于活学活用。对有志成为编剧的人而言，这两本书是福音，能使其获得完成一部电影剧本不可或缺的扎实技巧和坚定信心。

目 录
CONTENTS

从历史、小说到电影剧本

——《赤壁》改编得失谈

芦　苇　王天兵

2013年底，《电影编剧的秘密》出版后，凤凰读书会于2014年1月11日上午在北京单向街书店举办了一场读者见面活动。芦苇和我应邀做了一次对谈，话题是芦苇电影剧本《赤壁》的创作得失。《电影编剧的秘密》为什么要收入这个剧本呢？有人曾问鲁迅先生怎么学习写作，鲁迅先生说最好的方法是找到一个作家的手稿，和他后来发表的成稿放在一起，对比之后就会发现这个作家是怎样改动的，保留了什么、删除了什么，从中才能真正探知写作的秘密。我们聊《赤壁》也是这样的初衷，因为它只是初稿，没被导演采用，确有可取之处，但也有修改的余地。回顾《赤壁》的创作过程，分析剧作的得失，指明修改的方向，有助于读者由浅入深地了解历史剧的创作过程，并学习改编历史人物和事件的技巧。

——王天兵

为什么敢接《赤壁》

🎙 **王天兵**：首先想问的是，在《电影编剧的秘密》中，你谈到了张纪中找你改编《水浒传》。你说这可是四大名著之一啊，不敢接这活儿。张纪中说，四大名著怎么着？不能拍电视剧吗？你说，可以拍，但是得照照镜子，看自己配不配干这个事。为什么吴宇森找你写《赤壁》你就敢接，张纪中找你，你就不敢？

🎤 **芦　苇：**我对四大名著心存敬畏，要将之转换成另一种可与之比肩的艺术形式，觉得自己不配。《赤壁》只涉及三国时期很短的一个片段，因此吴宇森找我写《赤壁》，我想不妨一试，就接这个活儿了。

🎤 **王天兵：**记得当初吴宇森找你写《赤壁》的时候交代了他的想法，说了一些他的期望。

🎤 **芦　苇：**我们聊了好几次，我问他拍这个电影要表达什么主题，他说要在这部电影里表现出伟大的和平精神。根据我看过的《三国志》资料，赤壁之战是生死存亡的较量，要拍和平的话就跑题了。东吴孙权在曹操大军压境的形势下要维持和平的话，只有投降一条路，但投降不是《赤壁》的主题。要写和平主题可以找另外一个题材，赤壁这个舞台刀光剑影、杀气腾腾，发生了中国历史上著名的战役，在这里面找和平是认错门了，八竿子打不着。

《三国演义》与历史真相

🎤 **王天兵：**提到刀光剑影，大家都很熟悉赤壁之战。《三国演义》共一百二十回，从第三十八回到第五十回是有关赤壁的：第三十八回是隆中对，第三十九回是博望坡，第四十回是火烧新野，第四十一回赵子龙救主，第四十二回长坂坡，第四十三回舌战群儒，第四十四回孙权决计破曹操，第四十五回蒋干盗书，第四十六回草船借箭和苦肉计，第四十七回庞统献连环计，第四十八回锁战船，第四十九回借东风火烧赤壁，第五十回华容道义释曹操。

这些故事广为流传，还被改编成各种传统戏剧，大家耳熟能详。我想知道你在写剧本之前，除了《三国演义》之外还看了哪些书。

🎙️ 芦　苇：《三国演义》和《三国志》中关于赤壁之战的这段历史看了，还看了很多历史学家对赤壁之战和三国的专题研究，最后影响我的是《三国志》中的真实史料。《三国演义》是虚构的小说演义，有作者杜撰的大量脱离真相的情节。我不愿意以虚构的人物去跟观众交流，我愿意还原真实的史料，告诉读者真相，不糊弄人。这对古人才是一种发自内心的尊重。

🎙️ 王天兵：《三国演义》和《三国志》中关于赤壁之战的描述就有很多不同。现代学者也有很多争议，有人说这件事情根本没有发生过，有人说实际发生的规模很小，等等。你得出的结论是什么？

🎙️ 芦　苇：赤壁之战是东吴政权与曹操集团的对决。诸葛亮当时的身份只是刘备军中的一个中郎将，相当于现今部队里面的团级干部，是个联络官，没有决策的权力。

据历史学家考证，刘备的部队只有万余人，处于弱势，没有指挥权。赤壁一仗是以东吴为主力去打的。《三国演义》讲的是孙刘联军，刘备和诸葛亮起了决定性的作用，事实上东吴部队才是抗敌的主力军。

🎙️ 王天兵：其实《三国志》的作者陈寿原本是蜀国的官员，蜀国灭亡之后在西晋做了官，对蜀国仍有同情之心。

🎙️ 芦　苇：后代读者需要知道的是真相。

🎙️ 王天兵：学者们研究出赤壁之战的真相了吗？

🎙️ 芦　苇：《三国志》本来讲得就很清楚了。后世历史学家有很多专著研究这次战役。当时我看了大量关于赤壁之战的研究。

🎙 **王天兵**：大家看一下，这是赤壁之战地图（大屏幕投影赤壁之战地图），曹操从火烧新野开始，最后退回荆州。请芦苇就这个图给大家讲一下你所理解的赤壁之战的过程。

🎙 **芦　苇**：赤壁之战爆发之前，曹操的战略目标是攻占荆州。古荆州在今天的湖北襄阳一代，是刘表的地盘。在当时的军事集团中，刘表的势力相当强大，与曹操旗鼓相当。我在剧本里写道，曹操的谋士问曹操这次征伐准备动用多少兵力，曹操回答是三十万。曹操说只要能攻占荆州，消灭刘表，就是牺牲掉大半也在所不惜。他做了充分的心理和物资准备，在此决一死战，但当他的大军准备在荆州正式决战的时候，病重的刘表吓死了，荆州投降了，这是曹操始料未及的。

江陵位于荆州以南，是长江边的一座军事重镇，是荆州军事物资的聚集地，也是荆州水军的指挥部。曹操拿下了荆州以后，兵马已经很疲劳了，将领们都劝他休整歇息，但曹操下令衣不卸甲、马不停蹄，立即出发，一天都没有耽误。他在马上疲极欲睡，带在身边的孩子都睁不开眼了。但这就是曹操的本色，他带领大军以迅雷不及掩耳之势占领了江陵，夺取了荆州的军事物资，并增加了二十余万人马，加上自己带的三十万人，实力空前壮大。

我写了一场戏：曹操难以相信自己这么轻而易举地就占领了江陵。他睡醒后感觉拿下江陵是在做梦，问儿子这是做梦还是真的，此身是不是真在江陵。他儿子说，我们确实在江陵呢。此时曹操老泪纵横。他在心理上对攻占荆州做了非常多的准备，准备在此打一场恶战，只是万万没有想到，胜利来得如此轻而易举。

东吴军队只有五万人，周瑜是前线总指挥，直接指挥三万五千人，另外一万五千人是后方机动部队，力量和曹操的军队是无法相比的。曹操理所当然地认为下面投降的就应该是东吴了。他认为力量对比悬殊，这仗是稳操胜券的，他的诗人本性发作了，整日里吟诗作词，沉醉在一统江山的美梦中。但是，他等来的是东吴无情的枪戟箭矢。

于是，他的部队在经过休整以后，从江陵沿江而下，占领了军事据点乌林，之后直捣赤壁。东吴的主力部队以柴桑为根据地，两军在赤壁地区隔江对峙。大战的前夕，形势逆转，东吴军利用天时地利，借东风之势突然发起进攻，打了曹军一个措手不及，一举把曹操的水陆两军及后勤全部击破焚毁了。曹操惨败以后逃跑，因为水路没法走了，就走华容道。据考证，华容道是沼泽地。长江两岸当时有大片的沼泽地，现在已经消失了。这是一条险道，追兵没有料到曹操从华容道逃跑了——中国的戏曲和小说围绕华容道讲了很多故事。这就是赤壁之战，是周瑜指挥的，而不是诸葛亮。《赤壁》剧本是对《三国演义》的颠覆，还原了《三国志》描述的历史。

🎙 **王天兵**：之前我没有告诉你要放这个地图，可见你写剧本之前心中是有这个地图的，你对所涉及的地理位置及其战略意义很清楚。

🎙 **芦　苇**：写剧本必须了解素材，烂熟于心。

🎙 **王天兵**：后世将《三国演义》视为兵书，它对一些政治家、军事家的影响远超一些政治军事专著。德国军事大师克劳塞维茨的《战争论》对中国近现代军事家的影响远不如《三国演义》。

芦苇最喜欢读的书叫《八月炮火》，是美国一位犹太裔历史学家对第一次世界大战爆发前后这段历史的描写。

战争片的标杆：《阿拉伯的劳伦斯》

🎙 **王天兵**：芦苇在创作前往往要找坐标，他最推崇的影片《阿拉伯的劳伦斯》也是战争片。我们来看一张图（大屏幕投影进军亚喀巴地图），这里就是

《阿拉伯的劳伦斯》中反复提到的西奈半岛东边的红海要塞——亚喀巴。电影中，劳伦斯带领五十名骑兵穿越沙漠，说服了几个大部落与他一起偷袭了亚喀巴，一举改变了阿拉伯战局。

🎙 芦　苇：说起历史上伟大的电影，《阿拉伯的劳伦斯》和《公民凯恩》不是并列第一，就是分属一、二，至少也列入前十名之中。《阿拉伯的劳伦斯》我不知道看了多少遍了。2013年，《阿拉伯的劳伦斯》在北京放映七十毫米宽银幕版，我专程从西安赶到北京看了这个版本。我对故事的时代背景有所了解，专家谈不上，但常识还是有的。

作为编剧，写什么题材，一定要先了解它。胡编乱造不是我的工作习惯。知之为知之，不知为不知。写《赤壁》时，我看了史书和很多专家的论著，了解了赤壁之战是怎么回事，写剧本就不会有大的误区了。

🎙 王天兵：《阿拉伯的劳伦斯》虽然是战争片，但关于战争，也就提到了几个地名，让观众知道军队从哪儿打到哪儿而已，它不是军事教科书，军事活动只是背景，目的还是为了塑造人物。

🎙 芦　苇：电影的终极目的一定是塑造人物。如果看了电影《赤壁》感觉曹操、周瑜是特别有魅力的人物，这个电影就成功了。罗列一大堆历史事件，人物却无趣无味，那一定是失败的电影。

🎙 王天兵：这是很多战争片的误区。很多主旋律战争片讲来讲去都是一些事件。你看有些国产战争大片，叙事节奏就是开完会打仗，打完仗开会，再打仗，再开会，忘了塑造人物。

🎙 芦　苇：电影的魅力就是人物的魅力，只说事件，人物却空洞苍白，一定是失败的电影。

🎤 **王天兵**：虽然主要任务是塑造人物，战争只是背景，但空间感应是清晰的。说到的距离，如果是一千千米，不要让人感到是十千米。在这方面《阿拉伯的劳伦斯》非常成功。他们跨越沙漠，你会感觉征途漫漫、凶险艰难。但看吴宇森的《赤壁》，根本没有空间感，搞不清距离有多远。我敢说，吴宇森脑子中是没有这个地图的。

　　芦苇的《赤壁》剧本前半部分很有气势，写出了一个有雄才大略的曹操，他拿下荆州后毫不自满，一鼓作气长途奔袭，拿下江陵才哭泣失态，让人感到空间跨度，也反衬出人物的个性。

　　🎤 **芦　苇**：香港导演拍电影是为了娱乐，这是它的商业环境决定的。我们在香港电影中看不到对历史有令人信服的表述，多以搞笑娱乐、戏说历史为特色。真实的历史其实是很有魅力的，远比搞笑取乐更有魅力。《三国演义》是出色的小说，却是虚构的历史，《三国志》里才有历史真相。

　　🎤 **王天兵**：说到战争场面，怎么在剧本中表现？这是初学者的常见困惑。电影中的战争场面、千军万马的混战怎样落到纸上？

　　🎤 **芦　苇**：场面本身不是电影的目的，电影的目的是塑造人物，场面是为人物服务的，是衬托、烘托、点化，是表现人物的舞台。要说场面的话，国内拍的三大战役电影场面够大了吧？那是调动部队花大力气拍摄的，但是人物刻画不精彩。《阿拉伯的劳伦斯》就是为了刻画劳伦斯等人物，并不是一战时阿拉伯半岛局势的一份图解。空间仅仅是一个舞台，人物才是最重要的。观众通过电影深深地记住了劳伦斯等人的形象，这就是电影的目的。

《赤壁》的主要人物是曹操和周瑜

🎙 **王天兵**：你对曹操、周瑜和诸葛亮等人物的把握和《三国演义》有什么不一样？首先，你把关羽删掉了。

🎙 **芦　苇**：这个剧本只写了一稿，有时间还准备写第二稿、第三稿。如果说第一稿有缺点的话，刘备军的内容还是偏多了一些。我原打算在写下一稿的时候把空间和时间留给主要的人物，留出篇幅来刻画周瑜、孙权与曹操。

目前这个剧本结构上有些失衡，前面比重过大，对刘备、诸葛亮的刻画偏多了。刘备军的几仗都是逃跑的时候打的，一边抵抗一边撤退，只起一个烘托曹操的作用。我准备写第二稿时压缩一下，把描写刘备军的场次省出来刻画曹操军和东吴军。把关羽删了也是这个目的。

🎙 **王天兵**：大家说起《三国演义》，很多人想知道选谁演关羽，形象怎么样，令人吃惊的是你的剧本中关羽完全没有出场。

🎙 **芦　苇**：只提了一句，算是露了一面。

🎙 **王天兵**：你怎样定位周瑜这个角色？《三国演义》中的周瑜雄姿英发，但心胸狭隘，对诸葛亮既佩服又嫉恨，但你的剧本中完全没有这方面的内容。

🎙 **芦　苇**：我努力还原历史上真实的周瑜的面貌。周瑜是个传奇性的英雄人物，只活了三十四五岁，赤壁之战爆发的时候他才三十三岁，过了一两年就去世了。历史上的周瑜英姿勃发、开朗大度，而且精通音律。三国时他被称为"顾曲周郎"，就是说他善于操琴作曲，是音乐行家。我在剧本里写道，在赤壁之战打得昏天黑地的时候，他却在专心致志地弹琴，就是力图还原一个真实的、有魅力的周瑜。

《赤壁》剧本是按照周润发的戏路写的，当时吴宇森想让他来演，请周润发吃了一顿饭，我们一起谈角色，彼此还切磋了一阵子，我边聊边观察周润发。很遗憾，他最后未能出演这部电影。不过，按照吴宇森的剧本，他不出演也好，因为出演了也没有用，电影拍失败了。

在真实的赤壁之战里，主要的戏剧性对抗人物是周瑜和曹操。这场战争的实质是周瑜和曹操两个人的对决，这是真相。

🎤 **王天兵**：你写周瑜的时候心里想的是周润发的形象。

🎤 **芦　苇**：我知道他可能出演周瑜，经常写着写着就会想到他。实际上赤壁之战是一场青年人与老年人的生死对决。曹操此时已经年近六十了，周瑜是三十三岁。

🎤 **王天兵**：在你的剧本中，虽然大兵压境，但周瑜还是谈笑自若的。

🎤 **芦　苇**：生活里面他满腹经纶、诙谐幽默，同时，他又是一个城府极深、喜怒不形于色的人，很像陈赓。陈赓当了大将，儿子问他大将到底是多大的官，陈赓说爸爸吃的是芝麻酱，不吃大酱。他从来是谈笑风生，很放松。周瑜就是这样的人物，他的算盘打得极其精细，对战略战术了然于胸，但密藏不露，见了人嘻嘻哈哈、云山雾罩，与诸葛亮相见的时候高深莫测地说双方实力悬殊，投降算了，暗中却早把应对之策深思熟虑过了。他惯于隐藏自己的真实想法，说话行事亦真亦假、变幻莫测。

🎤 **王天兵**：再说曹操，你当时在《华商报》上说如果周润发演周瑜，陈凯歌演曹操是非常合适的。

🎤 **芦　苇**：如果让我来选演员，我感觉曹操和陈凯歌身上有一个共同的特点，就是好大喜功的诗人气质。跟陈凯歌聊天时，他说得云里雾里的，我能听出来他的话语系统里藏着虚空的意味。

曹操在拿下江陵之前是一种状态，拿下江陵之后又是另外一种状态了。他认为天下已定，仗没的打了，等着东吴投降，东吴投降以后就剩下益州，就是四川，那里没有什么军事实力，还有凉州，就是甘肃马腾的地盘，军事力量很弱，也不足为虑。曹操根本没有把东吴当回事，他已在考虑另外一些很具体的问题，比如说把孙权流放到什么地方合适，已俨然是一副胜利者的姿态了。赤壁之战的魅力就在于此，它有一个梦幻般的意外收场。

🎙 **王天兵**：曹操拿下江陵后得了"大头症"，和李自成打下北京后是一样的。

🎙 **芦　苇**：我们自己在生活中也是这样的，略有小成便不可一世了，得了"大头症"，这是人性的弱点。曹操也难以免俗。

🎙 **王天兵**：这点在剧作中是比较成功的，拿下江陵之前曹操有紧迫感、危机感，拿下江陵之后就是另外的状态了。

🎙 **芦　苇**：我们的生活也是这样，人有今非昔比一说，这是戏剧性的变化。电影、戏剧之所以有魅力，就是把这种变幻的魅力展现出来了。

🎙 **王天兵**：你塑造曹操很有技巧。你让曹操的两个儿子——曹植、曹丕自始至终跟着曹操，一直到华容道。

🎙 **芦　苇**：这是真实的历史。曹操把两个儿子带在身边，从小就让他们参加军旅生活，参与政治决策，为将来接自己的班做准备。在赤壁之战爆发之前，他是有当皇帝的企图的，大战结束以后，他方知已经不可能了，一生的梦想破灭了。

🎙 **王天兵：**这是把曹操人性化了。火烧新野之后他长途追杀刘备，一路杀人如麻，但是他爱自己的儿子，对儿子的爱和普通的父亲是一样的。

🎙 **芦　苇：**是的，曹操对孩子的关切、钟爱跟天下所有的父亲是一样的。

🎙 **王天兵：**我认为这是你的剧作的特点，人物都是人性化的，你怀着宽容之心写所有的人物。这让我想起梅尔·吉布森的电影《启示》，其中的刽子手头目为了给儿子报仇而追杀主人公，而主人公夺路狂逃也是为了解救自己的儿子和妻子，都是为了家人，这是编剧对人性的理解。

另外，你说赤壁之战是周瑜和曹操的决战，但周瑜和曹操在剧本中自始至终没有见面。编剧法则一般要求电影中主角之间最好有对手戏，但是在《赤壁》剧本中两个主角没有见面。这是编剧巨大的难题。下一稿你怎么使他们之间的冲突更激烈、更早开始？

🎙 **芦　苇：**他们见不见面我认为并不重要，他们较量的实质性问题、斗争的内容才是至关重要的。我在剧本里写道，赤壁之战结束以后，周瑜深有感慨地说，周瑜就是年轻的曹操，曹操就是年老的周瑜——这是他自己的一种人生警悟。周瑜把曹操这个人吃透了，把他的性格分析到家了，知己知彼，所以才有赤壁之战的胜利。

🎙 **王天兵：**最后他们是惺惺相惜的。我看这个剧本，周瑜要早些出场就好了，周瑜出场晚了。

🎙 **芦　苇：**这是一个问题。我当时是想遵照历史的顺序来写的，现在看来应该根据电影剧情的需要让周瑜早些出场，让观众早些关注主角。

蒋干的人物处理

🎙 **王天兵**：还有，蒋干这个人物处理得相当好。大家都知道蒋干盗书，这个故事广为流传、脍炙人口，但你说这太像折子戏，大敌当前如同儿戏，怎么可能？但你还是保留了蒋干，你是怎样完善这个人物的？

🎙 **芦　苇**：《三国志》中根本没有蒋干盗书的记载。蒋干跟周瑜私交很好，这是事实，史书里是有记载的。当时两军交战，互派间谍，互相刺探，这是实情。我认为有戏剧性、故事性，有必要保留蒋干这个人物。他很有才干，口才很好，而且是一个谋略家，最后却被周瑜所利用，传递了假信息。赤壁之战中曹军败得一塌糊涂，我在剧本里写的是蒋干以为曹操要杀他以谢全军，但曹操把全部责任自己一人承担起来了，说这仗是我打的，中计上当也是我的责任，与他人无关。曹操原谅了蒋干，由此可以看出曹操的宽大胸怀和勇于担当的性格，这在今天也依然有示范意义。

🎙 **王天兵**：这是帅才本色。蒋干向刘表下降书是你加的。

🎙 **芦　苇**：是的，史书无此记载。这一笔可显示他在曹营中的重要地位。

🎙 **王天兵**：如果仔细读你的《赤壁》剧本，会发现你对蒋干盗书这个情节的引用及改动是很见戏剧功力的，如果只保留蒋干盗书，确实像折子戏，太不可信。曹操怎么可能相信蒋干带回来的情报，还在双方交战的时候错杀大将？你的改动是把这个人物提前了，一开始就让蒋干出场给刘表下降书，把刘表吓死了，他在曹操夺取荆州的过程中起了很大的作用，赢得了曹操的信任，因此他到东吴下降书并带回重要情报时曹操信以为真，这就可信了。

🎙 **芦　苇**：人物出场必须有任务，人物不能是概念的、空洞的，一定要有具体的目的。蒋干一出场就发挥了作用，他对剧情发展起了很大的作用，荆州不战而降跟蒋干的杰出才干是分不开的。

历史上真实的诸葛亮

🎙 **王天兵**：我看你的剧本时最不满意的是周瑜和诸葛亮没有《三国演义》里写得精彩。《三国演义》把周瑜和诸葛亮的关系刻画得引人入胜，周瑜对诸葛亮又欣赏、又敬佩、又嫉恨、又害怕。

🎙 **芦　苇**：周瑜对诸葛亮是防了一手，貌似通达，实际防得滴水不漏。

🎙 **王天兵**：在你的剧作中诸葛亮是很苍白的。虽然是真实的历史，但还是希望诸葛亮在你的下一稿中会更精彩。

🎙 **芦　苇**：如果刘备军在赤壁之战中发挥了非常重要的作用，我会是另外一种写法。事实上这一仗他们只是配角，担任的是迂回、骚扰和游击的任务，根本不起决定作用。必须说清赤壁之战的真相。

🎙 **王天兵**：我注意到你把诸葛亮舌战群儒的戏省略了，只侧写了一笔。

🎙 **芦　苇**：《三国演义》里的这场戏是非常失败的，它把孙权的谋士写得很弱智。东吴怎么可能养这么一帮蠢货，说话语无伦次、毫无逻辑，上来就说外行话？这是不可能的事，都是不靠谱的。东吴谋士们个个狡猾至极。别以为孙权养了一堆蠢材，他们都不是吃素的。

🎙 **王天兵**：你写《赤壁》的时候我们一起聊过，你对诸葛亮这个人物评价并不高，说他很世故，给你的印象很不好。

🎤 **芦　苇**：诸葛亮被中国历史抬得这样高是统治者的需要，因为诸葛亮最大的特点就是忠君，他对刘备是肝脑涂地、至死不渝。刘备很欣赏他的忠诚，提拔他当了左右手，那是以后的事情，赤壁之战爆发时诸葛亮就是中郎将，相当于团级干部，在当时起不了栋梁的作用。

🎤 **王天兵**：2006 年你写《赤壁》时，正是易中天讲三国很火的时候。你看过吗？对你有什么影响吗？

🎤 **芦　苇**：我看过一些，不记得有什么影响了，我主要是受历史学家的影响。

🎤 **王天兵**：之前还有好莱坞大片《特洛伊》在中国上映，与《赤壁》相似，也是根据古代战争史诗改编的，但我不喜欢那部电影，因为它把神话元素删除了，但保留了相关结果。比如，布拉德·皮特演的阿喀琉斯，在原著中他母亲在他幼年时抓着他的脚踝把他放到冥河里，他入水的身体部位刀枪不入，但脚踵因未入水而成为唯一弱点，最后被一箭射中脚踵而死。人逃脱不了命运的安排，这是希腊悲剧常见的主题。但电影中只保留了箭射中脚踵的结果，删除了神话部分，让人感觉莫名其妙。

赤壁之战在《三国演义》中的关键点是诸葛亮借东风，相关情节动人心魄——诸葛亮施法术改变了天气，扭转了战局。你是怎么处理神话元素的？怎样保留火烧赤壁的情节，又不用施法术，还能把这个东西说通？

🎤 **芦　苇**：历史学家对赤壁之战有非常详尽的考证。长江赤壁在这个时节一般来说是刮西风的，但据气象学家说，此地原是一片泽国，潮湿的空气形成了大面积的水蒸云气和东南季风，持续时间很短，就两三天，有的时候还不来，有的时候说来就来了，只有当地的渔民能洞察此道。曹军是从中原过来的，两眼一抹黑，荆州降军也不知晓这件事。

东吴为什么选择赤壁作为决战的战场？就是与当地这种被称为"葫芦风"的季风气候有关系。曹操在赤壁把战船全部集中起来，用铁链拴牢，企图用雷霆万钧之势一举压垮东吴。东吴知道当地气象的秘密，遂取天时、用地利，巧用火攻，击败了曹军。

🎙 **王天兵**：你似乎找到了科学依据，但我看了总感觉不如《三国演义》精彩。《三国演义》把借东风写得惊心动魄、酣畅淋漓。例如，周瑜原本计划用火攻，并以为胜券在握，但有一天突然刮西北风了，旗角扫过面颊，他猛然意识到冬季没有东风，一口血马上就吐出来了。而只有诸葛亮看破了他的心思，仍然从容自若。这是多么精彩的段落啊！

🎙 **芦　苇**：《三国演义》将周瑜的智慧韬略移给了诸葛亮，这是小说家对历史的想象，我要讲的是历史上真实发生过的事件，不可以太离谱，应以尊重事实为准。诸葛亮如果真的这么神机妙算，那何必打这一仗呢？他既然有这个法术，一开始就对曹操施法，不就全摆平了吗？那是《封神演义》的笔法，根本不靠谱，是对历史的肆意歪曲。

🎙 **王天兵**：此外，赵云是《三国演义》赤壁之战中贯穿始终的人物。你在剧作中对赵云是怎么把握的？你在长坂坡一段写到了赵云单骑救主，但后面把赵云写丢了，这是否是个失误？

🎙 **芦　苇**：是的，人物不完整。如果有写下一稿的机会，我会把这场戏改掉。

当了间谍的小乔

🎙 **王天兵**：小乔这个人物呢？在吴宇森的电影中，她是非常搞笑的，但一部大片自始至终没有女性角色好像又不行。

🎤**芦　苇**：吴宇森版本的小乔当了间谍，跑到曹营里面刺探军情，情节离奇搞笑，可能只有香港导演才这样解读历史。小乔是天下绝色，中国历史上著名的美人，和西施齐名。当间谍的首要条件是不引人注意，小乔走到哪儿都有一大堆粉丝追着要签名，她怎么去当间谍？

这是常识，能默默无闻才是当间谍的料。小乔这种绝世的尤物一定是最烂的间谍，极易暴露。这不符合历史真实，也不符合生活逻辑。

🎤**王天兵**：你的剧作中那几段小乔的戏还凑合，但也未能免俗。

🎤**芦　苇**：她的戏很少，就三场，而且是过场，只作为周瑜的陪衬出场。在曹操大军压境的时候她是忧心忡忡的，作为周瑜的老婆，必然要面临今后的生死问题，因此，关于生死，她跟周瑜有一番交代。结尾小乔生孩子了，周瑜有接班人了，这是他内心的渴望。

🎤**王天兵**：这个人物是否可以删掉？

🎤**芦　苇**：周瑜应该有一个老婆来反衬他。

🎤**王天兵**：《阿拉伯的劳伦斯》这样的大片没有一个女性角色。

🎤**芦　苇**：这不是定规，完全视剧情来布置。

🎤**王天兵**：但你把关羽都删掉了。

🎤**芦　苇**：历史上关羽和赤壁之战没有直接关系。

🎙️ **王天兵**：编剧一定要以历史真实为基础。

🎙️ **芦　苇**：所谓历史大片，一定要有出处，一定要靠真实的材料、真实的内容支撑住，否则就是戏说搞笑了，对历史的尊重是对现世的尊重。

历史人物说什么话

🎙️ **王天兵**：改编历史题材有一个难题，就是历史人物怎么说话。我们写一个现代题材可以说普通话，也可以说方言，但历史上的人物说起普通话来不能和我们说的口语完全一样。你怎么让不同的人说不同的话，古风古韵又明白易懂？你怎么把握曹操、诸葛亮和周瑜的台词？

🎙️ **芦　苇**：据我考证，古人说话有两套话语系统，今天也是一样的。我们在正式场合说一种话，在生活中说另外一种话，是两套不同的系统。蒋干宣读曹操功绩的时候用的是一套语言系统，与曹操私下密谈的时候用的是另外一套。打官腔、说人话。掌握这两套系统的才是完整而真实的人。

后续修改

🎙️ **王天兵**：这个剧本如果改第二稿、第三稿应该从哪里着手？我很期待有人重新发现这个剧本，如果成功拍摄了，那就是史诗大片。

🎙️ **芦　苇**：如果有机会重拍的话，我会压缩前面刘备和诸葛亮的戏，进一步强化曹操和周瑜的戏，使他们成为耀眼的戏剧对手，把带有干扰性的人物坚决拿掉，这样会更精练。

🎙️ **王天兵**：符合你对一般正剧的要求：不能超过七个主要人物。

🎙芦　苇：我一般都是遵照规律来的。冯小刚的《1942》就吃亏了，拍得那么细致，下了那么大的功夫，可是叙述线索松散，其中一个原因就是人物众多，里面的人物多得记不住，上至蒋介石，下至走卒，中间还有军长、司令、地方长官等各色人物，太多的人物互相干扰，不符合剧作与电影本体的基本要素，所以必然松散，《1942》真可惜了。

现场问答

△提　问：您讲忠于历史，众所周知，《三国志》是正史，但是《三国演义》流传了这么多年，大家的接受程度是很高的。如果严格按照历史去拍的话，可能不符合大众的心理期望。就像刚才王（天兵）老师讲的，《三国演义》有一些情节是编的，但您在编剧的过程中也增加了想象的东西，也没有完全尊重史实。如何正确地对待史实和戏剧相矛盾的问题？

🎙芦　苇：真实和虚构的界限在什么地方？《霸王别姬》也是虚构的故事，但是《霸王别姬》的虚构有出处，都有翔实的资料，每一个人物的原型是谁，都有所指。过去有句老话叫"戏假情真"。你可以虚构情节与人物，但事情的本质和感悟一定是真实的，这就是真与假的关系。《三国演义》毕竟是话本文体，里面有很多市井的趣味，比如"舌战群儒"就实在不高明。真实和虚构之间的关系是艺术界的老问题，是争论了很久的老话题，仁者见仁，智者见智。我根据自己的理解来写这个故事，这是我的选择。

△提　问：看了《霸王别姬》之后我感触特别深，电影主题非常多，对人性的各个方面、对历史的各个方面都挖掘得非常深。您写这个剧本的时候是只有一个主题，还是可以无限地扩大？

🎙芦　苇：最好的主题是可以一句话说清楚的。一些电影剧情混乱，跟主题不清、指向不明是有关系的。

△提　问：您的《赤壁》剧本的主题如果用一句话概括是什么呢？

🎤芦　苇：宁可站着死，不可跪着生。

△提　问：《霸王别姬》用一句话概括呢？

🎤芦　苇：一个人的现实生活与理想追求之间的矛盾。

△提　问：您认为编剧需要具备的素质是否是天生的？如果想做编剧的话，应该具备哪方面的先天优势，后天需要学习哪些东西？

🎤芦　苇：一个编剧是天生的还是后天培养的，我也搞不明白。可能两者都有，天生素质再好，后天不磨炼也不行，自身学养不错，但天赋差的话会缺少灵动之气。

从小说到电影

——《白鹿原》的改编艺术

芦 苇　王天兵

　　《电影编剧的秘密》系列谈话在《读库 0804》《读库 0901》《读库 1305》连载了三期，可以说《读库》为《电影编剧的秘密》这本书培养了大批读者。2014 年 1 月 11 日下午，《读库》总编张立宪（老六）特为我们在北京尤伦斯当代艺术中心报告厅安排了一场《电影编剧的秘密》读者见面会。《读库》的每场活动都组织得非常用心，老六对我和芦苇的谈话有严格的要求，他说，一不要重复书中的内容，二不要泛泛地谈人文情怀，要谈得深入浅出，对大家写作剧本、理解电影有真正的帮助，也就是说讲座要有实用性。面对这么高的标准，我们决定从更宽广的视角探讨乡土文学以及小说《白鹿原》的意义，并围绕《白鹿原》电影剧本的创作过程和写作技巧，扎扎实实地谈出点儿干货来。那天，报名参加见面会的人非常踊跃，现场座无虚席，很多人坐在过道里听完了对谈，大家纷纷反映不虚此行。这次谈话整理成文后发表在《读库 1500》上，收入本书时略作删节。

——王天兵

白鹿原到底在哪儿

　　🎤 **王天兵**：我今天非常高兴和芦苇来到尤伦斯当代艺术中心。感谢老六、感谢《读库》、感谢尤伦斯当代艺术中心安排这次讲座。

🎤 **芦　苇：**我做了一辈子电影工作，从来没有出过书。要不是老六在背后支持，要不是他启发了我们，就不会有这本书。

🎤 **王天兵：**说起《白鹿原》这本小说，大家应该都知道。但是白鹿原究竟在什么地方，我相信在座的人知道的并不多。我是土生土长的西安人，但直到二十世纪九十年代这本小说在中国出名，我依然不知道白鹿原在什么地方。实际上，白鹿原离我老家所在的西安南郊铁路局那一带直线距离不到二十千米，很近的。

因此，我们先给大家介绍一下关中乡土，介绍一下陕西的地域特色，这也是芦苇最看重的（大屏幕投影白鹿原位置图）。图中上半部就是关中地区，所谓八百里秦川，下半部是秦岭，西安市位于关中中南部、秦岭北部一带。如图所示，白鹿原其实是秦岭的余脉。从秦岭流出两条河，一条是浐河，一条是灞河，这是所谓"八水绕长安"最东边的两条河，它们在这里交汇（光点指两河交汇处），浐河注入灞河，灞河汇入渭河，浐河、灞河之间有一带土原，实际上是一个台地，就叫白鹿原。现在，浐灞之间这一带都划归西安市浐灞生态区和灞桥区了。

小说《白鹿原》所讲的故事就发生在这个台地上。在小说和剧本中你还可以看到一个地名——滋水县。其实，灞河古称滋水。当年秦穆公征服了滋水以后野心大增，他要统霸滋水以东的整个关中，遂把滋水改为灞水。这就是灞河的来历。总之，白鹿原是关中地区的一个台地。

🎤 **芦　苇：**西安地处关中，关中是渭河冲积平原，地势较低，往南延伸是依山傍水的半高原半土坡地带，与秦岭相接，形成唇齿相依的关系。其实白鹿原是秦岭到八百里秦川之间的一片坡地土原。

站在白鹿原上，从东北边缘俯瞰灞河河谷，也可以眺望白鹿原南部的台地地形，
陈忠实故居就在山脚下灞河岸边的西蒋村。2022 年 4 月摄于白鹿北路

🎙 **王天兵**：以前很多人都不清楚白鹿原的地理位置，人民文学出版社出版的《白鹿原》封面用黄土高坡作为底图，这是不对的。白鹿原实际上是个依山傍水的好地方。

🎙 **芦　苇**：白鹿原在地理上属于关中地带。很多人以为《白鹿原》写的是陕北，这是一个误会。陕北跟关中是两种不同的文化风貌。

🎙 **王天兵**：对。纳博科夫曾说，一个好读者在看书时第一要带一本好词典，随时查不认识的生词；第二要拿一支铅笔把书中的场景画出来，要弄明白空间感，把它可视化。

纳博科夫曾经在《文学讲稿》中把《安娜·卡列尼娜》中安娜坐火车到彼得堡哥哥家时车厢的空间布局和她的位置画得一清二楚，还把卡夫卡《变形记》中主人公的房间及其床铺位置画成平面图。

大家了解白鹿原的位置，对理解这部小说非常重要。

芦苇是干部子弟，不是生在农村，但是有很深的乡土情结。他曾经回忆中学时代随知青串联从宝鸡回到关中，秋天的关中乡土让他有种回家的感觉。

芦苇，你能不能给大家讲讲你对关中的乡土情结？

芦苇的乡土情结

🎙 **芦　苇**：乡土情结是今天的人多已丧失的一种情感。但每一个曾和乡土生活有密切关系的人都会有这种深切感受。在都市化的今天，这种情感在不断淡薄，逐渐消亡。

我是乡土情结很重的人，对农村满怀着依恋。我插过三年队，那个地方是在宝鸡县（现宝鸡市陈仓区），地理环境跟白鹿原是一样的，刚好在秦岭的山脚下。我跟房东到现在还像亲戚一样来往，我在乡村里认了两个干妈，两位老人很善待我，我和她们感情很深。我母亲是一位医务人员，她的工作单位是陕西省精神病院，离白鹿原只有十来里路。所以，我对白鹿原的一草一木非常熟悉。

🎙️ **王天兵**：你能不能讲一下白鹿原的地貌，或者你下乡那个地方的风景？

🎙️ **芦　苇**：陕西关中号称八百里秦川，东起潼关，西至宝鸡峡，大概七百多里，合三百多千米，它是西周、秦、汉三代的都城所在地，这块地方孕育了中华民族的文化，历史非常悠久，可谓水深土厚。关中平原是中华文明的发源地。陈忠实先生写这本书意义深远，这块土地跟中国文化息息相关。

🎙️ **王天兵**：我刚才说了，我在西安土生土长，但不知道白鹿原。为什么呢？在我们成长的七八十年代，城市和农村是隔离的。我在西安南郊铁路局大院长大，大院周边分布着一个个村子，但当时的机关大院，麻雀虽小五脏俱全，吃饭、洗澡、买东西、上学，在一个小圈子里都能搞定，不需要去其他地方。

你从小也是一样吧？你在西北局大院长大，那时的机关大院都差不多。

🎙️ **芦　苇**：我读小学的时候有两年是在乡村里度过的。那时候我母亲工作的医院刚好在乡村边上。幼时的山川景色对人的审美有终身影响，我对农村的情感依恋始于这里。

🎙️ **王天兵**：还有，你的乡土情结可能来源于少年时代对乡土文学的爱好。

🎙️ **芦　苇**：我上中学的时候看了柳青先生写的《创业史》，第一章讲的就是关中的乡村，非常感动我。"文革"的时候，我带着学校的四百名同学来到《创业史》故事发生的蛤蟆滩，在镐河旁参加麦收。连续三年，我去了三次，和当地的农民打成一片。

《创业史》里有一个人物叫郭振山，我去过这个人物原型的家，跟他交往密切，成了朋友。我十八岁开始在宝鸡县插队，前后又是三年，那里的地理环境跟白鹿原是相同的。

我和关中的乡土有着千丝万缕的联系，密不可分。

乡土著作和电影

🎙 **王天兵**：《创业史》是新中国成立后的农村文学中一部举足轻重的作品，但也有很多缺陷，你能谈一下吗？

🎙 **芦　苇**：柳青是陕西人，才华出众，他写的《种谷记》可以为证。《创业史》第一章写的是梁生宝的家族史，堪称经典，和其他任何一部名著相比都不逊色。可惜的是，他写到农业合作化之后人物就成了概念化的高大全式人物，难成经典。《创业史》是我少年时的必读书，我把它放在床头看了很多遍，很受感动。

🎙 **王天兵**：你跟乡土文学是有机缘的。

🎙 **芦　苇**：我上山下乡三年当农民，是地道的农民。

🎙 **王天兵**：还有一本书叫《翻身》，也是你推崇的。

🎙 **芦　苇**：《翻身》（全称为《翻身——中国一个村庄的革命纪实》）是一个叫韩丁的美国人写的。看过这本书的请举手！连我才两个。

如果想了解中国的乡土历史、土改历史的话，可以阅读这本书，它是对中国现代乡村史的真实记录，写得非常生动。什么叫土改？土改的真相是什么？要想得知真相，那就看《翻身》。

🎤 **王天兵**：韩丁是美国人，生于 1919 年，1945 年到中国，1947 年他在山西张庄亲历了土改运动。

还有外国的小说，你少年时代看过的苏联长篇小说《静静的顿河》也是你乡土情结的源头之一吧？

🎤 **芦　苇**：我十五岁读《静静的顿河》，深受震撼。但那是俄罗斯乡土，哥萨克的家乡。白鹿原才是我的乡土，陕西人的家园。

苏联作家维克托·阿斯塔菲耶夫写了《鱼王》。什么叫俄罗斯？什么是西伯利亚叶塞尼河流域？什么是西伯利亚的原住民和外来户？这些在《鱼王》里面都有非常真切生动的描写。这本书非常棒，堪称经典。看过《鱼王》的请举手。非常少，很遗憾。

我发现当代读者、观众与经典作品的距离越来越远，看的电影多半是"垃圾"，与吃的食品一样。电影作为精神文化产品，一定要精选。小说也要读最好的。我看电影、看书都极其挑剔，穿衣服很随便，我穿的这条裤子二十块钱，是军用品仓库处理的。

🎤 **王天兵**：这是你的生活态度，不能成为大家的态度。我们再说几部西方的乡土电影。

🎤 **芦　苇**：文学名著改编成电影，改编成功的少之又少，《德伯家的苔丝》是其中之一。《德伯家的苔丝》是英国作家哈代写的乡土爱情悲剧，由罗曼·波兰斯基改编成电影《苔丝》，拍得很棒，堪称经典，饰演女主角的金斯基一鸣惊人。电影和小说非常罕见地并列为经典，这是很难得的。很多经典小说拍成电影后就差了很多，包括库布里克拍的《洛丽塔》，在世界名著面前也相形失色。《苔丝》是一个难得的例外。

🎤 **王天兵**：哈代的小说大家不妨拿来看一下，叙述沉静雅致，乡情浓郁。相比之下，《白鹿原》内容厚实却未能脱俗。还有意大利导演贝托鲁奇的《1900》，由美国演员罗伯特·德尼罗和法国演员杰拉尔·德帕迪约主演，这部电影在中国也很有影响力。

🎤 芦　苇：《1900》有史诗气魄、史诗精神，乡土质感表现得真好，是反映意大利乡村生活的经典。

🎤 王天兵：还有美国乡土经典电影《愤怒的葡萄》，是根据美国作家斯坦贝克的同名小说改编的黑白片，由亨利·方达主演。

🎤 芦　苇：小说我看过，但是电影不是特别成功。

🎤 王天兵：还有《天堂之日》。

🎤 芦　苇：《天堂之日》是美国艺术片导演马力克的杰作，他还拍过一部战争片《细细的红线》。他的电影几乎都是电影专业工作者崇拜的对象，制作的精美和影像的质感一致为业内所推崇，我们都把他当作大师看待，但他的电影票房不太好，《细细的红线》票房就是例子，但无损于其业界口碑。

🎤 王天兵：刚才我们谈到的这些小说、电影，挂一漏万，都是芦苇推荐给我的。他推荐之后，我都找来看了，并且受益匪浅。这是世界范围内的乡土文学、乡土电影。芦苇特别关注西方的乡土电影，因为他一直有一个志向——拍一部中国的乡土电影。中国是一个乡土大国，直到 2014 年底，乡村人口占全国总人口比重为百分之四十多。在这个大格局内，你能不能讲讲陈忠实的《白鹿原》的意义？

小说《白鹿原》的意义

🎙 芦　苇：中国的农民史从清朝末年到 1949 年将近半个世纪一直是个空白。我们怎么知道这个时期农民是怎么生活的？有小说《白鹿原》在，我们才知道曾祖辈、爷爷辈的故事，他们经历的真实生活。《白鹿原》的故事从 1904 年开始，写到 1911 年辛亥革命、1927 年大革命、1929 年的大饥荒，一直写到 1949 年，是中国农村近半个世纪的写照。如果没有这部小说，历史就会断流，我们就会失忆。它的内容是无可替代的。这就是这部小说的意义所在。

《白鹿原》的小说技巧是可以推敲的，仁者见仁，智者见智。有人持有异议，天兵就是一位，他就觉得这部小说存在诸多问题，我也同样。

但是写农民真实生活的中国作家少之又少。有一个河南作家，叫周同宾，他的纪实性作品《皇天后土——俺是农民》，与《白鹿原》一样，有与中国乡土生活血肉相连的真实描写。我写的剧本《岁月如织》，是从 1948 年写到 1998 年，五十年的农村生活。《白鹿原》和《岁月如织》这两部剧本加起来就是一个世纪的历史，如果都拍成电影，而且成功的话，我们就没有忘本，就不是一个失忆的族群。

🎙 王天兵：说起小说《白鹿原》，我之前看了两页就看不下去了，叙事文字粗糙，故事未能免俗。为什么很多读者搞不清白鹿原的位置呢？其实这是原著的缺陷，那么厚一大本书，都没有完整的风景描写。作者缺乏创作史诗所需的空间感，和南斯拉夫名著《德里纳河上的桥》写景状物时明晰的空间感一比，就逊色太多了。

但是，我在 2004 年左右认真看完了你写的《白鹿原》剧本第一稿后，突然之间就理解了小说《白鹿原》写的是什么，才回头去看小说，发现了它的重要性，可谓瑕不掩瑜。为什么说你的剧本比小说更易懂呢？你把其中一条主线强化出来，凸显出农村宗法社会的变迁、衰落。

我们从小看的革命文学也好，农村题材的电影也罢，讲的都是地主和贫农之间不可调和的矛盾，以及贫农怎样翻身斗倒地主。但看了小说《白鹿原》之后，我才发现所谓地主和贫农的概念并不适于描写中国所有的农村，比如主人公——族长白嘉轩和他的长工鹿三，他们俩之间不是剥削与被剥削的关系，实际就像兄弟一般，只不过是经济程度不同而已。鹿三还有一个儿子叫黑娃，在白嘉轩看来和自己的干儿子差不多。《白鹿原》还原了真实的宗法社会图景。

　　🎤 芦　苇：《白鹿原》贯穿了半个世纪的风雨，这是中国旧文化被新的历史大潮冲垮而解体的时期。小说写了两代人的命运：白嘉轩、鹿子霖、鹿三，这是老一辈人；白孝文、鹿兆鹏、黑娃、田小娥，这是新一代人。这本小说讲了新旧两种价值观的断裂和斗争，全书就是这种核心矛盾在推动着故事发展。

　　我看到王全安回答记者提问，他是电影《白鹿原》的导演，他说《白鹿原》讲的是人和土地的关系，他后来又说《白鹿原》讲的是你对土地好，土地就对你好，你对土地不好，土地对你就不好——这是小孩子玩过家家时说的话，太过轻薄机巧。农民在历史上从来没有，也不敢对土地不好。中国历史上农民大量饿死的原因是天灾人祸。李自成起义并不是因为农民对土地不好，而是因为明朝天启年间和崇祯年间陕西连续干旱，粮食歉收，平时的苛捐杂税农民还可以负担，但因为当时明朝内忧外患，赋税反而加重了，农民活不下去了，只有揭竿而起。这才是历史的真相。

　　读《白鹿原》是仁者见仁，智者见智，一个人一个读法。我读出来的是两代人的冲突和矛盾。但"你对土地好，土地就对你好……"不是《白鹿原》的主题，只是某个人的臆想。

　　🎤 王天兵：无论《白鹿原》的主题是什么，都可以看出陈忠实是真心热爱乡土，他在小说中有大量的关于农村生活的描写，如什么季节该播种、什么季节该收割、什么季节该扬场、哪个季节的天气如何、土地是什么感觉、庄稼有什么长势，等等，这一点是无可置疑的。

🎙 芦　苇：陈忠实早年和我聊过，他出身于地道的农民家庭，后来高中毕业，因为有点文化，就被提拔到乡里去做了农村的基层干部。他是土生土长的关中人，对关中乡土非常了解，是与地气相接的人。

🎙 王天兵：我不是在农村出生的，对这些东西有隔膜，所以一开始看没有亲切感。但如果静下心来看这本小说，它确实会感染你，让你感觉自己好像与乡土有一种血肉相连的关系。

改编《白鹿原》

🎙 王天兵：我看了《白鹿原》之后，感到内容非常庞杂，千头万绪，如果要我改编《白鹿原》，确实无从下手。你在改编的时候，面对这个问题的时候，怎么取舍呢？

🎙 芦　苇：改编首先要抓住小说的主题和剧本的主题。《白鹿原》小说讲的是两代人价值观的裂变与冲突，我把这个定位为剧本的主题，围绕这个核心来展开剧情，有主题、有追求了，写什么、表达什么就会清楚准确。

王全安拍的电影《白鹿原》不知道想要表达什么，主题非常模糊。有评论调侃说它是情色电影，其实没有什么情色，情色主题拍好了也非常吸引人，但是这部电影的情色也很平庸。看完了以后，像喝了一杯变了味儿的水一样，不是个味儿。这个导演对关中乡土历史是外行，对关中农民没有感觉。

🎙 王天兵：其实，《白鹿原》的主题并不是关中乡土所独有的，也不是中国所独有的，而是全世界都拥有的，它在整个二十世纪世界各地的农村，包括美国、意大利，都出现过。前面提到的《1900》是讲意大利乡土的，它从1900年讲起，直到二十世纪七十年代，横跨了几十年，也是讲两代人之间的冲突：一个东家的儿子和一个农民的儿子幼时情同手足，一块儿长大，后来发生冲突而关系破裂，但是打不烂、拆不散。如果没有对整个二十世纪的历史有起码的了解，很难找到《白鹿原》的主题。

刚才你讲到王全安的这部电影，他没有采用你的剧本，用的是他自己的剧本，但有一些情节是从你这里摘取的。我们今天谈的是你的剧本。

🎤 芦　苇：我将王全安的电影和我的剧本对比统计了一下，电影有一百多场戏，他用了我写的二十四场戏，大约占整部影片的六分之一，他的版本中情节连不起来了，就用我剧本里的东西救救场。当时制片方说动用了我的剧本，让我和王全安当联合编剧，我想既然用了我的情节了，当联合编剧也行。后来我把电影全部看了一遍，就断然决定退出，放弃这个挂名。这部电影基本上和我没有什么关系，我只起到"救火"的作用，他是拍不下去了才用我的内容补上去。例如，黑娃跟田小娥两个人相恋，在麦垛上第一次做爱这场戏，是我加进去的，小说里没有，小说里两人的关系是在地主大院里，一个封闭空间发生的，而麦垛是一个开放空间，非常好看，而且有乡土气息，这个王全安搬来用了。像这样的搬用有二十四处。我实在看不上这部电影。好坏我也是个老编剧，拍这么个电影，让人笑话。顾及脸面，我就不上名了。

🎤 王天兵：王全安曾获得过金熊奖，但从他对你的剧本的借用也好、改动也罢，可以看出他没有理解你的剧本。你曾说，人挑剧本，剧本也在挑人。

我们到底应该怎样读剧本，从剧本中看到什么？这是我们今天要谈的问题，并从王全安的误读中学到点真东西。

🎤 芦　苇：知之为知之，不知为不知。领略不到乡土文学的魅力，拍这部电影就是个误会。

播种者

🎤 **王天兵**：我们今天就讲你的定稿剧本。其中，你充分地展示了乡土魅力，每一场戏都变换了一个乡土空间，引入一个农村劳作场面，而且还与戏剧场面、人物塑造结合得非常完美。

你刚才讲的田小娥和黑娃在麦垛上做爱，《1900》中也有这样的情节，但不完全相同。《1900》可以说是意大利乡土生活的百科全书，它把意大利农村生活场面、劳作场面和人物之间的戏剧冲突融合得天衣无缝。我看完之后，就像自己在农村生活过几十年一样。

这也是你的抱负——拍一部中国乡土电影，把乡土情景、人物刻画和故事情节结合起来。请你给我们举几个结合得好的例子。

🎤 芦　苇：我干脆给大家把剧本念一下吧。

黑幕

鞭响声，陕西关中农民吆喝牲口的声音，从历史深处由远而近飘传过来。

鹿三的声腔铿锵有韵、响彻天地："走！——嘚儿驾，走走！嗯——我把你个挨下鞭的东西哟，你个生就出力的坯子下苦的命，不出力想咋呀，你还想当人上人呀？连我都没那个命，走！嘚儿驾！……"

🎤 **王天兵**：念得太精彩了！能用陕西话念一些精彩片段吗？

🎙️ **芦 苇：**

> 白鹿原
>
> 清光绪三十年（公元一九〇四年）
>
> 陕西关中白鹿原

下面是第一场戏（继续念剧本）：

白鹿原　　日　外

> 土原浑然屹立，沐浴在金秋的阳光中。
>
> 鹿三抖动缰绳驾骡耙地，白嘉轩扬臂播撒麦种，两人年当青壮，活路干得畅快得劲，赳赳有势。
>
> 鹿三（芦苇用陕西话念）："……慢下来咧看我拿鞭子抽死你！嘚嘚！吁吁——"（这是吆喝牲口的声音）
>
> 碾耙过后的土地平坦顺展、肌理均细，小麦粒儿铺天扬撒，盖地飞落。
>
> 这是农人在抚育着生命的永恒景象。

🎙️ **王天兵：** 大家很有福气，能听到芦苇亲口念剧本。能否再给大家演示一下吆喝"嘚儿驾"时的动作？

🎙️ **芦 苇：** "嘚儿驾"是吆喝牲口的声音。我们的祖先用这种声音吆喝了几千年，很值得搬上银幕。

🎙️ **王天兵：** 还有播撒小麦的动作。

🎙️ **芦 苇：** 撒小麦的动作是很讲究技巧的，小麦撒得要匀，铺展得开，不能东一堆、西一堆，密度要均匀。我当时学撒小麦花了好几天，下了点儿功夫，后来老农说我差不多了，还能顶上用场了。

🎙 **王天兵**：我给大家说说十年前我第一次看芦苇剧本时的感受。这个段落在第一稿就有，历经多次改动还是保留下来了。当时我在美国已生活和工作了十多年，回国再读这个场景，是那么遥远，但它从历史深处浮现出来，突然之间又让我产生一种似乎是先验的记忆。我不是在农村长大的，没有乡土情结，但当我自己在西安家中看芦苇剧本中的这段文字时，我想到法国画家米勒的一幅画——《播种者》。大家可能都看过，他画的就是一个农夫播种的场面，既有力度，又很虔诚。

🎙 **芦　苇**：像圣像画一样。

🎙 **王天兵**：米勒把农民当成圣徒来画。

🎙 **芦　苇**：镜头里出现的是"碾耙过后的土地平坦顺展、肌理均细"，即指土地被耙磨得很平、很干净。

🎙 **王天兵**：大家可能没有耙过地，我也没有，但我留意过犁耙耕过的土地，有一种酥松的触觉，仿佛为种子的播撒和生长做好了准备。对农人来说，耙地是有成就感的。

🎙 **芦　苇**：如果你站在高处看耙过的地和没有耙过的地，会发现那是两种地，耙过的地有肌理，非常细腻，没有耙过的地很粗糙。

🎙 **王天兵**：而且耙过的泥土有种温暖人心的感觉，很温馨，即便旁观者也会觉得和泥土息息相关。大家都在城市中长大、生活，这种感觉已经没有了，但如果有一天你到农村去看深翻后碾耙过的土地，你多看两分钟，也许会有

油画《播种者》（82 cm×101.6 cm），米勒，1850 年，波士顿美术博物馆收藏

不同的感觉。

🎤 **芦　苇**：这是农耕社会特有的视觉魅力，今天已经消失了。现在农民收割麦子几乎都用收割机，这种美感已经消失了。我在写《白鹿原》剧本的时候，想把农耕社会的美感在银幕上保留下来，让同代人、后代人能够领略这种景象，与我们的祖先一起欣赏、享受这种美感。

🎤 **王天兵**：这些美感被芦苇在剧本中用寥寥数语勾勒出来。当初王全安的剧本放在芦苇家里的时候，我也翻看过，没有这些。从拍成的电影看，他看了芦苇的剧本也无动于衷，他对这些描述没有感觉。

🎤 **芦　苇**：这也不奇怪，因为王全安这一代人是在城市长大的，拍摄出来的场景没有感觉，更谈不上美感。

🎤 **王天兵**：大家去农村旅游，会把农村当成画册中、照片里的图像去看，没有真心去领略乡土生活的魅力。芦苇的《白鹿原》剧本没有拍出来，很可惜。你看《1900》，真的把乡土生活和剧情结合起来了，确实能让人体会什么是乡土生活……

埋戏根

🎤 **芦　苇**："这是农人在抚育着生命的永恒景象"是一个提示，为什么我们要拍这部戏，是一个精神指向。
白嘉轩与鹿三在犁地播种，我继续念剧本。

> 白嘉轩（芦苇用陕西话念台词）："鹿三吔，我屋里头的就要生养了，得请你给俺娃当干大。"

鹿三："我命穷，怕是托护不起这么贵气的娃。"

白嘉轩："你人穷，可品不穷嘛——"

鹿三（高兴）："嘉轩，这货敢要是个带把把子的男娃，就是咱祠堂将来的掌门人么！嘚儿驾——（盯）连这牲口都咧着嘴笑呢，挨定是男娃！"

鹿三很高兴，因为东家很看得起他，孩子还没生呢，就请他当干爹。

🎤 **王天兵**：此段寥寥几笔，在剧作中有戏根的作用。首先，可以看出白嘉轩是族长，鹿三是他的长工，但他们俩的关系情同手足；其次，这当中显示了他们对生男娃的重视——男娃，贵气的娃，几句台词说出了宗法社会的本质。

🎤 **芦　苇**：对，这是开场戏，两个农人在耕地时的对话。使观众明白主人公即将喜得贵子，他老婆马上就要生孩子了。

🎤 **王天兵**：还有一层含义：播种和生孩子互为比喻。

🎤 **芦　苇**：第二场戏。

白家牲口圈　　日　外　内

牲畜打着喷鼻嚼咽草料，母牛哞叫起来。

白嘉轩的妻子仙草挺着大肚子担着水撞门而入，吃力地拎桶倒水入缸。她拎起第二桶水绊住缸沿，腰身一闪跌倒，水桶砰然坠地！

🎤 **王天兵**：请大家注意，芦苇又写了一个乡土场景——农妇担水。请留意剧本是怎样把这个常见的劳作场面融入戏剧情景中的。

她怀着身孕，提桶倒水的时候肚子疼了。这时候：

一只小牛犊惊慌不安地窜来窜去（小牛犊一看女主人摔倒了，水桶哐当一声掉在地上了，惊慌不安地窜来窜去）。

白妻哆嗦着从裤腰里掏出手（白嘉轩的老婆从裤腰里把手伸出来），手上沾满血污。

门砰地被撞开，黑娃（四岁）跑进来，他突然站定，吓呆住了：白妻哆哆嗦嗦从裤腰里抱出一团蠕动着的血肉疙瘩！

（她早产了，自己把婴儿从裤裆里提出来了，被黑娃看到了。）

黑娃的镰刀草笼失手坠地，他反身逃窜出去，扒住门扇朝里窥视。

白妻（呻吟）："黑娃吔……快拿镰刀来！"

黑娃进门拾起镰刀，惊惑不安地递给白妻。

白妻无力接镰，呻唤着："割下去……在这儿割一下……"黑娃目瞪口呆，木然不动。

白妻（责骂）："死人你？快割……"

黑娃闭上眼，钩扯了一刀！

白妻晕厥瘫卧。黑娃惊叫着扔下镰刀蹿出门去了。

母牛移动身躯哗哗地撒下一泡热尿。

小牛犊偎靠过来，亲热地舔蹭着新生在地的婴儿。

小牛犊过来在婴儿身上舔来舔去，因为婴儿带有血腥气，有盐味，牛是最喜欢吃盐的，一闻到这个味儿，就过来舔蹭婴儿。

这个场景写得挺新奇的，而且充满乡土气息。见过生孩子的，没有见过这样生孩子的。同时，黑娃作为主人公也出场了，生下来的是白嘉轩的儿子白孝文，黑娃等于给白孝文接生了。你的剧作中每场戏都精彩，但看到最后才能理解这场戏的真正含义，后面有个情节与此呼应。

白孝文出生的场面将黑娃和白孝文这两个人物、两个生命联结在了一起。

🎤 芦　苇〔念〕：

黑娃急如脱兔地奔到崖边上，丢魂失魄地对着下面川地号叫着："大呀！——大呀！……我姨，我姨在牲口圈里……"

鹿三勒住缰绳训斥道："把话说亮清！你姨咋个了？"

黑娃喘息着说："我姨在牲口圈……屙下来一个……屙下来一个……"

鹿三："好好说，屙下来一个啥？"

黑娃："……屙下来一个，一个，一个娃……这么长！"

鹿三（警觉）："哎呀，怕是生养了?!"

白嘉轩脸色陡变，拔腿就跑。

鹿三（提醒）："你跑河边弄啥去呀，把路跑反了！"

白嘉轩呆立片刻，转身往原上蹿，一个趔趄失重绊倒，他爬起身来急急如飞向原上奔去。

白嘉轩的喘息心跳在古老的土原上声声可闻。

这个时候出演职员的字幕……开场只有三场戏。

🎤 王天兵：这三场戏可以说把全剧的戏根都埋下了。

🎤 芦　苇：开门见山地告诉大家，白鹿原上有故事。

🎤 王天兵：他们对传宗接代的重视昭然若揭。

🎤 芦　苇：这种观念渗透在情节里面，观众自有体会。

🎙 **王天兵**：前三场戏很精彩。请你再用陕西话念一段田小娥初见黑娃时的情景。大家能听到芦苇用陕西话给我们读剧本，真的很幸运。我猜，芦苇和王全安之间没有过类似的对话。导演和编剧之间沟通不够，编剧的很多创意就无法在电影中实现。芦苇以前的剧本有些被导演审改了，有些弃之不用，结果成片都不成功。在读剧本的时候你能否看到画面？大家有没有看剧本的习惯？在看一场电影之前先找到它的剧本读一遍、想象一遍，然后看看电影和你想象的有什么不一样，这样印象很深，而且会学到很多东西。

田小娥出场

🎙 **芦　苇**：田小娥是第二十五场戏才出场的。

郭家原　　夏　日　外

　　烈日炎炎。收割的麦客们听到主家吆喝着歇晌吃饭，纷纷向大槐树下走去。

　　只剩黑娃一人不罢手，他光着膀子抢着一具筛镰（关中特有的农具）埋头猛干。

🎙 **王天兵**：这个场景又是以一种农活作为背景。

🎙 **芦　苇**：黑娃一个人在那儿埋头猛干。

　　麦客在大槐树下叫唤："黑娃，赶紧吃饭来！"

　　黑娃："我还没弄完哩。捎几个馍过来就对咧！"（因为他们是计件制，是根据面积来计算工钱的。黑娃抓紧时间挣钱，饭也顾不上吃。）

　　筛镰飞舞，呼呼作响，麦秆成堆倒落。

　　黑娃豪情难抑，口齿敲打起秦腔的戏文板眼。（一边干活一边嘴里哼着秦腔的板眼，唱着戏，很豪迈。）

忽然，他似有所感，拧过身去。

一个打着绣伞的年轻女人露齿一笑，说："你就是叫黑娃的？可以，黑头唱得能登戏台子了。再来上几声我听听。"

黑娃憨笑，说："你甭耻笑我！"

（这个给他送饭的年轻女人就是田小娥。）

年轻女人指着地上的老碗，说："吃饭，馍里夹着油辣子哩。"（白面馒头加油辣子是关中的美食。）

黑娃为女人的俊美所惑，脸色一红说："你是主家，我咋敢劳主家跑路哩……"

年轻女人："我开眼来了，瞅识一下世上要钱不要命的人是个啥模样儿，原来是个这瓜坯子。"（她的意思是说，原来世上要钱不要命的是你这个样子。瓜坯子是土话，就是身坯子。）

黑娃嘿嘿地干笑着，年轻女人说："你不过来？工钱你也不要了？"

黑娃拾起汗褂儿搭在身上，赶紧过去接钱。年轻女人把铜板一个一个往他手掌心里按。

黑娃："主家，咋个称呼你呀？"（他们两个并不认识，这是第一次见面。）

年轻女人："叫我小娥姨。我的爷吔，你一个人挣下了三个人的工钱，你要买几个媳妇呀？"

黑娃怄怩地干笑："小娥姨，你甭听这伙子胡说八道……"（因为黑娃干活出力气，人家都知道他是想攒钱买个老婆。）

田小娥："不为这事，你哪达来的这么大劲呀？给，再多加一个，帮你买个媳妇的脚指甲盖儿。"

🎙 **王天兵**：这段戏你用陕西话念得声情并茂，里面有很多妙处。小说花了很多篇幅叙述黑娃遇见田小娥之前的事情，从黑娃为了挣钱娶媳妇，怎样来到了将军坡，这里的土地都姓郭，他怎样和打短工的同伴王相、李相厮混，听他们说起东家和小妾田小娥是怎么回事……有好多好多文章。但是芦苇直接切到田小娥说"你是不是要挣钱买媳妇"，一句话就省略了大量的铺叙，让人感到黑娃已经来了一段时间，两人都对对方有所耳闻，他们之间有过一些前戏。而且，读田小娥的台词如见其人，风骚尽显，总之，她对黑娃大有兴趣，而黑娃则很青涩。从中可以看到电影怎样巧妙地既尊重原著又浓缩情节。

🎙芦　苇（念）：

　　　田小娥又掏出一个铜板塞进黑娃挂在腰间的荷包里（这个亲昵的动作近乎调情。那时代，人的钱都装在裤带上挂着的一个腰包里），她掂了掂荷包："嗯，挣下半条腿钱咧，你好好挣。"
　　　田小娥扭着腰肢转身离去，黑娃怔怔地瞅着她的背影。田小娥头也不回地撇下一句："吃饭！"
　　　黑娃赶紧拿起馍来咬了一口，却不知嚼咽，如置梦境。

这是二人初次见面。

🎙**王天兵**：剧本写得有声有色，把他们之间的动作写得精到准确。
　　要是不看芦苇的《霸王别姬》剧本，你会觉得张国荣演得出神入化，但看过剧本之后才发现张国荣是严格按照剧本来演的。行内有个说法，写剧本比写小说难得多，因为写剧本动作要精准到位，没有任何含糊其词的余地，也无法取巧绕开。张国荣的角色动作全是芦苇在剧本中清晰地描述出来的。读芦苇的剧本，大家可以学到好多东西。

从生活中寻找主演形象

🎙 王天兵：刚才念了这么多田小娥的台词，就顺带讲一下田小娥的选角。你曾经说找到了一个陕西的女孩，适合演田小娥。

🎙 芦 苇：我找了一些比较贴近田小娥的人。这位陕西姑娘（屏幕投放一张照片），生气勃勃，很有活力，是八十年代我偶遇的一位普通农村女青年，供导演参考。她是带有乡土气息的女性。这张照片会对理解人物有帮助。

🎙 王天兵：她不是陕西最漂亮的姑娘，但有生命的质感，有乡土的质地。

🎙 芦 苇：她就是个农村姑娘，不是演员，有青年女性的魅力。

🎙 王天兵：你是有了这张照片之后才写的田小娥，还是……

🎙 芦 苇：这只是原始的素材。这个女孩是我在生活里碰见的，觉得她长得很有特点，拍《白鹿原》的时候可以作为人物参考。

🎙 王天兵：你在写剧本的时候，脑子里有这样一个较为明确的形象吗？

🎙 芦 苇：如果没有这样的形象，剧本是没法写的。没有形象哪来的戏啊？

🎙 王天兵：很多导演也有类似的选角经历，选来选去，直到有一个人出现了，才说"就是他了，这就是我心中的形象"。像《阿拉伯的劳伦斯》的主演彼得·奥图尔，不久前刚去世，当初导演大卫·里恩看到他时就一锤定音。

🎤**芦　苇**：大卫·里恩选角花了很长时间，开始找了一个明星，但这个明星拒绝了，后来费了很大力气才找到了奥图尔。

🎤**王天兵**：看芦苇的剧本会发现，芦苇对小说中的每一个人物都进行了再创作。你能感觉到电影人物还是从小说中来的，但每一个人都脱胎换骨了。你能不能讲一下，你是怎样看待小说中白嘉轩、鹿子霖这些主要人物的？又是怎样改造他们的？

🎤**芦　苇**：小说有一个优势，即篇幅特别长，可以写几十万字，也可以写上百万字，愿意怎么写就怎么写。电影绝对不行，有时间限制和空间限制，最好不要超过三个小时，不要少于一个半小时。一般来讲，一个电影剧本就四万字到七万字。

下面我们来说说白嘉轩和鹿子霖。大家看屏幕上这两张照片（屏幕投放两张照片），这是我找到的老年白嘉轩和老年鹿三的形象。这个形象接近白嘉轩最后一场戏的形象，他已经万念俱灰。鹿三是个质朴、倔强的人。

🎤**王天兵**：这两个形象选得好，我们的演员中好像没有类似的……

🎤**芦　苇**：这是真实的人物，有生命的质感。电影有别的艺术形式无法代替的地方，就是对于生命质感的表达，电影在这方面是得天独厚的。所以，我们应该充分地发挥电影的特点。一个人是活的，是条生命，站在你面前是有呼吸的。

电影人物与小说人物的区别

🎤**王天兵**：你是怎样对小说人物进行改动的？

🎙 **芦　苇**：白嘉轩是剧本《白鹿原》里的男一号，是主要人物，也是贯穿人物。从戏的开场时他自信十足地播撒麦种，直到戏结尾的时候尽管衰老，依然本色不变，死倔到底。

鹿子霖比较另类，他是土财主，很有钱，是白鹿原上的第一富户，他终生希望能够财大气粗、光宗耀祖、重塑门户，这是关中土财主的至高人生目标。

🎙 **王天兵**：与小说相比，你的剧本中没有真正的反面人物，所有的都是人性化的。

🎙 **芦　苇**：他们都是活生生的人，没有脸谱化。白嘉轩不能用好人坏人来界定，他是很矛盾、很固执、很纠结的人，在新旧观念交替的时候，他又是个坚守固有信念的人。

🎙 **王天兵**：请你把这些人物的结局讲一下，包括白孝文、黑娃等，从中更能看出你再创作的戏剧功力。

🎙 **芦　苇**：我的《白鹿原》剧本写的是正剧、悲剧。鹿三在癔病发作以后上吊自杀了，结局非常悲惨。鹿子霖的结局是悲喜剧，他最后成了疯子，这个小说里也点到了，剧本写的是他慨然高唱秦腔做白日梦。只有白嘉轩仍旧还是白嘉轩，倔强地活着，虽垂垂老矣，但本色不变。

四个年轻人——鹿兆鹏、白孝文、黑娃、田小娥，在剧本里面写得非常坚决、比较纯粹的是鹿兆鹏，他是个革命的坯子，最后牺牲了。黑娃做了土匪，被枪毙了。白孝文跟同时代的很多青年一样，参加革命队伍成为他的归宿。田小娥被鹿三杀死了，死时怀着白孝文的孩子。

🎙 **王天兵**：我们讲讲白孝文，这个人物是你另起炉灶塑造的。你为什么这样塑造白孝文？

🎤芦　苇：在小说里，白孝文是一个负面人物，他后来假装投身革命，亲情断绝，六亲不认，是一个让所有人失望的角色。小说把他写得很刁滑。但是电影不能这么做，电影最好有一个贯穿人物，能给大家带来力量与希望。我就选他作为正面形象。这个戏剧人物很有色彩，但结局也很沉痛。

我写的田小娥的死也与原著不同，没有让她死在家里。剧本中写的是连年干旱导致粮食短缺，田小娥怀着白孝文的孩子，在槐树开花的时候，她因为饥饿跑到槐树下摘槐花吃，结果被鹿三杀了。

我对这个女性的死亡怀有深切的同情，那么年轻美丽的生命被杀死了。田小娥被鹿三杀死以后倒在山路边，天空落下了久违的雨水，雨水就像小河一样奔流而下。我们看到田小娥的嘴里还含着槐花，上面沾染着点点血迹，很有尊严地保持着她的美，令人痛惜。

🎤王天兵：她出场的时候多大年纪？死的时候有多大？

🎤芦　苇：她从出场到死不过几年工夫。她是 1927 年大革命前夕出场的，大革命失败之后几年时间她和白孝文同居，黑娃与她天各一方、有家难归。大饥荒是在 1929 年。田小娥死在 1929 年到 1930 年之间。

🎤王天兵：那她还是很年轻的。

🎤芦　苇：年轻的生命夭折了，死于狭隘顽固的陈旧观念。

🎤王天兵：你刚才说的情节和小说不一样，小说中田小娥是死在窑洞里，剧本描绘的画面更有视觉冲击力。

🎤芦　苇：死亡场景应该是一种情感表达。田小娥在雨中吃槐花时被杀，用此气氛渲染出非常浓郁的痛切之情。

🎙 **王天兵**：本身还有诗意——花落水流红。

🎙 **芦　苇**：有"落花有意，流水无情"的含义。

🎙 **王天兵**：在芦苇的剧本中，这些充满诗意的片段既精微又鲜明，而且和戏剧结构融合得非常好。芦苇的剧本就如一首长诗，阅读剧本就是一种享受，而且剧中人物历历如在眼前。刚才他举了一个例子，其实类似的片段在剧本中比比皆是。

视觉化手法举例

🎙 **王天兵**：还有一场戏，讲鹿子霖追儿子鹿兆鹏，要他回来结婚。他们隔着一条河，这边骂着，那边跑着。小说里写父子冲突是面对面的争吵，但你把它电影化了，他们之间的代沟视觉化地用一条河展示出来了。

🎙 **芦　苇**：剧本里第一条主线是白嘉轩跟儿子白孝文的矛盾，第二条线是鹿子霖跟儿子鹿兆鹏的矛盾。但光写矛盾没有意义，小说里可以随便写，剧本里不能这样写，必须使这些矛盾视觉化。我设计的这场戏是，在新婚之夜鹿兆鹏逃跑了。鹿子霖脸面丢大了，他气急败坏，带着一些家丁亲戚去抓新郎官。双方隔着滋水河相追，鹿子霖在河这边，鹿兆鹏在河对岸。鹿子霖一边追一边哀求儿子，说兆鹏你回家吧，你这一跑咱们鹿家把人丢大了，你让你的新娘活不活了。新婚之夜新郎跑了，当新娘的实在是无颜接受。这是鹿子霖当父亲最悲催的地方，他苦苦哀求，但他儿子毫不领情，坚决不回头，说这婚要结你结去，那是你包办的，你进洞房去，我享不了这个福，你也不看看什么时候了，已经二十世纪了，白鹿原上还蹦跶着你这样一群封建活鬼，早该拿脚踢倒了。父子隔河对骂。最后当爹的走投无路，骂着骂着一头就跳到水里，气急败坏地要到河对岸捉拿儿子，但水很深过不去，他落到河里扑腾挣扎，家丁和亲戚又把他从水里捞上来。他这个爹当得很辛苦、很狼狈，儿子一意决绝，对他爹连讽刺带谩骂，显露出"五四"青年的革命本色。这场戏大有深意且生动有趣。

🎤 **王天兵**：这样一种技巧，大家可以仔细体会。大家以后看小说也好，电影剧本也好，从一个创作者的角度去看，你会学到更多的东西。作者为什么会这样写？他要强化什么、表现什么？采用了哪些技巧达到的？

🎤 **芦　苇**：大家记住，在电影剧本中一定要把任何戏剧冲突都变成视觉因素，这是电影剧本的关窍之处。

🎤 **王天兵**：你还写了田福贤和鹿兆鹏下棋，一边代表国民党，一边代表共产党。

🎤 **芦　苇**：对，田福贤是民团的团总，而鹿兆鹏是共产党员，他们俩下了两盘棋。第一盘棋是 1927 年大革命时，当时国共已经出现了分裂。田福贤问鹿兆鹏，这"一切权力归农会"究竟是啥意思？归了农会，还要政府干什么？因为他是政府的人。两个人明争暗斗，结果这盘棋是鹿兆鹏下败了，田福贤赢了。之后到了 1938 年，又是国共合作，他们又碰到一块儿下了一盘棋。鹿兆鹏作为八路军的军政干部，田福贤作为国民党在滋水县的地方官员，两人棋逢对手，结果是鹿兆鹏把田福贤将死了。

两个人在下棋，实际上这是一种较量的视觉化处理。

🎤 **王天兵**：你是用下棋来将他们的冲突可视化。此外，这两场戏在戏剧结构中是前后呼应的。

🎤 **芦　苇**：没错，这是有连贯性的，原著中没有。

🎤 **王天兵**：你写剧本的特点是对整体结构的驾驭能力很强。例如，前面给白孝文接生的是黑娃，后来送黑娃最后一程的是白孝文。

🎤 **芦　苇**：这也是首尾呼应的。第一场、第二场戏，白孝文来到人世，替他接生的人是黑娃，虽然当时黑娃只有四岁，用镰刀把他的脐带割断了，迎接他来到这个世界上。到了 1949 年，黑娃身为土匪要被枪决了，白孝文作为解放军的团长来看他，把他从监狱里提出来。黑娃先是抽了白孝文几个嘴巴子，说你睡了我的女人了，这个打你得挨。白孝文没吭气，认了这个罚。黑娃说，行了，咱俩阳世间的账就扯平了，你出生的时候脐带是我拿镰刀割的，你还欠我的，我死了以后，你把我埋在田小娥的旁边，这一本账就扯平了。白孝文不置可否，既没答应他，也没说不答应他。最后，在大部队出发的时候，白孝文离开家乡什么也没带，只带了田小娥的一罐骨灰……黑娃的心愿到死都没有实现，爱的力量最终超过了信义的力量，力道沉重。

🎤 **王天兵**：这最能显现出芦苇对结构的自觉。芦苇的《白鹿原》剧本，剧情复杂，但没有一条线索不是前后呼应的。人物关系纵横交错，但四通八达，那么漫长的历史时期，那么多人物，那么多条线索交叉着往前推进，在推进过程中还得瞻前顾后，前面的预示着后面的，后面的在前面都有铺垫，芦苇对结构的驾驭能力恰恰是中国电影编剧最缺乏的。

🎤 **芦　苇**：当下电影的从业人员素质偏低，这是一个事实，也是中国电影不好看的原因。

🎤 **王天兵**：我看你剧本时印象最深的是你那种突变的能力，一件事情尚未结束，另外一件事情横插进来，情节上一波未平一波又起。

🎤 **芦　苇**：剧本和小说不一样，最好能做到每场戏都是一箭双雕或者一箭三雕，每场戏的信息越丰富、跟下场戏的衔接点越多则越好，隔场戏你中有我、我中有你。写剧本讲究的就是这种技巧。

🎙 **王天兵**：剧本中事件和事件穿插贯通，一泻千里，汇聚成一股历史洪流，它裹挟着白鹿原上的人往前走。

🎙 **芦　苇**：没错。

🎙 **王天兵**：无论在形式上还是内容上，剧本都给人这样的感觉，即读后让人感到个体在历史洪流中的卑微与无奈。

电影中的秦腔

🎙 **王天兵**：我读《白鹿原》剧本，印象最深的还有贯穿始终的秦腔。你很热爱秦腔，可以说是半个专家，能不能讲讲秦腔在电影中的作用？

🎙 **芦　苇**：《白鹿原》是关于秦川秦人的历史和故事，所以秦腔是必备因素。关中人有唱秦腔的传统。鹿子霖会唱，白嘉轩会唱，黑娃也会唱。陕西过去的老农民都会唱几段秦腔，有的唱得非常好。我在陕西插队的时候常常听到老农唱秦腔《祭灵》，唱的人老泪纵横、慷慨激昂，听的人耳热心酸。

我在《白鹿原》剧本里写了不少秦腔。其中一段是黑娃从农民讲习所回到白鹿原要大干一场，准备革命了，回归途中一路风雪，他们背着行李吼了一路秦腔。当时田福贤正在和鹿兆鹏下棋，突然歌声传来，田福贤浑身一哆嗦，说，呀，这是谁唱的腔？我咋听得瘆人得很。黑娃是带着杀气回来的，这团杀气通过秦腔让田福贤闻之胆寒，是声音的冲击力。

🎤 **王天兵**：芦苇是戏曲专家和民歌专家，在这方面的知识是海量的，他的《霸王别姬》中的昆曲、京剧，《活着》中的老腔、皮影戏，不但唱段明确，而且和剧情相关。《白鹿原》剧本中多次出现秦腔，唱段还没有最后完善，但都和剧情息息相关，既刻画人物，又推动情节，还烘托气氛。

🎤 **芦　苇**：鹿子霖最后疯癫了，进入了"无为"之境，彻底"自由"了，他站在白鹿原上慷慨高歌，吼唱着秦腔。这出戏也是以秦腔结尾的。土改时，工作队上来，白鹿原变了，秦腔也变了。文工团给村民们演出的秦腔是改良过的，是新戏《血泪仇》，讲阶级斗争的。鹿子霖与白嘉轩是听秦腔的行家。鹿子霖很是不屑，他觉得新秦腔鬼哭狼嚎，不入法耳，说工作组请的是不登台面的草台班子，让人把工作组的脸面当尻子笑呢。

🎤 **王天兵**：秦腔有一种味道，不管能不能听懂，都能感受到那种味道，就是如泣如诉。

🎤 **芦　苇**：秦腔有欢音和苦音两种唱腔。苦音最善于表达悲愤、哀怨的情感，比别的戏种都来得强势而浓烈。

🎤 **王天兵**：如果芦苇的《白鹿原》剧本将来能够拍成电影，配乐肯定是和秦腔有关的。我读你的剧本就能听到秦腔那种哀怨、那种哀叹、那种哀号。

🎤 **芦　苇**：你算是把剧本读懂了。

🎤 **王天兵**：我相信在座的还有很多知音在等着。剧本里，秦腔贯穿始终，但是最后响起了"向前向前向前"那首革命歌曲。前面一场接一场戏中秦腔不绝于耳，但最后是一首军歌。

🎤 **芦　苇**：大家记不记得在《霸王别姬》里面有一场戏，程蝶衣给解放军演出的时候，突然嗓子哑了，唱不出来了。戏班子认为唱砸了台要出事了，但没想到解放军忽然掌声如雷，开始唱一首歌，就是"向前向前向前，我们的队伍向太阳，脚踏着祖国的大地，背负着民族的希望，我们是一支不可战胜的力量"，这个歌声完全把程蝶衣的嗓音压过了，实际上也喻示着一个新时代的开始。《白鹿原》的结尾我也用了这首歌。解放军要去解放全中国，他们在开拔的时候也是唱这首歌，但是用陕西土音唱的，很有寓意。

🎤 **王天兵**：你所有的剧本都有一种交响乐的感觉，就是所有元素汇聚起来，最后一起爆发。在《白鹿原》的最后几场戏中，尤其是听到这首歌响起的时候，前面积累的情绪整个倾泻出来了，让人感觉到时代洪流喷涌激荡、振聋发聩，感到人的无奈，还有对未来的预感，可谓悲喜交加、回肠荡气。

🎤 **芦　苇**：《白鹿原》从本质上讲是生命之河的故事。《白鹿原》是我所有剧本中写的遍数最多的一个，一稿不满意再写一稿，一共写了七稿。《霸王别姬》写了两稿，《活着》也写了两稿，唯独《白鹿原》我写了七稿，确实下足了力气。

🎤 **王天兵**：这个剧本力透纸背。老舍在晚年曾说《龙须沟》中有个人物说的一句台词是他花了三十年才写出来的。芦苇这个剧本写了七稿，实际上也花了三十年。

🎤 **芦　苇**：我写《白鹿原》剧本的时候已经五十多岁了，人生阅历、写作经验已经相对成熟了，写的时候煞费苦心，始终比较清醒。我希望大家在看的时候，能看到电影编剧的手法与匠心所在。

🎤 **王天兵**：还有你之后写的剧本《岁月如织》，也非常精彩，我看了以后也能听到秦腔的曲调。

🎤 **芦　苇**：《白鹿原》讲的是二十世纪的前半个世纪，《岁月如织》讲的是二十世纪的后半个世纪。这两部戏连贯起来很有史诗感。这两部戏要拍成功了，我就可以说对陕西乡土问心无愧了。

🎤 **王天兵**：《白鹿原》剧本是一座"电影编剧技巧宝库"，能给大家提供取之不尽的编剧技巧。这是芦苇毕生的积累，没拍出来非常可惜，但也许真要过二三十年才能拍出《1900》的水平。

下面回答观众的提问。但提问之前，先请汪海林老师发言，他是中国电影文学会副会长，上次北京发布会他到场了，但没有来得及让他讲话，今天补上。大家欢迎！

汪海林发言

汪海林：《白鹿原》电影上映的时候，我们也在想，王全安拍得不好，但是这个时代是不是需要这样一部作品？电影已发生了深刻的变化。全世界发达国家和落后国家之间的差距依然很大，但是全世界的都市文明是很接近的。在这样的情况下，古典主义的文学和电影都产生了变形，这也是困扰我的问题。这是一方面。

另一方面，小说《静静的顿河》曾在苏联引起很大的争议，最后斯大林亲自接见了肖洛霍夫，把斯大林文学奖颁给他了，同时这个作品获得了诺贝尔文学奖。这可能是唯一一部被东西方共同认可，同时也是冷战期间两大阵营共同认可的作品。当时，苏联主管意识形态的官员一直在讲：我们的文艺创作要符合共产主义理想，而不要拿社会主义道德去约束它。我认为这个理念就很像美国了，它要符合美国精神，不要因为具体的文艺作品是否反对了现行的某个政策或者某个制度而否定这个文艺作品。可能它的文艺主管的水平和眼界跟我们也是不一样的。我们当代的作者面对审查是不是能够真正抛开那些所谓的束缚？这也是我们经常想的一个问题。

此外，新旧矛盾来自中国深刻的变化。我们确实缺乏一部讲述从辛亥革命以后到大革命时期的历史的作品。后来我想到，"文革"以后产生了伤痕文学，但是我发现只有伤痕没有文学。这个问题出在哪儿？我很认同芦苇老师的这种创作方式，是一个大的文化概念、大的乡土概念。《静静的顿河》不是一个简单的哥萨克人格里高力个人的故事，也不是哥萨克匪帮的故事，它最重要的主角是顿河，这是它唯一的主角。《白鹿原》也是，白嘉轩也好，黑娃也好，白孝文也好，他们共同的主角是白鹿原，从陈忠实的小说开始到芦苇老师的改编，成功之处在于抓住了这一点。

还有王天兵老师讲到的问题，比如说鹿三跟白家的关系——长工和地主之间的关系。我们的革命文学更多关注了阶级革命。毛泽东的文章里面写道，它实际上是宗族压迫，父权、夫权的多重压迫催生了革命，《家》《春》《秋》讲的是一个家庭父权的压迫。阶级矛盾还是存在的，包括《阿Q正传》里也是有的，它在各地体现的形态不一样。我家乡在江西，很长一段时间主要矛盾是客家人跟当地土家人的矛盾，客家人内部、土家人内部不同姓氏之间的宗族矛盾在很多情况下压倒了阶级矛盾，但在某些地区，阶级矛盾又占主要地位。

中国的情况很复杂，我想小说《白鹿原》里面也讲到了当时的复杂性。我们对于历史的解读可能需要作者静下心来，更多地从文化，从我们这个民族本身的历史去寻找答案。可能永远也找不到答案，但是寻找的过程本身就很有意义。我认可芦苇老师对《白鹿原》小说主题的总结和梳理，它实际上是新旧矛盾。

现场问答

🎙 **张立宪**：我替几个没来的读者问芦苇老师三个问题。第一个问题，中国有没有您看得上的乡土电影？

🎙 **芦　苇**：少之又少。

🎙 **张立宪**：第二个问题，关于《白鹿原》剧本，您七易其稿，前六稿不满意的地方在哪儿？为什么不满意？

🎙 **芦　苇**：写了好几年了，每一稿修改都有原因，觉得没有把关中人的魅力写透，还有更好的方案，所以写了七稿。

🎙 **张立宪**：比如说第一稿最不满意的是什么？

🎙 **芦　苇**：写了七稿之后，如果不看原稿件的话，每一稿的变化我很难记得清了。

🎙 **张立宪**：第三个问题，最后这个电影拍成了王全安版的，不是芦苇版的，抛开个人原因，您有没有更深入地总结过，为什么您的剧本没有拍成电影？

🎙 **芦　苇**：《白鹿原》电影导演成长于失忆的年代，已经不记得土地上真实发生过的事了。因此，他看不懂我的剧本。《读库》的可贵之处就在于它有真实的记忆，我希望大家不要把我们的乡土、乡土文化以及乡土人物忘却了，我希望用《白鹿原》这部电影把它们再现出来，还原它们真实的面貌，这是拍《白鹿原》的初衷。

🎙 **张立宪**：您觉得这个初衷在影视界现在这样的环境中有可能实现吗？

🎙 **芦　苇**：有点像堂吉诃德，能听明白的人不多，响应的人也不太多。现在大家开口闭口都是票房、利润，至于作品的乡土魅力和文化价值是绝少被人关注的。

△ **提　问**：我的问题是，电影是一门艺术，同时也是一种产业、一种工业，作为一名电影编剧，您在表达自己，同时也为这个电影工业服务，所占比例分别是多少？也就是您这个工作当中有多少是表达自己，有多少是为电影工业服务？

🎙 **芦　苇**：这个话题就大了，我就是个电影编剧，编了剧本、拿了稿费就完了。剧本剧本，一剧之本，中国影视界严重忽略了剧本，导致广大观众对电影不感冒，质问国产电影为何越来越不招人待见。

△ **提　问**：老师，在写作时您会不会考虑观众能不能感受到您想表达的东西？

🎙 **芦　苇**：作为编剧来讲，写人物、写故事，能不能感动自己是首位的，是最重要的原动力，你自己被感动了，才能考虑是否能感动观众，能否和别人交流。第一步是绝对必要的，第二步是真正的目的。陈凯歌写《无极》剧本的时候我相信他自己是相当感动的，只是无法感动观众，观众不买他的账。我们的目的是要感动观众，这是电影的最终目的。

△ **提　问**：您在《电影编剧的秘密》一书中强调编剧先行、剧本先立。但是咱们的一些导演根本就是导演先立、演员先立，然后拍烂得流脓的电影，根本就没有编剧先行和剧本先立，您怎么看这个问题？

🎤 芦　苇：编剧先行也罢，制片人、导演先行也罢，都在电影史上出现过成功的作品，也出现过失败的作品，这个问题必须有针对性，不能泛泛而论。同样，我特别反对编剧中心论，因为电影是一个综合艺术，是大家集合力一块儿干的行道。但是我也反对制片人、导演包办剧本，有时候他们非常外行，编剧毕竟是一门行道。

△提　问：请问您对《美姐》这部影片的看法是怎样的？

🎤 芦　苇：《美姐》这部电影的可贵之处在于拍了今天民间艺人的真实情况，它的缺点是情节还不够完整，支离破碎，叙述技巧有待提高，但是它的故事选材非常好。

△提　问：您刚才提的电影里有秦腔、戏曲之类的，如果要表现乡土，这些东西真的是必需的吗？像外国有个导演叫迈克尔·哈内克，他拍的《白丝带》也是一部表现乡土生活的电影，里面好像完全没有配乐。

🎤 芦　苇：我曾经看过一部拍得很棒的电影——法国的《白鬃野马》，里面台词只有十几句，说话非常少，还有的电影从头说到尾，这不是问题，你有台词也罢，不说话也罢，你的电影整体水平如何才是最关键的。

△提　问：您会重拍《白鹿原》吗？

🎤 芦　苇：已经有人在找我谈这个事了，但需进一步落实。

△提　问：关于《白鹿原》小说里面的那位朱先生，您是怎么处理的？

🎤 芦　苇：我的剧本里把这个人物去掉了，朱先生在小说里不是一个成功的人物。我跟陈忠实先生也谈过这个问题，我对这个角色不满意，他也不满意，他说写朱先生的时候有些拿捏不准。这也是仁者见仁，智者见智——我一再强调这句话。对某些读者而言，朱先生可能寄托了自己的希望，他们很喜欢这个人，但是我拿捏不准。

一个导演的成败

——从《惊蛰》到《白鹿原》

芦 苇　王天兵

　　芦苇和王全安的交往颇具戏剧性。2003 年，芦苇四处奔走，力荐王全安执导《白鹿原》。2012 年，由王全安导演的电影《白鹿原》上映后，芦苇却公开声明自己和这部电影没有关系。从那时起，芦苇就希望出版自己的《白鹿原》电影剧本以正视听。2013 年秋，在《电影编剧的秘密》出版之前，北京后浪出版公司就在紧锣密鼓地筹备出版芦苇的《白鹿原》剧本，为了最大限度地让读者领略《白鹿原》剧本的创作初衷和编剧技巧，北京后浪出版公司特邀我和芦苇于 2013 年 10 月 28 日、29 日在北京一家酒店里进行了长达十余个小时的深度访谈，一是逐场分析了芦苇的《白鹿原》电影剧本，让读者透彻了解将这部长篇小说电影化的编剧技巧，二是回顾了芦苇和王全安交往的全过程。我们采取对事不对人的态度，尽量客观地还原了这段往事。

　　这次谈话整理成文后，第一部分收录于 2014 年后浪版《白鹿原——芦苇电影剧本》附赠的别册之中；第二部分在后浪网站上刊载，但从未正式出版，因为当时我们认为这些人事纠纷不涉及电影艺术，对读者学习编剧技巧并不重要，只留给未来的电影史学者去钩沉吧。但时隔近十年，再看这篇谈话内容，依然发人深省，因为我们在近年再一次经历了谈话中描述的因导演肆意窜改剧本而使电影一败涂地的闹剧。收入此篇谈话，因为它仍有现实意义。

此外，电影《图雅的婚事》虽然获得金熊奖，我看后却感到失望，但时隔近十年再次看此片，我有了新的感受，因此在本文中增加了一个附记。

——王天兵

发现王全安

🎙️ **王天兵**：《白鹿原》的戏外戏也上演十年了，我们今天回顾一下，谈谈电影《白鹿原》的来龙去脉。就从你和王全安结识开始谈起吧，你看到王全安的《惊蛰》是什么时候？

🎙️ **芦　苇**：应该是 2003 年。

🎙️ **王天兵**：在哪儿看的？

🎙️ **芦　苇**：在西影厂（西安电影制片厂，现为西部电影集团有限公司）看的。当时这部电影正在申请挂西影厂的厂标，厂领导已做出决定不让挂。我听说这个事，就去看了这部电影。

🎙️ **王天兵**：胶片放的？

🎙️ **芦　苇**：胶转磁。因为后期没有做完，我看的是粗剪。我认为拍得有特点，很不错。

🎙️ **王天兵**：好在什么地方？

🎙️ **芦　苇**：这部片子是用纪实手法拍的，真切而自然，罕见地表现了当今农村的真实氛围。放映一结束，我就为这部片子鼓了掌。

🎙 **王天兵**：王全安是西影厂的人吗？

🎙 **芦　苇**：是。但这部片子是他个人筹资拍的。他想把片子转卖给西影厂，从而完成后期制作并争取公映，但西影厂主管生产的副厂长拒绝该片，不让挂名。

🎙 **王天兵**：我记得这件事。2003 年我回西安的时候，你很高兴，说陕西出好片子了，让我一定要看。王全安在《惊蛰》之前拍的《月蚀》你看过吗？

🎙 **芦　苇**：我看过《月蚀》的碟片，它模仿波兰导演基耶斯洛夫斯基的《两生花》痕迹太重，不是出色的片子。《惊蛰》拍得清新而自然。我当时虽然看过王全安两部片子，但并不认识他。

🎙 **王天兵**：当时你到处为这部电影游说，我还陪你去见过几个老板。你希望他们给《惊蛰》投点钱做后期，你说它虽然是艺术片，但是定位很清楚，虽然小众，但不会没有观众的。

🎙 **芦　苇**：我那时力挺这部片子，四处游说，不遗余力。

🎙 **王天兵**：我对你看片子后奔走相告、逢人就推荐的兴奋劲儿记忆犹新。

🎙 **芦　苇**：那时我连王全安的面都没见过，我只看片子不认人。

🎙 **王天兵**：我在你家中聚精会神地看了《惊蛰》。首先，片子把农村生活的质感拍得可触可摸，生活气息呼之欲出。我已经很久没看过影像质量这么地道的电影了。其次，主人公关二妹的举动中有农村妇女特有的木讷和实诚，尤其是她那种略显呆滞的眼神。这是自《小武》之后又一部让我震撼不已的中国当代文艺片。当时你说《惊蛰》比《小武》更浑厚，还告诉我，陈忠实看过《惊蛰》之后说这是一部对农民很有诚意的电影。此外，女主人公的扮演者余男其实是王全安的女朋友，毕业于北京电影学院，而且会说英语、法语。我觉得不可思议，也因此对导演王全安和演员余男十分好奇。

🎙 芦　苇：因为我四处鼓动，西影厂专门为此开了一次厂务会，会上我做了一次热情洋溢而带煽动性的发言，说我们厂如果坚持拍西部片，就该重视这部片子。当时厂长说，既然老编剧芦苇这么力挺，应该试一试，于是决定拿出六十万人民币买下这部片子。西影厂出手救了这部片子。这大概是2003年夏天的事。

🎙 王天兵：你是什么时候跟王全安第一次见面的？

🎙 芦　苇：西影厂决定买他的片子以后，我们就见面了。

🎙 王天兵：初见王全安，他给你什么印象？

🎙 芦　苇：我有一个原则：只看作品，不看人脸。我从电影里面去判断一个人的艺术才华和创作状态。他那时年轻单纯，对电影有梦想。我看到一个对电影非常认真的人。

🎙 王天兵：他是哪年生人？

🎙 芦　苇：1965年。王全安有了这笔钱，就到德国去做了后期，那儿的技术质量过关。西影厂是他上马立业之地，我是见证人。

🎤 **王天兵**：《惊蛰》随后去参赛了？

🎤 **芦　苇**：对。女主角余男获得了那年的金鸡奖最佳女主角奖。

🎤 **王天兵**：2003年冬，你带我去北京参加《惊蛰》研讨会，会场就在北太平庄附近的一座楼里。我列席旁听。会上有很多人发言，多数给予好评。王全安在北京电影学院时的老师马精武和夫人也到场了，他们对这部片子都给予了肯定。你的发言热情洋溢，我还记得你说了一句话：《惊蛰》最可贵的是演员的出色表演。

🎤 **芦　苇**：《惊蛰》的表演确实有闪亮的品质。当时的电影表演虚假成风，可是《惊蛰》的表演朴实无华、可圈可点，人物都像是生活里的人物般真实可信。

🎤 **王天兵**：片中演员除了余男，其他都是业余的，但可谓个个精彩，比如关二妹和她的女伴在床上分抢巧克力的那场戏，质朴而饱满，毫无表演痕迹。

🎤 **芦　苇**：片中演工商所所长的是当地干部，神气十足，活灵活现，可以获最佳男配角奖了。这部电影很有人物质感。

🎤 **王天兵**：会上我第一次见到余男，身材苗条，为人沉静，还像个学生，气质与关二妹有天壤之别。会后，我们和王全安一起吃饭时，你说《惊蛰》这种文艺片是拍给专业人士看的，普通观众或看不懂，或不爱看，全安要拍摄戏剧性强的情节片还要锤炼。当时，王全安认同你的这种评价，他说："拍摄情节剧很考人，让观众笑他们就笑，让观众哭他们就哭，要能驾驭观众的情绪。"

后来，我单独跟他通过电话，他说不愿意只拍见光死的地下文艺片，他要拍《教父》那样人物饱满、故事精彩的情节剧。说起《霸王别姬》，他也有自己的看法。他认为电影的前四十分钟如同洪水猛兽，强烈的戏剧冲突裹挟着观众，让他们欲罢不能，但人物刻画还有不足之处，人物之间微妙的关系、难以言表的状态都没有拍出来。如果他来拍，会把更多的精力花在展现程蝶衣和段小楼之间那些微妙的情愫上——可以看出他对表演的重视与自觉，以及他的抱负——超越《小武》这样的地下文艺片以及《霸王别姬》这样的经典。

你和王全安认识后，很快达成了合作意向。

🎤 芦 苇：我希望他更进一步，就鼓动他拍《白鹿原》。他当时还有些犹豫、怯场，不敢上。我给他鼓气。后来我们就开始筹备拍《白鹿原》了，结果筹备到一半的时候夭折了。

🎤 王天兵：当时是谁决定要拍《白鹿原》的？

🎤 芦 苇：西影厂，应该在 2004 年或 2005 年吧。当西影厂讨论王全安是否适合做导演的时候，有人提出警告，说以王全安的实力拍大片会有问题。但我不信邪，我说人都有成长过程，应该帮他一把。西影厂还有位领导接触过他，他说王全安这个人平时看不出来，一见到名利就难守分寸。我说还是珍惜他的才华吧，我们是拍电影，又不是训练道德圣人。

🎤 王天兵：我跟王全安接触过几次，感觉也挺好。他热爱电影，有想法、有抱负。他说做完了《惊蛰》，最难的关已经过了，他要真刀真枪地大干一场了。西影厂最后决定用他做《白鹿原》的导演了？

🎤 芦 苇：人算不如天算。我当时鼓动、推荐他做导演，后来才发现他实在不具备执导史诗大片的素养与学识，巨大投资有交学费的风险。结果不出所料。

🎤 **王天兵**：后来这个片子为什么又夭折了？

🎤 **芦　苇**：西影厂后来把项目卖给了一家小公司。这家小公司玩空手套白狼。西影厂内部也有异议，但厂里已经与王全安签了导演合同，还付了预付款。

🎤 **王天兵**：当时准备到什么程度了？你的剧本写完了吗？

🎤 **芦　苇**：2003 年，合同一签我就开始写第一稿了。项目搁浅的时候我的第三稿剧本都出来了，而且服化道已经运转起来了。至今西影厂还欠着服装组的钱呢。紧跟着，一个叫王乐的人来找我。我以前认识他，他销售过工艺品。他本人想圆电影梦，就让我拍个片子，他来做制片。我就把当导演拍片的机会给了王全安，我仍做编剧，这就有了《图雅的婚事》。

用《图雅的婚事》磨炼王全安

🎤 **王天兵**：你是怎么想到让王全安来拍《图雅的婚事》的？

🎤 **芦　苇**：王全安在执导纪实性题材的电影方面有长处，埋没了可惜。我也想用这个小制作的情节剧跟他磨合一下。王全安说了一句话：芦苇爱才，芦苇是看才不看人。

🎤 **王天兵**：你以前多次提到王乐，但从未提到过他的年龄，我一直以为他与王全安差不多大，后来我认识他了，发现他是个老人。

🎙️芦　苇：他比我大一些。

🎙️王天兵：王乐自始至终是《白鹿原》这出大戏中的一个角色，这个人看上去闪烁不定、富于变化。

🎙️芦　苇：他自己并没有钱，是借用别人的钱。《图雅的婚事》电影预算是五百万，说好的条件是王乐出两百万，另一家公司出三百万。王全安要求承包，但被王乐拒绝了。

🎙️王天兵：我记得你当时的稿费是三十万，远低于你一般的稿酬标准。当时王全安的导演费是多少？

🎙️芦　苇：他提出的导演费和余男的演员费是绑在一块儿的，我担心高了会影响影片的制作，就告诉他不要拿得太高。

《图雅的婚事》在开拍前不久就没钱了。王乐的资金没有到位，合作方不愿意再继续冒这个风险，也不掏钱了，这个事就悬在那儿了。钱到不了位，王全安失魂落魄，反复唠叨一句话：没钱你拍什么电影。他准备卷铺盖走人，把第二天的飞机票都买好了。他跟制片人王乐之间矛盾重重，彼此连话都不说。

我对他说，这部电影筹备到这种程度还是要以电影为重，只有往前冲了，给钱咱们干，不给钱也要干，一定要把电影坚持拍下去。干电影需要这股韧劲。我跟他彻夜长谈，晓之以理，动之以情，我说了半个晚上，他把行李解开了，不走了。《图雅的婚事》能拍下来是很不容易的。

《图雅的婚事》的成色

🎙️王天兵：我们在《电影编剧的秘密》中谈过《图雅的婚事》，这里谈些没说过的。我印象很深的是 2007 年元月，我在北京筹备《敖德萨故事》的发布会，跟你见过一次，当时你说《图雅的婚事》的重场戏没有拍。

🎙️ 芦　苇：缺斤少两了。有一场重场戏需要等雪景，但王乐作为制片人，督促王全安赶紧拍完。王乐说，反正这个戏已经砸了，能少赔点钱就少赔点。我知道这个戏不可能砸，只是完成度的问题。

🎙️ 王天兵：《图雅的婚事》剧本你写了多长时间？

🎙️ 芦　苇：连采外景带写剧本有四五个月的时间，体验生活有两个多月的时间。

🎙️ 王天兵：到内蒙古去体验生活？

🎙️ 芦　苇：到内蒙古阿拉善左旗去，跟当地人共同生活，包括放牧等，力气还是下了。那时大家的状态总算是稳定的。

🎙️ 王天兵：你看导演的现场感怎么样，包括能力、状态？

🎙️ 芦　苇：都正常。王全安表示要坚持到底。他有这个话我也挺感动的，是个干事的样子。

🎙️ 王天兵：最后钱到位了？

🎙️ 芦　苇：做后期时钱都没有到位。王乐作为制片人不是内行。我的剧本稿酬在影片获大奖后还拖了四年，到 2009 年才结清了。

🎙 **王天兵**：最后这部电影总共花了多少钱？

🎙 **芦　苇**：总共花了五百余万。

🎙 **王天兵**：我们以前谈过，《图雅的婚事》获大奖有侥幸的成分。

🎙 **芦　苇**：那是你的看法。天上不会掉馅饼。影片的题材非常好。第一，这是关于中国普通百姓生活的电影；第二，这是蒙古族牧民当下的生活；第三，故事的背景是草原退化，涉及生态环境恶化及其对牧民生存的威胁，这是很严肃的主题。

🎙 **王天兵**：这部片子的背景选择有取巧的成分，与贾樟柯的《三峡好人》类似。

🎙 **芦　苇**：这是你个人的观点，我不这样认为。在影评人眼里，这部电影有一种责任心，代表一种罕见的勇气。

🎙 **王天兵**：我至今都认为这是第五代编剧和第六代导演不成功的合作。

🎙 **芦　苇**：这只是你的一家之言。

🎙 **王天兵**：二十世纪八十年代，导演凌子风拍过一部片子，叫《春桃》。女主人公春桃由刘晓庆扮演，靠拣废纸为生，她和小伙计（姜文扮演）同居。其实她结过婚，但丈夫失踪了，后来找回来了，双腿已经截肢。她不忍心抛弃丈夫，又割舍不了情人……结果两个男人和一个女人睡一个炕。——和你这部片子有类似之处。

🎙芦 苇：这都是生活里发生的事情。

🎙王天兵：但你们的片子和《春桃》比起来有更深的对人性的探讨吗？

🎙芦 苇：它有对草原生存环境的关注。草原的退化迫使牧民告别游牧生活，电影为此忧虑重重。

🎙王天兵：但这只是人物的背景，核心情节应是图雅和两个男人的关系。

🎙芦 苇：草原生态环境是一个大背景，至关重要，没有这个大背景就没有这些人物，就没有这个故事。

🎙王天兵：我至今没看过《图雅的婚事》剧本，不知道王全安在多大程度上忠实于剧本，或者改造了你的剧本。

🎙芦 苇：我的剧本是开放性结尾，拍成的电影是封闭性结尾，这是他对剧本最大的改动。我写的是旧矛盾刚刚结束，新矛盾又来了。当图雅跟新丈夫的生活已经过得很美满的时候，残疾的旧丈夫却正在悄然恢复之中。我本来的结尾是，图雅忽然看到前夫在恢复，她陷入悲喜交加之中，一则以喜，一则以忧——生活就是这样，很耐人寻味。

《图雅的婚事》比《春桃》好得多。《春桃》那个故事很好，但凌子风拍得有些疲弱无力，回避了很多正面的冲突。《春桃》在某种意义上是散文电影，不是戏剧电影。

🎙王天兵：我以前说过，图雅和她的旧丈夫之间的感情没有建立起来，戏根没埋好，随后她找到另一个男人时，旧丈夫没有撕心裂肺的感觉。此外，电影类型也不清晰。实际上，他们三人之间缺乏真刀真枪的重场戏。但我们就不再重复这些了。

🎙 芦　苇：《图雅的婚事》表达出对环境的焦虑，对生态恶化的担忧，这是最可贵的主题。我们为什么拍这个电影？不只是说一户牧民家庭的事，目光可谓深远，电影视野非常开阔，展现出草原生态的命运。

《图雅的婚事》也有令人遗憾之处，主要是结尾太仓促。但总体而言，我还是蛮喜欢这部电影的。

🎙 王天兵：从这部电影也能看出王全安的功力问题。他对情节片的驾驭、对类型的理解都有欠缺之处。

🎙 芦　苇：结构更深化多变一些，内容更丰厚耐人寻味一些，他就难以把握了。

🎙 王天兵：用你的话说，当要完成明确的戏剧任务时导演就露马脚了。他善于拍摄那种即兴的生活状态，擅长捕捉松弛的生命气息，比如《惊蛰》中关二妹和女伴在床上抢巧克力吃，以及关二妹往脸上抹雪花膏等，那是王全安拿手的东西。一旦要他在规定场景中完成戏剧性的表达，他就僵硬没灵气了。

🎙 芦　苇：有这个问题。

🎙 王天兵：所以《图雅的婚事》缺乏一种力量。第五代编剧和第六代导演之间嫁接得不成熟。

🎙 芦　苇：重场戏的爆发力还是不错的，足见在纪实类型里面也可以有非常丰富的戏剧成分。

🎙 **王天兵**：正剧结构要求冲突不断增强，最后达到高潮，而第六代导演似乎天生缺乏这种能力。

🎙 **芦　苇**：缺乏这种意识，所以第六代导演的电影不如第五代的好看。

🎙 **王天兵**：这些问题在后来的《白鹿原》中暴露无遗。

🎙 **芦　苇**：《白鹿原》那个舞台太大了，高低优劣一目了然。

希望张艺谋执导《白鹿原》

🎙 **王天兵**：《图雅的婚事》获得柏林国际电影节金熊奖之后，《白鹿原》项目又上马了？

🎙 **芦　苇**：经过《图雅的婚事》的磨炼，我更了解王全安了——他拍不了《白鹿原》。我是第一个鼓励他拍这个题材的，后来又认为他不适合导演《白鹿原》，这中间有个巨大的认知反差。

🎙 **王天兵**：在拍摄过程中你和他发生过争执吗？

🎙 **芦　苇**：拍《图雅的婚事》的时候，原则上我是不干涉的，我只告诉他一些要点，具体怎么拍我不管。我已经发现他驾驭不了大场面、较强的戏剧性的问题。他对结尾的处理就很典型，我写了一个开放性结尾，它的戏剧性力度更耐人寻味，主题更明确，可惜王全安意识不到这一点，放弃了这个情节。他这个结尾有断了链子的感觉，使主题无法升华。

🎙 **王天兵**：后来《白鹿原》又要上马了，都说让你来导演，你又卷进去了。

🎙芦　苇：其实不是让我导演，是看守摊子。因为《白鹿原》那个剧组到了 2007 年、2008 年的时候群龙无首，我对剧组说，继续筹备，工作不要停止。我依然在物色合适的导演。

🎙王天兵：你还给张艺谋写过一封信。

🎙芦　苇：给他写过一封很恳切的信，劝说他出任《白鹿原》的导演。

🎙王天兵：信还在吗？

🎙芦　苇：信在张艺谋手里，他还给我回了一封信。

🎙王天兵：两封信的大意还记得吗？

🎙芦　苇：我在信中说我们生为陕西关中人，吃关中的粮、喝关中的水长大，我们有义务、有责任拍白鹿原这个题材。我们义不容辞，否则对不起关中的父老乡亲，对不起这方土地。

🎙王天兵：张艺谋是怎么回答的？

🎙芦　苇：张艺谋说，你说得都对、都在理，但我现在要上奥运会了，来不及了，这是国家任务，《白鹿原》只能往后再推迟一下。

🎙王天兵：当时你已经断定王全安不适合拍《白鹿原》了。

🎤 **芦　苇**：是的，否则我不会写信给张艺谋。

🎤 **王天兵**：你觉得张艺谋是最佳人选吗？

🎤 **芦　苇**：他是陕西关中人。我早说过，张艺谋本人演白嘉轩，无论年龄，还是长相、性格，都很合适。要是吴天明来演田福贤、陈凯歌来演鹿子霖，会很出彩。我后来的念头是王全安演鹿子霖更精彩。我还想在里面串个角儿，演个老土匪什么的。

🎤 **王天兵**：这里还有一个插曲，当时有一个《白鹿原》的话剧演出，也是2007年左右。

🎤 **芦　苇**：没错。北京人艺林兆华导演的，宋丹丹演田小娥，郭达演鹿子霖。但这不是话剧，是活报剧。什么叫活报剧？就是努着劲高度夸张地在舞台上表演。《白鹿原》本质是写实的，可这个活报剧是试验性的，把写实性牺牲掉了，非常可惜。从戏剧结构上来说，改编得也不是很成功。

🎤 **王天兵**：《白鹿原》还被改编成了秦腔，你看了吗？

🎤 **芦　苇**：看了，也不算成功。

🎤 **王天兵**：为什么？

🎤 **芦　苇**：剧本也不行，造型也不对，舞台效果也不好，方方面面都没有什么可取的。

王全安当上《白鹿原》导演

🎤 **王天兵**：回到电影《白鹿原》，后来的投资方不是西影厂了？

🎤 **芦　苇**：最后真正投资的是陕西省旅游集团（以下简称陕旅集团）。过程说起来非常曲折，因为前后历时六年，中间风风雨雨，有很多变数。总之，西影厂没钱不拍了，陕旅集团接手，最后命运使然，这个差事最终被王全安一手包办了，他集出品人、制片人、编剧、导演于一身，成为奇葩。

🎤 **王天兵**：这时候王全安怎么又进来了？

🎤 **芦　苇**：王乐起了作用，他跟陕旅集团的领导很熟。《图雅的婚事》获得金熊奖后，王乐一改前态，把王全安当大神了。

🎤 **王天兵**：2009 年底至 2010 年，王全安正在筹备《白鹿原》，你向很多人公开表示过王全安不适合当《白鹿原》的导演。

🎤 **芦　苇**：陕旅集团的老总和我也相识。我是电影《白鹿原》的发起者、推动者和最早的参与者，但决定投拍《白鹿原》后，陕旅集团从没找过我，他们知道我不看好导演人选。

🎤 **王天兵**：在这之前，剧本早就送审了？

🎤 **芦　苇**：是 2004 年或 2005 年的事。当时我已经推荐王全安当导演了，但编剧还是我。那时他也写了一稿剧本，至今还在我这儿搁着呢。

🎤 **王天兵**：我翻过，前面十几页很松散，我就看不下去了。

🎤 **芦　苇**：他写的剧本如同影片，散乱无章，正剧的剧情结构是他的弱项。后来我才发现，送审的时候王全安已经把剧本调包了。

🎤 **王天兵**：但调包这件事情，王全安这一方说是不存在的事。

🎤 **芦　苇**：我的剧本在这儿，共写了七稿。王全安写了一稿的剧本至今还在我桌子抽斗里放着，只要对比一下就知道是怎么回事了——《白鹿原》讲的是乡土中国在旧价值观解体、新价值观尚未形成时农民的矛盾与痛苦，可这些在他的剧本里、电影中都找不到踪影。他不了解《白鹿原》的主题是什么，把主题放到田小娥的土炕上了。

🎤 **王天兵**：陕旅集团决定投拍，明确是用你的剧本、由他来导演吗？

🎤 **芦　苇**：没有，只是让他来当导演，操持这件事情。

🎤 **王天兵**：当时没说一定用你的剧本？

🎤 **芦　苇**：没说这话。

🎤 **王天兵**：那他何必要调包？

🎤 **芦　苇**：他更欣赏自己的剧本。

🎤 **王天兵**：针对你提出的调包事件，王全安他们的说法是，你的剧本送去审批没通过，但王全安的剧本审批通过了，因此不存在调包的事。

🎤 **芦　苇**：电影局（国家广播电影电视总局，现为国家广播电视总局）相当重视，专门开了一个研讨会，当时讨论的是王全安背着我送上的他的剧本。为了顾全大局，我没有说破此事。朋友们笑话我演了一出东郭先生的现代版。后来陕旅集团怎么立项、怎么申报的项目，项目又怎么通过的，跟我没有关系，我就不知道了。

🎤 **王天兵**：这个剧本研讨会是什么时候的事？

🎤 **芦　苇**：2004 年或 2005 年。

电影《白鹿原》—— 一部失败的总记录

🎤 **王天兵**：2012 年《白鹿原》上映后，你公开声明和这部电影没有关系，你还指出王全安照搬了你剧作中的二十四场戏。随后，王乐公布了你签字的一纸协议，上面表明你原来是同意署名做《白鹿原》第二编剧的。那是怎么回事？你为什么要签这个东西？

🎤 **芦　苇**：《白鹿原》拍完后，他们让我看了一遍粗剪。看完以后，王乐就拿出一个表，让我署名第二编剧，因为这部电影确实用了我的剧本内容，我就签了。后来我有机会仔细地看了一遍完成的电影，一场戏一场戏地过了一遍，确实用了我剧本中的二十四场戏，虽然对于电影来说，只占大约六分之一，但这些戏是整个照搬过去的。问题是我认为电影拍砸了，不但愧对原著，而且有负陕西乡土，用这么好的资源，却拍出如此失败的片子。我身为陕西人，脸上着实无光，我就不想落这个名了。

🎤 **王天兵**：这事我们再说得详细一些，因为这是你和王全安争议的焦点。

🎤 **芦　苇**：我跟他争议的焦点在于对小说《白鹿原》内容的理解上。调包的事、署名的事其实我并不在乎。如果你拍了好片子，包调了就调了，没有关系，条条大道通罗马，我为你喝彩、鼓掌。《图雅的婚事》不就是这样吗？至今他还说自己是第一编剧呢，我也不在乎。但关键是电影拍砸了，对不起这部小说，对不起关中的乡土父老，这事大了，我这脸就搁不住了。

他用了我写的一些戏，要给我署名，本来也算公平，但这部电影实在太烂了。王全安的《白鹿原》不知所云，他是跟着感觉走的。很多记者、评论家看后都说干脆叫《田小娥与三个男人》得了，他们都看得很准。导演过于偏爱女主角，把乡土史诗这本质的东西给丢掉了。话又说回来，把《田小娥与三个男人》拍好了也未尝不可，但也没把这个拍好。大道不走，偏道也没有走通，电影《白鹿原》高不成、低不就。花了这么多钱，费了这么大力气，等了这么多年，观众不待见，落了个被吐唾沫、撂杂水的结果。夫复何言？

我在电影院看完片子后，在媒体上对电影提出批评。我不陪着蹚这浑水了，人都有脸，我还是不要署名了。制片方开始吐口水攻击我，说我这样做是因为没当上第一编剧。他们担心我批评的声音会影响票房，敌视我是自然的。

🎙 **王天兵**：当时我在青岛出差，偶然看到一个地方报纸——2012年9月23日的《青岛早报》的报道，上面用两个整版报道了对电影《白鹿原》的批评，标题是《敢问鹿在何方？》《只见小娥不见白鹿》，等等。片子公映后，很多报纸都连篇累牍地批评这部电影。

🎙 **芦　苇**：后期做完了就应该知道这部电影几斤几两了，再洋洋自得地吹嘘，自以为伟大的电影横空出世，全世界都要为之欢呼，这就是不自知了。结果是，电影《白鹿原》口水如浪、恶评如潮。

🎙 **王天兵**：对，从青岛的这份报纸就能看出来——一个早报竟不惜用两个整版去批评。

🎤 芦　苇：报纸、杂志、网络等媒体对电影的批评铺天盖地。关于这个问题，影评家、理论家说得很精辟，也很深入，他们针针见血、刀刀见肉。

🎤 **王天兵**：我纳闷，王全安的《惊蛰》把农民的生命状态把握得那么准确，他为什么理解不了小说《白鹿原》中乡土的本质和变迁呢？

🎤 芦　苇：乡土中国的宗法社会早已解体了。王全安是在文艺单位长大的，跟白鹿原上的农民生活隔了一层，想要理解二十世纪的农村已是隔山隔水了。

《惊蛰》这个片子感觉很好，但只是一个出色的小品，从剧情叙事来看，仍有散乱游离之感，用行话叫"断了链子"，这些毛病在《白鹿原》中暴露无遗。

第六代导演不重视戏剧性，不会讲故事，历来如此，《白鹿原》的导演也未能免俗。

🎤 **王天兵**：说句题外话，无论第五代导演还是第六代导演，要补正剧这门手艺的话，要学哪些功课？

🎤 芦　苇：他们应该研究经典正剧的技巧，并反顾人生观。

🎤 **王天兵**：什么样的人生观？

🎤 芦　苇：像基督徒那样心存敬畏，不是对上帝，而是对生活与艺术。

🎤 **王天兵**：他们从来没有真正钻研过经典，这是他们的问题。

🎤 芦　苇：若是看懂了经典，还会对电影《白鹿原》自鸣得意吗？你可以没上过学，但你可以看经典，直接与大师对话，跟大师同呼吸共命运，那是一种妙不可言的体会。

🎙 **王天兵**：你在这方面很自觉，从八十年代至今，一直坚持钻研经典。

🎙 **芦　苇**：高山仰止。

🎙 **王天兵**：电影《白鹿原》真的没有什么可取之处吗？

🎙 **芦　苇**：我觉得导演没有看懂原著，根本不理解这一方水土与时代人物。这部电影的总体品质平庸无趣，既无娱乐功能，也无文化价值。

🎙 **王天兵**：你能再多谈一谈导演这个人吗？

🎙 **芦　苇**：因为他是电影人，全部价值理应体现在电影上，电影作品失败了，王全安作为导演也失败了。我们今天只谈电影，不谈个人的私德。人无完人。

🎙 **王天兵**：王全安至今仍然不认为《白鹿原》是失败的。

🎙 **芦　苇**：陈凯歌至今也不认为《无极》失败了，这个可以理解。

🎙 **王天兵**：记得 2003 年，你、我，还有王全安、余男，在北京东二环旁边的一家宾馆聊天，说起国内一部访谈录中的一个真实人物，此人自称是大有国皇帝，后来被判刑了，但在监狱中他仍自称"朕"……

🎙 **芦　苇**：这叫"大头症"、自大狂。《白鹿原》电影上映后，王全安跟媒体说他仅花了十六天就写成了剧本。这也太搞笑了吧？我是一个老黄牛，一个剧本写了七稿，花了五年时间。你再看美国商业大片《盗梦空间》，剧本整整写了十年。王全安十六天就敢写《白鹿原》？这叫无知者无畏。正剧、悲剧的戏剧性叙述跟重量级拳击比赛一样，要拳拳到肉。编剧这一行的饭为什么难吃？拿正剧、悲剧来考一下子，如果编剧不能经受住煎熬和磨炼，作品必是一堆残渣废料。

🎤 **王天兵**：这是硬功夫。

🎤 **芦　苇**：靠花拳绣腿去打天下，落个鼻青脸肿的结果也正常。

🎤 **王天兵**：当时我们说起大有国皇帝都哈哈大笑。王全安说电影圈不乏这种人，还说有几个导演就是"大有国皇帝"。那时他还清醒，谁想不出十年，他自己也沦为"大有国皇帝"了。

🎤 **芦　苇**：第五代导演获得成功之前在创作上是一种状态，在获得成功进入名利场之后又是另外一种状态。俗话说：人一阔，脸就变。

🎤 **王天兵**：王全安在拍《月蚀》《惊蛰》的时候还是热血青年，他拍完《惊蛰》的时候雄心勃勃，说中国不能只有《霸王别姬》和《活着》，他也不服贾樟柯的《小武》。

🎤 **芦　苇**：《白鹿原》就是机会，但这部电影可以用历史学家黄仁宇的一句话来总结：这是一部失败的总记录。电影《白鹿原》愧对故土。

🎤 **王天兵**：就像《无极》之于陈凯歌，《满城尽带黄金甲》之于张艺谋。他们都不可逆转地走上了这条路。

🎤 **芦　苇**：这不是个人的问题，而是整体的文化氛围的问题。

附记：重看《图雅的婚事》和《春桃》

——王天兵

2022 年 3 月，我又看了一遍《图雅的婚事》，对这部电影有了新的认识。因为从 2019 年至 2020 年，我和芦苇作为联合编剧参与了一部主旋律电影的制作，我和电影中的人物原型一起走访了贵州和湘西的贫困地区，深入了解了脱贫攻坚政策及其适用范围，比如挨家挨户地划定贫困户，然后花绣花功夫扶真贫、真扶贫，只有当所有贫困户达到脱贫的基本标准（"两不愁三保障"——不愁吃、不愁穿，义务教育、基本医疗、住房安全有保障），经过验收后才算完成脱贫任务。中国脱贫攻坚的力度是史诗级的，涉及面之广在世界范围内也是空前的。

芦苇当年体验生活的阿拉善左旗就属于贫困地区。影片中图雅所生活的环境已经恶化为"一方水土养不活一方人"，她丈夫打井落下残疾，失去工作能力，却没有医疗保障，自杀被救后因为交不起医药费，医院还不让他出院。她的两个孩子到了入学年龄，却不能上小学——图雅家就是典型的贫困户。她的身体也出了问题，如果不嫁一个有能力挣钱的男人，一家四口的生存就是问题。2015 年阿拉善左旗完成了贫困户的划分，在 2020 年底全面完成了脱贫任务，从根本上解决了"图雅们"面临的贫困问题。愿"图雅们"居住的地方生态环境得到改善，或者搬迁到更适宜生活的地方居住，愿她们的孩子有学可上。《图雅的婚事》于2005 年筹备拍摄，对贫困地区普通百姓民生的关注确实超前于时代。

我还重看了《春桃》，虽然网上版本不够清晰，但仍能领略这部影片的魅力。"五四"运动以后，白话文学中的女主人公多为知识女性，她们为了摆脱旧道德的束缚，到外面的世界去找寻真正的自我。许地山的同名小说出版于1935 年，女主人公有别于"五四"新青年，她是不识字的文盲，也没有接受过新思想的洗礼，但她有可贵的女性自主意识，又不失传统妇女的善良和坚韧，最终她和两个男人达成谅解，三人相安无事地共同生活下去。在电影《春桃》中，刘晓庆和姜文的表演松弛自然，但影片叙事略显松散。《图雅的婚事》在还原生活质感上略胜一筹，但无论电影还是芦苇的剧本，都仅止于图雅婚事的完成，对三人如何相处都没有过多着墨。《春桃》则不然，它的可贵之处就在于不回避这个问题，展现了春桃怎样在两个男人之间辗转、摇摆，人性刻画细致入微，也超前于时代。

西部电影、武侠梦与西安忆往

芦 苇 王天兵

　　2013年底,《电影编剧的秘密》出版之后,芦苇和我在北京和上海做了一系列发布活动。西安万邦书城的创始人魏红建先生是我多年老友,对我出版的图书一直鼎力支持,这次也不例外,他于2014年1月19日在万邦书城为我们组织了一场发布会和签售活动。我年逾八旬的父亲在我姐姐的陪伴下也应邀到场。我和芦苇都是土生土长的西安人,回到老家,面对亲朋好友,理应谈谈和西北、陕西、西安有关的话题,因此我们就从"西部电影"这个概念谈起,回顾了吴天明导演打造中国西部片的梦想、实践以及遗憾,并借机谈了电影《黄河谣》的来龙去脉,这部电影的编剧是芦苇,算是西影厂较早的西部片,如今已少有人知,我们也从未谈过。这次活动现场气氛热烈,但因时间所限,我们意犹未尽,在谈话整理成文后,我又断断续续地通过和芦苇面谈及电话回顾了芦苇青年时代在陕西的另外一些经历,包括他在"文革"期间、下乡后以及改革开放之后的一些事,整理成文后补入最初的万邦书城谈话,直到2014年底才全部完稿,此次为第一次公开发表。

——王天兵

关于《老井》等中国西部片

🎙 **王天兵**：我们在上海时说过，当代中国电影没有一部对得起上海。现在我们也有类似的感叹，至今没有一部电影对得起西安，没有一部电影对得起陕西。这是中国电影的一个普遍问题，不是某一个城市、某一个区域存在的问题。今天就从这个地方切入。

芦苇，你是西影厂的老人，现在是西影厂的退休职工。吴天明当厂长时曾经有一个想法，就是要拍中国的西部电影，但这个概念的内涵和外延不是很清晰，《没有航标的河流》《人生》《老井》《黄土地》，还有你担任编剧的《黄河谣》，甚至以山东为背景的《红高粱》，都可以列入西部电影的范畴。

请你先回顾西部电影的来历，再看一下西部电影的理念对当代意味着什么，然后再展望一下吧。

🎙 **芦　苇**：西部片原来是美国电影的一个类型。最初提出中国西部电影概念的是电影理论家、作家钟阿城的父亲钟惦棐先生，他把美国西部片的概念移植过来，希望中国电影有一种区域文化的表达。这个概念被吴天明先生付诸实践了，创作出《没有航标的河流》《人生》《老井》这样一批电影。可惜的是，这种努力从 1989 年吴天明移居美国后就半途而废了。那段光辉岁月让人很留恋，今天再回顾已经成了往事陈烟，令人感叹。

🎙 **王天兵**：我们不妨看一下西部电影存在的问题，比如说《老井》，现在看还是很感动，但是当代的观众会觉得里面的人物有点愚昧，为什么要死守着故土，一定要在没有水的地方打出一眼井来？为什么不搬迁到更宜居的地方？

🎙 **芦　苇**：这是对中国历史了解不够。在《老井》所展现的那个时代，户籍制度不似现在这么开放。那时候农民不比现在，现在山不转水转，在本地混不下去了，就到外地打工去。那个时代农民进城打工是不被允许的，是死是活都在本地，走不了。

我是 1968 年插队，1971 年回城的，整整当了三年的农民。我要从农村回家过年，必须先到公社开具介绍信，然后背上三十斤小麦，到粮站去换上三十斤粮票，回家才有饭吃。这段经历给我留下了深刻的记忆。

在《老井》反映的时代，农民被牢牢地限制在土地之上，天地很小，动弹不得。

🎙 **王天兵**：我们先回到西部电影这个话题，待会儿再聊聊你的下乡经历。为什么要提到《老井》？因为这个电影当初引起了很大的反响。

🎙 **芦　苇**：这部电影当年在东京国际电影节上大获全胜，吴天明获得最佳影片奖，张艺谋得到最佳男主角奖，这是中国演员在重要的国际电影节上拿到的第一个最佳男主角奖。

🎙 **王天兵**：但这部片子只在日本得过奖，止步于亚洲，欧美观众的反应是，这些人为什么要在这个地方打井？为什么要守在这个地方？你是批判他们的固执还是歌颂他们的顽强？价值观暧昧。你刚讲了户籍制度，但是电影里没有涉及户籍制度。日本人由于种种原因还能够看懂，但西方人就看不懂了。

🎙 **芦　苇**：这部电影中国人都能看懂。中国题材的很多电影外国人是看不懂的。这需要二次加工与创作，应该在电影中对这个问题做一个交代，以便沟通。

🎙 **王天兵**：再说说《黄土地》。这部片子好像是真诚地描写土地、刻画农民的，但在片子的结尾，在一群农民祈雨的洪流中，一个孩子挥舞着手臂逆流向从远处走来的那个八路军拼命冲去。有什么意义吗？

🎙 芦　苇：《黄土地》可是第五代导演对中国历史的回顾，它的文化指向没你说的这么清楚。国民都盼大救星，盼望救世主，盼望自己能够得到庇护，这个心理是普遍存在的，今天也是一样，跟过去没什么区别。这部电影的视角是一代知识分子眼中的中国。

🎙 王天兵：对比一下《活着》，就没有什么救星的概念了，也没有什么正义、非正义战争，就是一介草民在历史的洪流中飘来荡去。全世界最有影响的中国电影可能就数《活着》，因为西方人也完全能看懂。

🎙 芦　苇：《黄土地》是 1983 年拍的，《活着》是 1993 年拍的，中间相差十年，在这十年里张艺谋等中国第五代导演对中国在认识上有一个质的变化。

🎙 王天兵：我想说的是，所谓西部电影，现在看来，无论在价值观上还是在叙述的技巧上，都有欠缺。包括《红高粱》，我相信姜文后来自编自导自演的《鬼子来了》就是对他自己主演的《红高粱》的一种彻底颠覆。

而你写的《白鹿原》剧本是对八十年代西部电影的一个总回报——残存的西部电影的命脉没有断绝，在《白鹿原》剧本中汇聚起来。假如按照你的构想拍摄成功，国外的观众接受起来也不会有问题。

西部电影从八十年代开始萌芽，到《白鹿原》应该达到了一个高峰。可惜的是《白鹿原》拍砸了；荒诞的是，你的剧本根本没用上；可悲的是，在十年、二十年内很可能不会再有人投拍了。

🎙 芦　苇：陕西电影对不起陕西这一方水土。《老井》拍得不错，但拍的是山西，不是陕西。关中地域与关中人的性格，小说《白鹿原》写出来了，但电影没展现出来，电影中的关中人开口就说脏话，很生硬，没有人性的魅力，也完全不像真正的农民。电影《白鹿原》的品质与票房的失败使人深感失望。

拍一部地道的陕西乡土电影是我梦寐以求的。

关于中国武侠片

🎙 **王天兵**：你不是还有拍一部以中国为背景、有世界性影响的武侠片的梦想吗？我们再谈一谈美国西部片和中国西部片、武侠片，还有你的武侠梦吧。

🎙 **芦　苇**：美国西部片作为一个电影类型，跟美国历史是密不可分的，跟美国的开拓精神互为一体。它经历了一个漫长的过程，大约在二十世纪二十年代开始有了雏形，三四十年代已有固定模式了，到了五十年代——1954年，那一年最佳奥斯卡影片的提名中就有西部片《原野奇侠》，前后经过半个世纪的发展，模式成熟了，电影理论家们一直在探索其模式与规律……到昆汀·塔伦蒂诺的《被解救的姜戈》，已发生巨大变化了。这就是今天的美国西部片的来历。

🎙 **王天兵**：回顾一下中国的武侠片，第一部是 1928 年的《火烧红莲寺》。

🎙 **芦　苇**：武侠片是中国电影独有的，国外没有这个类型。美国西部片和中国武侠片完全不同。没有武侠小说就没有武侠片。武侠片最早是中国人关起门来自娱自乐的，从京沪发源，在香港发展，在台湾成熟起来。胡金铨的《龙门客栈》拍摄于二十世纪六十年代，这部电影非常好看、非常独特，在香港和台湾都取得了票房成功。该电影在国外也表现不俗，比如日本，引起了整个亚洲影坛的关注。

胡金铨本人是旅美华侨，家在中国台湾，在美国留过学，后来回到中国香港、台湾拍电影。在他之前，武侠片在制作上很不讲究，相当粗鄙，到了他手中，武侠片变得有品位了，有文化内涵了。他在还原历史真相方面做了很大努力，从服装、化妆、道具到演员的表演都力求还原历史。可贵的是他把壮阔的风景与戏剧情节结合起来，壮美的山水、苍凉的戈壁滩、可歌可泣的武侠人物、精彩刺激的打斗，使《龙门客栈》成为武侠片的一个里程碑。

到了李安的《卧虎藏龙》，中国武侠片可以说达到了顶峰，不再以杀戮为重，而是还原了中华传统文化里的山水诗意。这部影片在美国大获成功，当时的票房就达到了两亿多美元。李安也凭借这部片子一鸣惊人，奠定了其地位。过去美国的主流社会、主流院线的影院是不接受中国武侠片的，但是从《卧虎藏龙》以后，中国的武侠片终于扬眉吐气，在国际上占有一席之地。当然，《卧虎藏龙》有美国的投资，也有中国台湾的投资，从某种意义上可以说是中美组合。

在电影界，中国文化输出成效最高、成果最大的就是《卧虎藏龙》这部电影。

🎙 **王天兵**：《龙门客栈》在戏剧情节上试图还原一个真实的明代江湖。忠良被陷害后，其后代被发配，奸臣要将他们斩草除根，江湖上的各路人马都来保护忠良之后，他们在龙门客栈交会了……从大的历史背景到小的生活方式，胡金铨像一个学者那样研究了明代人的装束，包括帽子上的绳是怎么系的，他都做了详细的研究。这恰是中国武侠片要复兴的，也是你在史诗电影中一贯追求的。

🎙 **芦　苇**：武侠片是在香港发展起来的，跟我们关中地区八竿子打不着。其实，武侠片在这儿一样可以施展开。很可惜，陕西的电影人没有自觉意识，各方力量也组合不起来。我刚刚会写电影剧本的时候就曾写过一个陕西刀客，叫阎豹子，他酷爱唱碗碗腔，结果阴错阳差地绑架了一个唱碗碗腔的老艺人，他们最终结成了非同寻常的朋友。

关于《黄河谣》

🎙 **王天兵**：听上去像《黄河谣》的雏形。《黄河谣》这部电影我们还没谈过，看过的人也很少，今天我们不妨谈谈吧。

🎙 **芦　苇**：1989年春夏之际，滕文骥找我写一个跟黄河有关的电影剧本。起因是他手里有个本子，折腾了半年还不能令人满意，再过十五天本年度指标要过期了。曹久平也看了剧本，他提出改这个本子最合适的人是我。滕文骥就来找我。我说编一个故事看看吧，厂里说可以。结果我十三天就写完了。当时我们厂里管文学的是张子良，他对剧本很满意，就通过了。

🎙 **王天兵**：故事梗概说一下吧。这个故事讲的是赶脚的人，他们拉着骆驼、赶着马匹，从陕北的三边地区到宁夏、内蒙古地区贩货，和当地土匪发生了冲突。讲的是爱情和江湖上的恩怨情仇，与《双旗镇刀客》不同。

🎙 **芦　苇**：一个脚夫跟当地姑娘相恋了，但姑娘被家里卖掉了，卖的时候这个脚夫很悲恸。有个土匪——葛优演的，一把牌赢了一个老婆，还给他生了一个女儿。土匪是留男不留女，不要女孩子。土匪老婆就带着孩子跑了，半路上碰到这个脚夫，脚夫把她收留了，两人过起日子来。后来，在一次大年的秧歌会上，土匪与脚夫相逢，土匪说，这个女人是我的，怎么你把她给藏起来了？江湖上传说我老婆被一个脚夫霸占了，我这脸没处搁了。土匪就把这个女的又劫走了，但把女孩子留下了。

脚夫与土匪虽然身份不同，但都会唱民歌，在古道长途上听到对方的歌声而仰慕对方。土匪对着脚夫唱《黄河船夫曲》："你晓得天下黄河几十几道湾哎？几十几道湾上，几十几只船哎？几十几只船上，几十几根竿哎？几十几个那艄公嗬呦来把船来扳？"

一晃多少年过去了，脚夫养大了女孩子，在她出嫁的这一天，土匪被军队抓了。在黄河边上，土匪与脚夫又相遇了，彼此都是历经风霜的老人了，感叹世事无常。两人离别之时脚夫为土匪唱歌告别，是那首歌的后半段："我晓得天下黄河九十九道湾哎，九十九道湾上，九十九只船哎，九十九只船上，九十九根竿哎，九十九个那艄公嗬呦来把船来扳。"歌声苍凉，传向远方。

🎙 **王天兵**：是这部片子把这首歌唱红了吗？

🎙 **芦　苇**：这首歌太有名了，是信天游的代表作！唱得最好的是李志文，他是真正的脚夫，在我家唱过，我给他录了磁带。后来老人去世了。有些素材是从他那里采访来的。

这部电影把民间传奇拍得很有特色，在 1990 年加拿大蒙特利尔国际电影节得了最佳导演奖，这是中国电影第一次在国际电影节上获得导演奖。滕文骥也火起来了，后来他又拍了《曼荼罗》，是日本佛教组织出的钱，场面豪华。刚好和《黄土地》同期拍的，《黄土地》是穷组，但人穷志不穷，《曼荼罗》是阔组，车多、人多、设备多，结果拍砸了。

后来他找我写剧本，想把《茶花女》改成中国版本。我说这个没有意义，已经是经典了，我们难道原创力差到连故事也编不出来了？说实在的，现在看《黄河谣》还算不错，有它的亮点。葛优凭这部影片获得了中国电影表演艺术学会奖（金凤凰奖），这是葛优得的第一个奖，后来再度合作，他凭《活着》获得戛纳国际电影节最佳男主角奖，为中国电影添了大彩。

🎙 **王天兵**：说到这儿，中国电影确实没有很好地利用民歌的资源。美国导演马丁·斯科塞斯的《基督最后的诱惑》把中东的打击乐展现得淋漓尽致。西方导演总是善于发掘地域特色。

你在《活着》中用了老腔，《白鹿原》中有秦腔，《岁月如织》中也有秦腔的韵味，但你熟悉的眉户、河套民歌、藏青民歌等还没用呢。

🎙 芦　苇：西北是民歌的海洋，广袤的地区、众多的民族是民歌的丰厚土壤。《黄河谣》只是个尝试。中国许多文化资源没有被电影人发现价值所在，电影与本土文化失去了关系。例如《小时代》，那是春梦般的豪奢名牌博览会，充满了恋物与自恋。

🎙 王天兵：《小时代》是无根的，像炫富广告一样。这些人不知道是从哪儿来的，要到哪儿去，好像是从天上掉下来的一样。

🎙 芦　苇：有影评说这部电影非常准确地表达了一些人追求金钱、崇拜财富的心理。

🎙 王天兵：中国的西部片从二十世纪八十年代起步，但没有延续下来，那西影厂又是怎样衰落的？

🎙 芦　苇：吴天明担任厂长时期是西影厂最辉煌的时期，从 1983 年开始，到 1989 年结束，在这短短的六年内，西影厂的电影在国际上频频获奖，引起了全球影坛对中国电影的关注。吴天明退了之后，西影厂换了领导，头一年拍了八部电影，有七部赔钱，一部持平，没有一部能参加国际影展的，别说得奖了，连参赛资格也没有。直到今天为止，西影厂再没有拍出有影响力的作品。

我是看着西影厂辉煌起来又衰落下去的，如同梦幻。是吴天明创造了西影厂的神话。

关于西部作家高建群、路遥

🎙 王天兵：前一阵，报纸上说《统万城》曾找你写剧本，这是古代匈奴的传奇故事吧，也属于西部类型？

🎙 芦　苇：《统万城》的作者是高建群，他因《最后一个匈奴》成名。我们为此开了很多次会，碰了很多次头。我建议《统万城》缓拍，拍他的另外一部作品《大平原》。《统万城》规模浩大，如果没有经验积累的话，会爬得高、摔得重。《大平原》写得非常好。等积攒起一定经验以后，有了更丰厚的资金与成熟的制作团队，再考虑运作《统万城》。

🎙 王天兵：刚才提到了电影《人生》，这是根据路遥的同名小说改编的。我在八十年代就听过小说的长篇联播，也看过吴天明的电影。后来我在美国看了路遥的自传《早晨从中午开始》，给我留下很深的印象。他写《平凡的世界》时，立志一定要写出一部传世之作，直到把自己累死为止。这个写作状态是不幸的。你和路遥认识吗？

🎙 芦　苇：路遥与我近在咫尺，都在西安住嘛，但我从来没见过他。路遥生前也传过话，说什么时候跟我见一面，聊一聊。阴差阳错，直到他去世，我跟他一面都没见过。说起来也很奇怪，我们有共同的朋友，却无缘见面。我没有路遥的文学抱负，甘愿做了电影编剧。

🎙 王天兵：我们提到过契诃夫的《黑衣修士》，讲的是神学院的教授有一天在旷野中遇到一千年才出现一次的黑衣修士，这个黑衣修士说教授是天才，教授信以为真，竭力留下传世之作，最后把妻子逼死，自己也发疯而死的故事。看了路遥的自述，我感觉他好像也遇到过黑衣修士。路遥就是高度自觉地要写出一部百万字的巨著，和《红楼梦》相媲美。他越这样想越累，写作也就越刻意。

🎙 芦　苇：我是凡夫俗子，没有伟大的使命感，也没有什么伟大抱负。我从小就是坏学生，学习不好，是留级生。上完初二就下乡当农民，再没上过学，我没有那么远大的抱负，做电影编剧也实属意外。能够写出合格的剧本，剧本能够拍摄，这就是人生目标。

🎙 王天兵：你反复说过自己不是天才。

🎙 芦　苇：写剧本时我就觉得应该这样写，没想过得什么奖啊、要有多少票房啊那些身外的东西——净想那些就没法写作了。

我写剧本是有感而发，无感不发，若是硬逼着我去写，我什么也写不出来。当年陈凯歌找我写《霸王别姬》，我说，哎，这个我能写。因为我是京剧爱好者嘛，爱听京剧，爱听昆曲，对京剧的掌故也有兴趣。没兴趣的事做不好，我对上学就没有兴趣，经常考试不及格，还灰头土脸留了级，初二就下乡了。

🎙 王天兵：我们的谈话很放松，跟朋友聊天一样，没有说一定要谈出什么重大的、深刻的思想，但恰恰谈出了一些东西。这样就好。

🎙 芦　苇：我只想把手头的活儿做好，做得地道一点。与路遥无缘见面也有一部分原因是我缺乏与作家打交道的兴趣。

当学生头儿

🎙 王天兵：你刚讲从小就是坏学生，姥姥不疼，舅舅不爱。你做过啥坏事？

🎙 芦　苇：坏事干得多了，一火车皮都拉不完。你去打听打听，我是西安37 中出名的捣蛋鬼。

有一次打架，对方把我关在三层楼上，准备好好收拾我。他们怕我记住将来报复，就在我头上套了一个书包再打，打完了他们回到另外一个屋，就剩下我一个人。我趁机从头上抓掉书包，一脚把窗户蹬开，从三层楼跳了下去。楼下正好有一个女人用木盆洗衣服，吓得她一屁股就坐那儿了。

我爬起来就跑，到了大门口，有一男一女把门，还问我索要会客单呢。楼上的人发现我不见了，已经从楼里冲出捉我来了。我两拳把看门的男女放倒，撒腿狂奔。后面的人纷纷跨上自行车追过来。我人跑不过车，就找墙翻，从一附中翻出来，又翻到财经学院，连翻了五道墙，最后翻到了矿院，那儿是我哥们儿的地界。我找到他，叫他赶紧架机关枪，后面有人追我。那时候武斗，双方都有真家伙。他们把机关枪架到窗户上，冲天扫了整整一梭子威慑对方。刹那间，追我的人溃不成军，把自行车乱七八糟地撂了一地，全逃跑了。我那时候十八岁，上天入地，有无穷的精力。

🎤 **王天兵：**你的人道主义是不是那时萌芽的？

🎤 **芦　苇：**那时还不太懂得人道主义，虽然顽皮却有一副热心肠。

🎤 **王天兵：**曹久平说当年你是 37 中的头儿，你把从他家里抄走的东西都归还了。

🎤 **芦　苇：**曹久平的家被我们抄了个底儿朝天，生活用品都没了，冬天过不下去了。我实在看不下去，就办了退还手续。好多年以后，我俩又因为画画重逢，已互不相识了。曹久平请我去吃他母亲擀的面，老人家把我认出来了，对上号了，对曹久平说："这就是那个帮咱家度过寒冬的开明红卫兵！"

🎤 **王天兵：**你们当初在西安学画画，好像都受到张荣国的影响。我们上次专门说过。

🎙 芦　苇：张荣国是中央美术学院油画系毕业的，我佩服他在逆境中对绘画的执着。在那个时代，会画画是没有用的。他当时没有户口，靠给修公路的砸石头过活，在逆境中仍坚持画画。可就是砸石头这活儿也要跟人家竞争，村里那一帮子人欺负他，他就跟他们斗。张荣国会打拳击，我还跟着他练过。

🎙 王天兵：虎落平阳的感觉。张荣国对你们一群孩子的影响是很大的。

🎙 芦　苇：张荣国身处逆境坚持画画，我钦佩他这一点。

文化局领导骂他，张荣国你有什么了不起的？他回骂，全西北考上中央美术学院的就我一个！你连个美院的附中也考不上！

有一次春节，我叫张荣国到家里吃饭。我们两人骑自行车从长安县往西安赶，等到了小寨的时候，碰见了三个贼娃子欺负一个解放军小战士，把小战士的钱包提了，还抢人家帽子。张荣国路见不平，问我打不打，我说打呗。张荣国把自行车一锁，我也一并锁上，上去就开打。结果人家不是三个，是一伙儿五个，等于我们两人打五个，打到最后，对方三个在地上躺着，两个跑掉了。张荣国的身手对付两三个人是没有问题的。

🎙 王天兵：他当时在西安算一方人物。你在学校就这么猛，下了乡还得了？

下乡斗殴

🎙 芦　苇：我下乡的时候算是知青的头儿。那时候，宝鸡县公安局和知青办见了我就皱眉头。我当时打群架，带着十几个人，跟对方十几个人混战，有一次打断了对方的三根肋骨！

🎙 王天兵：那你是白天打架，晚上读书？

🎙芦　苇：打架是偶然的，读书才是真正的嗜好。

🎙王天兵：真是"文武双全"。

🎙芦　苇：有一年夏天，我的一个哥们儿被另一伙知青打得浑身是血，险些残了，惨不忍睹。我们要报仇。这得制订一套严密的计划，才有可行性。

　　第一，对方知青队上有八个男生，我必须带去十个，人数上占优势。第二，要拿十根短棍。为什么要短棍呢？因为可以藏到袖筒里，别人看不见，棍子要桄子木，可做镢头把子的那种，韧性好，打人是内伤。第三，选半夜十二点突袭，对方睡觉跑不了。第四，打的时候不能用刀，但我身上带着四把刀，不给别人发，害怕失手犯案子，对方使刀，我们才可以动刀，对方不亮刀，我们不能亮刀。这是规矩。

　　出发之前，讲明后果责任，我说万一出了人命，由芦苇顶命。我们带了一瓶西凤酒，临战之前喝几口壮胆。开打以后只准前进不准后退。我安排一个人在门外守着，万一目标跑了的话，这个人要负责追赶，他是学校的短跑冠军，任务是死盯目标。

　　我带人冲进院子。夏天他们齐排睡在院子里，听见动静，纷纷仰起头张望，一个人扑上来抱着我的腰，说："芦苇，有话好好说，别动手！"我学过摔跤，一个大背就把他从我头顶撂过去，把他胳膊肘子摔歪了。

　　我们要打的人是睡在屋里的。我进屋拿手电一照，那个家伙醒了。我上去就给他一棍子，那个家伙一个机灵，拿头撞向我肚子，把我顶到门板上，他冲了出去。我就追，他发疯一样，跑得像只野兔，一下子蹿了出去。幸亏我在门口安排了短跑冠军，他紧追而上。我们提着棍子尾随出来，看到远处月光下那个人的身影，跑得跟兔子跳一样的，短跑冠军从后面逼近，抡起棍子把他打倒在地。我们一伙人扑上去，乱棍齐下，一通暴打，算是报了仇……

🎙王天兵：这么专业？啥时候学会搞夜袭的？

🎙️ 芦　苇：知青一般都是打野架，我是蓄谋已久、精心策划的。后来我们公社的知青和宝鸡县的知青说惹谁都不要惹这厮，这家伙又阴又毒。我们公社知青都是一个学校出来的，在学校是分成派系的。下乡以前我就给对立面的人申明，下乡后都是农民了，在学校时的恩怨应该结束，不打了。结果他们没有守约，把我的人打了，而且下手忒狠。对方既然撕毁协约，狭路相逢勇者胜，只有开打这一条路了。后来陕西省知青办把此案当成知青群殴的坏典型处理，给我们办了半月的思想教育学习班。

多年以后，被打的这个人每年还要托人跟我"说和"。我说此事都过去了，年轻时候的事现在还说什么和啊。他就是被打怕了，怕我记仇，没有安全感。

🎙️ 王天兵：你是什么时候停止打架的？是像《悲惨世界》中的冉阿让那样悔悟到恶行没有意义了吗？

🎙️ 芦　苇：谁愿意打架？那是没有办法的办法，那时候是动物世界、丛林法则，你不打别人，别人就欺负你。打架是为了争夺生存权，要打赢，赌的是气势——气势在剧本里就是情节的动力。打群架我是老谋深算，安排得要有条理，编剧也是一样，要策划安排，多少人物，多少场次，人物怎么出场，谁先出、谁后出，都有顺序讲究，不是随便来的。

因跳舞入狱

🎙️ 王天兵：周晓文说过："其实芦苇最好的剧本根本不是《霸王别姬》，这部电影运气好，得了金棕榈，这就变成他最好的剧本了。芦苇写得好的剧本多着呢，在我心中最好的是《九夏》，写1983年'严打'时监狱里的故事，那是最棒的一个剧本。"

芦　苇：这部电影没拍成也是我的遗憾。1989年夏天，外景都选好了，监狱也搭起来了，周晓文做导演，一批一线的演员主演，还全剃了光头。突然厂里接到通知说不能拍了，投资方香港银都公司前期的投资都打水漂了。

王天兵：说起1983年那段往事，六〇后、七〇后可能有点印象，八〇后、九〇后都完全不知道了，现在的人可能会误解。你当时为什么被捕入狱？犯了什么案？知青打架你都囫囵个儿熬过来了，咋进入新时期你还栽了呢？能不能澄清一下？

芦　苇：因为参加家庭舞会。八十年代初，社会风气活跃了，老电影重映，喇叭裤和邓丽君成了时尚，年轻人就在家里举办舞会，还是偷偷摸摸的，用被单把窗户捂严实了，灯泡也用布裹上，打开砖头录音机放上港台小曲，男女搂抱着一进一退，其实就是男女青年找个放松接触的理由而已。

王天兵：没干别的？

芦　苇：现在很难想象当初的氛围，舞会没有什么出格的举动，如果跳舞时有了好感，可以以后再约。当时社会治安恶化，刑事案件层见叠出，于是中央下令在全国开展严打活动。我听说有人因跳过舞而被抓起来，有人闻风躲起来了。我参加过几回舞会，也没当回事儿，被一个认识的人告发了。

那天夜里西安全城戒严，我正在屋里画画，公安局的人就来敲门了……那天晚上到底抓了多少人我也不知道。我和二三十号人被塞进一辆小型面包车，像沙丁鱼罐头一样。车把我们拉到了公安三处，大铁门打开，只见里面沿着墙根屋脚蹲满了人。我们被逐个押到一个老公安那儿办手续，他坐在一张桌子后面，一边看名册，一边抠脚，一边对号。轮到我，他用手指头直戳我的脑门，喝道（用陕西话学道）："你揍（就）是芦苇？你在社会上名气大得太了！你犯的案事情稠（陕西话，多），都给我倒出来！"

我很是吃惊，不明白自己干了什么博得如此大名，暗自叫苦。

我们这一波登记完，又进来一车，老公安又要对号，他又用手指头戳着下一个倒霉蛋："你揍是××？你在社会上名气大得太了！……"到凌晨正式开审前，他老人家起码重复了上百次"你名气大得太了！"——原来这是例行的行话。

我就这样和其他人被当作流氓在西安收审所与监狱里待了九个月，大开眼界，也大受其罪。

🎤 **王天兵：** 现在听起来和笑话一样。

🎤 **芦　苇：** 和我住一个号子的，有一个十八岁的农村少年，瘦得皮包骨，个子也不高，犯了强奸罪，被判了死刑。原来，他和女朋友约会，到郊外的野地里搂搂抱抱，他把女友的上衣扒下来，吻她的乳房，但两人都不知往下该咋办了，弄得挺狼狈，女友急哭了，骂他是笨蛋。回家她爹见其神色有异，三问两问，她就哭哭啼啼交代了，她爹就到公安局报案，赶上"严打"，就把小伙子抓了。审判时，法官念了量刑判决书。他一听是死刑，急得当庭叫唤："我干了个啥？我向毛主席保证，我就吃了两嘴奶奶，没搞嘛！吃奶奶也判死刑？"

法官闻言，把判决书往桌子上一放，慢慢说道："娃呀，人这一辈子，就你妈的奶能吃，别人的奶，吃咧都是死刑！"

🎤 **王天兵：** 后来这孩子真被判死刑了？

🎤 **芦　苇：** 他不服，上诉，改判有期徒刑，又上诉，又减刑，最后女友也不干了，就翻供了。

🎤 **王天兵：** 你后来把这些都写进了剧本？周晓文说特别喜欢这个剧本，

因为表面上写男监，但主要谈的是女人，女监就在隔壁不远，有女人的声音传来，互相还打个情骂个俏，但是见不着一张女人脸，可从头到尾句句不离女人。

🎙️ 芦　苇：这种类型要反着拍，举重若轻，《九夏》说的是监狱，一直在谈女人。最后出字幕的时候是一名犯人背诵号规的画外音：一要老老实实交代问题，不准隐瞒包庇，二要……但背诵者是广东一个流窜犯，用有特色的家乡话背得铿锵有力，煞是动听。这种对应是意味深长的。

🎙️ **王天兵**：你在号子里都干了什么？

🎙️ 芦　苇：我读了《庄子》，将古文译为白话文。最大的收获是读了罗素的《西方哲学史》，受益匪浅。这种训练为我以后写剧本打了基础。我还画了许多监狱里的人物速写素描，今天再看，倍感亲切，回味无穷。

怎样写史诗电影

——从李碧华的《霸王别姬》小说到芦苇同名剧本

芦　苇　王天兵

吴天明导演发起的西安曲江电影编剧高级研习班只办了一届就终止了。2014 年，吴导猝然离世后，中国电影基金会决定成立吴天明青年电影专项基金，由吴导的女儿吴妍妍任总监，继承吴天明的遗志，致力青年电影人才的培养。

2016 年 1 月 11 日—16 日，该基金在中新天津生态城·国家动漫园组织了"大师之光"青年编剧高级研习班，将曲江编剧高研班的薪火再次点燃，无偿为来自全国各地的近两百名学员提供住宿和教学。16 日上午 9 点至下午 7 点，芦苇和王天兵以对话的形式探讨了史诗电影的类型特点，并对芦苇版《霸王别姬》电影剧本进行了逐场分析，通过对比原著和剧本，让学员领会史诗电影的写作方法。

本次谈话由王天兵整理成文，芦苇审定，首次出版。

开篇向吴天明致敬

🎙 **王天兵**：大家好！感谢吴天明青年电影专项基金邀请我来和大家一起分享芦苇老师的创作经验。首先，我们要向吴天明导演致敬，因为没有他，就没有曲江编剧高研班，也就不会有今天这个编剧班。吴天明导演是一位优秀的电影导演，也是伟大的导师，这个编剧班也是他重要的遗产之一。吴导梦想把它打造成中国电影的"黄埔军校"。

再者，没有吴天明导演就没有芦苇编剧，是不是这样？

🎤 **芦　苇：** 天明当西影厂厂长的时候，只要对电影有热情的青年人，他都鼎力支持，我是其中的一个受惠者，没有他的提携、赏识，我也不可能走到这条路上来。吴天明是我见过的电影界里唯一的伯乐。吴天明青年电影专项基金能把天明的心愿继承下来，这是一件功德无量的事。

🎤 **王天兵：** 言归正传，我们今天要谈论的主题是"怎样写史诗电影"。这个主题是非常宏大的。

什么是史诗电影

🎤 **王天兵：** 我先给大家说一下怎么讲这个课。首先，从宏观角度探讨什么是史诗、什么是史诗电影、什么是史诗电影类型，以及我们为什么要谈史诗电影。不久前，我和芦苇通电话探讨过这个问题，没有得出结论来，因为它没有标准答案，但今天我们把得到的一些收获跟大家分享。其次，通过对比李碧华老师 1985 年香港出版的《霸王别姬》小说和芦苇 1991 年改编的剧本第二稿，我们能从中领悟什么是史诗电影。我们要把芦苇的剧本从头到尾，一场戏一场戏地过一遍。大家将会受益匪浅。

我先向大家透个底，芦苇和我并没有为这次讲座做太多的准备，在过去的几个月里，芦苇在忙着写剧本，我是在工作之余准备讲座。如果把编剧比作打仗，可以说芦苇刚从火线上下来，所以他可以跟我们分享一些"战壕"里的实战经验。如果把编剧比作打仗的话，写一个类型片就像打一次小仗，写一部史诗电影就好比打一场战役。等我们把《霸王别姬》剧本一场戏一场戏地过一遍之后大家就会理解这句话的含义，它是海陆空大战役。

你能不能回答一下什么是史诗电影？

🎤**芦　苇**：史诗电影是电影的一个类型，有宏大的历史背景与深刻的人文主题，跟我们今天的生命感悟有传承关系。如果具备这几条，那就是所谓的史诗电影。

🎤**王天兵**：这么抽象的回答大家可能觉得比较笼统，我们举几个例子来看。一部是库布里克的《全金属外壳》，一部是科波拉的《现代启示录》，这都是电影史上的经典，但是芦苇说《全金属外壳》不是史诗电影，而《现代启示录》是。

🎤**芦　苇**：是的，这是我个人的判断。

🎤**王天兵**：为什么这样认为？

🎤**芦　苇**：《现代启示录》讲的不仅仅是一场战争，它折射出人类的困境，以及人们在困境当中的挣扎、矛盾和冲突，超出了一个普通故事的意义，具有反思的视角。可是库布里克的《全金属外壳》缺乏这种视角。将这两部电影做个比较，高下立判，同样是战争题材，同样是越战题材，但格局不一样。

🎤**王天兵**：在座的有多少人看过《全金属外壳》？请举手。大概有三分之一的人看过。《现代启示录》呢？哦，大概有二分之一的人看过。你刚才说《现代启示录》讲出了人类的困境，但《全金属外壳》也是如此。对那些没有看过《全金属外壳》的人，我先讲一下故事梗概。电影的前半部分讲的是美国海军陆战队的培训，一群天真无邪的学生兵被训练成武装到牙齿的杀人机器，后半部分是他们在越战战场上肆意妄为，但最后却被一位看似弱不禁风的少女狙击手彻底打垮了。库布里克最著名的电影是科幻片《2001》。其实，

《全金属外壳》和《2001》这两部电影看似不同，却有相同的主题，那就是人类不可能完全驾驭自己的命运，一次偶然失误就可能造成满盘皆输。这样的故事难道没有触及人类的困境吗？

你承不承认《2001》是史诗电影？

🎤 芦　苇：这是仁者见仁，智者见智。我觉得《现代启示录》的视角更宽广、更深远、更全面、更深厚。《全金属外壳》是基于一个事件，一群年轻的学生兵的越战经历，在某种程度上有非常强烈的纪实风格。但《现代启示录》的结局难以预料、令人深思，很多人看到结尾的时候深感困惑，但正是这种困惑使人思考，为什么在美国历史上会发生像越战这样全民族至今认为很荒唐的一个事件？我特别喜欢《现代启示录》，它的历史视角站得比较高。我也很喜欢《全金属外壳》，看过好多遍，每次都受益良多，但是我不认为它是史诗电影。这就好比一个是重量级选手，一个是次重量级选手。

🎤 王天兵：我想通过这两部电影的对比让大家体会一下什么是史诗电影，什么不是史诗电影，因为这两部都是大师级导演、鬼才导演的力作。而且从表面来说，这两部片子都讲了相对短的一个时间段内的战斗经过，和一般所谓史诗电影的时间跨度不同。

🎤 芦　苇：要说时间跨度的话，《现代启示录》比《全金属外壳》时间更短，它就是一次侦察、一次执行暗杀的行动。《全金属外壳》讲了一群学生从军校到战场的经历，时间跨度比较大。

🎤 王天兵：所以说，时间跨度不是史诗电影的决定性因素。我们再对比两部黑帮片，《低俗小说》和《教父》，你认为是史诗电影吗？

🎤 芦　苇：《教父》是，《低俗小说》则是传奇。

🎙 **王天兵**：能不能讲得具体一点？

🎙 **芦 苇**：《教父》有三集，具体来说是一个黑帮家族的历史，也可以说就是美国的历史，可是《低俗小说》的人文格局要小一些，这是两部电影的根本区别。

🎙 **王天兵**：前两部电影你从视角来判断，现在你又从格局来判断。

🎙 **芦 苇**：格局不同，视角便会不同。

🎙 **王天兵**：我们再看一下姜文的《鬼子来了》。

🎙 **芦 苇**：它有史诗的视角，但不彻底。

🎙 **王天兵**：这个"视角"到底是什么？

🎙 **芦 苇**：就是站在人性的高度去追求人性的真相。

🎙 **王天兵**：但是《鬼子来了》恰恰有对时代的准确把握。

🎙 **芦 苇**：难道你认为《鬼子来了》是史诗电影吗？只有对时代的把握是不够的，还要有对人性的把握，尤其是对中国人和日本人双方的人性的视角把握。

🎙 **王天兵**：我现在不说它是不是，就是想用排除法找到什么是判断史诗电影的关键因素。你这样反问很好，你否定它是史诗电影，但它又具备你刚才说的那种视角、那种对人性的准确把握。所以，史诗电影的标准到底是什么？

🎤 **芦　苇**：要有一种历史的反思在里面。

🎤 **王天兵**：把《鬼子来了》和《红高粱》做一个比较，前者揭示了抗战时期中国农民的真实生活状态，难道没有历史的反思吗？

🎤 **芦　苇**：《鬼子来了》和《红高粱》都不是史诗电影。

🎤 **王天兵**：我现在想和大家一起解决这个困惑，有没有一个绝对的标准？

🎤 **芦　苇**：我们讨论电影必须有标签，但是深究标签的意义可能毫无意义。

🎤 **王天兵**：那么现在来回顾一下你写过的电影，它们是不是史诗电影？

🎤 **芦　苇**：我一直力图做到写史诗电影，但是不是做到了，我真的不知道，这要问观众。

🎤 **王天兵**：我们现在回顾一下芦苇老师写过的剧本：《霸王别姬》《活着》，这两部已经拍成电影了，都被公认为史诗电影；还有大家没看过的《等待》，《电影编剧的秘密》一书里提到过；还有《岁月如织》，这个剧本大家没看过，我们之前也没有讲过……

🎤 **芦　苇**：《岁月如织》比较接近史诗，故事在时间跨度上有整整半个世纪，从 1948 年开始一直到 1998 年，女主人公从一个刚过门的新媳妇到七十多岁、儿孙满堂。到底算不算史诗，还要等电影拍出来大家判断。如果写电影剧本时总想着要写史诗，我恐怕连剧本都不会写了。

🎙 **王天兵**：但是这个追求是自觉的。

🎙 **芦　苇**：若有这个追求，必须放到情节与人物中去。每一部电影我们都希望把它做到最好，寻找更广泛的意义、更广阔的背景、更广阔的时空，这个是自觉的，但不一定能做到。

🎙 **王天兵**：芦苇写的《白鹿原》剧本没有拍，王全安拍的是另外一个剧本。芦苇的剧本也出版了，不知道大家看过没有，也是一部史诗。

🎙 **芦　苇**：看过我的《白鹿原》剧本的请举下手。大概有三分之一。《白鹿原》的时间跨度也很长，从 1904 年开始一直到 1949 年，将近半个世纪，从时间跨度上来讲，它给史诗的格局奠定了基础。

🎙 **王天兵**：你刚才已经说了，判断一部电影是不是史诗，不能从时间跨度上来看。

🎙 **芦　苇**：当然。《现代启示录》时间跨度很短，但它是史诗，甚至有的史诗只发生在一天之内，比如《偷自行车的人》就是纪实史诗。

🎙 **王天兵**：《小城之春》是不是史诗？

🎙 **芦　苇**：《小城之春》是一代人的心理和情感状态的真实写照，我不认为它是史诗。

🎙 **王天兵**：为什么呢？是格局不够吗？

🎙 **芦　苇**：从视角上来说，它更关注私人情感。

🎙️ **王天兵**：《一江春水向东流》呢？

🎙️ **芦　苇**：我觉得是。

🎙️ **王天兵**：贾樟柯的《小武》和《站台》呢？

🎙️ **芦　苇**：都缺乏史诗的品质。

🎙️ **王天兵**：《站台》的格局比《小武》大一些。

🎙️ **芦　苇**：格局大了也不见得是，要说格局的话，《南征北战》的格局更大。

王国维《人间词话》中史诗的标准

🎙️ **王天兵**：所以大家看到，在判断一部电影是不是史诗电影的时候，往往不能依据一些具体的概念。你要从概念的角度给史诗电影划一个界限的话是相当困难的，你说它有时间跨度、空间跨度、视角和格局，我都能举出一个反例来，它有这样的格局、视角，但它不是史诗电影。但同时，我们对一部电影的判断又并不那么难，我们的判断往往很一致。决定一部电影是否是史诗电影的往往是某种气质、某种品质，我们往往一眼就能辨认出来。当然，这个问题没有标准答案。

其实，我们的传统文学已经给我们提供了判断史诗电影的标准和词汇。我认为，王国维的《人间词话》的"三论"足可用来判定一部电影是否有史诗气质。王国维的第一论是境界论，"词以境界为最上。有境界则自成高格，自有名句"，"境界有大小，不以是而分优劣"。以此来判断电影，境界大的就是史诗电影。

🎤 **芦　苇**：对。

🎤 **王天兵**：有些电影境界小，比如《全金属外壳》，有些电影境界大，比如《现代启示录》，但它们都是很优秀的电影。你认为是否可以借用王国维的标准来判断？

🎤 **芦　苇**：完全没有问题，说得非常精确。我再说一点，一个"史"，一个"诗"，两个字加起来才叫史诗。为什么我们说二十四史中只有司马迁的《史记》可以叫史诗，而别的都是史实？必须有史、有诗、有诗意的精神才能叫史诗。《汉书》就是有史而缺诗。

🎤 **王天兵**：王国维提出这个理论后，举出了什么例子呢？举的例子是"细雨鱼儿出，微风燕子斜"，这个句子比不上"落日照大旗，马鸣风萧萧"，因为前者境界小，后者境界大。王国维接着阐释境界之别，他说"宝帘闲挂小银钩"比不上"雾失楼台，月迷津渡"，等等。你读了这几首诗词，什么是境界会一目了然，还用概念化的定义吗？

王国维的第二论为气象论，作为判断史诗电影的标准也很合适。他说："太白（李白）纯以气象胜，'西风残照，汉家陵阙'，寥寥八字，遂关千古登临之口。后世唯范文正之《渔家傲》，夏英公之《喜迁莺》，差足继武（就是还可以数得上），然气象已不逮矣。"说起"西风残照，汉家陵阙"的气象，我们看一下大卫·里恩的电影《日瓦戈医生》《桂河大桥》《印度之行》《阿拉伯的劳伦斯》，是不是有这种大气象？这是电影史上公认的四部史诗电影。——"史诗电影"英文简称 epic。

🎤 **芦　苇**：是的。大卫·里恩是我非常崇拜的导演。

🎤 **王天兵**：王国维的第三论为眼界论。他说："词至李后主而眼界始大，感慨遂深，遂变伶工之词而为士大夫之词。'自是人生长恨水长东。''流水落花春去也，天上人间。'《金荃》《浣花》，能有此气象耶？"

我想对比一下哈金的小说《等待》和芦苇改编的剧本。当年小说英文版一出来我就看了，是一部扎实的小说，后来我读到了芦苇的剧本，感觉如果把王国维的"三论"用上，哈金的小说很优秀，但他的境界、气象、眼界都不如芦苇改编的剧本。

🎙 芦　苇：我完全不能同意你这个观点，这只是你的一家之言。

🎙 王天兵：为什么这样说呢？我认为《等待》剧本用王国维的"三论"来评价挺合适的。王国维说李后主的"自是人生长恨水长东""流水落花春去也"的气象超越了他以前的词，两句词正可用来描述你的电影剧本《等待》，它的气象超越了原著。

🎙 芦　苇：毕竟一个是小说，一个是剧本，小说是通过文字来表达的，而剧本要通过影像来表达，我们要做一个影像的史诗，哈金的小说充分地提供了这个基础。他的小说没有豪言壮语，都是细碎真切的小事情，但确实是那个时代最真实的写照。哈金的小说是一部情感史诗，把情感史诗放进空间里的任务落在我身上，我要把它呈现在银幕上，必然会有一些改变。

🎙 王天兵：我们这样说可能大家会感觉很抽象，所以今天要以《霸王别姬》为例，让大家看看原著是一部优秀作品，而剧本怎样超越了原著，原著不是史诗，而改编的剧作怎样成为史诗，让大家切身体会一下。不要因为芦苇的谦虚而忽略了他的功力。

🎙 芦　苇：我还是个谦虚的人吗？高抬了吧。

🎙 **王天兵**：说到《等待》，我还想引用一下王国维，王国维说《长恨歌》原来的故事无非"小玉双成"四字，但是《长恨歌》有壮采，就是我们说的史诗气质。为什么让别人写就是才子佳人，而让白居易一写就是史诗？王国维的说法是"才有余也"。同一件事由不同的人来写，结果是不一样的。

王国维举的例子有助于我们理解史诗，他说："'明月照积雪''大江流日夜'和'中天悬明月''长河落日圆'，此种境界，可谓千古壮观。求之于词，唯纳兰容若（纳兰容若是满族的一个词人）塞上之作，如《长相思》之'夜深千帐灯'，《如梦令》之'万帐穹庐人醉，星影摇摇欲坠'差近之。"我把他说的这几句话放到大卫·里恩的电影里都非常贴切。中国古诗词中的寥寥几笔就把西方大师的气象描述出来了。

🎙 **芦　苇**：没错。

🎙 **王天兵**："明月照积雪""自是人生长恨水长东"这两句词足以概括大卫·里恩的《日瓦戈医生》。所以说，史诗气象难以用语言描述，难以用概念驾驭，但是用我们传统诗词反而能够非常准确地形容。

我们回到芦苇的改编。陈忠实的小说《白鹿原》是一部非常有分量的作品，但它存在很多问题，如语言问题、情节问题、结构问题，而芦苇改编的《白鹿原》剧本是一部货真价实的史诗。芦苇根据一位农民琐碎平凡的日记改编的《岁月如织》是一部如泣如诉的史诗电影。芦苇有一个本事，他能够把一些素材、一些佐料和一些原矿石提炼锻造成史诗，这是他作为编剧最大的特长。我们今天不远千里来到这里，就是希望能从芦苇身上得到一两点真传。一个编剧，怎样从原始材料中挖掘出真正有用的东西，并把它锻造成瑰宝，这是我们谈话的目的。我想通过前面的内容给大家造成一些困惑，后续我们会逐渐解决。

芦苇，这是让大家静下来的前奏，你还有什么补充吗？

🎙 芦　苇：我要说的是，史诗电影是我喜欢的一个类型，是我追求的目标，我只是尽力而为。

🎙 王天兵：我们讲了半小时，就像一部电影的前十分钟，主要人物出场了，主要背景交代了，接下来我们关于《霸王别姬》的故事要开始了。

我没有见过李碧华，但是我在准备这个讲座的时候，要求自己客观地、不带成见地看待芦苇的剧本和李碧华的原著，仿佛没有看过电影、仿佛不认识芦苇那样来审视这个剧本、审视李碧华的原著。

李碧华及其作品的文学特色

🎙 王天兵：我先来介绍一下李碧华。

李碧华生于 1959 年，她是学中文的，当过记者，以电视编剧的身份入娱乐行，通过真人采访及查阅资料创作了一批写实剧，这是她走上编剧职业道路的开始，后来以写小说成名，被称为"鬼才"，她的作品包括《胭脂扣》《潘金莲之前世今生》《秦俑》《青蛇》等。她非常喜欢写女人，用她自己的话说，特别喜欢写坏女人，不是婊子就是戏子。此外，她对二十世纪三十年代情有独钟，有一种"来过了"的感觉。因为那时候中西交流刚起步，一切都像一个美丽的梦境，人们特别慵懒、优雅。——这是 1993 年人民文学出版社出版的《霸王别姬》中的李碧华的简介。

我们再看一下《霸王别姬》小说写作的时代背景。原书完成于 1984 年，出版于 1985 年。芦苇，你那时候在干什么呢？刚从监狱里放出来？

🎙 芦　苇：1984 年的下半年我已经出来了。

🎙 王天兵：李碧华曾说你当初为了加入剧组，"主动告知曾因'流氓罪'坐牢出狱，希望加入剧组。电影决策方商议后决定给他一个机会……"，你确实是以流氓罪坐的牢？

🎤 芦　苇：我是在 1983 年"严打"时被收审的。当时我真是莫名其妙，不知道为什么抓我，所以我进监狱的时候很滑稽。入狱要填表格登记，为什么要抓你、性别、籍贯、学历等。给我登记的那位是女警官，她是陕北人，说话有很重的口音，问我年龄、性别，接着又问了我一句："你的爱情是啥？"实际上她问的是"案情"，因为她的陕北口音很重，我听成了"爱情"，所以一时困惑不解，没有回答。她又问了我两遍，看我没回答，很不耐烦地敲着桌子大声问："为什么抓你？"哦，这下我听明白了，我回答是因为参加了一个家庭舞会。"哦！流氓么！"她叫道。这时候我才搞清楚我是因为流氓罪被收审了，还不属于被逮捕。

🎤 王天兵：你到底有啥流氓行为？

🎤 芦　苇：我有一个哥们儿，我们关系很好，从小在一个院儿里长大的，他在自己家里办了两场家庭舞会，把我也叫去跳舞了。当时叫贴面舞，其实我只跳了两回，第一天晚上感觉很新奇，大开眼界，第二次去的时候，我又跳了两圈儿。就这么两回。

🎤 王天兵：后来被人告发了。

🎤 芦　苇：是的，参加舞会的一个人把我给交代了，然后我就锒铛入狱了。

🎤 王天兵：由此可见，李碧华对中国内地是有隔膜的，过了几十年，还不明白当时发生了什么。

🎤 **芦　苇：**我觉得挺有意思。1984 年把我放了以后，当时在监狱里主管我的一个警察和我成了熟人。有一天，我们在革命公园碰上了，他在门口站岗执勤，里边是一群人在热烈起舞。1985 年的时候舞场已经公开了，可以在光天化日之下公然跳舞。我就对他说，你看他们都在跳贴面舞，你怎么不抓呀？凭什么光抓我啊？那个警察特别风趣，他说，你看天上下雨，你这儿湿了，他那儿是干的。意思是轮着你了，今天跳舞没事是人家运气好，你那时候跳舞就枪打出头鸟，现在放开了，都让跳了。

🎤 **王天兵：**大家可能对当时的情况并不是很了解，但是，你可以看到，1983 年到 1985 年之间中国发生了翻天覆地的变化，从参加隐蔽的私人舞会要被抓，到可以公开在革命公园里跳舞……

🎤 **芦　苇：**现在的男女情侣，手挽手公然在大街上亲吻，成了司空见惯的现象。那个年代啊，你敢在大街上亲吻，立马被拘！这就叫社会的变迁，也叫时代的进步。

🎤 **王天兵：**我们从时代变化的角度来理解李碧华写作的时代背景，同时来判断一下李碧华原著的文学价值、艺术价值。我刚才说了，要很客观、很公正地看待她的小说。

刚才讲了，从七十年代末到 1985 年是一个剧变的时代。

我们再回忆一下当时中国的文坛，1976 年粉碎"四人帮"之后出现了伤痕文学，如刘心武的《班主任》、从维熙的《大墙下的红玉兰》、郑义的《枫》、古华的《芙蓉镇》、叶辛的《蹉跎岁月》，还有王蒙、冯骥才等人的作品，这些人出道时间就是在七十年代末八十年代初。到了 1983 年以后，一代新的作家涌现出来了，就是莫言、王朔、苏童、余华、方方这批人。他们都是五十年代后期至六十年代初生人，也就是生于新中国、长于红旗下的一代人。为什么讲这些呢？因为他们和李碧华是同龄人。1983 年以后，中国文学进入了一个新时期，像王朔 1984 年的《空中小姐》、1985 年的《浮出海面》，莫言 1986 年的《红高粱》，等等，已经不是伤痕文学了，对"文革"的反思、对伤痕的诉苦逐渐被改革开放的精神状态所取代，因为整个时代变了。

那么在这种背景下，我们再看李碧华 1985 年的《霸王别姬》，它就显得非常可贵。李碧华的原著故事从 1929 年到 1984 年，写了五十五年的历史，而且篇幅不是很长，也就三四万字。她对"文革"的描写，无论是对时代气氛的把握，还是对人物命运的刻画，都达到了当时内地作家难以企及的深度和力度。不是说内地作家没这个能力，而是形势比人强。内地作家没有深入触及这个领域是因为时代风气是"朝前看"。

李碧华生于香港，长于香港，对"文革"并没有亲身体会。当时经历过"文革"的内地作家反而没有李碧华写得这么大胆、这么透彻。此外，李碧华写这本书时对老北京的长物、京剧科班以及梨园往事是下了功夫的。这你不得不承认。

🎤 **芦　苇**：是。

🎤 **王天兵**：例如，1985 年版原著的第二十九页提到"柴头汗"。这个词是说有些京剧演员一上场就累得满头大汗，而真正的名角儿，整场戏下来脸上一滴汗都没有，但下台后往那儿一坐，汗哗就下来了。这就是功夫，这就是内力。

🎤 **芦　苇**：她是下了一定功夫的。在当时的条件下，她做了功课。

🎤 **王天兵**：对。我是看了章诒和老师的《伶人往事》才知道柴头汗的，原来还有这个诀窍。但是李碧华在 1984 年就知道了，也说明了传统文化在香港没有断。在莫言、王朔、刘震云、余华这一代人的作品中鲜见传统戏剧。芦苇是一个特例，他是 1950 年出生的，从小看过传统戏曲，也听过西洋音乐，但在他之后出生的人就不懂了，因为都被"破四旧"破掉了。李碧华在香港成长，她却很懂，而且很自觉。

还有，李碧华在原著第四十五页写道，程蝶衣是男人，但演的女人有媚气，而且男人演女人比女人的媚气还要足。这一点我是在看了唐德刚先生写的《梅兰芳传稿》之后才明白的，他说梅兰芳能演出女性没有的"浪劲"。所以李碧华在对传统戏剧的了解上超越了成长于内地的同龄作家。

我们再从艺术性上来公正地看待李碧华作品的价值。首先，从文字角度看，李碧华用了一种港式的汉语，显得比较生涩、幼稚，但她有一种女性作家特有的敏感和纤细，语言非常有灵气。我举个例子，原著第五十六页说袁四爷在包厢里俯瞰戏台，在程蝶衣演《霸王别姬》时鼓掌，电影中也有这个情节，小说写道："这个角色就在他掌心中撒着剑花。"袁四爷在包厢里拍手，角色正好就在他的掌心，这个比喻一语双关，从视觉上看，虞姬确实是在他的掌心，同时，程蝶衣也是他的掌中之物。

你当时看李碧华的原著觉得水准怎么样？

🎤 芦　苇：看你怎么要求了，作为一部普通的言情小说来说，她的文字是顺畅的。

🎤 **王天兵**：李碧华写女人还是有两下子的，能深入人的心里去写。例如，第七页写道，小豆子娘把小豆子送到科班，然后就走了，那小豆子呢，"娘在三天之内好像已经教了他如何照顾一生"。这句话让我颇为感动，一个男性作家很难写得这么到位，这么平凡的句子，这么感人。再就是李碧华对男女情感的描写往往入木三分，这在书中比比皆是，我就不举例子了。还有就是李碧华触及了同性恋问题，这对当时的内地文坛来说，称之为禁区都不恰当，因为是闻所未闻，这才是真正有突破的行为。

🎤 芦　苇：是的。

🎙 **王天兵**：这是小说《霸王别姬》的文学贡献和艺术价值。你看了小说之后是怎么看同性恋的？

🎙 **芦　苇**：我看这部小说的时候感觉是否写了同性恋并不重要，那个时代的人物命运才重要。

🎙 **王天兵**：不管怎么说，她描写同性恋虽然也只是浅尝辄止，但确实有所突破，这是功不可没的，现在看来很了不起。

🎙 **芦　苇**：电影《霸王别姬》在内地电影中第一次表现了同性恋的情节。

🎙 **王天兵**：我们再看这部小说的最大优点。李碧华的小说只用三四万字就写了五十五年的历史。什么类型的写作具有这样的特征？她是在用蒙太奇手法写小说，实际上就是一个电影剧本。我举几个例子，大家看她怎样用电影画面来推动情节。开篇便说"这张脸"；第二页，"雪地上两行足印"，这已经是电影画面了，描写小豆子娘带着小豆子在雪地上留下两行足印；第三、四页说，"窗户顶浮现一个两个三个孩子的头"，这也是电影画面；第四十四页，"狮头一掀，露出一张年轻俊朗的脸"，表示时间过去了，孩子们长大了，完全是电影语言。

🎙 **芦　苇**：非常简约。

🎙 **王天兵**：她继承了张爱玲的传统。在二十世纪四十年代的上海，张爱玲的语言就已经非常电影化了，那时的上海是"东方好莱坞"，张爱玲从电影中吸取了很多营养。李碧华也是一样的，她的语言一开始就具有电影性，包括对闪回的运用，在小说第六十一页有一段闪回，就是蒙太奇。再就是李碧华善于用色彩烘托气氛，比如第六十九页，程蝶衣到袁四爷家赴宴的时候，家具是枣红色的紫檀木，吃饭时把白蝙蝠的脖子一割，鲜血喷出来。整个场景是红色调，最后他和袁四爷发生了关系。用色彩来烘托气氛，这是电影手法，而她信手拈来，毫不吃力。这也是她的长处。此外，她的电影性还表现在人物说的诗词、唱的曲段都和人物的命运及情节有关。这看似容易，其实很难。我们举个反例，陈凯歌的《梅兰芳》就没有做到这一点。

🎤 **芦　苇**：《梅兰芳》中的唱词比较剥离，没有起到有力地衬托剧情的作用。

🎤 **王天兵**：我再举一个例子，小说第一百零八页写新中国成立了，程蝶衣和段小楼被罚抄写毛泽东诗词，"钟山风雨起苍黄，百万雄师过大江"，其中有一句"不可沽名学霸王"，程蝶衣不认字儿，但抄到"霸王"两个字时他认识，这是神来之笔。李碧华在叙事中引用的诗词、唱段跟人物的心态都有呼应，而且用得比较巧妙，所以她是一个才女。待会儿我们要细致地讲这方面的技巧。

总之，就小说本身而言，这就是一个电影剧本，而且从电影类型的角度而言，这是一个言情剧。

🎤 **芦　苇**：我在接到写这个剧本的任务时，香港的电视台就在播放根据这部小说改编的电视连续剧，是完全按照她的小说内容来拍摄的。我把它录成录像带了，现在已经没法看了，因为现在录像带播放机已经没有了。

🎤 **王天兵**：你能不能回忆一下陈凯歌把书给你，你第一次读的感觉？

🎤 **芦　苇**：这是二十多年前的事了。当初我看了以后觉得完全可以做个电影，这是我最初的判断。凯歌我们俩在背后开玩笑，他说，芦兄，你觉得小说写得怎么样？我说完全可以改编成电影。他说，你认为这个小说是不是一流的？我说当然不是，算二流小说。当时凯歌说了一句话，我印象很深刻，他说，你的评价比我还高呢……你把这些如实写进了《电影编剧的秘密》，让我在她眼里成了一个"超级流氓"，罪不可恕。

🎤 **王天兵**：李碧华看了感到刺痛，我们可以理解。

🎤 **芦　苇**：陈凯歌的文学素养是非常好的，他年轻时候是读过很多书的，古体诗写得很好，还会填词，通晓诗词格律，而且眼界不俗。后来电影拍成那个样子，我也不知道出了什么事。

🎤 **王天兵**：当时徐枫为什么要坚持拍这部电影？

🎤 **芦　苇**：《霸王别姬》的成功有几个重要的因素：第一，李碧华的小说奠定了故事的基础；第二，如果没有徐枫作为制片人下定决心拿出真金白银，也难成功；第三，没有陈凯歌担任导演就没有这部电影，那年他刚好四十岁，风华正茂，发挥很出色；第四，剧本坚实可靠，坚决拿出了新的框架；第五，张国荣、葛优等人的演技，还有美工、音乐、服化道的通力合作……所有因素结合到一块儿，才有了这部优秀电影的诞生。每一个人都非常出色地完成了自己的任务，上至主创，下至摄制组的每一个工作人员，都尽心尽力。电影成功，这些因素缺一不可。

🎤 **王天兵**：我觉得徐枫坚持拍这部电影也是出于忧患意识。

🎤 **芦　苇**：她当初找陈凯歌时，陈凯歌还不太愿意接。他说我们干吗要拍这个题材呢？我手头有很好的题材。徐枫说，你有再好的题材，先把这个拍完之后再说。正是徐枫的坚持才有了这部电影。

🎙️ **王天兵**：为什么要让陈凯歌导？

🎙️ **芦　苇**：这个你得问徐枫。

🎙️ **王天兵**：因为他当时拍了《孩子王》?

🎙️ **芦　苇**：陈凯歌当时影响最大的一部电影不是《孩子王》，而是《黄土地》。我认为《黄土地》是中国电影史上里程碑式的作品，是第五代导演崛起的标志。

🎙️ **王天兵**：这是 1984 年的事。

🎙️ **芦　苇**：对，我看了之后非常激动，觉得中国终于有了表达自我的电影。

🎙️ **王天兵**：那么陈凯歌为什么找你呢？是李碧华说的那样让你来改台词吗？这可能也有一定的真实性吧？因为你那时写了《疯狂的代价》，其中人物的塑造和台词的生动给陈凯歌留下了印象。

🎙️ **芦　苇**：他很喜欢我写的一篇文章，叫《说说周晓文》。

🎙️ **王天兵**：到底是什么因素？

🎙️ **芦　苇**：反正他来找我当编剧了，他给我写了一封亲笔信，我现在还保留着。

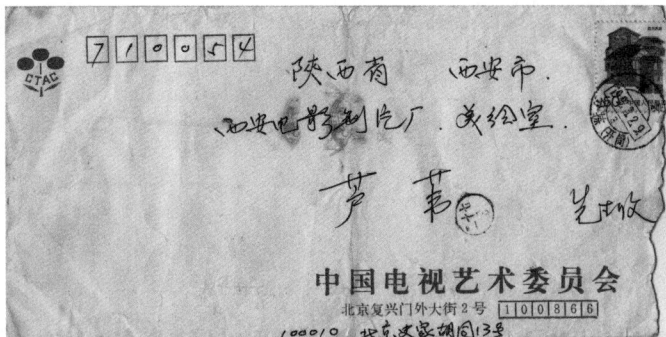

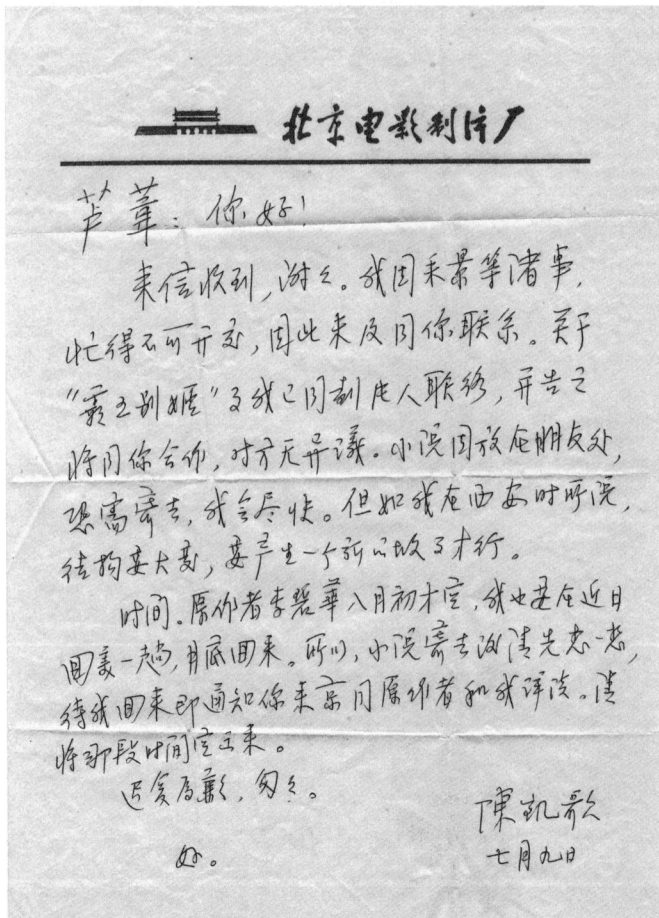

1990 年 7 月 9 日陈凯歌写给芦苇的亲笔信及信封（陈凯歌在信中说得清清楚楚："结构要大变，要产生一个新的故事才行。"）

🎙 **王天兵**：陈凯歌找你，台词肯定是一个原因。我们刚才也研究了李碧华的原著，她的对话有可看之处，但是确实没有京腔京味儿，因为她毕竟不是北京人。

🎙 **芦　苇**：总隔着一层。

🎙 **王天兵**：我们再回到李碧华的小说，刚才我说了它的文学贡献和艺术价值，但它也有缺点，我们也可以梳理一下。第一点就是主要人物还可以，但次要人物要么有头无尾，要么无头无尾，比如说关师傅在前面出现了，但是后来就没有了。

🎙 **芦　苇**：在小说里，关师傅是一个影子式的人物。

🎙 **王天兵**：这是有头无尾。还有无头无尾，比如袁四爷，出场的时候比较突兀，后来和程蝶衣发生关系之后就消失了。还有段小楼的夫人菊仙，自始至终让人感觉形象很苍白，支离破碎……你当时看小说发现这些缺点了没有？

🎙 **芦　苇**：我把它当成一部电影的素材。

🎙 **王天兵**：还有一个问题就是时代背景的交代走过场。李碧华的历史感比较差，比如说小说第三十九页、第六十七页，人物命运与时代背景没有融合，因为她对人物所处的历史背景下的功夫不足，也没有亲身经历，再加上写作功力不足，导致交代时代背景时往往三言两语，浅尝辄止。

至此，我们可以总结一下小说《霸王别姬》的长处和优点。它是一部电影化的小说，李碧华对爱情的描写颇见功力，对同性恋的描写是一种突破，"文革"再现的深度超过了当时的内地作家，它是一部用电影手法写就的通俗言情小说。《红楼梦》就是通俗言情小说，所以"言情小说"是一个中性词汇，并不是贬低它。八十年代的香港主要有两种电影类型——言情片和武打片，涉及爱情就是三角恋爱，"爱之欲其生，恨之欲其死"，这是李碧华自己的原话，实际上是中国古代才子佳人戏的一种延续。当时如果由一位香港导演把《霸王别姬》改编成电影，结果可能是一部成功的言情片。

我们也可以总结一下小说的缺陷和劣势。李碧华对历史背景的驾驭能力不足，小说结构因为人物刻画的问题而显得松散。

《霸王别姬》剧本逐场分析

🎙 **王天兵**：我们现在对《霸王别姬》剧本进行逐场分析，对比李碧华的小说，掏一下芦苇的真活儿，大家定会受益匪浅。

我刚才说了，如果把编剧比作打仗的话，写一部史诗电影相当于打一场大战役。大家把《孙子兵法》背得滚瓜烂熟，打起仗来可能照样失败，所以实战和理论是不一样的。我们现在就进入打大战役的实战阶段。

我们现在看剧本。第一场戏讲的是程蝶衣和段小楼在分别十一年后的1977年重新登场扮演虞姬和霸王。我们略去这一场，从第二场戏说起，第二场戏讲的是1928年小豆子（程蝶衣）和小石头（段小楼）在北平庙会市场初遇的情景。

我们先看第一句，"严冬寒冽，雪花飘零"。我想说的是如何在电影剧作中写景的问题。对编剧来说，无论是初出茅庐的，还是有一定阅历的，在剧本中写景都是一个令人困惑甚至很难的问题，因为这和在小说和散文中写景是不一样的。小说中写景可以非常细，包括景象所处的空间、里面的东西等，都一一道来，但在剧作中你写这些东西，美工未必能用得上，对导演也未必有意义，但是你又不得不写景。

芦苇在这方面做得非常成熟，而且形成了自己的风格，他特别擅长用四个字的词组，寥寥几句勾勒出景象的意境来，让我想起《红楼梦》中的一些景物描写。如果把《红楼梦》和西方的长篇小说相比，前者的景物描写完全不一样，因为它受戏曲的影响非常深。我举个例子，《红楼梦》中写秋景，"落叶萧萧，寒烟漠漠"，八个字，秋意顿出；然后写中午大观园的园景，"赤日当空，树荫合地，满耳蝉声，寂无人语"，十六个字，夏景如在目前。在这些方面，芦苇是不是受到传统戏曲或者《红楼梦》的影响？一开场，"严冬寒冽，雪花飘零"，这是芦苇的剧作文字风格，首先读上去就简洁精彩，其次把景物的意象勾勒出来了。

芦苇，你能不能谈一下剧作中的写景问题？

🎤 **芦　苇**：因为剧本的字数有限，不允许过分详尽地描画景物，也没这个必要。它是一个空间，是人物活动的舞台，人物必须在这个舞台上面活动，所以叙述越简洁越好，干净利落。有的编剧的风景描写一写就一大段，有些外行甚至能写上几百字，这个没必要，反而会干扰视听。

🎤 **王天兵**：我刚开始写剧本的时候就用好几百字描写风景，大段的文字，自己还特别得意。

🎤 **芦　苇**：你那时候写剧本还没入门。

🎤 **王天兵**：我这段时间细看你的剧本——虽然之前看过电影，还是受益匪浅，仿佛你在逐字逐句地教我怎样写剧本。

🎤 **芦　苇**：把环境交代清楚就可以了。你记住一点：剧本是给导演看的，是给投资人看的，不是给观众看的。所以写得越清晰、越简洁越好。

🎤 **王天兵**：但是你的剧本又有很强的可读性、很强的文学性。接下来这一段："枯树红墙前的市场热闹纷乱，人群熙攘拥挤，叫卖吆喝声喧响，夹混着断续的鞭炮声。年关刚过，这里呈现出一派乱世中繁忙与苟安的景象。"

　　这又是一段景物描写，共有两句，前一句写视觉可见的景象，后一句点出了景象的意境——繁忙与苟安。你描写的庙会就是民间市井的景象。"繁忙与苟安"这个词组用得非常好，这就是场景的精神指向。你要拍出什么感觉来，服装、化妆、道具看了就知道应该怎么弄。

🎤 **芦　苇**：是。

🎤 **王天兵**：所以芦苇对语言的驾驭能力非常强。这寥寥数语的写景具有高度的文学性，但和小说中的写景有什么不同，大家要去体会。而且它指明了时间：年关刚过，乱世。"繁忙""苟安"这两个关键词点出来了，但点到即止，写得太具体也没必要。

🎤 **芦　苇**：是。

🎤 **王天兵**：场景不要写得太具体，这种手法在《红楼梦》和中国传统戏曲中比比皆是。这在传统绘画中叫作勾勒，寥寥数笔，呼之欲出。接下来字幕："北平，一九二八年。"接下来："各类小吃摊前，热气飘腾，油烟缭绕。"跟上面一样，也是八字写气氛。接着："卖旧货瓷器的，卖鸽子贩鸟的，卖古玩旧书字画的，相面算命摆卦摊的，卖估衣收旧鞋的，拔牙修脚的，卖风车兔儿爷的……"我知道你喜欢连阔如写的《江湖丛谈》，这些细节是不是从这本书中得来的？

🎤 **芦　苇**：《江湖丛谈》是最好的旧时写照，货真价实的干货。

🎤 **王天兵**：这些细节看似简单，但文字有那个时代的气息，比如说"卖估衣收旧鞋的"，什么叫估衣？

🎙芦　苇：旧衣服。

🎙王天兵：什么叫兔儿爷？

🎙芦　苇：是老北京的一种吉祥物，孩童的玩具。

🎙王天兵：总之这是民间的一些生活景象，通过这些文字你能看到那个时代的影子，接着剧本又总结了一句："五花八门的行道在这里各领天地，招揽生意。"又是四字词组，这是芦苇惯用的手法，总结了前面的气氛，具体怎么拍那是导演的事。

🎙芦　苇：对，我是美工出身，知道场景必须要给美工做出具体的指示，写得明了清楚才好。

🎙王天兵：但这个明了清楚不是那种规定性的、限制死的，而是一种意象指向。

🎙芦　苇：是。

🎙王天兵：可见编剧是综合性人才，要对电影各部门都有所了解，这样写出的剧本才有可操作性。
　　接下来，"一个女人（小豆子娘，二十六七岁）牵着一个男孩（小豆子，七八岁）从庄严的牌坊门下走进庙会"——主要人物出场了。你说过，主要人物在一开始就要出场。

🎙芦　苇：而且是在一个特定的空间里出场，这里有一个象征性的建筑——牌坊，象征着传统。

🎙 **王天兵**：这些细节非常重要，在剧本中是一语带过，但导演要用心体会。

小豆子娘出场了。接下来的这一段："小豆子娘脸色苍白，眼晕青晦，穿着老式的暗花纺绸旗袍，堂子款式的盖额头发被风吹散。小豆子带着一只小行李卷儿，双手插在一只粉红色的绣绸暖手筒里，一副怕冷畏怯的模样。"

这段我们会学到什么呢？学习在剧本中怎样描写肖像，这和其他文学作品又不一样。首先看小豆子娘——苍白、青晦，对她的相貌并没有具体的描写，如果你把她鼻梁多高、眼睛多大写得很具体，选演员的时候就很难。

🎙 **芦　苇**：要给导演一个空间。

🎙 **王天兵**：长什么样之类的反而不要提及。好莱坞的剧本涉及人物形象、穿着时，往往三言两语、一语中的。"脸色苍白，眼晕青晦"，八个字，铿锵有力，我们知道她是一个过夜生活的人，身体不太健康。至于是高是矮、是胖是瘦、是黑是白，不必写得太具体。

然后，"母子俩向前走去。一个商人认出了小豆子娘，拦住她嬉皮笑脸地搭讪，顺手在她的脸上摸了一把，涎皮赖脸地说：'哟！这不是艳红么？可想死我喽！'小豆子娘决绝地推开他，昂然前去。商人惊然失措，恼羞成怒地骂道：'臭婊子你！'"。

这时候戏已经开始了，冲突开始了。

🎙 **芦　苇**：北平的市井百态。

🎙 **王天兵**：这种场景你是在哪儿看到过？还有这些细节从哪儿来的？

🎙 **芦　苇**：老舍先生的小说对我有潜移默化的影响。

王天兵：通过这些对话、动作的描写，能够看出小豆子娘的身份，她是做什么的。注意，剧本不是通过叙述来解释小豆子娘是妓女，而是通过人物的动作和对话，在冲突中交代人物身份的。

此外，剧本在这一点上和小说不一样。小说中小豆子娘不是妓女，她守寡了，刚给自己的丈夫送过葬，可能是日子过不下去了，才把小豆子送到戏班的。你为什么改成妓女，当时是怎么考量的？

芦　苇：她必须有一个身份，刻画小豆子娘的形象主要是为小豆子做铺垫，作为他的前戏背景，让观众知道这个孩子生长在一个异常的环境中。

王天兵：民国时学艺的都是家境非常穷苦、走投无路的人，不是孤儿就是被家里遗弃，日子过不下去了才去学艺。

芦　苇：当时戏子是下九流，学艺是很艰难的一个选择。

王天兵：紧接着，"摆赌摊的，打场子玩幡摔跤的，拉洋片说书的，变戏法的，摆牛胛骨说数来宝的……""母子俩来到围看热闹的人群中站定，关家科班正在这里演示猴儿戏"，这时候又一组主要人物出现了。

芦　苇：这部分如同一个长镜头，一气呵成。

王天兵：你在写的时候想象的画面是什么？

芦　苇：还原当时北平天桥的真实景象。

王天兵："关师傅吆喝着抱拳四面作揖，招呼观客。他是个五十余岁的昂藏汉子，身架硬朗得像堵门神"，这个描述来自小说。

🎤 **芦　苇**：是的。

🎤 **王天兵**：而且小说写了关师傅耳朵上长着毛，目光如炬，别人不敢看他。小说中关师傅出场也是比较精彩的。

🎤 **芦　苇**：电影中的形象跟小说是不同的。小说写的不像是科班师爷，倒有点儿像一个街霸，耳朵上还长着毛。科班的师傅是有些墨水的，能通晓戏文的。

🎤 **王天兵**：然后美猴王出现了，十二三岁的大孩子小石头，又一个主要人物出场了。

🎤 **芦　苇**：切记，在情节剧里面主人公出场越早越好。

🎤 **王天兵**："他一串筋斗翻到场心，瞪大眼睛亮了个猴王相。人群中有人喝好，有人说风凉话。'什么美猴王，整个儿一小猪八戒！'关师傅挨个儿把脸涂着红黄皂白油彩的孩子推进场圈。"最后这句话非常短促，但是信息量很大。"关师傅挨个儿"——首先你看这个动作，"脸涂着红黄皂白油彩"——当时他们是上妆的。"小猴们抓耳挠腮，围着美猴王争相献宠。"导演可以根据这些马上操作。

🎤 **芦　苇**：这场戏是小说里没有的，是剧本加的。

🎤 **王天兵**：小说中不是在开头，而是在后面，描写了一次他们公开卖艺的场面。回到剧作，他们做叠罗汉，小癞子出场了，又一个重要人物。"一个孩子（小癞子）失手跌落，扑棱棱几个小猴随其坍落倒地。"在原著中，李碧华也描写了他们的一个师兄，但是无名无姓。你把这个人物发展成为一个贯穿始终的人物，虽然他中途自杀了，但后来他的意象又出现了。此外，小说中关师傅还有一个妻子，你把她删了。

🎙️ **芦 苇**：是。

🎙️ **王天兵**：现在科班除了关师傅，你又增加了一个老师爷。

🎙️ **芦 苇**：李碧华对老北京的生活还是隔了一层。当时科班的人是不带家眷到科班去的，家眷也不能随便在此亮相，科班里面基本上都是男性，师娘在科班里进进出出是不符合规矩的。

🎙️ **王天兵**：这个说得非常好，对小说的改编，在人物的取舍方面，你把关师傅的妻子删掉，却扩展了这个小癞子。

然后，"人群哄笑起来：'糟啦糟啦，鼻子都撞歪了！'"，这时候小癞子跑了，逃窜了，"拿着铜锣收铜子儿的关师傅气得脸色铁青，厉声喝道：'追！给我追回来！'"。这时候场面大乱，有几个地痞来找碴儿……

看到这儿，第二场戏实际上有三条线索。第一，小豆子娘艳红带着小豆子出场；第二，关家科班在卖艺，然后出现了问题，其中有一个学徒逃跑；第三个是小豆子的反应——"小豆子毡帽下的眼睛瞪得溜圆，震惊不已"。最后是小癞子被拧回来。这段戏实际上讲了好几件事。这也是芦苇的一个编剧技巧，他在每一场戏里不会只简单地写一件事，总是同时写两件事、三件事，甚至是四件事。这种特点在接下来的内容中会反复出现。接着地痞来找碴儿，眼瞅着要砸摊儿的时候，小石头急中生智，在脑门上砸砖。

🎙️ **芦 苇**：自拍板儿砖，先镇住场面。

🎙️ **王天兵**：这把前面的困境解决了。然后进入转场，这也是芦苇拿手的——一波未平，一波又起。"'号外号外！花满楼妓女吞喝大烟自杀身亡！'几个报童高举着报纸，大声吆喝着，飞跑过来。'开仗啰开仗啰，特大号外！''特大号外，要开仗啰！张作霖大帅的专列昨儿在皇姑屯被炸，生死不明，东北军已全部戒严，眼瞅着要和日本鬼子开打！'"，"人群闻声惊炸，尘世间一片纷乱"。

🎤 **芦　苇**：张作霖皇姑屯被炸是一个很大的事件，这就是写史诗怎样尽量让空间变大。

🎤 **王天兵**：这里边的词语都是大有寓意的，比如说"花满楼妓女"，花满楼第一次出现了。

🎤 **芦　苇**：它预示了下面的内容。

🎤 **王天兵**：还有妓女，小豆子娘本身是妓女，你看又涉及自杀的事，尤其是涉及妓女自杀的事……"号外号外！"一句话令时代感呼之欲出。

🎤 **芦　苇**：这也预示了小豆子的娘要将他送走。

🎤 **王天兵**：这个转场把时代背景交代出来，同时与人物的命运息息相关，让人有一种不祥的预感。最后一句，"人群混乱拥挤中，小豆子的行李卷儿被人生生抢去"，把前面的情节收束了。我们看芦苇的剧本，无论写得多么复杂，有多少条线索，最终是有头有尾、纹丝不乱。所有这些，其实都是小豆子这个主要人物出场的背景，都是为了烘托这个人物。他生于乱世，长于底层，而且他母亲的身份是卑贱的，同时小豆子、小石头、小癞子、关师傅等主要人物都出场了，这都发生在前面的一两分钟之内。
　　你写作的时候，这场戏的时间怎么把握？

🎤芦　苇：情节剧的开场，前几分钟是极为重要的，因为这几分钟决定了观众的屁股坐得住还是坐不住，刻画必须到位且精彩，把悬念建立起来，激发观众看影片的兴趣。

🎤王天兵：我的问题是，刚才我们念了这么多，拍成电影的时间是多长？你怎么把握，你在写作的时候有判断吗？

🎤芦　苇：你是指电影的时间吗？

🎤王天兵：刚才念了这么多，从开始的各类小吃摊前，热气飘腾，油烟缭绕，到小豆子娘带着小豆子来到天桥，围观关家科班演戏，然后小癞子逃跑，有人砸摊子，小石头自拍板儿砖突围，然后是时代背景的转场，这一大段戏，你是怎么把握时间长度的呢？

这个问题我们在写剧本过程中常常遇到，比如纳博科夫写了《洛丽塔》，他是世界级的大作家。库布里克想把《洛丽塔》改编成电影，他让纳博科夫自己改编，说你是天才，你先写一稿。等纳博科夫写完交给库布里克看了，库布里克说你这个东西拍出来是八个小时，没法用。所以，我想说，编剧对剧本时间长度的把握不是想当然的。你怎样驾驭这个时间？你怎么来判断你写的东西是两分钟、五分钟，还是十分钟？是凭经验吗？

🎤芦　苇：内容决定的，务必要在开场就写出让观众有兴趣的内容。

🎤王天兵：我的问题是，你怎么来把握这个时间长度，你的脑子里是像过电影一样把这些先过一遍吗？

🎤芦　苇：编剧是第一个看电影的人，一开始就必须把画面呈现出来。第一场戏之后，就开门见山地把观众带入故事氛围中。

🎙️ **王天兵**：时间的把握是一种经验，就是你感觉这些拍完要用多少时间。

🎙️ **芦 苇**：经典的电影都会在最短的时间里交代最丰富的情节。

🎙️ **王天兵**：用芦苇的话说，这场戏把戏根埋下了。紧接着是第三场戏——胡同，讲的是小豆子娘带他去投奔科班，路过一条胡同的景象。

上来第一句话就是"地上已经积起一层浅雪"，这句话写得非常棒，为什么呢？它的节奏跟前面已经不一样了，前面的句子都很短促、很热闹、很混乱，给人这样的感觉，突然间叙事节奏变了，地上积起浅雪，这是另一种景象，前面热闹，后面就有对比——冷清。这种节奏变化也是一种技巧，芦苇驾驭得游刃有余。

🎙️ **芦 苇**：这时候你得让观众喘口气。

🎙️ **王天兵**：对，这就跟画画一样。你学过画画，在前面横扫纵抹，勾画出民国时期民间市井的景象，紧接着一处留白，这是民间另一幅景象："胡同里飘荡着悠长的吆喝声：'磨剪子嘞，锵菜刀！'几个孩子在门口放小花炮，传来零星的噼啪声。"一个"悠长"，一个"零星"，场景舒缓开来，意境寂寥。"一家门户前，板凳挑子磨着菜刀吆喝着招揽生意"，这又是一幅景象。然后说"小豆子吓了一跳：墙根有具冻毙倒卧的死尸。他惊恐不安地伸臂揪着母亲的衣衫，像只怕遭遗弃的小狗，紧步逃跑"，这时候又出现了一个意象——死尸，死亡第一次在剧中出现。

🎙️ **芦 苇**：当时北平冬天的严酷景象，这是一个预示。

🎙️ **王天兵**：小豆子第一次与死亡面对面。

🎙芦　苇：这场过场戏有很重要的意象暗示。

🎙王天兵：前面是个天桥庙会，场景庞大，后面到了一个小胡同，空间上大开大合。前面是热闹、热气飘腾，这里是一个寂寥的小胡同，意境上对比分明。

🎙芦　苇：都是当年北平的景象。

🎙王天兵：第四场戏，又到了内景——关家科班练功棚，讲的是关师傅为庙会上的事在惩罚小石头等科班弟子。这里又换了一副笔墨："科班气氛森严，竹片儿抽打声使人心悸。"第四场戏大概只有一页纸的长度，大家要注意几个意象，屁股、脸、眼睛、肚皮，这几个意象是贯穿在这场戏当中的。一开始就是"关师傅气势汹汹地用刀坯子抽打小癞子的光屁股"，在描写科班的生活上，李碧华下了功夫，但芦苇下了更大的功夫。

🎙芦　苇：在袁世海先生的回忆录里，这些都一一呈现。

🎙王天兵：这些挨打的事都讲了？

🎙芦　苇：没错。

🎙王天兵：你是信手拈来把这些东西用上了。

🎙芦　苇：科班生活条件与氛围非常严酷，北平的一些著名科班，像富连成，还是比较文明的，因为它毕竟是一个社办组织。民间的野班子在训练学徒的时候手段无奇不有，很残酷，就算是对自己的亲生子女也毫不留情，为此出过不止一起人命案。

🎤 **王天兵**："关师傅气势汹汹地用刀坯子抽打小癫子的光屁股。众学徒纷纷跪在地上，一张张彩墨未净的小脸垂埋在胸前，只有小石头用眼梢偷偷地张望着"，这里面出现了涉及身体的三个意象——屁股、小脸，还有眼梢，这几个意象贯穿这场戏。你为什么这样写？当时是怎么想的？

🎤 **芦　苇**：我想把这个剧本真实而饱满地写出来。

🎤 **王天兵**：这时候关师傅对小石头说："上场亮相时你怎么瞪的眼？瞪给我瞧瞧！"这个小说中有，关师傅曾让一个学徒瞪眼，然后批评道："这叫瞪眼儿？这叫死羊眼！"这段内容在小说的第十七页。

🎤 **芦　苇**：没错。

🎤 **王天兵**：实际上读至此，剧本和小说已经水乳交融了。紧接着就是扒裤子，打通堂，"真哭假号混作一团"，这些都是对科班生活的描写。小豆子站在门口，"脸闪了一下，怯生生地躲在母亲身后"，其他的小学徒都在看他。这时候芦苇又写了一句："关师傅扔下了刀坯子，拍拍手，喝令道：'看什么！都到墙根儿里给我耗顶去，完了再收拾你们。'"什么是耗顶？

🎤 **芦　苇**：耗顶就是拿大顶、倒立。

🎤 **王天兵**："孩子们像退潮似的涌向墙根，翻身拿顶，个个亮出小肚皮"，又是描写他们的身体；"他们的眼睛自下而上地盯着两个陌生人"，又提到眼睛。这场戏要展现科班严酷的环境，要让大家看到稚嫩的生命像一群小动物一样。怎样展现科班对生命的摧残？你得把稚嫩的肉体展现出来，反衬科班的残酷。这是关键点。

🎤 **芦　苇**：这是小豆子第一次见到科班生活。

🎤 **王天兵**：实际上还是为了塑造小豆子这个人物。

🎤 **芦　苇**：没错。

🎤 **王天兵**：而且一看到这样的环境，我们就开始为小豆子担心了。他即将处于一个险境，我们的心提起来了。

我记得在 2008 年曲江编剧高研班上，纽约大学的老师说，你在写一场戏的时候，首先要问自己，谁处于险境？什么东西处在危险当中？我们看了这场戏之后，为小豆子及学徒们这些个小生命而担心，这场戏已经成功了。用芦苇的话说，这场戏的任务就完成了。

紧接着第五场戏，讲的是小豆子来拜师，但被关师傅发现是六指儿，因此被拒绝。"关师傅摘下小豆子的破毡帽，孩子露出了清秀细致的小脸，眼睛忽闪着"，又是小脸，又写他的脸部，"关师傅查验小牲口似的摆弄着小豆子"。这又是一个技巧。本来应有一场前戏，写到母子拜师，艳红阐明来意，为什么带孩子来拜师，您看我这孩子是不是能够做您学徒，等等。芦苇把这些都省掉了，直接进入验收阶段。

🎤 **芦　苇**：小说里没有写这个孩子是六指儿，这是剧本加的。

🎤 **王天兵**：小说在最后写到程蝶衣有个指头断了，你把那个细节提前了。

🎤 **芦　苇**：在小说中程蝶衣根本不是六指儿。

🎤 **王天兵**：好像这个情节在你心中生根发芽了。

🎤 芦　苇：这个设计有双层的预示与暗示。

🎤 王天兵：而且这个对全剧有重大的影响。

🎤 芦　苇：好多研究电影的人说这是暗示被阉割。

🎤 王天兵：所以这时候已经出现性别问题了。

🎤 芦　苇：小豆子的性别转变从此就开始了，这时必须有一个重大的事件，让观众对这个孩子有个迫切的认识。

🎤 王天兵：我们回到剧本。好莱坞编剧有个说法，就是一场戏要尽可能晚地进入，尽可能早地离开。你把前面母子拜师的那段戏给省掉了，大家一看关师傅的验收便知，前段根本不用写出来。

🎤 芦　苇：是的。

🎤 王天兵："关师傅：'您这孩子，没吃戏饭的命，带回去吧。'"这是困境，小豆子遇到困境了。
接下来写的小豆子娘，你在"小豆子娘"后面加了补充文字——急切求诉，在前面你都是在人物名字后直接用冒号，这里加了"急切求诉"，这是表示强调。

🎤 芦　苇：没错。

🎤 王天兵：一些小说在写某某人物说话的时候，喜欢在要说的话前面加一个修饰语，或者一个副词，比如"他兴高采烈地说""半开玩笑地说""自豪地说"，等等。其实这在好的剧本中是要避免的。为什么？你要用人物说的话把意境呈现出来，而不是用修饰语去限定它，而且同样一句台词有十种说法、一百种说法，你要是把它概念化了，对演员表演来说反而是个限制。芦苇在剧本里面很少用这种修饰，应让台词自己说话。

🎙芦　苇：是用台词来交代场景。

🎙王天兵：小豆子娘向关师傅说："这孩子错生身子乱投胎，要是女孩身子，堂子还能留养着，可他身出娘胎就是个孽种。"程蝶衣的性别问题在剧本的前三五分钟已经出现了，你可以想象小豆子出生之后，小豆子娘把他当女孩子养。

芦苇剧作的功力就在于所有与戏剧主题有关的东西一开始都要出现，随后还要反复出现。把李碧华的小说和芦苇的剧本比较一下，小说中的人物有头无尾、无头无尾，但是剧本中所有的元素，包括人物说的台词，一些场景，抽象的意象、主题，都绵延始终、首尾相接。

紧接着关师傅说了，"那得能救了他才行呀"，他晃着小豆子的手，"一亮相，那台底下听戏的人不得吓跑喽？"，然后是"小豆子娘悄没声儿地跪下，眼睛却痴怔怔地盯着中堂上供着的祖师爷像，说出的话断续不清，如似梦呓"，她紧接着说了一段话，"这孩子能杀人，也能杀死他自个儿！"……

在剧作中，人物的动机要让人物自己说出来！有些已经成名的电影导演、电影编剧，我们看完他们的电影之后，主要人物的动机都不清楚，只有他自己知道。比如说陆川的《可可西里》，我看了之后不知道主人公为什么不远千里、不辞劳苦地去营救藏羚羊、去抓捕那些盗猎者。主人公自始至终没有说过一句话交代他这样做的原因。这是这部电影的重大问题。芦苇，我记得你对我说过，人物的动机要让人物亲口说出来。

🎙芦　苇：没错。

🎙 **王天兵**：这一点看似简单，但不是那么容易就能学会的。编剧在写作过程中往往会忽略人物动机的问题，写完之后自己心里清楚，但是别人不知道，所以要大胆地让人物自己把动机说出来，让观众听到。当然，这里面牵扯到另外一个问题，即会不会太刻意、太直白？这里说"这孩子能杀人，也能杀死他自个儿"，这个铺垫是不是过于直白？

🎙 **芦　苇**：他娘处于一种不太正常的状态，精神有点恍惚，她必须把孩子送到科班，给他找一条生路。

🎙 **王天兵**：另外，对比一下小说，小说写得也挺好，李碧华老师说小豆子娘丧夫，但也不清楚为什么，大概因为丧夫之后自己无力负担，才把这个孩子送人的。小说第七页有一句话写得也挺感人的："小豆子目送着娘寂寂冉于今冬初雪，直至看不到"。第三页还有一句话，"刚丧夫的女人把自己看成有罪"，虽然语言不是特别好，但也挺感人的。芦苇把小豆子娘的身份改成妓女，把小豆子写成六指儿，到科班拜师学艺还被拒绝……实际上是把小说提供的所有元素都强化了，矛盾都激化了。

"关师傅（苦笑一下）：'……下辈子的事啦。'"这就是所谓把扣儿给系死了，困境越来越严苛了。紧接着这一段写得非常好，展示了芦苇的文字功力："关师傅不再理会母子俩，操起鞭杆，走到门口冲练功棚大喊：'……给我拿稳了！'"这句话收束前面，别忘了刚才写了那么多孩子在练功。

每场戏都是一个单元，有头有尾。芦苇在这一点上做得非常好，完整、简练、有效。

🎙 **芦　苇**：结构必须干净利索。

🎙 **王天兵**：你看一下王全安的《白鹿原》，在结构方面是一塌糊涂，再对比一下小说《白鹿原》和芦苇的《白鹿原》剧本，陈忠实老师在结构上也没

139

有剧本完整。

🎤 **芦　苇**：任务不一样，小说可以写几十万字，剧本只能写几万字，要求是不一样的。

🎤 **王天兵**：这不是字数的问题，而是作者头脑清晰程度的问题。芦苇的剧本每场戏都有头有尾，给人感觉是完整的，但不是说像新版《红楼梦》电视剧一样，摁着快进键把所有事都交代一遍。完整恰恰意味着节约，该省去的大刀阔斧地省去，要保留的小心翼翼地留下，最后给人的感觉是有头有尾。
　　紧着第六场戏，小豆子的第六根手指被切除。"母子俩踩着吱吱作响的积雪，来到磨刀挑子前站定"，注意，第三场戏的雪是浅雪，现在雪踩上去吱吱作响，芦苇用动作、声响表示时间过去了。这场戏文字非常干净，全是动作描写，干净利索，放在小说中也是好文字。小豆子娘把小豆子的第六根手指切掉了，这是"第一滴血"。小豆子第一次见血，"他茫然失神，莫名其妙地看着自己血淋淋的手"。为什么小豆子是这个反应呢？因为人突然之间受伤是感觉不到疼的。芦苇，这是不是你的亲身经历？

🎤 **芦　苇**：我在农村插队的时候，有个小孩的手断了，大人都在那儿哭啼，他倒是不哭，给我的印象很深。后来医生告诉我说，手刚断时人是不知道疼的，这是一种生理反应。片刻的失忆，一片茫然。

🎤 **王天兵**：写任何东西都不能想当然。要是一个俗手，可能会写小豆子手指被剁之后马上大哭大叫。陈凯歌把剧本还原得挺好，切手指的时候，小豆子身体像触电一样，惊心动魄。

🎤 **芦　苇**：这场戏拍得很棒。

🎤 **王天兵：**"小豆子如遭电击，猛一哆嗦，掀开毡帽。他茫然失神，莫名其妙地看着自己血淋淋的手"，他不知道在自己身上发生了什么。从全剧的结构上来看，小豆子的一生都是很被动的，很多东西是强加给他的，而不是他选择的。

🎤 **芦　苇：**这是生活送给他的第一件礼物，真实而残酷。

🎤 **王天兵：**生活送给他的每一件礼物他都不得不接受，直到最后与段小楼互相揭发。这预示了全部的情节。芦苇你在写的时候已对故事有完整的了解了对吧？你知道后面的情节才写的对吧？

🎤 **芦　苇：**结尾我是知道的。

🎤 **王天兵：**这是一次性就写到位了吗？

🎤 **芦　苇：**《霸王别姬》的剧本一共写了两稿，我还想写第三稿，但是陈凯歌不让我写了！说行了，已经到位了，我说其实还可以更精练一些。

🎤 **王天兵：**紧接着第七场戏，第一句："小豆子一声撕心裂肺的尖叫。"这是侧写，而不是将镜头直对着他。转场了，只听到他的尖叫。为什么要这样写呢？这也是一个技巧。因为镜头在胡同的时候对着他，他莫名其妙地看到自己血淋淋的手，没有出声。

🎤 **芦　苇：**小豆子的声音撕心裂肺，这是一个生理反应，又是一个节奏变换。

🎤 **王天兵：**转场，节奏变了，也更含蓄了一些，如果直接拍他大哭大叫的话，力量反而泄了。

🎙️**芦　苇**：要给观众一个心理上的准备时间，这是对节奏的把控。

🎙️**王天兵**：再者给观众一个想象的余地，转场，让观众去想象。昆汀在《水库狗》（又译为《落水狗》）中也用了类似的手法，那个黑帮成员在割警察的耳朵时，镜头移开了。

🎙️**芦　苇**：没错。

🎙️**王天兵**：这是一个技巧，芦苇运用得很纯熟，后面我们还会经常看到。有些东西写到百分之八十，不要写到百分之百，后面百分之二十交给观众去想，反而更有力。

🎙️**芦　苇**：有句话叫"此处无声胜有声"，就是这个意思。

🎙️**王天兵**：两场戏当中，你中有我、我中有你。下场戏和上场戏有各种各样的联系，可以通过台词联系、通过声音过渡、通过画面意象呼应，等等。"小豆子一声撕心裂肺的尖叫。耗顶的学徒们毛骨悚然，从墙上扑咚咚跌落下来。"这是接第五场戏，那场戏里关师傅不是说"双脚朝天成一条线，给我拿稳了"吗？现在回到这场戏的场景里，"扑咚咚跌落下来"，两场呼应得非常好。编剧就要心细如发，手挥目送，瞻前顾后。

紧接着，"小豆子娘生拉硬拽地把小豆子拖进院内。小豆子一个鲤鱼打挺蹦到地上，被母亲连挟带拖向堂屋走去"。这时候，小豆子疼痛不堪，已经失常了。紧接着一句"雪地上血迹斑斑"，从积了一层浅雪到吱吱作响，再到此时此景，时间感纹丝不乱——电影是时空的艺术。这时候，"科班秩序大乱，学徒们哗然吃惊地围在堂屋门外"。

然后进入第八场戏，写小豆子拜师。"小豆子挣脱母亲，躲在条案下犄角里，用牙咬着小血手瑟瑟发抖。他惨叫着，像只惊慌的小野兽四下躲藏。"之前刚进入关家科班的时候，那群像小动物一样的小生命，虽很稚嫩，但在严酷的环境中学习成长，这时写到"小野兽"，也是在意象上呼应前面。"他狼奔豕突，撞倒了烛台太师椅，一头蹿出门去"，"小石头与一伙学徒把小豆子抬回来，把他按跪在祖师爷像下面"，在哀号声中关师傅念大红关书。这里芦苇也省却了一些内容，比如为什么现在关师傅接受他了，因为看到他被切掉了第六根手指，将来可以演戏了，但这都不必再说了，直接切到下跪拜师了。这就是所谓尽量晚地进入一场戏。

另外，这段戏让我想到了《我的左脚》，丹尼尔·戴·刘易斯主演，他身上有兽性的力量，程蝶衣也有这种能量，从小就像一个小野兽一样。然后念拜师仪式上的师徒契约，即大红关书，这里又有很多意象，"车惊马炸伤死病逃投河觅井各由天命……"，这基本上在程蝶衣身上都验证了。芦苇，这些话你是从哪儿得到的？

🎙️ 芦　苇：当时科班的规矩就是这样，学徒进来的时候必须签契约，不然不收你，孩子生死各由天命，里面隐含了国人对生命的一种态度。

🎙️ 王天兵：我们看第八场戏的结尾："小豆子猛地转过头来，门外大雪纷飞，已空无人迹。"此时诗意顿出，让我想起了《红楼梦》中的诗："落了片白茫茫大地真干净。"芦苇写得非常好，导演领悟了，电影也把诗意呈现出来了。

🎙️ 芦　苇：是的。

🎙️ 王天兵：同时有一种节奏上的变化，前面小野兽出没，混乱血腥，突然之间镜头一转，一个空镜——大雪纷飞、空无人迹，这就是诗意啊！让我想起了《林冲夜奔》，想起了《红楼梦》。

我们继续讲第九场戏，学徒宿舍，小豆子初来乍到，被人排挤，他又陷入困境："窑子里来的东西，别脏着我！"孩子们不接受小豆子，这时有个油灯的描写："油灯忽明忽暗，摇曳不定。"这也是芦苇特别擅长的技巧——把人物的心情外化、可视化。实际上小豆子的心情就像油灯一样摇曳不定，因为他到了一个新的、陌生的环境。用道具使人物的心情可视化，这是典型的电影手段、电影技巧。

但是小石头接纳他、照顾他，别的学徒欺生，但是小石头没有欺生。有个问题我一直想问，为什么小石头对小豆子这么好？

🎙芦　苇：交朋友是一种说不清、道不明的缘分，很难解释，听凭自然。

🎙王天兵：我们刚才谈到编剧的一个写作技巧是让人物自己把动机说出来，可是自始至终小石头没有说过为什么对小豆子这么好，为什么？

🎙芦　苇：他们在第一次相见的时候，小豆子必定有什么地方打动了小石头，也许是新来的小学徒有些像女孩子，激起了小石头的保护欲。

🎙王天兵：反正这场戏是非常重要的，他们的关系在这里拉近了。

🎙芦　苇：这是他们关系的第一场戏，是第一块基石。

🎙王天兵：对，这也是全剧的戏根。

接下来看第十场戏，讲的是小豆子在科班学艺很遭罪，以及小石头即使挨罚也要为他解难。这里面有很多技巧可以学习，比如，主人公一边说话，一边不闲着。关师傅一边指导弟子练功一边说，"这是人，他就得听戏……"，直到"您瞧谭鑫培老先生……把六品顶戴的官帽给挣回来了"，在不经意间，剧本交代了京剧的发展史以及练成名角儿的艰难。在剧本中，有些背景知识要在情节中自然而然地流露出来，而不是直白地说明。同时要注意，关师傅在讲话时手上没闲着，他看到学徒偷懒耍滑还得抽他们屁股。这是典型的芦苇编剧技巧，他在《白鹿原》中也用得很好，就是主人公一边说话，一边在干着什么事，所干的事和他的职业、身份有关，不只是站在那儿说话。

几乎在《白鹿原》中的每场戏里，主人公都在做着不同的农活，有的是拉锯，有的是磨磨，有的在扬场，有的在播种，有的在收割……

🎙 芦　苇：所谓史诗，都要落到实处，是非常具体的展现，有生命的质感才好。

🎙 王天兵：看完《白鹿原》剧本之后，我好像到农村生活过一样。这是编剧自觉的追求，但是表面上不着痕迹。《霸王别姬》也是，芦苇把科班生活的方方面面展现出来，如怎样练功、怎样背台词，好几条线索同时进行着，前后呼应，台词和动作相得益彰，到后面"关师傅拎着铜壶给盆里倒水"，你看，他手里还有活儿呢，边倒水边说："自打有唱戏的行当起，哪朝哪代也没咱京剧这么红火过呐，你们算是赶上了！"这个台词写得非常好。芦苇，这也是从哪个人物传记中得到的吗？

🎙 芦　苇：我找不到具体的出处，生活本来就是这样。

🎙 王天兵：下面到第十一场戏，小豆子为解救快冻僵的小石头，和他睡一个被窝。"外面寒风正紧，雪花翻飞"，接续前面冬天的雪景，小石头挨罚，上牙磕下牙地念白："此天亡我楚，非战之罪也。"这是一个贯穿台词，他一生念过多次，这是第一次念，这也是全剧第一次出现了戏曲《霸王别姬》的台词。芦苇，你丰富了昆曲《霸王别姬》唱词的意蕴。

🎤 芦　苇：我看的是京剧版本的《霸王别姬》，是梅兰芳的招牌戏，是其最重要的代表作之一。

🎤 王天兵：小石头和小豆子睡在一起了，两人的关系又拉近了，这一段戏结束后，小石头和小豆子结为好友。

第十二场戏，陶然亭。前面的戏是非常激烈的，关师傅打他们、惩罚他们，练功之苦，非常残酷，这时又一个转场，"晨光暧昧、芦草枯黄，野水塘子中升起团团雾气。学徒们排列站立，喊嗓练声"，"嗓音悠悠，蕴含着孩子们的凄苦和希望飘向远方"。节奏又变了。

紧接着第十三场戏，"霞光绚丽，春草萋萋"，写景又让我想到了《红楼梦》里的句子"柳垂金线，桃吐丹霞"，描写林黛玉的住所是"凤尾森森，龙吟细细"。然后，"几年过去了，孩子们都长大了一圈"，注意这个电影手法，漂亮利索，在他们喊嗓之间，时光过去了，时空压缩了。这一段的诗意陈凯歌拍出来了。这是什么呢？让我想起《红楼梦》里的《枉凝眉》，形容小石头和小豆子很恰当："若说是没奇缘，今生偏又遇着他；若说有奇缘，如何心事终虚化？"陈凯歌把芦苇的剧本实现了，节奏的把握、诗意的呈现都非常好。你当时是怎么考虑的？

🎤 芦　苇：第一，前面的戏已经推进到这一步；第二，在经历了长时间激烈的剧情后需要喘口气，稍微回归一下；第三，这时候我认为速度要放慢一些。

🎤 王天兵：这个节奏调整得好。

进入第十四场戏，科班学徒练翻，这也是科班学习非常重要的一方面，就是练武功。这里面有很多基础资料吧？当年他们怎样练功夫，"勾住气！外练筋骨皮，内练一口气""一高！二飘！三稳！"。这段戏我认为是一种蒙太奇的电影手法，几种意象加在一起，把几年练功的经历全都概括了。你在剧作中怎么处理蒙太奇？

🎤 **芦　苇**：就是快速过渡，我不是先想什么蒙太奇，我本能地先想画面，先把画面写出来，再找人物的经纬关系。蒙太奇是第二位的，剧情永远是第一位的，剧情决定了蒙太奇的形式和速度。

🎤 **王天兵**：我刚开始写剧本的时候就把"蒙太奇"这三个字写在剧本中，比如"接下来是一段蒙太奇镜头"，但实际上最关键的是故事。

🎤 **芦　苇**：是的，不要本末倒置。

🎤 **王天兵**：我现在读这一段，认为它是典型的蒙太奇。

🎤 **芦　苇**：我是电影厂出来的人，对电影的表现方式方法比较熟，编的剧本比较实用。陈凯歌当时就感慨地说："内行就是内行！"我的剧本可以当工作台本，拿着就可以拍，标上近景、中景、远景就可以了。我的剧本有镜头感是职业所决定的。有镜头意识是编剧必备的素质之一，一切天花乱坠的文字都要落到镜头画面上去。

🎤 **王天兵**：这一段关师傅说了三次重要的话，第一次说"一轻！二快！三高！四帅！"，第二次说"一天不翻手脚慢，两天不翻减一半……"，第三次说"一高！二飘！三稳！"。我们可以把三种意境相似的场景并列到一起，也可以把三种意境相反的场景并列在一起，这是一种典型的蒙太奇手法。

紧接着是第十五场戏，跟上一场形式上类似，但内容不同，前面是学武功，下面是学戏文。这二者在意境上像对联一样，同时在形式上又有相通之处。老师爷检查三个人背台词，有三种不同的反应，对小癞子、小石头和小豆子的态度不一样，三种并列。

第十四、十五两场戏把他们怎样学武功、背戏文，在短短几分钟内用可视化的电影语言全部交代清楚了。

我特别佩服芦苇处理每场戏之间关系的能力，有时候从内容上连贯，有时候从意象上对比，形式上有反差、有呼应，高度自觉，而且毫不费力。我们看剧本要细细体会这种美。你若体会不到这种美，怎么可能写到这种境界？

第十四、十五两场戏并列，前面是三种场景并列，下面也是三种并列，场景之间既有关联又有不同，这就是剧作之妙。芦苇你在写的时候是自觉的吗？还是说完全驾轻就熟，不自觉地就流露出来了？

🎙芦　苇：我想的都很具体，抽象是内容背后的幽灵。

🎙王天兵：我认为在写《霸王别姬》时你的剧作功力已经完全成熟了。

🎙芦　苇：那时候我四十一岁，干电影已经十七年了，对电影比较熟悉了，就算入门了吧。

🎙王天兵：这也展现了电影的了不起，在短时间内把成千上万字说不清的事情交代清楚。

再看第十五场戏，还有个关键问题，就是性别问题。前场已经有了，在这里小豆子念错了台词，老师爷说："你是男的是女的?!"性别意识再次出现。在剧作中，一个东西出现了，它一定还会再次出现，这是一个规律，无论是抽象的还是具象的，要么是台词，要么是场景，要么是一种主题，一定会反复出现。性别意识接下来还会反复出现，不断增强。这说起来简单，但很多导演并没掌握。芦苇你何时会熟练运用反复出现的贯穿性元素的呢？

🎙芦　苇：这些手段都是自然而然的。内容决定形式。在剧作中，人物的情感、故事、境遇决定了写作手法。编剧最难的功夫是什么？是了解人，当你了解了人，戏是水到渠成的。

🎙 **王天兵**：人性决定了你在创作中会不断地关注某些东西。

🎙 **芦　苇**：是的。

🎙 **王天兵**：人性还决定了人物纠结于某些东西，很多东西在生命中反反复复出现，当你把人性吃透后，你的作品中就会反复出现一些元素和贯穿始终的台词。

🎙 **芦　苇**：主要看你对人物的了解程度。现在很多编剧并不了解人物，也不了解人物的处境。

🎙 **王天兵**：不了解人物内心的秘密。

🎙 **芦　苇**：对，不了解人物的心理状态。

🎙 **王天兵**：所以这不单纯是个技巧问题。

🎙 **芦　苇**：能力因态度而变。

🎙 **王天兵**：接着谈第十六至十九场戏，讲的是小豆子背戏文总是出错。第十六场戏，小豆子背错台词，老师爷对小豆子说："你倒真是入了化境，连雌雄都不分了。"性别意识再次出现，还在加深。第十八场戏，关家堂屋，这是关师傅第一次心平气和地讲《霸王别姬》这出戏，《霸王别姬》曲目第一次正式出现在剧作中，差不多是电影开始二十分钟以内。关师傅有句话，"人纵有万般能耐，可终是敌不过天命呐"——一句话屈死多少天下英雄。

149

京剧《霸王别姬》讲了什么呢？古代戏曲的主题离不开忠孝节义。电影《霸王别姬》的主题也是"忠义"二字，电影在对传统戏曲继承和颠覆的基础上讲了忠诚、义气和背叛。

🎙️ **芦　苇**：是的。

🎙️ **王天兵**：驾驭这个非常难，首先是戏中戏，对传统戏剧不只是简单地借用，而要渗透在剧作中，同时又扩展它的内涵。什么是义？什么是忠？这两个字过去意味着什么？现在意味着什么？这也是对小说主题的扩展。你对小说的主题是怎么理解的？

🎙️ **芦　苇**：小说是通俗意义上的言情小说，缺乏理性反思和悲剧意识，难以升华。

🎙️ **王天兵**：你觉得小说的主题是什么？你的剧本的主题是什么？

🎙️ **芦　苇**：在小说里，程蝶衣娶妻结婚，"文革"后与茶叶店的女书记成了家，是个大团圆的结局，电影剧本则是悲剧性的结局。

🎙️ **王天兵**：结局我们之后还会谈到，小说中程蝶衣也自杀过，但自杀未遂。小说自有它的味道，更生活化，而你的剧本结局是更戏剧化、更加彻底和决绝的。

🎙️ **芦　苇**：是。

🎙️ **王天兵**：关师傅说："讲这出戏，是里面还有个唱戏和做人的道理：人，得自己成全自己。"小豆子听了猛然掌掴自己。小豆子为什么抽自己？

🎙️ **芦　苇**：人物走到这一步，处境非常困难，他能不能唱成戏，能不能成为角儿，要打个大大的问号，他对自己的未来未必有把握。

🎙️ **王天兵**：师傅在教育小豆子"自己成全自己"，他自己打自己就是忏悔了，但在第十九场戏里，他把伤手浸入水中，又有点自残的意思，这两场戏之间是不是有矛盾？还是你有意表现人物内心的那种矛盾——下了决心但是又放弃了？

🎙️ **芦　苇**：反复才是好看的，一根筋不好看，后者的表现力是比较弱的，反复得越多，人物就越丰满。别说戏剧人物了，我们自己在生活中有多少纠结的事情、难以抉择的事情！把生活经验用到剧中的人物身上，剧情才会真切。

🎙️ **王天兵**：第二十场戏又发生了场景、气氛的变化，前面那么多场戏，色调都是晦暗的，现在第一次出现了明朗和煦的阳光，天空澄蓝碧透，还出现了风筝的意象。这场戏讲小豆子和小癞子逃跑了，风筝和他们俩的命运很相像，飞得再远都被线拉着，逃跑得再远也会回来。这是芦苇惯用的手法，道具暗示了主人公的命运。再者，注意另外一个手法，无论从台词上还是人物塑造上，都是无独有偶，都成双捉对来写。表现在什么地方？小癞子说，"甭这么瞧着我，朕又不是冰糖葫芦"，他用了"朕"自称。接下来小石头卖关子，"你们何不跪下，三呼万岁，待孤细细思量"，他用"孤"自谓。如此对比，芦苇的心思非常细。芦苇在剧作中间从来不孤立地写一个东西，哪怕细微到每一个字眼儿都有呼应。这不是偶然的吧？

🎙️ **芦　苇**：小癞子也有自己的生活向往，他用"朕"自称是他的职业习惯，他也是很自傲的人。

🎤 **王天兵**：对，这是个铺垫，他现在口气很硬。

🎤 **芦　苇**：他也没料到自己选择的道路是那么惨烈。

🎤 **王天兵**：随后他看名角儿演霸王时哭了，说成为名角儿要挨多少打呀。我想讲的是，大家要体会编剧在写作时的用心之细，在细节关系上不停地呼应、对比、映衬。

🎤 **芦　苇**：大卫·里恩曾经说过一句话，为什么导演和编剧行当难以精湛，因为这个职业既要有感性，又必须有理性，是两者的高度统一。感性与理性是天生的，两种特质兼于一身的少之又少，电影编导恰恰要具备这两种特质，所以出色的编导很少。

🎤 **王天兵**：这个剧本看上去挥洒自如、一气呵成，仔细分析后发现作者处处匠心独运、心细如发。我对芦苇比较了解，这段时间准备讲座，仔细阅读《霸王别姬》剧本，仍感受益匪浅，细微之处，没有一处随意落笔，处处可圈可点，如小癞子和小石头的用词对比，还有风筝和人物命运的对比。此外，小说中有小豆子攒钱而小石头大手大脚的情节，是叙述交代出来的，而芦苇把它用在了戏剧冲突之间——"小豆子凄然一笑：'师哥，枕席下那三个大子儿，你别忘了！'小石头如嚼五味，万般无奈地看着小豆子，顿了一下脚，把手中的夹袄扔过去"，"你废了，滚吧！"，然后小豆子和小癞子消失了。在剧作中，人物的性格、习惯不能直接交代出来，而是在冲突中自然地带出来，而且要对戏剧的进程有影响，这点芦苇把握得非常到位。在初学者的作品中，人物的很多特质往往是交代出来的，而不是展示出来的，观众不是在戏剧冲突中感受到的。用英文单词表达就是，作家应该去 show 而不能 tell，show 就是展现，tell 就是直白地解释。

第二十一场戏讲的是小豆子和小癞子逃离科班后自寻快活时的所见所闻，

还有风筝的意象，他们又回到市井了。剧本刚开始描写了市井的热闹繁华，这场戏又回到街摊"玻璃瓶里的各色蜜饯果脯……"斑驳的市井气息，这又呼应了前场，市井的景象也是剧作中反复出现的贯穿元素。

🎤 芦　苇：那是很迷人的。

🎤 王天兵：这些细节你是从哪儿得到的？

🎤 芦　苇：我是老舍先生的读者，也是京派小说的读者，我出生在北京，对北京的街巷胡同文化很留恋、很着迷。

🎤 王天兵：小豆子和小癞子从科班出来了，回到街巷了，场景空间上有个大变化。

🎤 芦　苇：俩孩子偷跑了，到外面的世界去了，一时间快活无比。

🎤 王天兵：科班场景已经展现了一段时间，观众快要疲劳了，这时候场景要变化。

🎤 芦　苇：这场戏要为下场戏做铺垫，这是小癞子最快乐的时候，也是他的生命即将终结的时候。

🎤 王天兵：小癞子这个人物虽然是个配角，但是完成了。接下来写名角儿气派很大，前呼后拥，实际上也是为收束小豆子这个人物做准备。

🎤 芦　苇：小豆子逃跑后为什么还回去？是因为看了这位名角儿后深受感动，名角儿的气魄、排场、受人敬重让这个孩子怦然心动，这是促使他再回去的原因。

🎤 **王天兵**：前场关师傅说了，成了角儿吃虾仁，不成角儿吃虾皮。什么叫成角儿，至此都呈现出来了，而且是寥寥几笔，骡车"辚辚作声地轧过路面向戏园子驶去，车厢后尾架着描金朱漆戏箱，跟包的一路小跑"，勾画出名角儿做派，现在的明星不也有保姆化妆车，也有保镖嘛。

🎤 **芦　苇**：当年谭鑫培就是这个做派。

🎤 **王天兵**：接下来是那爷出场。原著中有个人物叫大爷，就是戏园老板，但是芦苇把这个人物发展了。编剧应怎样改编原著？这是很好的例子。原著中的人物比较苍白。

🎤 **芦　苇**：他是影子式的人物。

🎤 **王天兵**：怎样把影子式的人物写得血肉丰满？

🎤 **芦　苇**：戏剧里的每个人物都要非常具体。

🎤 **王天兵**：你当时是怎样处理那爷这个人物的？看了哪些资料？这个人有原型吗？

🎤 **芦　苇**：只要对戏剧史、对旧时科班有所了解，就知道那爷这样的人物十分真实，他就是当时戏园老板的典型。

🎤 **王天兵**：那爷这个人物也非常成功。你写剧本的时候做了哪些准备？

🎙️**芦　苇：**做过详尽的人物分析。

🎙️**王天兵：**他从头到尾的行为都已经了然于胸了才写的。

🎙️**芦　苇：**不然无从下笔。

🎙️**王天兵：**紧接着第二十二、二十三场戏，讲的是小豆子和小癞子在戏园看戏。这场戏写得非常精彩。再看芦苇怎样写环境："金色的阳光从天窗倾泻下来，戏园沉浸在一种奇异的气氛里：丹楹刻楠，雕梁画栋，花栏兽柱，芸芸戏众，一时间都变得雾里看花般朦胧。"也是四字词组，写舞台上龙舞鱼曼、奇花异卉，读上去很好听，把环境勾勒出来了。还有，看电影时可能注意不到戏台两侧台柱上挂着楹联："学君臣学父子学夫妇学朋友汇千古忠孝节义重重演出漫道逢场作戏；或富贵或贫贱或喜怒或哀乐将一时离合悲欢细细看来管教拍案惊奇。"其实字字句句都在描写这个剧本、这个故事，忠孝节义不但是古代戏曲的主题，也是这个剧作的主题。

🎙️**芦　苇：**这副对联是我在北京一个老戏园子里抄下来的。

🎙️**王天兵：**这里面每一句话都契合电影剧本的内容和主题。

🎙️**芦　苇：**电影就是要调动一切可能性来表达人物。

🎙️**王天兵：**所有的元素都用来表达主旨。

🎙️**芦　苇：**一切场景、故事、剧情、空间，包括服装、化妆、道具，只有一个目的——塑造人物。

🎙 **王天兵**：紧接着是楚霸王第一次出场，在"急急风的紧锣密鼓中"……急急风指节奏很快的锣鼓点儿，也是贯穿始终，反复出现。精彩之处在于小癞子第一次看舞台上的霸王，突然恸哭起来，抽泣悲号着："他们怎么成的角儿啊？得挨多少打呀？"我第一次看到这儿流下了眼泪。这句台词把小癞子这个人物完成了。

🎙 **芦　苇**：小癞子在科班里面是经常挨打的，当他看到名角儿的时候，本能地想到了皮肉之苦。

🎙 **王天兵**：另外，你说过怎么写主要人物就怎么写次要人物，对待次要人物和主要人物是一样的。

🎙 **芦　苇**：没错。

🎙 **王天兵**：一个好的编剧不应低估任何一个人物。另外，这一场还涉及怎样在剧本中写动作："八般武器压在霸王的大枪之上，八张花脸逼视着霸王……"芦苇你能不能讲讲怎样在剧作中写动作戏，包括在警匪戏里面怎样写追车、在武侠片中怎样写武打动作、在战争片中怎样写战斗场面？

🎙 **芦　苇**：动作本身是有美感的。为什么会形成一个片种叫动作片，因为动作是能够形成一种美学体系的，写动作并不是目的，目的还是为了刻画人物，我们写一切动作都是为人物的性格服务。

🎙 **王天兵**：在你的剧本《赤壁》中，有一段赵云在长坂坡的戏，其中有大量描写战斗场面的内容。在剧作中你是怎么处理的？我为什么会问这个问题？因为很多编剧对此会感到困惑。有些电影的武打戏非常复杂，但剧本只有两三行，比如《拯救大兵瑞恩》的剧本，前二十分钟关于登陆诺曼底犹他海滩这场戏，剧本只勾勒出人物行动的主线，但电影中庞杂的细节、纷繁的动作令人目瞪口呆。

🎙 芦　苇：我写寥寥数句，不定美工得干多长时间、不定要付出多大的劳动代价！这就是行业特点。

🎙 王天兵：所以，我认为剧本算不上完整的艺术形式，只是一个提纲，其他要看导演和各个部门的现场发挥。写太细、太具体反而是舍本逐末。

🎙 芦　苇：剧本不是供阅读的，而是供拍摄的，这是剧本与小说最根本的区别。

🎙 王天兵：所以写动作戏最好简明扼要。

🎙 芦　苇：八个字能表达清楚干吗要写八十个字？没必要。好莱坞都有动作设计，那是一个行业。编剧不需要写得很细，动作的具体设计交给专业的人。我写剧本的时候动作只是提示，让动作设计按提示去完成。

🎙 王天兵：你写得也很简练。

🎙 芦　苇：我写得是简练，但必须写到位，不能缺胳膊少腿的，得让人明白。

🎙 王天兵：有个好莱坞编剧把追车戏压缩成了一句话，"Cars trade paints"，意思是两辆车相撞"交换了油漆"，实际上这场戏在电影中可能非常复杂，但剧本不必细写。

再回到剧本，这场戏写了小癞子的反应，又写了小豆子的反应，总是成双捉对、无独有偶，芦苇不会孤零零地写一件事、一个情景或一个意象，在这种对比中，小癞子和小豆子的性格、命运彰显出来了。小癞子的反应是恸哭，小豆子则是十分痴醉。

🎙 芦　苇：小豆子小便失禁了，尿了一裤裆。

🎙 王天兵：人在什么情况下会小便失禁？

🎙 芦　苇：情不自禁、忘形失态。

🎙 王天兵：接下来从第二十四、二十五场戏，小豆子和小癞子回到科班被罚，到第二十六场戏小豆子给小癞子送葬，以及第二十七场戏陶然亭喊嗓，又是一个完整段落。

小癞子不想回去，但是小豆子要回去。紧接着，在外面玩耍的欢快气氛变为肃杀，为什么？因为前面念过班规了，"在班结党者，罚！背班异走者，罚！"，所以这时要惩罚了，然后真开打了，小石头疯叫着拦住关师傅："小豆子让你打死了！"这时候关师傅也失控了。在小说中有一段文字描写关师傅为什么要用体罚的方式来对待这群孩子。李碧华对关师傅的心理的把握十分准确。他虽然是在考验学徒们，希望他们早点成名角儿，但也是把一生的不得志都发泄在学徒身上，这写得很到位。电影是没法写人物心理的，所呈现出来的心理状态有所不同——关师傅往死里打，孩子们人人自危，把师爷惊得目瞪口呆。这时候小癞子自杀了。这是剧作中第一个自杀的人物，为后面的自杀做了铺垫。

小癞子自杀有什么根据吗？有人物原型吗？

🎙 芦　苇：富连成是当时北京最有名的科班，这个科班没有相关记载，但是在别的科班、小戏班有自杀的。这个看文史资料、戏剧史、老艺人的回忆录能够找到。

🎙️ **王天兵**：看第二十五场戏我们有什么要学的。首先是一个困境，按照班规，惩罚学徒要打死为止。怎样突围？小石头拼了命解救也救不了，怎样来救？结果是小癞子自杀，关师傅不得不歇手。从戏剧上来说，扣儿系死了又去解开，出其不意，令人信服，才叫精彩。

🎙️ **芦　苇**：没错。

🎙️ **王天兵**：如果俗手来写，可能在小石头的哀求下，关师傅才歇手了，这样就乏味了。接下来是一波未平一波又起的突变。本来观众的注意力集中在小豆子被打却死不吭声，这时"老师爷颤颤巍巍地拦住盛怒中的关师傅，他神色怪异，手指着练功棚，口齿磕磕绊绊"，另一件事发生了——小癞子自杀了，关师傅才停下来。这段写得非常精彩，电影再现得也很好。第二十五场戏的最后，"练功板轰然倒地"，把气氛渲染得淋漓尽致，这都写在剧作中，不是导演即兴发挥的。芦苇写的时候已经把电影实现了，导演只是拍出来而已。然后又是一场陶然亭的戏，转场，节奏发生变化，这一停顿让我们回味刚才发生的一切。前面是紧锣密鼓一场接着一场，冲突极其激烈，这时候要给观众一个缓冲，主人公经历了死亡，他们之间的友谊加强了。"飞雪如絮"，从开始地上逐渐积了一层雪到踩上去吱吱作响，到雪中落了鲜血，到第二十七场戏第一句"飞雪如絮"，血红雪白，生与死、忠与义、爱与恨，意象相连相通，一丝不乱。接着，"喊嗓声起伏飘荡，如泣如诉，如同哀歌"，这是转场戏，胜过重场戏。

第二十八场戏，那爷来探班，小豆子仍唱错词，小石头用铜烟锅捅他的嘴，迫使他唱对了。"老师爷敲着急急风把场，小石头挥舞大枪力战八人练打枪背"，芦苇在这方面心细如发，之前出现急急风，他们是在看舞台上的戏，现在再出现急急风，小石头已经自己能练了，他们从开始学到学会了这场戏，让我们不知不觉感受到了时间的流逝。芦苇曾经说过一句话：每一场戏和前面的戏永远是你中有我、我中有你。第十三场戏中可能有第八场戏的内容，不停地在呼应，第六场戏可能是第十四场戏的铺垫，不断地在辉映。

芦苇的剧本几乎是字字珠玑。如果你体会不到这些精妙之处，你怎能写出这样的剧本来？我越读越觉得受益匪浅。

这里有个细节，小豆子念词儿念不对，小石头猛地转身抽出了关师傅腰带上的铜烟锅，一下子捅进小豆子的嘴里，边捅边骂："谁叫你跑回来的！谁叫你跑回来的！你跑回来找死呀你！"实际上，小说第二十四页有这个情节，关师傅用烟袋锅捣入小豆子口中。芦苇把小说里的细节借用了，但是小说写的是关师傅用烟袋锅捣，这里写的是小石头用烟袋锅捣。我们对比小说和剧本，不得不承认，二者已经水乳交融了。芦苇用了很多小说中的元素、细节、情节，但是这些完全融合在他的剧作结构中。到底怎样改编？这是一个水乳交融的过程，编剧要把原著读懂吃透，把原著拆解并消化吸收之后，再另起炉灶，把它重新写一遍，这才是改编的真正过程。

另外，这场戏有很多内容，好几件事同时进行。小豆子刚进科班的时候，通过描写火苗反衬他心情的"摇曳不定"，心情外化，这里也是一样，"急急风复而又起，小石头被几个人围在阵中无路可去，把满腔苦愤肆意发泄在搏打中……"，把小石头的内心通过动作外化。然后又到贯穿台词，"我本是女娇娥，又不是男儿郎"，这时候性别倒错已经初步完成了，性别意识出现第三次或第四次了，出现了大转变，而且令我们信服。看芦苇怎样写小豆子的转变："他嘴唇嚅动，却说不出话来"，然后"喃喃不清地说"，然后"一字一句地朗朗开口"，最后"一气儿念出"。这场戏中他的转变写得层次分明。

🎤 芦　苇：对，这就是层次，动作行为的层次要清晰。

🎤 王天兵：这确实是剧作功力的体现。

🎤 **芦　苇**：大家在写剧本的时候要注意，一个人在表达自己的时候是有层次的。

🎤 **王天兵**：这其实是编剧的 ABC，如果连这些东西都掌握不了的话，就不是合格的编剧。我们看好莱坞的经典剧本，这些方面一点问题都没有。但我们看中国所谓名导的作品，每每就在这些地方破绽百出。我曾经看过日本围棋高手加藤正夫写的回忆录，他说专业棋手和业余棋手到底有什么差别？差别就是，职业棋手无论什么段位，绝不犯最基本的错误，而业余的棋手可能在解决难题上不会输给专业棋手，但总在基本功上犯错误，总在 ABC 上栽跟头。他举了个例子，就是围棋的征子，专业棋手推算到底绝不会出任何错，而这个功夫可能在四岁的时候就奠定了。

🎤 **芦　苇**：对，基本功，我受过非常严苛的训练，我的功夫下到了。我小时候学过中国式摔跤，基本功就是三垫步，把这个练好了，很实用。

🎤 **王天兵**：能不能走一走？走两步？

🎤 **芦　苇**：三垫步很简单，就这一个动作，反复练，不知道练多少遍。

🎤 **王天兵**：摔跤时基本功不稳就会被打趴下，你把摔跤的经验用到编剧上了。

🎤 **芦　苇**：其实各个行业都是相通的。

🎤 **王天兵**：你当时是怎么学习编剧基本功的？没人教你，你是自学吗？

🎤 **芦　苇**：研究电影，电影教给我的，要看经典电影，经典电影是最好的老师、最好的教科书。

🎙 **王天兵**：我们再回味一下小豆子从念不出这段词到念出来的情形。"他嘴唇嚅动，却说不出话来""喃喃不清地说""一字一句地朗朗开口"，最后"一气儿念出"，这些文字干净准确，心理层次展示到位。你是纯靠自学达到这种自觉的吗？没有高人指点你吗？

🎙 **芦　苇**：高人就是经典的电影。

🎙 **王天兵**：你学摔跤有师傅吧？

🎙 **芦　苇**：学摔跤当然有师傅。我师傅是马胜利，他是回民，运动健将，在全国得过名次，他一度是当地的标志性人物。我当时会画画，拜他为师学摔跤。他一看我会画画就收我了，我问为什么，他说因为弟弟学画画，这样你可以教他。后来他弟弟也是陕西省摔跤冠军，他两个弟弟都拿过名次，马家三弟兄一度在西安名声赫赫。

🎙 **王天兵**：你当时摔跤学到啥程度？

🎙 **芦　苇**：我学得不行，刚入门就下乡了，没有机会再学了。但是我在下乡的时候摔一般人没问题，乡区没人能摔过我，那时候我们修水库，和农民、知青们在一块儿玩摔跤，我经常得胜。

🎙 **王天兵**：你也有点像楚霸王，楚霸王当时学剑不成，学书亦不成，最后横扫天下，你是学绘画不成，学摔跤亦不成，最后学编剧横扫世界。

🎙 **芦　苇**：什么横扫世界？都是广告词。我就是个尚算合格的编剧，不丢人罢了。

🎙 **王天兵**：但这些手艺对你后来都有所帮助。

🎙 **芦　苇**：我如果不学美术的话可能就不会做编剧这一行。我在摄制组的工作现场学到了电影拍摄技巧，且对电影的生产过程比一般编剧都熟悉，每一个环节都明白，剧本有镜头感那也是自然的。

🎙 **王天兵**：另外，这场戏让我想到男艺人在学旦角的时候到底要经历哪些内心的纠结、痛苦，有什么不可告人的秘密。我至今没有在戏剧人物的回忆录中看到过，但是李碧华和芦苇在《霸王别姬》中直面这件事，芦苇写的层次更丰富明晰。作为一个男人，去演一个女人，怎样接受这件事？最后在舞台上演得比女人还女人，这是很微妙、很神秘的一件事。你在戏剧大家的自传中看到过吗？

🎙 **芦　苇**：性别倒错是一种心理错位，本来大自然赋予你的角色是个男人，可是你有强烈的当女人的愿望，这是个心理的移位问题。在写程蝶衣的时候，把他当成女人来写就可以了。

🎙 **王天兵**：他成为"女人"的过程，不管怎么说你正面相对了。

🎙 **芦　苇**：这个问题非常复杂，他的转变是小石头促成的，小石头拿烟袋锅把他嘴给捅了，捅得满嘴流血，非常惨烈，他在这一刻成了"女人"。

🎙 **王天兵**：实际上他被"强暴"了。

🎙 **芦　苇**：是，可以这么说，但实际上是生活里发生的惨剧，拿烟袋锅捅到小豆子嘴里这个情节来自真实事件，我在老艺人的回忆录里看到的，觉得很有戏剧的冲突力、表现力。

🎙 **王天兵**：小说第二十四页也有用烟袋锅捅到小豆子嘴里这个描写，李碧华应该也是看了资料，但是芦苇把这个细节用得更到位，这是芦苇改编的功力。

紧接着第二十九场，太监府，小豆子和小石头去唱堂会，发现了那把剑，小豆子遭遇老太监。小豆子的转变很微妙，他在从男人变成"女人"的时候碰上了一个不男不女的老太监张公公，又是之前讲过的捉对描写，性别上的相关性，也可以说他已经变得"不男不女"了，然后碰上了张公公。

🎙 **芦 苇**：小说里原本没有张公公这个人物。

🎙 **王天兵**：没有，小说中没有，绝对是你原创的。

🎙 **芦 苇**：张公公是有原型的，是很多太监的复合体。

🎙 **王天兵**：为什么剧本中要有张公公这个人物？我是这么理解的：在小说中李碧华写到了袁四爷这个人物，程蝶衣和他发生了关系，从剧作的角度，针对这种意象和行为，编剧应把它提前或推后，既然在成年阶段和袁四爷发生关系了，在少年时代，似乎就应有一个同性关系来铺垫。

🎙 **芦 苇**：他跟谁发生关系都不是本剧的要点。

🎙 **王天兵**：我就想讲清楚你为什么创作出张公公这个人物来。

🎙 **芦 苇**：当时小说非常单薄，难以支撑起一个完整的戏剧，必须使之丰富起来。

王天兵： 那加什么，不加什么，取舍的原则是什么？

芦　苇： 第一，他是个时代标志性人物；第二，他是剧中必不可少的戏剧性角色。

王天兵： 我的理解是这个人物的添加是剧本的内在结构要求的。

芦　苇： 是目的决定的。你写的是旧时北平啊，那时候大街上的太监比比皆是，宫廷太监上万名呐。辛亥革命后太监流离失所，但大太监小德张啊、李莲英啊依然是荣华富贵，生活还是很奢侈的。

王天兵： 而且太监不是那么简单的，不是说把一个人阉割了他就成太监了。

芦　苇： 太监是专制文化的象征。中国封建社会太监之多、太监风气之盛，甚至影响到整个时局，比如明朝。

王天兵： 我们看司马迁的《报任安书》，他受宫刑后，内心万分痛苦，无法面对家庭，只为着写完《史记》的目标才活下去。但是到了晚清，太监们耀武扬威，因为太监地位很高，受人尊重。

芦　苇： 我读过几个不同版本的《中国通史》，在有的朝代，太监在政治上起着重大的作用，天下的权力掌握在他们的手里，这很可怕。

王天兵： 在剧作中你把太监写得十分到位，他是个不男不女的形象。这场戏中有一段描写:"夕阳中的花园带着几分典雅,春花烂漫,枝头一片新绿。"阳光灿烂,但有不祥之兆。我们在写恐怖的景象时恰恰不要用俗套的"阴云密布",要反其道而行之。

🎙芦　苇:我们要注意讲课的进度了,目前只讲了不到三分之一。

🎙王天兵:我特别想跟大家分享你的字字珠玑、匠心独运,到最后大家才会真正恍然大悟,知道什么是交响乐、什么是史诗、史诗有哪些技巧。

🎙芦　苇:史诗的技巧在结构上跟交响乐非常接近。最古典的交响乐也有三个章节,一般正规的都有四到五个,这个结构非常像史诗结构。

🎙王天兵:对,在交响乐中,每个元素都相互呼应、相互加强,最后四分之一像雪崩一样,一泻千里、回肠荡气,令人产生一种共振、共鸣的感觉,这才是史诗。《现代启示录》最后杀人的部分是不是交响乐?前面所有元素、所有情绪都汇聚爆发了,砍杀上校克兹与屠宰公牛的场面交叉剪辑的蒙太奇震撼人心,把那个时代人类的命运展现出来了。王国维的《人间词话》中也没有足以与其对应的词句。《全金属外壳》到最后也没有出现交响乐的感觉,但是在同一个导演的《2001》中最后那场时空穿越却有这种感觉。

🎙芦　苇:从结构上看,《全金属外壳》缺少一种史诗的架构。

🎙王天兵:本来要把这个包袱留到最后,你这样一说现在把它抖出来了。我们如何判断一个电影是不是史诗?史诗真的和交响乐有神似之处吗?

🎙芦　苇:这么说吧,所谓史诗,其历史信息量是巨大的。

🎤 **王天兵**：而且所有元素都相互呼应，比如说"太监"这个元素，因为这部剧的主题涉及性别、性意识、男人意味着什么、女人意味着什么、不男不女意味着什么，所有的意象都对应可视化的东西，什么是男人变成女人、什么是女人变成男人，都有具象化的情节，最后全部汇聚起来，在剧本的后四分之一，所有人都现了原形，变得人不是人、鬼不是鬼，叙事仿佛洪水，把观众完全吞噬、彻底征服了。

言归正传，回到剧本。

这场戏开头，小豆子和小石头在太监府内好奇地四处闲逛，小石头发现了一把剑，"小豆子沉浸在另一种心境里：'师哥，你信不信？'小石头（只顾抚剑）：'信什么？'小豆子：'我能给你勾一辈子脸。'小石头一门心思在玩儿剑"。这时候小豆子已经是个女孩形象了，他像女孩一样爱慕疼惜自己的情人，而小石头浑然不知小师弟已经变成"女人"了。小豆子性别发生了转变，每条线索都在延伸。

🎤 **芦　苇**：小石头是把小豆子当作哥们儿。

🎤 **王天兵**：所以我刚才引用《枉凝眉》来形容他们俩的关系。这是《红楼梦》的意境，这就是诗意。这时候剑的意象出现了，剑也是贯穿始终的，而且程蝶衣用这把剑自杀了，所以它是非常重要的。小说中是没有这把剑的。

紧接着唱堂会这场戏又变换场景了。我们看到他们在科班唱戏，在戏园子唱戏，又在堂会唱戏……编剧让他们在各种场合唱戏，全面地把艺人的生活环境展现出来。史诗内在的大气象、大境界就源于此。

🎤 **芦　苇**：这个场景是剧本中才有的。

🎤 **王天兵**：对，小说里没有唱堂会。

🎤 **芦　苇**：小说里没有张公公这个人物，但是在剧本中他是个贯穿式人物。

🎤 **王天兵**：变换场景在《等待》《白鹿原》《龙的亲吻》里面也用得非常成功，而且不着痕迹，和戏剧的情节、人物的身份契合，不知不觉地把人物活动的空间、生活的状态全部交代出来了。然后又出现台词："此乃天亡我楚，非战之罪也！"这是第二次念这句台词，前一次是小石头挨罚，以后还会出现。还有唱完戏在后台卸妆时，小豆子"用嘴巴吸吮他的眉毛"，这种亲近感……

🎤 **芦　苇**：这是小豆子的女性特点。

🎤 **王天兵**：女性特点从最开始是被强迫的，到现在变成自觉的。我看过的名伶传记中极少涉及这方面，有人写过梅兰芳这些名旦，他们在生活中都很爷们儿，没有一点儿扭捏造作之态，但在舞台上又演活了女人，他们内心怎样对待这个事情，他们自己没有说过，别人也没有记录。当年你是根据相关资料还是完全凭想象来面对它的？

🎤 **芦　苇**：很简单，我把小豆子当成女性来写就可以了。

🎤 **王天兵**：他怎样从男人变成"女人"呢？

🎤 **芦　苇**：这在前面已经说清楚了。

🎤 **王天兵**：在剧本中，芦苇不是想当然写小豆子演了旦角就变成"女人"了，而是非常严肃地去探索和揭示真相。什么是人道主义精神？这就是人道主义精神：我们不轻视任何一个灵魂，不低估任何一个人物，不想当然地对待任何一种心理状态。我们看黑泽明的《七武士》，武士们被雇佣到村子里去保护村民，一开始是被动的，最后自愿为了村民而牺牲生命，这个转变，电影交代得层次分明。在剧作中，编剧对于人物的转变不能想当然，这就是芦苇说的：技巧能学会，但对人物的态度是学不来的。

第三十场戏，回到老太监内室，"黑沉沉的多宝格框架贴满墙壁，二十四史粉绿色的镌字隐约可见，清式家具与奇珍器饰环绕着一张烟榻，上面躺着叟妇不分、形同泥鳅的老太监，他正在吞云吐雾抽着大烟"，这段写得非常精彩，让我想起清末民初的老照片。你是爱收藏老照片的，这是不是根据一些老照片写的？

🎤芦　苇：是在民国资料里看到的。

🎤王天兵：这一场戏的精彩之处在于这个老太监一出场人物就完成了。他说了两段话："是哇，虞姬这么一个柔弱女子还知道为主子殉身，可这大清朝的满廷文武，合起来也抵不上这么一个女人，可悲！可叹！可恨！""我点虞姬你这出戏，就是为了耻辱他们，羞死他们，让他们明白了自个儿是畜生，畜生！"这一段简直让人肃然起敬，虽然是这么短暂的出场，但人物已经完成了。

🎤芦　苇：当编剧难得的就是必须进入人物的视角，如果说剧本有七个角色，那编剧就要扮演七个人物，用七种眼光来看待这个世界，这个功夫不简单。编剧的优劣就根据这一点来分。当写七个角色的时候，要扮演七个不同的人物。

🎤王天兵：这场戏写张公公，可以说他是第一次从身体上强暴了小豆子。为什么说芦苇是鬼才啊，让我吃惊的是在接下来的第三十一场戏，他写到小豆子发现一个弃婴并抱回去了。这戏的寓意很深。小说中也有相关情节，小豆子发现了一个弃婴，关师傅说，你看还有比你们混得更惨的，大概是这个意思。小说中小豆子没有收留这个孩子，芦苇把这个细节发展了，小豆子把这个孩子捡回去了。

🎤 **芦　苇**：把小四的出场放在这儿了。

🎤 **王天兵**：小四这个人物是贯穿始终的。这场戏的微妙之处在于小豆子捡回弃婴不但说明他有女儿性，还有母性了，而且这是在小豆子被老太监强暴之后发生的。

🎤 **芦　苇**：可以从性别上说他有母性意识了，也可以说这个孩子从小心地善良。

🎤 **王天兵**：对，这两场戏使观众从心理上有个调整，我们为什么说史诗的跨度大、史诗的内涵深呢？就是它对人性的展示绝对不是一个侧面，而是多侧面的。张公公是一个立体的人物。做一个太监很难，被阉割后还要像正常人一样生活，很多太监在民国的时候张灯结彩娶妻，这是一整套文化。

🎤 **芦　苇**：慈禧经常把她喜欢的宫女指派给太监当媳妇，连阔如写的回忆录里对此有描写。

🎤 **王天兵**：所以我们看到了立体的小豆子、立体的张公公，他们加在一起又有一种微妙的联系。小豆子收留了小四，小四这个人物也非常关键。芦苇对小说里的人物删掉哪些、保留哪些都有讲究，他保留的人物中贯穿始终的，我数一下，小石头、小豆子、关师傅、那爷、小四、袁四爷、菊仙，正好七个。

🎙 芦　苇： 那爷在小说中是影子式的人物，只有一两场戏，电影中他是个贯穿始终的人物。

🎙 王天兵： 至此，已有六个主要人物出场了。芦苇有个理论：一个剧作中的人物不能超过七个，超过七个就写不过来了，观众也记不住。

接下来第三十二场戏，又是陶然亭，也是贯穿的场景。"红日喷薄而出。满池荷花娇艳欲滴"，场景变了。第三十三场戏，孩子们长大了，在哺育捡来的那个孩子，"孩子们雀跃，七嘴八舌"——这场戏在电影中没有啊。

🎙 芦　苇： 小说中有吗？

🎙 王天兵： 小说中没有，剧本中有这场戏，电影不知道为什么删掉了。

🎙 芦　苇： 这场戏的主要目的是时空过渡，科班的孩子们收养了弃婴。陈凯歌把这场戏剔掉了，我认为有其道理，变得精练了。

🎙 王天兵： 第三十三场戏结束了，全剧的四分之一也结束了。

第三十四场戏，关家班合影。我们来回顾一下，从时间来说，电影进行到差不多三分之一了。用菲尔德的三段论来说，电影的前三分之一，主要人物全部出场。我有一个疑问，小说中贯穿始终的是俩人不认字，只认识自己的名字，你全删了，为什么？

🎙 芦　苇： 科班的真实情况是有识字的，也有不识字的。例如，富连成给学徒们办学堂，为的是让他们能通晓剧本唱词。

🎙 王天兵： 接着第三十五、三十六场戏，青年段小楼和程蝶衣出场，两个人照相，字幕"一九三七年"，学生游行，"打倒日本帝国主义！"。第二场戏交代过张作霖被炸死，众所周知，那是日本人指使的。

🎙芦　苇：现在已经到了卢沟桥事变发生的前夕。

🎙王天兵：对，这是时代背景。你讲一讲，怎样不用大场面还能展示一个大时代？

🎙芦　苇：要展示时代必须对时代非常熟悉，这样才能找到时代标志性的东西，有时候是一句话，有时候是一个动作，有时候是一个道具，有时候是一个场景，但是必须有代表性、有内涵。

🎙王天兵：高明的编剧不需要大场面来展示抗战，更不需要展示一九三七年卢沟桥事变的现场。

🎙芦　苇：是的。

🎙王天兵：关键词句是学生喊的口号"不做亡国奴！"以及那爷说的"中国人不打中国人！"……

🎙芦　苇：中国的主旋律电影场面都很大。但电影看的不是场面，而是看人物，所以我们要把百分之九十九的精力用在刻画人物上，场面的东西只要有钱就可以拍出来。一叶落而知天下秋矣。妙处是你要通过一个小人物来展示一个时代。

🎙王天兵：举重若轻，四两拨千斤。

🎙芦　苇：没错。

🎤 **王天兵**：所以我们看冯小刚的《1942》也有大场面，但是没有大时代。

🎤 **芦　苇**：最典型的是《南京！南京！》，场面很大，人物刻画却很薄弱。很多电影都犯这个错误，以为场面大就是大制作，其实不然。

🎤 **王天兵**：这时唱《霸王别姬》，又提到了张公公，然后又提到了那把剑，紧接着是袁四爷，衔接得天衣无缝。为什么这样说呢？因为张公公跟程蝶衣发生过关系，袁四爷即将跟程蝶衣发生性关系，他们之间的联系、台词都很微妙，而且这把剑到了袁四爷手里。"袁四爷亲自来捧您的场子了，这面子天大了去了！"人物出场自然而不着痕迹。芦苇对戏曲的了解让我吃惊，包括勾脸的动作也是贯穿始终的。

🎤 **芦　苇**：我是戏曲爱好者。

🎤 **王天兵**：第三十七场戏的戏剧任务是什么？目的是什么？——他们俩已经成角儿了。这不是说出来的，而是呈现出来的，让你感受到成角儿意味着什么。他们一出场底下一片喝彩，"前台的叫好声、掌声嗡然而起"，段小楼说他"先亮一嗓子，知道我在就行了"，一句台词透射出名角儿那种气魄。然后第三十八场戏，戏园池座，看芦苇怎么写的："池座儿内人满为患，拥挤不堪。提大铜壶冲碗茶的、递送热毛巾的、提盆挎篮卖零食烟卷儿的来回穿梭。"就这么短短几句话，戏园子的气氛出来了，电影实现得也不错。然后说"此刻的虞姬媚气逼人，风情万千，未曾开口已赢得满堂掌声"，小说专门讲了媚气是怎么回事。然后写到袁四爷，袁四爷在小说中的形象是威武不已、非常男性化的，但在电影中是葛优演的。你当时想到过会是葛优吗？没有吧，写剧本的时候？

🎤 **芦　苇**：当时选的就是他。

🎤 **王天兵**：你写剧本时想的就是葛优？

🎤 **芦　苇**：当时就有这个意图了。

🎤 **王天兵**：你写的袁四爷跟李碧华写的不一样。你的人物有原型吗？是谁？

🎤 **芦　苇**：葛优演绎的袁四爷是有原型的，就是袁世凯的次子袁克文，有他的影子。袁克文这个人风流倜傥，来头又大。袁克文的字当时是很值钱的，不是因为他的身份，而是他的书法写得实在是好，琴棋书画无所不通。跟他来往的都是各界名流，演艺界的人纷纷拜他为师，以跟他交往为荣。在当时，谁说认识袁二爷，那就是个很牛的人。

🎤 **王天兵**：你写的袁四爷活化了一个票友、一个超级戏迷。

🎤 **芦　苇**：他也是旧社会的一类典型人物，现在已经绝迹了。

🎤 **王天兵**：他也是个同性恋，但是他这种性取向的原因和性质都和程蝶衣不同。

🎤 **芦　苇**：在晚清的时候，玩相公是时髦的风尚，蔚然成风，无论是工商界还是官场，一时趋之若鹜。

🎤 **王天兵**：这种现象不只是中国有，切利尼是意大利文艺复兴后期的大师，他的自传《致命的百合花》就提到过，原来文艺复兴也兴男宠，那些身强力壮、才华横溢的大师们都带着小仆童（相当于民国时期的相公），这在威尼斯也是一时成风，现在看来很怪异。李碧华的小说中说袁四爷鼓掌的时候，程蝶衣在他手心跳跃，一语双关。芦苇写的是"袁四爷的眼睛在金丝眼镜后瞑闭上了，手指轻轻合板而击，专心致志品曲顾韵"，描写很到位，"品曲顾韵"，周瑜不是叫顾曲周郎吗？"顾"这个字很雅，活化了人物形象。"虞姬（念）：'云敛晴空，冰轮乍涌，好一派清秋光景。'"这一句唱词用得好。"袁四爷睁开眼睛，以扇击掌。听众炸窝般吼好，戏园子沸然起动。"袁四爷超级票友的形象呼之欲出，表现在他不鼓掌别人不能鼓掌。这个你有依据吗？

🎤 芦　苇：用今天的话来说，袁四爷是个"超级玩家"。现在是听流行歌曲，那时候就是听京戏最时尚。

🎤 王天兵：而且人物出场的时候让人觉得不同凡响。

🎤 芦　苇：人物的出场是人物个性的表现，不同的人物有不同的出场方式，如果熟悉人物性格，寥寥数语人物就展现出来了，事半而功倍。

🎤 王天兵：剧本和小说各有千秋啊。紧接着第三十九场戏，写戏园后台，"虞姬在为霸王卸装，用手绢为他拭去脸上的汗水"，程蝶衣对师哥十分亲昵。然后"镜深如梦"，注意镜子的意象，等一会儿还要出现。电影史上有很多镜子用得好的经验，芦苇你能不能举几个例子？你这里肯定也有所借鉴。

🎤 芦　苇：我最喜欢的电影之一是苏联导演塔尔科夫斯基的《镜子》，是部经典电影，黑白片和彩色片的混合体，拍得特别好，但是能看懂的人很少。看懂《镜子》结局的人很少，真是意味深远悠长，令人回味。

🎤 王天兵：紧接着袁四爷来探班，他说了一段话："久仰声名，两位果真是不负盛名呐。""他随手拨拉掉椅子上的一件霸王行头，提袍坐稳。"袁四爷的台词符合他的身份，然后是他和段小楼的那段对话："霸王回营亮相到和虞姬相见，按老规矩是定然七步，你只走了五步……"这是一位戏剧超级发烧友，道行很深。紧接着又一个描写，暗度陈仓，预示着下一个主要人物的出场："他看见段小楼正用一块雪白的丝手绢擦脸，手绢上绣着紫黄相间的几朵菊花。段小楼又伸脖喝茶，那紫泥茶壶上也是丛菊花。"菊仙要出场了，未见其人，先见其物。戏与戏之间是穿插的，这场戏没完时下场戏已经开始了，紧密咬合，而且人物往往是一心二用，一件事进行到一半的时候，主人公要分神想起下一件事，在观众审美疲劳前暗度陈仓。这是我对芦苇的剧本技巧的总结。你看这里，袁四爷的话还没说完呢，段小楼就已经要走了，他心里已经想着别的事了。

🎙芦　苇：袁四爷请他们去做客，段小楼说："哎哟四爷，真是抱歉，不赶巧儿，我得去喝一壶花酒去。"袁四爷说："另有雅趣！好，程老板呢？"程蝶衣茫然若失，未作搭理。袁四爷说："改日踏雪访梅，再谈不迟。"注意袁四爷说话的特点，他是熟读四书的人，出语自带风雅。编剧若没点功底，这个台词不好写。

🎙王天兵：这一场戏的结尾："霸王空剩行头，人已无影。"这与之前小豆子娘离开时的景象相呼应："门外大雪纷飞，已空无人迹。"这种呼应一如既往地在剧作中，剧作中没有一个东西是孤立出现的，任何东西都是相关的，最终指向是人物。

第四十场戏，花满楼，注意，这三个字在前三场戏中就出现过了，花满楼妓女吞大烟自杀死了。这时还用了一系列黑话，段小楼问一个妓女："给哥哥透个实情，菊仙姑娘在哪间房呢？底下还是高处？""人家是头牌，你够得着么？""哥哥我是专傍头牌的。"这些黑话你是从哪儿得来的？

🎙芦　苇：这些倒不是黑话，是北平妓院里的行话。

🎤 **王天兵**：然后又是困境，菊仙被人围住了。这里有几个地方要注意：一是嫖客说"你成全我了"，前面"成全"已经说过一次了："人得自己成全自己。"成全自己、成全别人，这也是贯穿全剧的一个内容。二是菊仙说："这帮子坏透了！逼着人嘴对嘴地给他们喂酒喝。"这既是呼应前面喝花酒的说法，又是照应后面他们生离死别时菊仙嘴对嘴给段小楼喂酒的场面。这么复杂的关联，你是后来调整到位的还是一写就写对了？

🎤 **芦　苇**：必须看看一稿和二稿才知道。

🎤 **王天兵**：这时候还有个突围，段小楼为解救菊仙，对嫖客们诈称这是他们定亲的日子，嫖客们不信，围上来要动手。"段小楼接过泥壶掂了掂，迎头撞碎"，再一次自拍板儿砖，把菊仙解救了。我有个疑问，菊仙这个人物好像过于戏剧化了，不如小石头和小豆子可信。

🎤 **芦　苇**：这是你的观感，我并不觉得。

🎤 **王天兵**：或者因为巩俐未能去除表演痕迹？

🎤 **芦　苇**：巩俐的表演还是非常到位、很有质感的。

🎤 **王天兵**：第四十一场戏，戏园后台，段小楼和程蝶衣对镜化妆，"两人虽背对着背，但拥镜相视，如同直面"。这场戏耐人寻味，他们有实像、有虚像，到底是真人在对话还是镜中的影像在对话，到底自己是和真人对话还是和镜中的影像对话，往返重叠的景象与戏中戏的结构交相辉映，人生如戏，戏如人生，实像与虚像，哪个更真实？道具与场景和对话相得益彰，韵味无穷。剧作在镜子的运用方面也很讲究，电影呈现得也很不错。

🎤 **芦　苇**：这场戏对于程蝶衣来说是重场戏，程蝶衣第一次知道他爱慕的人已经有女友了，他很敏感。

🎤 **王天兵**：这场戏也可以发生在别的地方，但是镜子增加了维度。

🎤 **芦　苇**：对，一般来说，编剧最好能在一个场里面解决诸多问题，最好是一箭双雕，一箭三雕就更好了。

🎤 **王天兵**：你做到了一箭三雕还是四雕……

🎤 **芦　苇**：我做到了一箭双雕，靠的是下笨功夫。

🎤 **王天兵**：我看《红楼梦》的评论，说曹雪芹是一喉三声。这真是编剧功力，所谓言外之意、味外之味，有时候确实不是能学来的。

🎤 **芦　苇**：我如果三十岁写这个剧本，恐怕不是这个样子。写这个剧本的时候我已经四十一岁了，有一些生活积累了。

🎤 **王天兵**：这场戏从"镜子里，程蝶衣用蜂蜜调和白粉往脸上打底色"开始，以"程蝶衣没理他，坐到化妆镜前，用白粉调蜜，抹在脖子、耳朵、手背上，脸色更加苍白"结尾，从镜中的虚像回到真的实像，首尾呼应、一丝不乱，镜头的移动呼应了情节的发展，匠心独运，大家要体会。有时候一场戏已经写得好看，但是增加场景元素可以使它寓意更加丰满。用围棋术语来比喻的话，叫"味厚"。

第四十二场戏，舞台上演《霸王别姬》，袁四爷来看戏："包厢里，袁四爷起身以扇击掌，满池叫好声随之响起。袁四爷又坐下去瞑目入定。"这句话什么意思？袁四爷就是生活中的真霸王。霸王这个形象在剧作中是反复出现的，有真霸王，有假霸王，袁四爷是台下的真霸王，段小楼是台上的假霸王，最后袁四爷从容赴死，段小楼苟且偷生，从这场戏已经能看出来。绝的是剧本不但写了袁四爷入定欣赏程蝶衣的演出，同时"池座头排里坐着吐瓜子儿壳儿的菊仙，她目光灼灼、一脸深情地看着台上的霸王"，这是捉对描写，菊仙是生活中的虞姬啊，她最后自杀了。我们看到生活中的霸王、生活中的虞姬、舞台上的霸王、舞台上的虞姬在这场戏中交错了，让我们觉得真假难分，人生如戏，戏如人生啊！

　　看到这儿，我感觉这不是靠努力能做到的，而是似有天助！写到这儿，史诗格局已成，在第四十二场戏的时候，剧作已经成功了。假如说这部电影和这个剧本后面的部分都失传了，后人只看前面就足以判断这是部伟大的电影，而且肯定已经完成了，就像我们看《断臂的维纳斯》《红楼梦》，残缺而完整，必然曾经完成。为什么？我们已经看到所有元素的交汇、感受到合奏共鸣的力量。你这是有意识的吗？这场戏技巧高深啊，袁四爷和菊仙在看戏，袁四爷是生活中的真霸王，菊仙是生活中的真虞姬，舞台上霸王和虞姬在唱戏，段小楼是假霸王，而程蝶衣是真虞姬，这里面身份交错，呼应对比，很复杂、很微妙，百读不厌。

🎤 **芦　苇**：大家自己琢磨，仁者见仁，智者见智，大家自己去体会我为什么要这样写，琢磨透了便自有心得。

🎤 **王天兵**：这场戏最后以虞姬和菊仙的对比收束："台上的虞姬身段愈发妖娆，歌喉愈加哀楚。在叫好声中，菊仙毅然起身向门口走去。"纹丝不乱。

　　第四十三场戏，花满楼，菊仙自赎其身，这是小说里没有的。这段戏进展得会不会有点儿太快了？

🎤 **芦　苇**：菊仙对段小楼一见钟情，本来她是花满楼的头牌，享尽荣华，毅然决然不干了，决心跟意中人过一辈子了。菊仙作为北平大妓院的头牌妓女，心思不同凡响。

 🎤 **王天兵**：但是菊仙和段小楼之间的感情戏太少，他们之间私下沟通的戏太少，菊仙太快决定自赎其身了。

 🎤 **芦　苇**：写太多会干扰主题，因为主题写的是霸王别姬，而不是菊仙传，要分清主次。笔墨着落，要随一号、二号人物走，不能喧宾夺主。

 🎤 **王天兵**：第四十四场戏描写了袁四爷看完戏后送匾，这件事和第四十五场戏的菊仙赎身应是同时发生的，实际上是并列的蒙太奇手法。袁四爷送了"风华绝代"的匾额，实际上是爱上了程蝶衣。

 🎤 **芦　苇**：是。

 🎤 **王天兵**：这两场戏的呼应对比、之间的关系大家要体会。然后是第四十五场戏，戏园后台，讲的是菊仙来找段小楼，迫使他假戏真做娶自己过门，引发程蝶衣吃醋。我要批评这场戏，因为这场戏写得太"好莱坞"了，反而是败笔，为啥？好莱坞电影《卡萨布兰卡》被奉为经典。我第一次看就不喜欢这部电影，后来我看到该电影编剧的一个采访，他说剧本里面没有一句话出自真情，都是好莱坞的行活儿，每句台词都出彩，但是没有真情。《霸王别姬》第四十五场戏写得太像戏了，有点炫技了，过犹不及。这是我个人的看法。不过，之所以这么出彩，都因为菊仙这个人物降伏男人的本领大……

 🎤 **芦　苇**：她是很聪明的一个女人，她知道自己的魅力与实力，她的心计足以降服段小楼。

🎙 **王天兵**：我觉得这场戏缺乏那种真挚的、感人的情感，我还是更喜欢《小城之春》里那种质朴的感情。当然这两部片子类型不一样。这场戏中那爷说了："这就是一本大戏呐。"

🎙 **芦　苇**：那爷这个人物一下就出来了，活灵活现，极有眼色，马屁拍得滴水不漏，让人受用。

🎙 **王天兵**：这句话真好像是编剧在自嘲、反讽，是现代小说的一种手法。当然，这场戏也没有什么败笔，我是觉得过犹不及吧。最后袁四爷出来了，拿了一对翎子，这在小说中有，袁四爷请程蝶衣赴堂会，他接受袁四爷的邀约了，实际上是接受了袁四爷的感情。"程蝶衣忽然站住，戏箱上，两个小龙套师兄弟搂在一起沉睡着，如逝去的兄弟之情再现，程蝶衣把披风裹披在俩人身上，孑然一身独自离去。"这是程蝶衣贯穿始终的意象：孑然一身。

接下来第四十六场戏，袁四爷的宅子里。首先我们看到墙上悬挂的宝剑，想到张公公，他何尝不是一个霸王呢？他为一个朝代殉葬了，他忠诚于清朝，拒绝向民国低头，在某种意义上说，他既是虞姬也是霸王。袁四爷这个人也是一样，拒绝接受新时代，最后被枪毙了。他们两人之间的对比很隐晦，但也很耐人寻味。

🎙 **芦　苇**：我写袁四爷赴死的时候迈着老生的台步走向刑场，他是个自誉自傲的人。

🎙 **王天兵**：袁四爷的戏几乎全是剧本塑造的，包括蝙蝠的事，电影中改成鳖了，不太一样。接下来可以看出你对戏曲台词的熟悉："袁四爷把剑挂到身上，念白：'田园将芜胡不归，千里征战为了谁？'"他俩一问一答，"在月光暧昧之中，一树梨花开得朦胧繁坠，花枝不胜其重。"台词、文笔真好，令人赞叹不已。一树梨花的寓意很深。

🎤**芦 苇**：是的，任何场景都要体现情绪，对袁四爷而言，这是个美好的画面。

🎤**王天兵**：有句诗叫"一树梨花压海棠"，是有关老夫少妻的，梨花借指白发的丈夫，海棠指红颜少妇。好莱坞电影《洛丽塔》（阿德里安·莱恩版本，原著写的是中年男人亨伯特和少女洛丽塔的恋情）的中文译名就叫《一树梨花压海棠》。"一树梨花开得朦胧繁坠，花枝不胜其重"，我在中文小说中很少见到这么微妙的句子！紧接着是对剑的描写，一把剑经过了张公公、袁四爷、段小楼三个男人之手，这三个人在某种意义上来说都是霸王，实际上程蝶衣做了三次虞姬，程蝶衣与这三个霸王各别了一次。所以你体会一下剧作中这些诡异的联系，四通八达，这已非人力可驾驭。真是翻手为云，覆手为雨，我看到这儿赞叹不绝，芦苇把剑这个道具用活了。

🎤**芦 苇**：要有意识地运用道具，就会找到它出彩的地方，将道具当作演员去发挥。

🎤**王天兵**：我觉得是因为你受了传统戏曲的熏陶。

🎤**芦 苇**：有关系吧。

🎤**王天兵**：为什么这样说？在传统戏曲中，定情之物往往在情人手上传递。你看古代戏曲中谁丢了手绢，有人捡起来，之后他们就见面了，比如《乔太守乱点鸳鸯谱》开头就是这样。再如，《红楼梦》中的小红丢了一个手帕，被贾芸捡走了，后来他们当然结为一对。某种东西在相关人物之间传递，这也是个技巧。芦苇用得是得心应手，贯穿得利索。

🎤**芦 苇**：剑是贯穿道具，必须起到贯穿的作用。

🎙️ **王天兵**：戏写到这儿是越来越好看了，因为人物之间关系越来越微妙。紧接着时代切入——隆隆的炮声。第四十七场戏，日本人进北平城了，"风尘仆仆、杀气未消"，又是四字短语，八个字。"一个军佐用刀挑开车帘，里面是一脸粉妆残污的程蝶衣。他神情呆滞，双臂紧紧抱着那柄宝剑。"把程蝶衣放到时代的舞台上了。

第四十八场戏，段小楼宅院，他们在喝喜酒，然后日本人来了，冲散了他们的喜酒，又是一波未平一波又起。

🎙️ **芦　苇**：这场戏让我想起了一句诗："商女不知亡国恨，隔江犹唱后庭花。"战火已经烧到家门口了，院里还张灯结彩喜气洋洋，形成强烈的对比。

🎙️ **王天兵**：第四十九场戏讲的是程蝶衣在戏台上演《贵妃醉酒》，袁四爷和日本军官青木在包厢里看戏，段小楼在后台和伪警发生冲突。这里面涉及三个男人、三个女人，三个男人是袁四爷、段小楼、青木，三个女人是杨贵妃、菊仙、程蝶衣，杨贵妃是程蝶衣演的，最后也是自杀了。

可以说青木又是一个霸王。这场戏里面有三条线索：第一条线索，程蝶衣在台上唱戏，段小楼在后台惹事；第二条线索，地下工作者撒传单；第三条线索，袁四爷、青木在看戏。这三条线索交叉进行，在这么短的戏里面，最后交汇了。"杨贵妃一记侧身卧鱼，旋转的衣裙将传单扫荡得满台飘拂起舞。青木起立，面色庄重地鼓掌。袁四爷也起身鼓掌，带起了满场爆发的喝彩声。"最后是小楼被抓了，收束三条线索。

🎙️ **芦　苇**：应该注意一下袁四爷这个人物的复杂性、多面性，他是中国人，本能地厌恶日军。

🎙️ **王天兵**：但他有自己的表达方式。

🎙芦 苇：是的。

🎙王天兵：而且戏园里的观众也有自己的表达方式。

🎙芦 苇：没错。

🎙王天兵：青木鼓掌，我不鼓掌，袁四爷鼓掌，我就一哄而起。

🎙芦 苇：对，袁四爷带领大家鼓掌、起立，实际上是一种无声的反抗。

🎙王天兵：当时的反抗也不是露在表面上，而是内心的一种敌对。

🎙芦 苇：没错。

🎙王天兵：就跟德军占领巴黎一样，德国军官一般都很有礼貌，加缪曾提到在地铁上见过德国军人客气地给巴黎妇女让座，反让他感到羞辱，但是另一方面，纳粹也没有停止对抵抗组织的迫害和抓捕，巴黎人民对纳粹很仇视，但不是当面喊"打倒纳粹"。当时被占领的北平是什么气氛？芦苇寥寥几行字就写出来了，在这一场戏里，他把戏剧类型发挥到极致了。我刚才说了三男三女的三条线索最后交汇，时代改变了，人物完成了。写到这儿好像玩一把剑，玩得风雨不透、滴水不漏。

🎙芦 苇：我只是觉得这场戏完成了，内心的指向有力而饱满。你说的那个境界，我从来没达到过。

🎙王天兵：我看到这儿有种感觉，就是过去话本中写的耍起一把大枪，箭射过来根本近不了身。

🎙️ 芦　苇：话又说回来，咱们做编剧都要有工匠精神，要严丝合缝，每个情节、动作都要找它的延续性，找它的起合点，写电影的还是力求做到精益求精，要准确，要写出彩来。

🎙️ 王天兵：接下来第五十场戏，写的是程蝶衣本想去救段小楼，但看到菊仙急匆匆地找上门来，他反倒不去了，实际上是写两个"女人"在争风吃醋。这一段让我想起《金瓶梅》中的一些情节，菊仙和程蝶衣的每句话都有潜台词，刀刀见血，字字到肉，句句暗藏杀机。

🎙️ 芦　苇：是两个"女人"之间的交锋。

🎙️ 王天兵：一男一女在交锋，但实际上是两个"女人"。

🎙️ 芦　苇：这场戏小说里没有，是电影剧本加的。

🎙️ 王天兵：第五十一场戏写日本军部"黑影憧憧，古木森森"，"回廊下，一排日式横格纸墙透亮如月，犹似广寒"，剧本写得不错，电影实现得也好。接下来青木说："我在帝国大学读书时，曾把《牡丹亭》的全本背诵，今晚亲见程先生演出，如游梦境，非常之感动。"这段戏在电影中被删掉了。

🎙️ 芦　苇：对，删掉了。

🎙️ 王天兵：然后就是第五十二场戏，日本军部门外，段小楼被放了，但他不但不谢程蝶衣，还打骂他，最后"程蝶衣如似孤魂野鬼，仓皇而逃"。

🎙️ 芦　苇：这段戏的张力与戏剧冲突是极其强烈的，程蝶衣把段小楼救了，段小楼给他一嘴巴子。对程蝶衣来说，这一巴掌是抽到他的灵魂上了。

🎤 **王天兵**：他们之间的关系又发生了一次转折，这次裂变跟以前完全不一样了。所以，编剧就是折腾人、折磨人物，你也在享受这种折腾。

🎤 **芦　苇**：第五十三场戏发生在段小楼家宅，段小楼和菊仙结婚。这场戏我特别想表达新娘子的喜悦心情，老北京过去结婚有铺红毯的习惯，段小楼是很有钱的人，他摆得起阔，所以把红毯摆在这儿了，新娘子当时一脚将红毯踹开，喜悦的心境表现得淋漓尽致。记住这一脚，这是最重要的动作！

🎤 **王天兵**：她是把命运抓在自己手里的人。

🎤 **芦　苇**：一般的编剧写她兴高采烈就行了，但找出一个动作来表达，冲击力是完全不一样的。编剧若为人物找到准确、有力的动作，那么导演就会非常省心。

🎤 **王天兵**：接下来第五十四场戏，两人洞房花烛夜说情话。菊仙："我这身儿可是堂堂正正的真嫁衣。（小声问）你知道我偷着穿过多少回？你知道我花了多少钱？你知道我什么时候定做的？"段小楼："好姑奶奶，我娶的是衣服还是人呐？"菊仙："告儿你，是第一次见你的时候就定做下了！"这里写的是两人间的缠绵，但是下面的部分，电影中删了，就是菊仙说的："老鸨还真当我菊仙光着走的，呸！自打见了你这个冤家，我就把私房钱塞进肚兜里全挪到外面去了。"这个写得好，她是很精明的人。

🎤 **芦　苇**：如果把这些都拍下来的话，这部电影得三个小时，所以陈凯歌当时把这段台词拿掉了，有点可惜。

🎤 **王天兵**：我之前说菊仙自赎其身有点突兀，但看到这儿就觉得令人信服了，因为她十分精明，留了一手。

🎤 芦　苇：这又回到老话题了，在刻画人物的时候，把笔墨留给谁？把时间、空间留给谁？你要留给主角。可能陈凯歌是这么考虑的，这场戏虽然好看，但是要这样剪接的话，电影恐怕超长。

🎤 王天兵：大家看到的电影剧本都是完成了的，所以中间的取舍过程就看不见了，这背后有很多心思。

🎤 芦　苇：大家把剧本跟电影对照一遍就明白电影是怎么取舍的了，而且你会觉得，陈凯歌当时的取舍是有其道理的。

🎤 王天兵：紧接着下面第五十五场戏，讲的是那爷为程蝶衣代笔给他娘写信，写了程蝶衣和猫、和那爷之间的关系，迥异于前面两个"女人"间的争风吃醋。程蝶衣回归成一个孩子了，任性，那爷在伺候他、哄他、逗他玩儿，扮演了程蝶衣妈妈的角色，把给他娘的信撕了，然后拿出一块白玉，程蝶衣说"给我摔了去！"……

🎤 芦　苇：那爷伺候程蝶衣就跟太监伺候皇上一个样，那是伺候一个财神爷呀。

🎤 王天兵：又像妈妈在哄孩子。

🎤 芦　苇：他是把心思用尽了，也很辛苦。

🎤 王天兵：让我们看到人性的另外一面。刚才我说了，段小楼和程蝶衣决裂了，之后怎样展现程蝶衣无依无靠的心境？他像个孩子那样在那爷面前撒娇，因为撒娇的时候孩子是幸福的。

接下来第五十六场戏，写程蝶衣独自走过戏园子大街，叫卖声让人想到小癞子，为什么？因为"叫卖声依旧悠然悦耳：'糖葫芦儿嘞，糖葫芦哎——'"，因为小癞子吃完糖葫芦就自杀了。前一场戏程蝶衣回归童年了，这场戏中的叫卖声，"声音依旧，街面却冷落萧条"，不但让程蝶衣回想起他的童年，也让我们想到他像孩子一样撒娇，因为他从来没有过童年，所以他长大以后，小孩的性子又爆发了。这场戏结尾："一辆载满日军伤病员的大卡车呼鸣而过，卷起的团团黄尘笼罩了水牌和程蝶衣。"时代又变了。

第五十七场戏，紧接着上一场，也是个转场戏。他去看段小楼了，但没有敲门就走了。又出现大风筝，这种意象仍在暗写小癞子，多少往事涌上心头，这种描写是诗意的。这场戏在电影中被删了。

🎤 **芦　苇**：是篇幅的问题。

🎤 **王天兵**：这段有诗意，多少往事不堪回首，好像交响乐中的过渡一样，此处只有一个乐器在奏贯穿始终的旋律，其他乐器沉寂下来了，让你回味一下。因为前面的戏太沉重、太密集了，这段让大家平缓一下。第五十八场戏中有一大段描写段小楼斗蛐蛐的情节，电影里也删了。

🎤 **芦　苇**：电影中只保留了一部分：菊仙把蛐蛐罐给摔了。

🎤 **王天兵**：第五十九场戏长达五页纸，写程蝶衣、段小楼两人又回到关家科班去看关师傅，他们面临什么困境呢？就是他们俩已经绝交了，很多年没唱过戏了。编剧怎样让他们再次走到一起？怎样解这个扣儿？这是一场大戏。

🎤 **芦　苇**：这场戏在小说里面没有，是剧本内容。

🎤 **王天兵**：没有，完全没有，因为在小说中关师傅早已经消失了。编剧真像上帝一样，他设置一个困境让人物掉进去，他又要解决这个困境让人物走出来。

🎤 **芦　苇**：这是编剧的职责，是必须做的事情。

🎤 **王天兵**：让人物倒霉，让他受尽折磨，又让人物挣扎，让他战胜自己。

🎤 **芦　苇**：其实编剧来来回回写的永远都是人物陷入困境又奋力突围的故事。

🎤 **王天兵**：这时候"关师傅已老态龙钟，鬓须苍苍，他毫无表情地坐在太师椅上，似已入睡"。

🎤 **芦　苇**：程蝶衣的困境是他跟段小楼闹掰了，段小楼新娶的老婆菊仙阻止他们俩来往。可师傅出面让你去，你敢不去吗？反了你！师傅叫去必须得去。所以他们俩在这种情况下都去了，菊仙跟着段小楼一块儿拜见老爷子去了。作为徒弟来讲，结婚成了家，带着媳妇来看望老人家，这是人之常情，顺情顺理。

🎤 **王天兵**：我把这总结为乱上添乱、火上浇油。本来闹掰的两个人去看关师傅已经够乱的了，再加上一个菊仙，更热闹了。

🎤 **芦　苇**：他们俩走到一块儿是因为戏，关师傅的死让两人的关系重新开始。

🎤 **王天兵**：看到这段的时候，我眼泪流下来了。关师傅说："动手啊！怎么着，舍不得呀？当初是你师哥把你成全出来的，现在该着你拉他一把啦，给我捅呀！"这是第三次出现"成全"二字，但分量比以前更重了。这是关师傅成全他们之间的关系。然后菊仙来了。关师傅说："哟！是花满楼那姑娘不是？您可是头一遭来的贵客，看座看座！"因为编剧把戏根埋下了，所以解扣儿的时候才能出其不意，但又在情理之中。关师傅打他们两个，上一次是小石头在拉，这时候是菊仙在拉。然后"关师傅（窃笑）：'跪下！谁叫你俩起来的?！'"这个"窃笑"用得到位，前面的戏都很沉重，突然之间情绪上有了一个调整和变化，几乎是在令人窒息的氛围中透进一丝空气。大家都看过《辛德勒的名单》，非常沉重，压得人喘不过气来，不时要松缓一下，不然真的受不了。有一场戏是犹太囚犯们裸体拥进一个房间，屋顶有一排喷头，可能毒气就要喷出来，他们就要死了，恐惧已经到了顶点，但结果喷下来的是水，原来是强制洗澡，在那一瞬间，他们心情放松了……这时候观众也喘了一口气。像这样调控观众的情绪，其实是编剧的本能。一个好的编剧能驾驭观众的情绪，让你哭你就哭，让你笑你就笑。你做到这一点了没有？

🎙芦 苇：我不知道。

🎙王天兵：编剧有时候很"邪乎"。芦苇在生活中很平和，但在剧作中对戏剧情节的驾驭能力很强，对观众情绪的控制也很到位。能做到这一点的，在世界范围内有一些，在中国的编剧导演中，很少，或者说在他们一生中某个阶段曾经做到过。

🎙芦 苇：反正你是旁观者嘛，你爱怎么说就怎么说。

🎙王天兵：我在看剧本的时候，情绪不断被调动起来，入戏入得很深。久久难以回到工作中，不得不感叹人生如戏，戏如人生啊！当他们跪着的时候，关师傅在巡查练功场，说起林冲，八十万禁军的教头……"丈夫有泪不轻弹，只因未到伤心处"，句句锥心刺骨。最后关师傅僵直地倒地死去。关师傅也是一个霸王，他对京剧忠诚，有义气，他能演活盖世英雄……

🎤 **芦　苇**：这场戏在小说里是没有的，这是剧本里设计出来的。

🎤 **王天兵**：这又是一次霸王别姬，主题可谓无处不在。编剧在创作剧本的时候，一个人物经历了苦难，我们流下了同情的眼泪，同时内心深处又有享受的喜悦。这是一种很微妙的情感。你写剧本的时候也哭过吧？

🎤 **芦　苇**：身为编剧，我是第一个哭的人。我在生活中不太流泪，但写剧本时会情不自禁地潸然泪下。

🎤 **王天兵**：让我热泪盈眶的电影有《我的左脚》《天堂电影院》《霸王别姬》等，这些电影我看了好多遍，再看时眼泪还会流出来，是一种享受。看到非常好的剧本，我也会流泪，那种感觉非常微妙。

🎤 **芦　苇**：有句话叫"我歌我泣"，能写到这个境界，那就证明你入戏了。我有个朋友，是个导演，他说，我的目的是我不哭，让观众哭。我说，这不大可能，你这是鬼话，是把自己当上帝了。你哭了观众都未必哭，你不哭观众更不会哭。

🎤 **王天兵**：回到剧本。接下来的戏让我想到《红楼梦》的手法，叫"得隙便入"，绝不放过任何一个刻画人物的机会，一有空档，一个人物就进来了。芦苇的剧本也是，写到这里，小四出场了，只要一有机会就留给人物，没有一点废文涨墨。大家还记得吗？前面有场戏是小四被捡回来了，众学徒哺育他。现在小四长大了，已经在学戏而且受了罚，这让我们想到了小石头当年受罚的情景。得隙便入，剧作没有一处是松懈的，没有为转场而转场、为留白而留白的，全是在塑造人物。

剧本看到这儿，我做了个笔记，对比李碧华的小说，我觉得强中自有强中手。

🎤 **芦　苇**：我是个职业编剧，我在剧本方面比他们写得好是当然的，他们要说："芦苇，有本事你写小说！"我绝对写不过他们。

🎤 **王天兵**：还有一句话叫"棋高一着，缚手缚脚"，下围棋的时候，假如你是三段，他是五段，你怎么下都觉得憋屈。从驾驭戏剧人物、组织结构上来说，如果我们把写戏比作下围棋的话，芦苇是八段，李碧华是二段，所以李碧华走死了的棋，芦苇能再给走活了。再比如《教父》，这部小说不是文学经典，而是一部非常畅销的通俗小说，但是《教父》电影可谓一大经典，为什么？科波拉的戏剧功力、艺术功力比小说作者强。

🎤 **芦　苇**：两种载体，没有可比性。

🎤 **王天兵**：我想说，伟大的编剧或者说高手能把死棋走活。小说中没有小四这个人物，但有个影子式的人物，芦苇把他改编得很丰满、很精彩，而且贯穿始终，拓展了小说的维度和深度。

马丁·斯科塞斯的《出租车司机》中的女主角是个雏妓，由朱迪·福斯特扮演，她的男老板在原剧本中就两行台词，是个概念化的妓院老板，但扮演这个角色的演员哈维·凯特尔把他演成了一个完整的人物。有一段戏是他抱着雏妓在跳舞，场面很温馨，雏妓说："你也不管我。"他拥抱抚慰着她，两人很亲密，不是那种剥削与被剥削的关系，他们之间是有情分的。这场戏是剧本中没有的，电影演员把剧本中单薄的人物演成了一个丰满立体的人物。因此，当出租车司机把他杀死时，我们感到震惊，一方面是因为杀人者的果敢，另一方面是因为被杀死的不是一个概念化的恶人，而是个有血有肉的人。同理，芦苇在写剧本时另起炉灶，把小四真正塑造成一个有血有肉的人物了。

回到剧本中这场戏，小四态度很坚决地说："要饭去也要唱！"

紧接着是第六十场戏，抗战胜利了，又一个转场戏，但跟前面不一样了。"大街上一片喜庆气氛，人们冒着雨舞狮子，张灯结彩，欢庆抗战胜利。三个披麻戴孝的身影出现在大街上。一柄纸伞，踽踽而行。"至此诗意又显。为什么？三个人祭奠的不是他们的师傅，而是科班体制和一个时代，新与旧、喜与悲、新生与消逝，让人百感交集。什么叫史诗？我们在这里看到了，它不是大场面，而是一种人生况味。这个转场描写只有短短几行，寥寥数语。"鞭炮声大作，纸屑飞舞"，关师傅死了，他们披麻戴孝，逆流而行，他们开始与时代脱节了，因为在中国历史上，抗战是个分水岭，前后风气不一样了。

第六十一、六十二场戏讲的是菊仙怀孕了，但她在段小楼和国民党伤兵斗殴时被踹流产了。国民党伤兵闹事，这有啥历史依据吗？

🎙 芦　苇：抗战结束以后，国民政府对伤兵的处置不尽合理，所以经常发生伤兵聚众闹事的事。当时国民党军队并不全是正规部队，杂牌军、中央军、各地军阀，五花八门，有些军队的军纪是很坏的，这也是他们在解放战争中失败的原因之一。兵痞子当年在街上闹事的不少。我父亲是八路军的汽车司机，抗战胜利时他在重庆，当时他有个好朋友开车把国民党伤兵蹭了，伤兵就开枪了，把车上坐着的廖仲恺先生的女婿打死了。所以当时国民党军军纪之坏是有名的。

🎙 王天兵：第六十一场段、菊两人的亲密戏在拍的时候删了。第六十二场戏有两条线索：一个是伤兵来看戏导致混战，菊仙流产；另一个是法警来抓人，程蝶衣被当成汉奸抓了。最后以菊仙的台词收束全场："我还在这儿躺着呢。孩子要完了，我也不活了！你追你的虞姬去吧……叫她给你生养孩子去吧！"这话说得很恶毒，但是在戏剧功能上，把前面的两条线索收束了。剧本章法森严、一丝不乱。菊仙这段台词有三个作用：收束、刻画人物、预示后面的事。

紧接着到第六十三、六十四场戏，又进入困境了，因为程蝶衣被抓了，大家要去救他。袁四爷宅室这场戏写得很精彩，菊仙是这场戏的主角，她驾驭命运的能力发挥出来了，这次她不是为自己而是为别人，而且程蝶衣是她的情敌，她和程蝶衣的关系又深入了一层。

在写剧本的过程中，每当一种东西再次出现的时候，我们一定要让观众看到它的新面目、新角度，它可以是抽象的也可以是具体的，可以是感情也可以是道具，但我们再次看到它的时候，绝对不能跟上一场戏一模一样，否则情节就停顿了，观众马上会感到乏味，观众比你想象的要敏感得多。这里菊仙和程蝶衣的关系变了，菊仙在救程蝶衣，她把性格中的那种厉害、刻薄用到袁四爷身上，袁四爷也招架不住，几句话就被搞定了。人物每次出场，我们都要重新认识他。

之前我们讲了这么多，编剧的脑子里抓了这么多条线，纹丝不乱，每条线还在发展，一刻不停，所以戏剧写到这个程度非常非常难。你写完这个剧本会不会瘫了？因为我读完你的剧本都累瘫了。

🎙芦 苇：没瘫，我记得写完以后我跑到什刹海，一口气喝了几碗豆汁儿，特过瘾。

🎙王天兵：为什么我说写史诗像打一场战役一样，百万雄师、三军齐上。大家可以看一些战争方面的传记，比如《八月炮火》。

🎙芦 苇：结构其实就是布局，非常好玩、有趣，把局布好了会有一种纵览全局的满足感，嗯，不错！局布得有章有节、法度森然。

写《霸王别姬》的时候，我没觉得它是个经典，只觉得它是一个完整的、合格的、值得拍摄的剧本，根本没想到会得大奖和被称为经典，没有这个想法。如果有这个想法，可能写不出这个剧本来了。对我来说，面对的就是程蝶衣、段小楼与一代人的命运。

🎙王天兵：或者说你遇到了难题，你的内力被逼出来了！

🎙芦 苇：是这样子的，对于编剧来讲，困境是好事。每次遇到困境的时候，你在潜意识里会有一种冲动：机会来了，现在就看你能不能突围了。

🎙 **王天兵**：戏剧人物在突围，你也在突围。

🎙 **芦　苇**：对。角色在突围，编剧也在突围，剧本在突围中有了进展。

🎙 **王天兵**：前面已经很饱满，再继续下去难度会越来越大，好像爬山已爬到六千米，要往七千米冲刺。

🎙 **芦　苇**：我过去学过美术，看过一本基础书，叫《素描教学》，上面说："开头和结尾都需要才华，而中间则需要埋头苦干。"这用在编剧法则里也很准确。也许在写开局或者结尾的时候可以调动一些才华，但是中间段要埋头苦干，打攻坚战。开头和结尾都需要感觉，但中间要依靠分析、研究，靠理性，因果成分需要理性。

🎙 **王天兵**：有时候写着写着就会迷失。酗酒吸烟是很多作家、剧作家的习惯，部分原因是写到一半写不下去了，很痛苦，有时真的是没有出路。

🎙 **芦　苇**：困境对于编剧来说是正常状态，这是避不开的，谁让你选择这个职业呢？既然做了编剧，每天面对的就是个闯关游戏，过了一关又一关，直到剧本完成。这个规律其实很过瘾，过了一关，哎呀我真行！自己把自己夸一夸，再过一关，我真不错，处理得挺好！这个感觉才是正常的。

🎙 **王天兵**：这段戏结束的时候，"袁四爷（赞赏）：听听梁红玉这通鼓，擂得是板眼气势都不含糊，好！（笑）花满楼练出来的吧？坐，坐！"。这里面除了《霸王别姬》，还引用了杨贵妃、唐明皇、梁红玉、黄天霸……

🎤 芦　苇：袁四爷是戏园子的常客，他对戏的典故比段小楼都熟，所谓六场通透，昆乱不挡，说的就是这种人。

🎤 王天兵：这段戏很有意思，下面这两段你删掉了，我觉得很好，这样能看到你的取舍原则，从中我们也能学到东西。删减的段落说的是袁四爷念报纸上枪毙汉奸的新闻，把大家吓得要死，最后他表态要救程蝶衣。

🎤 芦　苇：如果这是电视剧剧本，我就不删，可电影就必须得删了。我现在说个题外话，我觉得电影编剧这个职业是最不容自恋的，从小爹妈打我把我打出息了，打出来的人不自恋，当编剧最合适。从别人的角度去考虑问题是编剧的基本功。

🎤 王天兵：你是舍得删的。

🎤 芦　苇：写得再好，如果电影容纳不下，也得删！这没啥说的，但电视剧就不必这么严格。所以，自恋的人很难成为一个有成就的电影编导。如果性格中有自恋的成分，当编导很麻烦，因为你考虑的永远是自己，不考虑角色和故事。

🎤 王天兵：我们前面还说过，进入一场戏要尽可能晚，离开要尽可能早，我们知道一场戏的首尾，只取其中一段就可以了，但从哪里开始，到哪里结束，这就考验编剧的功力了。上面袁四爷的表态就不用写了，因为下面他的行为已足够表现他的态度了。

🎤 芦　苇：一方面是编剧的功力，潜意识里有价值观的无形指引。

🎤 王天兵：第六十五场戏，监狱，程蝶衣在狱中教狱卒唱戏的情节在拍的

196

时候删了。接下来的有意思之处在于两个虞姬见面了，菊仙也是虞姬。

🎙️ 芦　苇：他们俩私下里在做交易。

🎙️ 王天兵：他们的关系又有变化了，与上次菊仙请袁四爷救程蝶衣时相比，他们俩的关系又往前推进了。

🎙️ 芦　苇：菊仙告诉程蝶衣说，小楼要救你，我可不是来救你，我是替小楼救你来了，条件就是你跟小楼一刀两断。

🎙️ 王天兵：我们看菊仙这个人物，她自赎其身的时候好像把所有东西都给了妓院了，后来才知道留了一手，现在又留了一手，我救你程蝶衣也不是无私的，救了你之后你就不要找段小楼了，这就是菊仙的性格。

🎙️ 芦　苇：没错。

🎙️ 王天兵：第六十六场戏，河北高级法院法庭审判程蝶衣，检察官念的词很有味道，很有民国气质："查被告伶人程蝶衣者，与日本驻北平警备旅团敌酋青木三郎勾结，狼狈为奸，尤为令人发指者，渠在神圣抗战之最艰困时……"这个"渠"字是人称代词"他"，我在哪儿学到的这个字呢？《李宗仁回忆录》里经常用这个字。我不知道"渠"这个字来历何在。

🎙️ 芦　苇：这是民国时期的习惯用语。

🎙️ 王天兵：检察官念到最后，"小四眼泪汪汪，紧咬嘴唇不敢泣声"，这段电影中也删了。

🎙️芦　苇：我当时查了一些民国时期的起诉书，民国起诉书的格式、文本文体必须掌握，这个不能闹笑话。不然对观众就不负责任了，必须把当时起诉书的格式搞清楚。

🎙️王天兵：接着袁四爷这段辩护也很精彩："方才，检察官声言程之所唱为淫词艳曲，实为大谬！程当晚所唱的是昆曲《牡丹亭·游园》一折，略有国学常识者都明白，此折乃国剧文化中最为精粹之品！（程在身不由己的悲情中高歌此曲，意在讽刺日寇禽犬好景不长、美梦难久的最后下场，是深有用意的。）何以在检察官嘴中竟成了淫词艳曲了呢?！如此作践我民族国粹，究竟是谁在专司辱我民族文化之举?！"剧本把括号中这段台词删了。为什么？

🎙️芦　苇：电影编剧是最不能自恋的职业，对于自己写的东西，该删的就删、该砍的就砍。《霸王别姬》交稿时有五万多字，我对陈凯歌说，你有本事删两万字最好。我追着他说，不行咱们再来第三稿？我怎么觉得还有些问题。陈凯歌说，可以了芦兄，可以了，可以了。我说不行，最好再来第三稿！陈凯歌当时说，芦兄啊，你杀红了眼啦！多少年后我自己回想起来也认为是杀红了眼，进入激奋难抑的偏执状态了。

🎙️王天兵：我能感觉到剧作后面大约四分之一确实没有前面那么准确到位，一会儿要提到。

🎙️芦　苇：是呀。

🎙️王天兵：没有绝对的完美。

🎙️芦　苇：没错。

🎤 **王天兵**：这段戏让我们惊讶之处在于程蝶衣说的话："青木要活着，京剧就传到日本国去了……"他说完之后全场哗然。在这个时候，青木这个人物也完成了，虽然是侧写的。

🎤 **芦 苇**：对。

🎤 **王天兵**：我们说剧作中有主要人物、次要人物，其实不管主次，每个人物都应该是完成了的。现在中国电影的问题就是很多人物是没有完成的，甚至连主要人物都没有完成。青木这个人物在电影中几乎都没有出现，在剧作中只出现了两三次，但这个人物完成了。程蝶衣这么重要的角色对青木做出了评价，那是分量千钧的一句话，在《红楼梦》中叫判词，是盖棺论定的。

🎤 **芦 苇**：从这句台词可以感觉出程蝶衣有些痴呆，一门心思想着京剧，有点长不大的状态。

🎤 **王天兵**：另外，菊仙说过把他救出来之后让他就不要去找段小楼了。他这样说无异于自戕，绝望至极。他出去后就没有任何生活希望了，也不必出去了。

🎤 **芦 苇**：他根本就不想出去，遥望未来，一片渺茫。

🎤 **王天兵**：他说出了出人意料的话，但也在情理之中。紧接着是菊仙指着鼻子骂他这段戏，骂得非常恶毒。菊仙和程蝶衣的关系又变了，他们之间的关系一直往前推进，让我们看到新的侧面，不会停留在以前了。

所以说史诗电影情节像洪流那样向前涌流不息，所有的元素，不管是抽象的还是具象的，没有一处是停滞的，都在向前流动、汇聚，最后就是洪水猛兽般的烈度、雪崩一样的力度，把你吞噬掉！这就是史诗，到最后你完全被征服了。

🎤 芦　苇：此刻菊仙完全是失态，犹如火山喷发了，连揪带打啐唾大骂："姓程的，你这么盼着寻死，一头撞死到监狱墙上多省心！"很是恶毒。

🎤 王天兵：又进入困境了，又把扣儿系死了，又给自己出了难题，接下来怎样解扣儿？

🎤 芦　苇：剧情又在推进中了。

🎤 王天兵：接下来是第六十七、六十八、六十九这三场戏，写程蝶衣一案的尾声，较前面的法庭大戏更简略短促。程蝶衣毕竟只是唱戏的，最后保释了。剧中的高官有李宗仁的影子吧？

🎤 芦　苇：有他的影子，他当时是华北行辕最高长官嘛。

🎤 王天兵：像他这样的人是有权把一些误判为汉奸的人释放的，这也有历史依据。

🎤 芦　苇：扮演将军的是陈凯歌的父亲，陈凯歌说让主创都在电影里露一面。他父亲是艺术指导，所以露了一脸。他跟我说，芦苇，你找个角色。我说，那我演妓院嫖客吧。本来妓院那个大光头——调戏巩俐那个嫖客——是我的，可我因写另外一个剧本去俄罗斯了，所以和这个角色失之交臂了。

🎤 王天兵：第七十场戏是行辕唱戏，我们又看到新的堂会，也是贯穿意象，程蝶衣给太监唱过堂会，给日本人唱过堂会，又给行辕长官唱堂会。汉奸案至此收束，死扣儿解开，让程蝶衣回归唱戏，一丝不乱。

然后第七十一场戏，戏园大街，段小楼和程蝶衣已经分手很长一段时间了。段小楼在摆摊儿卖水萝卜，张公公还活着，在卖烟呢。这儿写得也很精彩，因为我们已经把张公公给忘了，但是编剧没有忘，张公公没有死，还在卖烟。什么叫有头有尾、纹丝不乱？张公公是清朝的殉葬者。现在到一个更新的时代了，段小楼、程蝶衣这些人又将成为民国的殉葬者，所以这种意象的传递显示出编剧的心思如此缜密，在进入新时代的时候，又让上一次新旧交替的象征出场，一老一少，令我们五味杂陈。最后"军警开来救火车，用水龙头四处喷射驱赶饥民，溃散的人群把老太监的烟摊撞翻过去。老太监浑身透湿，手里紧攥着一把金圆券，坐在散失一地的烟卷旁边默然不动，犹如一尊朽烂的木像"，新时代来临前，那爷说了一句话……

🎤 **芦　苇**：那爷这句话是够恶毒的了："我们满人好歹坐了三百年天下，这中华民国才几年呀，也要玩儿完！听听，人家说话就兵临城下了。（手指水牌压低了声音）共产党他也得听戏不是？这江山易主新朝庆典，能缺了您两位的戏？不能够！咱们只管等着点共产党的票子吧。"他的心思在票子上。

🎤 **王天兵**：这里呼应前场，当年是那爷带着程蝶衣到老太监跟前唱红的，这群人阴错阳差又聚会了。我们看很多条线索不断地往前发展，不断交汇、分开，又交汇、又分开，每条线索都没断。观众在看到三分之一的时候，已经能感到编剧的手艺是否精细了。如果这些线索都驾驭得好，观众就一直被你牵引着，信服你；如果到中间失控的话，观众很快就会感觉到你没用心或者功力不到，马上就会失望离去。

🎤 **芦　苇**：紧接着北平就解放了。

🎤 **王天兵**：第七十二场戏在戏台子上，我们记得过去挂的楹联是"学君臣学父子……"，现在挂的横幅是"欢庆中国人民解放军进入北平慰问演出会"，我们注意到贯穿场景的变化，重现的时候与之前有所不同，提供新的信息、新的况味。这时候听众也变了，他们既不是日本兵，也不是国民党军伤兵，而是新的军队，不苟言笑。这时候虞姬失音，段小楼来道歉，然后军队唱起了"向前向前向前"的军歌。

🎤 **芦 苇**：这要是在旧社会，伤兵就闹事儿了，解放军却军纪严明。程蝶衣嗓子哑了唱不下去了，戏园子老板情急犯愁，闹开事儿该怎么办，未料这支军队肃然有序，齐声合唱"向前向前向前，我们的队伍向太阳"，这是《中国人民解放军军歌》，歌声预示着新时代的降临。

🎤 **王天兵**：这是举重若轻地展现时代。在国产影视作品中，一旦要展现北平解放，大多是用解放军进入北平前门外大街，万众欢腾、夹道欢迎的场面（后来官方证实这段场面其实是补拍的），如果电影中要表现这样的场面，那投资可太大了。怎样举重若轻地展现一个时代标志性的东西，又能将其融入戏剧结构，这是个难题。

🎤 **芦 苇**：是。

🎤 **王天兵**：你解决得很漂亮。

🎤 **芦 苇**：在《白鹿原》的剧本里也用过这首歌，对于《白鹿原》的主人公白嘉轩来说，这首歌来势凶猛，令他难以理解。

🎤 **王天兵**：这首歌暗示了一个全新的时代。

🎤 **芦 苇**：新的社会骤然降临。

🎙 **王天兵**："响亮的掌声节奏整齐、训练有素，如出自一人之手。"

🎙 **芦　苇**："如出自一人之手"是关键词。

🎙 **王天兵**：集体——个体——集体。

🎙 **芦　苇**：换句话说，角色们面对了一个全新的时代。

🎙 **王天兵**：中国社会自古以来没有真正的个体，人都是群体中的人，进入新时代，个体更难立足。妙的是小四出现了，他"闪动着明亮的眼睛窥视着台下的军人，他目不转睛，神情专注"。

🎙 **芦　苇**：第七十三场戏是对小四浓墨重彩的刻画，他是拥抱这个时代的年轻人。小四跟着队伍大喊口号，兴奋莫名地加入洪流。小四跟上时代的步伐了，或者说他自以为跟上时代了。

🎙 **王天兵**：听他们唱的歌令人百味交加："我们的队伍向太阳，脚踏着祖国的大地"，之前贯穿了那么多的戏曲，和这个形成巨大的反差。

🎙 **芦　苇**：小四是北平解放初期一代年轻人的象征。

🎙 **王天兵**：接着连续几场都是小四的戏。"打自盘古开天，谁封过妓院？共产党就封了！"最开始在天桥提到花满楼的妓女吞大烟死了，这里又是妓院，又是大烟，呼应前面，而且是把妓院封了，还抓捕了大烟贩子，改朝换代了。小四加入新时代的层次也非常清晰，从羡慕、向往到加入队伍，到最后积极地转变，成为一个主力。

🎙 芦　苇：小四是一代新人的写照。

🎙 王天兵：小四相当于比你大十几岁的上一代人。

🎙 芦　苇：是的。

🎙 王天兵：第七十四场戏，审判袁四爷。这场戏写得很精彩，为什么？我们对比了袁四爷和段小楼，刚才说了，袁四爷是生活中的真霸王，段小楼是假霸王，这时候已经看出来了。

🎙 芦　苇：这里有描写："袁四爷一下苍老了，他目凹腮瘪，似在沉思，又似在幸灾乐祸。"

🎙 王天兵：怎么理解"又似在幸灾乐祸"？

🎙 芦　苇：这是他的面部表情。他是旧时文人，自认为已超越了众人的高度，在藐看一场人间闹剧，在他的眼里，众人皆醉，唯我独醒，这是他的心理写照。

🎙 王天兵：他是个戏痴。

🎙 芦　苇：他自认为"丹心照汗青"。

🎙 王天兵：这场戏有依据吗？你看过资料吗？

🎙 芦　苇：我想写出一代旧人的精神状态。后来袁四爷"迈着老生的台步"被押下戏台，走向刑场。这个事出有因。湖北一个戏霸姓高，唱丑角唱得很好，他在被枪毙的时候迈着丑生的台步昂然走向刑场。对于袁四爷来说，这是他的一种尊严。

🎙 **王天兵**：又是一次"霸王别姬"了，一位真霸王又走下了历史舞台。这时候看段小楼的状态："段小楼的拳头举到齐肩高再也高不上去，菊仙又在跺他的脚，段小楼终于举拳过顶，却喊不出声来。"

🎙 **芦　苇**：小楼是大吃一惊啊，连袁四爷都被毙了，这共产党的来头有多厉害啊！我当时看小说，《创业史》中有个老农看政府枪毙了一个大财东地主，极为震惊：连吕二剥皮都敢枪毙，这共产党太厉害！段小楼当时就处于这个惊愕失措的状态。

🎙 **王天兵**：那爷铺垫了，说袁四爷到哪儿都吃得开嘛。

🎙 **芦　苇**：那爷说："甭管哪朝哪代，人家永远都是爷！"到了新社会，这一套失灵了。

🎙 **王天兵**：军歌唱完后，一系列的变化渗透在每个细节中。进入这场戏，剧作已经到最后阶段了，我之前说的洪水和雪崩，一泻千里，已经可以感觉到风声鹤唳了。

🎙 **芦　苇**：第七十五场戏有两个任务：一是交代程蝶衣在戒烟，他戒烟的决绝、痛苦和勇气，我们看到程蝶衣也是向往新生活的人，忍受着肉体上的折磨，在脱胎换骨；二是菊仙与程蝶衣的和解。

🎙 **王天兵**：在和解过程中，他们从情敌变成了"母子"，菊仙像母亲那样抱着他——身体语言，像哄孩子一样哄着他。

🎙 芦　苇：菊仙同情怜悯他，她的人性、母性被激活了。

🎙 王天兵：这时候程蝶衣把菊仙当作娘了，他们的关系又变化了。菊仙身上母性的东西压倒了女性的东西，她不把他当情敌了，而是把他当成自己的孩子一样关爱、照顾。

🎙 芦　苇：一场戏指向越丰富越好，这场戏一是写了程蝶衣戒烟的痛苦，二是写了菊仙对程蝶衣态度的转变，三是写了小四的变化，他胆敢在师母面前"亮剑"，惹得菊仙一个嘴巴子抽上去。菊仙也意识到小四不再是过去的那个小四了。

🎙 王天兵：很尖锐的新旧冲突。

第七十五场戏后半部分是转场，前面比较沉重——杀袁四爷和程蝶衣戒毒，然后"窗外飘来自天而降的盈盈悦耳的鸽哨声。门外蓝天清澈碧透，白色的鸽子飞过屋顶"，紧接着写段小楼、程蝶衣、菊仙和解之后家庭般的和睦，最后"屋里响起一片欢欣爽朗的笑声"。新中国成立后有一段风平浪静的短暂时间，小说中也写了，在新时代人们有了新的期盼和希望，这在戏剧结构上是"雪崩"之前片刻的宁静。

🎙 芦　苇：那爷说戏园子给程蝶衣定的是一级演员，程蝶衣不明白，问一级是怎么回事，那爷说就是头牌，包银六百块人民币。程蝶衣又问六百块算是多少？那爷说你可别吓死，你拿得比毛主席还多！我查资料，毛主席是拿五百块。当时实行工资制之后，中国工资最高的是梅兰芳先生，一个月两千块钱，那时候不得了，三百块钱可以买一套房。

🎙 王天兵：他们有一段短暂的黄金时期。

🎤 **芦　苇**：他一个月六百块钱，能买两院房子，那还得了！

🎤 **王天兵**：第七十六场戏，戏园座谈，讨论戏剧革新，"变幻着的聚光灯把人们的脸庞笼罩在不同的色彩中，时红时绿、时黄时紫，大家一时沉默了"。大家想象一下，这场戏是在幻灯不断变换下进行的。

🎤 **芦　苇**：我多说几句，当时我们拿着小说来讨论，参与讨论的是我、凯歌和凯歌他爸三个人，讨论一上午也不知道新中国成立以后该怎么写，大家都不说话了。我当美工时做过幻灯片，灵机一动，觉得可以利用这个场景。当时管幻灯放景叫"电打布景"，是很时髦的场景。利用场景变化、利用幻灯的变化，大手笔交代出时代的变换。我就写："那爷眯着眼说：'瞅瞅这排场，电打布景，机关画片，现代京戏能不好看么？不能够，同意上演现代戏。'"那爷是个玲珑机巧之人。舞台上面"幻灯全部开亮，只见山河壮丽，一轮红日正中升起"。人在这种环境下纷纷表态，在视觉上暗示了一个时代的剧变，这就是电影的语言。

🎤 **王天兵**：到第七十七场戏，程蝶衣和小四发生了激烈的观念交锋。小四在前面只是一闪而过、得隙便入，现在他的戏份越来越重了，什么意思？小四是新时代的象征，他出现的次数越多，新时代的气氛就越浓。

🎤 **芦　苇**：这场戏重要的是程蝶衣和小四的冲突。

🎤 **王天兵**：我认为这也是编剧的技巧，在写敌对面、敌对势力，或写任何一个抽象的概念时，最终要把它化成一个人物，否则就不是电影手法了。在一篇散文或小说中，人物可以跟一个抽象的、看不见摸不着的东西做斗争，但在电影中不行。电影中的敌人一定是个具体的、具象化的人物。从戏剧功能来说，小四就是新时代，所以说程蝶衣和小四的矛盾就是旧时代和新时代的矛盾。而且从编剧角度而言，小四是程蝶衣捡来的孩子，实际上就是养子，他和养子的矛盾尖锐！接下来这场戏还是讲程蝶衣和小四，他们的矛盾激化了。

🎙芦　苇：利用一切场景来刻画人物，用幻灯片的变换预示一个时代的变换。"时代变换"如此宏大的主题用一场戏全部解决，谁都看明白角色现在进入新时代了。进入新时代，你如果动用大场景就太费劲了，现在这样举重若轻，一场戏就展现明白了。

🎙王天兵：这是真正电影语言的四两拨千斤。

🎙芦　苇：我写出这场戏以后对陈凯歌说："你得请我吃饭了。"他问："吃什么饭？"我说："这场戏有着落了，写出来了！"他听了咧嘴大笑："嘿！吃饭吃饭！你劳苦功高！"想着想着，总能想出办法，这是阅读经验告诉我的。我是美工，天天和幻灯打交道，熟悉幻灯，所以大家一定要调动一切人生经历和资源来为剧本服务，这是功夫。

🎙王天兵：所以你把一生都奉献给编剧事业了。

🎙芦　苇：我就是干这个事儿的，我是一个尚可一战、尚算合格的编剧。

🎙王天兵：你这样说不是谦逊之辞。为什么？因为你处在创作状态中，总觉得自己的功力不够，武功不够高强，总是怀有敬畏，所以才觉得自己尚可一战。实际上你是高人。

🎙芦　苇：我告诉你，任何天才在面对素材的时候都是学生。

🎤 **王天兵**：但是这一行中很多水平不行的人反倒不这样认为，他们觉得自己无所不能。

🎤 **芦　苇**：编剧是比较复杂的脑力劳动，谁要说他什么都能写，别相信这种人。江湖上的大佬是不吹牛的，大都不动声色；小痞子一天到晚吹，舞马长枪啊，过五关斩六将啊，实际上多是菜鸟。

🎤 **王天兵**：看剧本的时候我在想，如果是我，我会怎么写，遇到困境的时候我如何来处理。

🎤 **芦　苇**：困境是我们的日常生活，编剧是干吗的？就是解决困境的那个人，不然凭什么拿这个稿费啊？你就是干这个事儿的人！你就是攀登悬崖的人！你就是解开死扣儿的人！你当稿费是白拿的呀？

🎤 **王天兵**：我有时看剧本，看到困境先放下，然后想如果是我的话，我怎么写，然后再看。有时觉得编剧解决得太精彩了，我自愧弗如；有时觉得不咋的，我比他高。还有，如果你自己不写剧本的话，就很难欣赏剧本，你体会不到其中的妙处。

🎤 **芦　苇**：剧本写得越多、编剧的积累越丰富，就越能看出剧本的长短优劣。

🎤 **王天兵**：确实有些作品必须得优秀的作家才能看懂。强中自有强中手。优秀的作家们都佩服谁呢？巴别尔、纳博科夫、博尔赫斯、乔伊斯、曹雪芹这些天才，超一流高手。如果你自己不是高手的话，就看不懂精妙之处，连精妙之处都看不出的话，怎么可能写出好剧本来？这是我们逐场解析《霸王别姬》剧本的原因。

🎤 **芦　苇**：一定要研究经典剧本，不是看看，不是一般的知道，而是研究！

🎤 **王天兵**：我们今天算研究吧？

🎤 **芦　苇**：是的。

🎤 **王天兵**：你经常说的一句话是伤其十指不如断其一指。

🎤 **芦　苇**：你看十个剧本，不如看透一个剧本。《教父》的剧本我看了好多遍，《现代启示录》看了好多遍，《巴顿将军》看了好多遍！所以一定要研究剧本，研究人物的写法。剧本是个手艺活，有师傅、有传承的。

🎤 **王天兵**：我们继续看第七十八场戏，程蝶衣在上台演虞姬前才得知不能登场了，而顶替他的正是小四。小四不但和程蝶衣决裂，而且把段小楼也出卖了，急急风又出现了，敲得人心惊胆战……

🎤 **芦　苇**：第七十八场是重场戏。

🎤 **王天兵**：这里面有好多意象，小四和程蝶衣决裂了，段小楼很无奈，急急风又出现，然后段小楼又说了一遍："此乃天亡我楚，非战之罪也！"这是第三遍了，在这里我们听到了戏里戏外绝望的回响。

🎤 **芦　苇**：这场戏非常纠结，从心理层面来讲，这是程蝶衣遭受的最大的一次打击，因为段小楼已经背叛他了。

🎤 **王天兵**：各种出卖和背叛开始了，这次是自己的养子干的。

🎤 **芦 苇**：段小楼是装糊涂，他在背叛程蝶衣以后装糊涂。程蝶衣化了妆，准备登台演出，这时候才看到有两个虞姬，他去问段小楼。段小楼说"我也是，刚刚知道"，这句话真假难分。

🎤 **王天兵**：这实际上是又一次"霸王别姬"，"程蝶衣淡笑一下，接过头盔，送到段小楼面前，深深地凝视着他"，我们看到"霸王别姬"这个意象直接地出现、间接地出现，反反复复。我看到这一段的时候，前面的情节都在脑海中闪现。两个虞姬同台的画面震撼人心。

🎤 **芦 苇**：这场戏中人物关系非常复杂，人物的转变非常猛烈。段小楼知道换角儿了，但是在这种场面下，他自己内心很纠结，"霸王把头盔摘下来往妆台上一扔，说：'抹了！不唱了！谁能唱谁唱去！'"。"抹了"是京剧行话，是卸妆的意思。

🎤 **王天兵**：紧接着八员汉将包围了霸王，前面是急急风催促，现在是他们被整个时代包围、围困了。

🎤 **芦 苇**：段小楼的背叛也不是他自己愿意的，他身不由己，是八员汉将连推带搡把他推上舞台的。

🎤 **王天兵**：最后他说"此乃天亡我楚，非战之罪也！"，再听这句话，我们才真正切身领会它的含义，因此更加沉重。反复出现的元素，每次力量都要增强。

🎤 **芦 苇**：能看懂这场戏才会明白霸王最后的苍凉。虽然是戏，是舞台上的台词，但他发出的苍凉而无奈的感慨——"怎奈敌众我寡，难以取胜，此乃天亡我楚，非战之罪也！"——实际上是说给程蝶衣听的，你别怨我，哥哥实在是无奈，实在是被逼到这一步了。

🎙 **王天兵**：我相信程蝶衣还是理解他的。

🎙 **芦　苇**：是程蝶衣让他上台的，是他把帽子给段小楼戴上的，这个举动给观众的感受是五味杂陈、难以言说。

🎙 **王天兵**：下场戏写程宅，程蝶衣烧自己的戏衣，表达出他的绝望。

🎙 **芦　苇**：注意第七十九场戏，段小楼上门求和，陈明原委，却被关在门外，程蝶衣始终没有让段小楼进自己的院门，非常决绝。
段小楼的台词很重要："你出来看看外面的戏都演到哪一出了，指着鹿你就不敢说是马，换了你的角儿，这才是头一马棒，真让人家给你扣上一顶铁帽子，师哥就没你了，小豆子！"段小楼这句话撕心裂肺。

🎙 **王天兵**：程蝶衣焚烧了他毕生所穿的戏服。他如今已是孑然一身、众叛亲离了，不但被自己的养子出卖，还被自己的发小师兄背叛了。
第八十场戏来了个转场，又回到陶然亭，贯穿始终的场景。我们看到程蝶衣的身影，时代在前进，但洪流中有逆流。

🎙 **芦　苇**：电影是声画艺术，这场戏是用声音刻画人物，"声声嗓音，孤寂而悲凉"，将学徒悲苦的情绪宣泄出来。

🎙 **王天兵**：剧本的第八十一场戏电影中没有，讲的是程蝶衣回到旧戏园故地重游，物是人非。

🎙 **芦　苇**：有，很短的片段，跳过去了。

🎤 **王天兵**：戏园子是贯穿场景。

🎤 **芦　苇**：他重游旧戏园，景物依旧，世道已变。这段戏预示了程蝶衣在新社会被遗弃的处境，也展现了他孤傲独遗的性格，这场戏的含义、指向是情境一致的。

🎤 **王天兵**："'无产阶级文化大革命'是一场触及人们灵魂的大革命，是一场兴无灭资、彻底……"在电影中，这一段是播音员夏青的声音，他的声音可以说是时代的象征。

🎤 **芦　苇**：夏青的声音有点像法庭法官的声音，如在义正词严地读判决书。

🎤 **王天兵**：渗出一股寒气。

🎤 **芦　苇**：起到揭示时代的作用，然后字幕出：一九六六年。

🎤 **王天兵**：第八十二场戏进入结尾高潮部分，剧情从此一泻千里。菊仙和段小楼预感到大难临头，像诀别那样最后一次畅饮狂欢，两人嘴对嘴喝酒的戏呼应前场，当年的红嫁衣要烧又没烧，把剑藏起来，然后程蝶衣消失在雨夜中。这里程蝶衣处得好像不是太恰当，他在窗外看着段小楼和菊仙，这是不是有点牵强？以程蝶衣的为人，他是不会窥视的。也许有更好的解决办法。

🎤 **芦　苇**：如果他出现，应该有个理由，做出铺垫。

🎤 **王天兵**：最后这五分之一还不那么完美。

🎙芦　苇：他应当出现，但可能有更好的方案。

🎙王天兵：戏写到这儿，即便是有些瑕疵，观众也已经感觉不到了。

🎙芦　苇：这个剧本应该写第三稿。《白鹿原》写了七稿，两稿和七稿是有区别的。

🎙王天兵：第八十三到八十六场戏讲"文革"开始后段小楼、程蝶衣、菊仙经历的种种磨难。首先是小四审讯段小楼，这一段是非常沉重的，每一个问题都有回响，都有呼应。

🎙芦　苇：这场戏其实是陈怀皑先生的亲身经历，是他亲自讲给我听的，但我把这些用到剧本里去了，后来陈怀皑先生看到这一段戏时，潸然泪下。

🎙王天兵：首先，这个事情很有代表性。其次，在戏剧结构上，答问之间回顾了段小楼从 1928 年到 1966 年的生活，当然是从另外一个角度回顾的，相当于高潮前的开闸泄洪，小四完全站在段小楼的对立面上，变成了他的审判者。那爷也出卖了他。"突然数十盏聚光灯齐开，从四面八方射向段小楼。刹那间舞台上强光刺闪，高温流金铄石，极度刺眼的光芒令人目眩欲亡"，这就是陈凯歌父亲的亲身经历吗？

🎙芦　苇：是的，要不然他看到这段戏怎么会哭了呢？

🎙王天兵：聚光灯这个意象，在电影《靡菲斯特》的结尾也出现过，芦苇曾说过，他写《霸王别姬》时受到过《靡菲斯特》的启示。这里要注意的是，编剧使用别人提供的素材时怎样和剧中的元素珠联璧合。因为聚光灯在前面已出现过，这次出现并不生硬，只是比以前强烈十倍，而且像照妖镜一样，照在真人身上，段小楼自拍板儿砖的力量没有了，已经被彻底打垮了。

🎤 **芦　苇**：脊梁骨已经断了。

🎤 **王天兵**：接下来，第八十四、八十五、八十六场戏，写他们之间的互相揭发，是全剧的高潮，时代吞没了他们，也吞没了我们。

🎤 **芦　苇**：看这些戏的时候要留意看细节。

🎤 **王天兵**：这几场戏是非常复杂的，在小说中也很有力度。芦苇你写时除了参照小说，也参考了自己的经历或重新查了资料吧？

🎤 **芦　苇**：我是"文革"的亲历者，写"文革"戏对我来说没有困难，对今天的人来说可能比较困难，但如果下功夫钻研原始资料，是可以接近真相的。

🎤 **王天兵**：这里文笔也特别好，我们看到这儿，人生、戏，全部交汇在一起了，人生如戏，戏如人生，人生的这场大戏比戏中的戏还惨烈。

🎤 **芦　苇**：红卫兵的迫害程蝶衣尚可忍受，他最在乎的是段小楼对他的态度，这是只有经历过"文革"的人才有的体会。谁背叛你是最痛苦的？亲人背叛你最痛苦！他人背叛你是命运使然、形势使然、环境使然，亲人背叛你才是撕心裂肺的绝望痛伤。

🎤 **王天兵**：李碧华的小说中互相揭发这个描写超越了当时内地的作家。

🎤 **芦　苇**：是。

🎙 **王天兵**：李碧华写得也很感人，她写了在遭到批斗、互相揭发之后，程蝶衣自杀了，但自杀未遂……芦苇把自杀挪到后面了。各有其妙。

🎙 **芦　苇**：小说写的是言情，剧本写的是悲剧。

🎙 **王天兵**：段小楼在揭发程蝶衣的时候说程"给日本人唱堂会""他给国民党伤兵唱戏，给北平行辕的反动派头子唱戏，给资本家唱，给地主老财唱，给太太小姐唱，给地痞流氓唱，给宪兵警察唱，给大戏霸袁世卿唱"，段小楼越说越兴奋。

🎙 **芦　苇**："文革"时期很多人就是这种半疯半癫的状态，身不由己，失德无行。

🎙 **王天兵**：段小楼开始揭发的时候"虞姬注意他了"，这句话力抵千钧，虞姬最在乎段小楼的态度。"古人今人俱惊，一齐看着这对师兄师弟，小四挺立在其中冷眼相向"，古人今人、旧人新人、男人女人、敌人友人已经不分了，人生这出戏的精彩、惨烈已经超过舞台上的戏了。这里面程蝶衣有一句话芦苇用了小说中的："你们都在骗我，骗我骗我……"

🎙 **芦　苇**：这是小说里的话。

🎙 **王天兵**：这段话小说写得好，因为程蝶衣的母亲把他扔到科班，还说"会回来接你"什么的，就已经把他骗了，所以程蝶衣一生不断地被人骗、被人背叛，他是非常值得同情的人。剧本和小说水乳交融。程蝶衣"如吊死的女鬼。他石破天惊地喊了一声：'我揭发！'"，他把所有的仇恨发泄在菊仙身上了，有点儿泄私愤的感觉。在小说中有一段对程蝶衣的心理分析还是比较到位的，在"文革"中这样的情况很多。

🎤芦　苇：之前程蝶衣把造成他不幸的所有原因都推到了菊仙身上，但是这一次他归到段小楼身上，这也是唯一的一次。这是全剧的高潮。一定要注意情节、台词的关系，高潮戏一定要把人物最根本的转变因由、关键性的台词写出来。

🎤王天兵：程蝶衣和段小楼的关系又进了一层。我们反复强调，每个东西反复出现的时候，我们要看到它新的侧面，他和段小楼真正地决裂，小说中说，一语既出，一切都晚了，以前的矛盾都可以解决，这次矛盾是不可解决的，这个伤痕是不可弥合的。
　　段小楼和菊仙也决裂了。

🎤芦　苇："文革"时期非常残酷的就是逼着亲人诋毁亲人，逼得亲人互相揭发。我见到过很多这样的场景、事件。那时候就因为我不肯揭发我父亲，工宣队把我叫去训了三次话以示威胁，不给东西吃、不给水喝，撒尿要打报告，一谈话就是一整天，实际上就是折磨你。可是那种揭发自己父亲的话，我始终说不出来。有些人就不行了，在那种高压下，许多人，尤其是年龄小的、懦弱的人，难以承受重压，一时亲情荡然无存。危境方见人品。

🎤王天兵：这场戏就是全剧的高潮，在这场戏过后，这部剧基本上就结束了。一部电影，人物从正面走向反面，或从反面转向正面的时刻往往就是高潮，如果没有令人信服的高潮戏，观众就会不满足，甚至会导致全剧的失败。
　　至此，所有人物全部完成，他们最后都被这场戏吞噬了，史诗和悲剧完美地呈现在观众面前。
　　第八十七场戏，菊仙在《红灯记》的背景音乐中自杀了。第八十八场戏是个转场，写小四私下扮演虞姬被红卫兵抓个正着。以小四的年龄，他不能成为一个彻头彻尾的红卫兵，他和更年轻的红卫兵又有区别，所以"红卫兵在阳光中愣住了，缄口结舌地盯着这个不可理喻的古代女人"……

我们终于把这部剧从头到尾讲完了。李碧华曾说《霸王别姬》的改编是个集体行为，我们这样透彻地分析了剧本，这样的剧本可能是集体创作的吗？如此复杂庞大的剧本内容、如此多的线索是集体创作的吗？这可能吗？!

🎤**芦　苇**：这个话像是段小楼的揭发词。

🎤**王天兵**：她说芦苇只是为台词做出了贡献。

🎤**芦　苇**：明眼人自有所见。

🎤**王天兵**：我们大家已经可以得到结论了，芦苇对剧本的人物、结构等各个方面做的是根本性的、颠覆性的改编。他在小说的基础上另起炉灶。

🎤**芦　苇**：全盘改编，虽然是我写的，但是被陈凯歌所采纳，对电影成功拍摄起到决定性的作用。李碧华是小说作者，陈凯歌是导演，芦苇是编剧，这才是老实话。欲盖弥彰，对不起这部电影和广大的影迷了。

🎤**王天兵**：对比李碧华的小说和芦苇的剧本，可以说二者水乳交融了。

🎤**芦　苇**：这几个环节缺一不可，包括整个剧组和陈怀皑老爷子的贡献。

🎤**王天兵**：我们从头到尾过了一遍《霸王别姬》电影剧本，一场戏一场戏地分析评点，现在跳出来，看看结构。全剧共八十九场戏，五万三千多字，第一场是序幕，最后一场是尾声，首尾呼应，约一千一百字。其余八十七场戏可以分为八章：

第一章（第二～十二场），十一场戏，小石头和小豆子童年时期，从天桥初遇到陶然亭喊嗓，约六千字；

第二章（第十三～二十七场），十五场戏，少年时期，苦练文戏武功，以陶然亭为起止，约七千字；

第三章（第二十八～三十四场），七场戏，学成后第一次亮相，小豆子遭遇太监，领养小四，四千多字；

第四章（第三十五～四十六场），十二场戏，青年时期，全面抗日战争爆发前夕两人的情事，菊仙和袁四爷登场，以日寇的隆隆炮声收尾，约八千字；

第五章（第四十七～六十场），十四场戏，抗日战争时期两人决裂，以两人和好并带小四给师傅送葬收尾，八千多字；

第六章（第六十一～七十一场），十一场戏，从抗日战争胜利后两人再次决裂，到新中国成立前夕两人街头重逢时遇见老太监，约七千字；

第七章（第七十二～八十场），九场戏，从新中国成立到"文革"开始前，两人不适应新时代，以陶然亭喊嗓收尾，约六千字；

第八章（第八十一～八十八场），八场戏，中年时期，"文革"中爱情、友情和亲情全部毁灭，约五千字。

每章各自独立又衔接流畅，每场戏精练而完整，诗意频出，场与场之间紧密相连，你中有我、我中有你，最终结为一个整体，第八章和前几章对位工整，一丝不乱。整体结构明白如画，剧情却如洪流般奔腾向前，将点点滴滴的诗意汇聚成史诗的长河。

我们回到最开始的话题，什么是史诗电影？也许不能用具体的概念来定义，但大家已不难体会。李碧华的小说是一部结构松散的通俗言情小说，可以直接拍成电影，甚至不需要改编就能成为一部合格的港台言情剧，但是芦苇的剧作是结构严谨的史诗电影。我们用王国维的《人间词话》中的"三论"来分析芦苇剧作的境界、气象和眼界。在新时代的冲击下，整整一代人逝去了，一种文化消逝了，我们看到的恰是"西风残照，汉家陵阙"，寥寥几字，"遂关千古登临之口"，由此我们看到了《霸王别姬》的史诗气象。再从眼界上来说，什么叫"流水落花春去也，天上人间"，或可称为"换了人间"，这部剧作讲的就是"流水落花春去也，换了人间"。再看一下我们开始判断史诗电影的几个标准：无论

219

从价值观角度、时空是否广大的角度，还是从小人物折射大时代的角度，或者从历史信息量是否巨大的角度来看，《霸王别姬》剧本都是精彩的案例。此外，《霸王别姬》电影上映二十多年来，我们看到芦苇的忠于艺术，张国荣的自杀，李碧华对芦苇的"揭发"，是不是人生如戏、戏如人生，仿佛《霸王别姬》仍然在上演？

我们还看到，史诗电影有王国维的"三论"也无法涵盖的特质，用交响乐来类比却非常恰当。交响乐通常由四个乐章组成，第一乐章为奏鸣曲式，一般也分为三部分，出现第一主题和第二主题，正好对应《霸王别姬》剧作的前三章，第一主题是程蝶衣的性别转换，讲的是一个男孩从被迫成为旦角到主动接受女性身份，第二主题是小石头和小豆子友情的形成。在交响乐的第二、第三乐章中，两个主题发展延伸，齐头并进，分分合合，交织缠绕，对应《霸王别姬》的第四~六章。交响乐的第四乐章从剧作第七章开始，节奏加快，冲突不断升级，到第八章到达高潮，至此全部元素汇聚起来，剧情似雪崩般势不可挡，又如洪水决堤那样一泻千里。史诗电影就是用各种视听元素编织成的交响乐，让观众在置身于历史洪流的同时，最大限度地感受到诗意和美感。

芦苇在创作出《霸王别姬》的同时，已经创造出了成熟的中国史诗电影类型，它丝毫不亚于西方的史诗电影，而且芦苇也形成了自己独特的文字风格。此后二十多年来，《霸王别姬》成了中国电影不可逾越的一座高峰。芦苇后来的剧作，从《活着》到《白鹿原》，虽然在剧作功力上不输于《霸王别姬》，但在文字水准上并没有超越它。我们今天的精读也未能穷尽剧作的妙处，但我希望大家在内心深处从此树立起史诗电影的标准，从而为今后的创作指引方向。我衷心祝愿大家通过不懈努力，在不远的将来创作出既真正属于自己又无愧于时代的史诗电影。

霸王别姬

1. 序场

黑色的深处传来孩童们的喊嗓声，嗓音盈盈悠荡，若隐若现。

丁零。

嗓音化为众人合唱的楚歌声。

"田园将荒胡不归，

千里征战为了谁？"

衬底由暗转亮，成为一幅醒目的图腾：这是一张黑、白、金三色分明、魅力十足的京剧净角脸谱。

净角金色的环眼闪动起来，炯炯有光。楚霸王左右盼顾，发出一声长啸：

"此天亡我也，非战之罪也！"

声音异常飘逸，如似天音。

午台幽晴深远，霸王与虞姬如似魂魄般相依相拥，缠绵欲绝。

演职员表。

《霸王别姬》电影剧本原稿第一页，1991 年芦苇亲笔

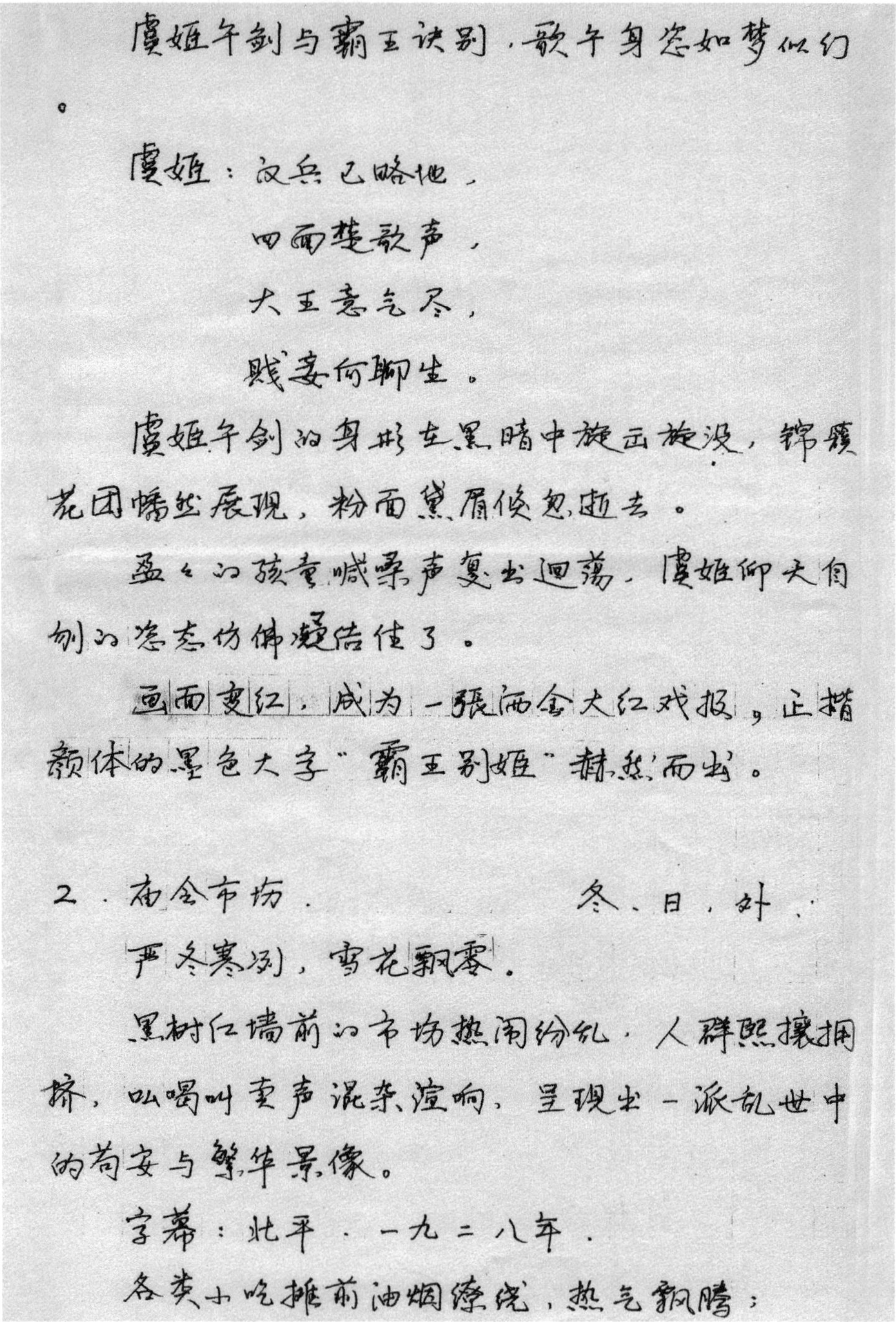
虞姬午剑与霸王诀别，歌午身姿如梦似幻

。

虞姬：汉兵已略地，

四面楚歌声，

大王意气尽，

贱妾何聊生。

虞姬午剑的身形在黑暗中旋出旋没，锦簇花团蓦然展现，粉面黛眉倏忽逝去。

孟子的孩童喊叫声复出回荡，虞姬仰天自刎的姿态仿佛凝结住了。

画面变红，成为一张洒金大红戏报，正楷颜体的墨色大字“霸王别姬”赫然而出。

2. 庙会市场。　　　　冬、日，外。

严冬寒冽，雪花飘零。

黑树红墙前的市场热闹纷乱，人群熙攘拥挤，吆喝叫卖声混杂喧响，呈现出一派乱世中的苟安与繁华景像。

字幕：北平，一九二八年。

各类小吃摊前油烟缭绕，热气飘腾；

《霸王别姬》电影剧本原稿第二页，1991年芦苇亲笔卖旧货瓷器的；卖鸽子版鸟的；卖古玩旧书字画的；相面禄命摆卦摊的；卖估衣旧鞋的；挖耳修脚的；卖风车兔儿爷的；……

五花八门的行道在这里各领天地，招揽生意。

一个女人（小豆子娘，二十六、七岁）牵着一个男孩（小豆子，八、七岁）挤出人群过来。

小豆子娘脸色苍白眼窝青晦，穿着已显旧残的暗花纺绸棉袍，堂子款式的盖额头发披风吹散。小豆子的脸被一顶蒙面毡帽遮的严严实实，只露出两只乌黑的眼珠在闪动着。他背着一只小行李捆儿。双手抄在一只已开裂露絮的绣丝棉手筒里，一付怕冷畏怯的样样儿。

俩人向前走去。

摆晴摊的，打坊子玩幡摔跤的，拉洋片说书的，变戏法的，提着牛脚骨说唱丰宝的，母子俩来到一圈人中站定。场地里关家科班正在演出"猴儿戏。"

锣鸣鼓响，关师付吆喝着抱拳四向，招呼

《霸王别姬》电影剧本原稿第三页，1991年芦苇亲笔观客。他是个四十余岁的昂藏汉子，身架硬朗的如似门神。

美猴王是个十二三岁的大孩子（小石头），他一串筋斗翻到场心，瞪大眼睛亮了个猴王相。

人群有人喝好，有人说风凉话。

"不对不对，眼眯成一条缝儿，整个一猪八戒！

孩子们脸涂红黄皂白的油彩。披关师付挨个点拨着翻出去。小猴们作出乐不可支样，围着齐天大圣争相邀宠。

观众叫好儿，扔下小铜子儿。

众猴堆作一处做"叠罗汉"。一个孩子（小癞子），闪失不稳，咕拐拐地几个小猴随其坍塌倒地。

人群哄笑起来：

"糟啦糟啦，鼻子都撞塌了！"

"猴儿的筋骨都让挑了，立不起来了！"

小石头企图收拾局面。领着众猴沿场走边，未走一圈，小癞子顺势钻出人群撒丫子逃窜，差点把小豆子撞倒。

"溜了一个！溜了一个！"

《霸王别姬》电影剧本原稿第四页，1991年芦苇亲笔

224

解密尚未投拍的剧本

芦 苇　王天兵

2013 年底，在《电影编剧的秘密》出版之前，我和芦苇就开始做一些补充谈话，将书中未曾谈到的芦苇电影剧本，包括《龙的亲吻》《狼图腾》《李陵传》《岁月如织》等，还有一些未及落实的编剧选题，又系统地过了一遍，以备今后补充到书中。这样做一是为了更全面地保存芦苇的重要作品，二是为了引起电影圈有识之士的关注，不致使芦苇那些未被采用的剧本和未及落实的想法沦为沧海遗珠。尤其是《龙的亲吻》，我认为如果拍摄成功，将会成为又一部"《霸王别姬》"；《岁月如织》可与《活着》比肩。本篇谈话经过多次修订，第三稿曾发表于《信睿周报》(2014 年第四期)，发表后我们又断断续续做了多次增补和修改，直至 2015 年 8 月才定稿。收入本书时，我又特意增加了芦苇撰写的《龙的亲吻》电影剧本梗概，以及我为《岁月如织》写的短评，为的是让电影界的有识之士能认识到这两部剧作的品质和分量，尽早将它们搬上大银幕！

——王天兵

关于《龙的亲吻》

🎙 **王天兵**：我们把以前没有谈过的剧本再谈一下吧。首先是《龙的亲吻》，我当年看过两遍。读后第一个感觉是，又一部"《霸王别姬》"，剧情恢宏华丽，写得挥洒自如。

🎙️ 芦　苇：《龙的亲吻》这个题材是我自己找的，2002年写的。当时有一个影视公司的老板找我定制一部剧本，是晚清时期"中国现代舞第一人"裕容龄的故事。未料这位老板后来锒铛入狱，被判了无期徒刑。真是人生如梦，世事无常。

🎙️ 王天兵：你当初怎么会对这个题材感兴趣呢？

🎙️ 芦　苇：看了裕容龄的回忆录，动了心。

🎙️ 王天兵：这个题材挺冷门的。

🎙️ 芦　苇：在香港导演李翰祥拍过的清宫戏中，容龄和姐姐德龄就经常伴随在慈禧太后左右穿插出入。这个题材不算冷门，还是个热门，在小说、话剧与电影中，她们都多次出现，在内地拍的一部电视连续剧中两姐妹也出过场。

🎙️ 王天兵：那当初你接手时，怎样切入这样一个常见的素材？写作的难度很大。

🎙️ 芦　苇：只要找到自己的视角就好办了。视角不能人云亦云。我把它作为一个历险传记来写，同时又是一个青春少女成长的故事。

🎙️ 王天兵：剧本开头很精彩，从"文革"爆发，红卫兵来抓裕容龄开始。

🎙️ 芦　苇：裕容龄是"文革"期间去世的。当时她被批斗，人们高喊着口号要打倒她，让她交代罪行。于是，这个老太太给他们讲了一个精彩绝伦的回忆录——她自己的经历、传奇，那些人听傻了，一时竟忘了批斗这回事。

🎙 **王天兵**：这个剧本的格局非常大，新旧交替、中西对比、爱恨情仇、生离死别都有了。

🎙 **芦　苇**：那个时代的历史舞台丰富、有趣。慈禧已经年逾花甲，垂垂老矣，但时代潮流逼着她革旧迎新，不得不改良。通过裕容龄的眼睛，我们看到慈禧的变化，新旧对比如此强烈，纵有一万个不愿意，她也得改革，因为是大势所趋。

🎙 **王天兵**：《龙的亲吻》正中当下，所以我一直觉得应该有人发现这个本子。剧作开场之后，随着容龄的回忆开始倒叙，回到晚清，儿时的容龄出场时是病态的。不可思议的是，她的病是在欧洲被现代舞创始人邓肯治愈的。

🎙 **芦　苇**：她是邓肯唯一的中国学生，确凿无疑，不是虚构。

🎙 **王天兵**：这个真绝了，历史有时候比小说更精彩。

🎙 **芦　苇**：容龄幼时残疾是编的。邓肯把她训练成一个正常人，帮助她恢复自信和健康也是编的。容龄是旧中国的缩影——一个病态的人被列强挟持着走进现代社会。这个戏剧性的故事也隐喻了历史的真相。

🎙 **王天兵**：开头部分有好多精彩的场面，你把沙俄宫廷的佞臣、妖僧——拉斯普京（俄国神父，1869—1916）也写进剧本了。

🎙 **芦　苇**：他是沙皇和皇后的亲信。裕容龄的父亲时任大清国驻法国公使，为了给容龄治病，遍请各色奇人妖士，其中就有一个"怪物"，他的原型是对沙俄宫廷有巨大影响的拉斯普京。

🎙王天兵：各路人马用偏方给她治病，统统铩羽而归，只有邓肯对她是将心比心，才从心灵上治愈了她的病。

🎙芦　苇：这也有一种寓意，即清政府统治下的中国只凭经济改革、军事现代化是没有出路的，治标不治本。这也是洋务派最终失败的原因之一。

🎙王天兵：裕容龄是满族人，但在欧洲生活使她完全西化了，说的是法语，跳的是现代舞，这在西方也是超前的。她已是一个具有独立人格的现代女性，但回到中国就成了慈禧太后的女翻译——女官，又被宫廷生活同化了。

🎙芦　苇：她由一个满族贵戚变成一个现代人，又回到陈旧的老巢里面去了。慈禧本来想利用她去监视光绪皇帝，没有想到她成了"双面间谍"，反倒为光绪监视慈禧。这是这个人物光彩四溢之处，也是这个故事的戏剧性所在。

🎙王天兵：这完全是编的？

🎙芦　苇：这是历史人物的"畅想曲"。

🎙王天兵：容龄确实和光绪接触过吗？

🎙芦　苇：光绪曾跟她切磋英语——别小看光绪，他会英语。

🎙王天兵：她很快适应了宫廷生活。

🎙芦　苇：一开始，她挺喜欢慈禧，某种程度上是欣赏。

🎙王天兵：你写的慈禧很有魅力。

🎙芦　苇：慈禧这个人非常复杂，她有着不为人知的、非常生动有趣的一面。

🎙王天兵：慈禧听昆曲那场戏，人物呼之欲出。

🎙芦　苇：她听戏时不满意就亲自示范，自己唱、自己演，等于她当导演。当初光绪执政，实行所谓新政，她认为自己应该休息了，终日听戏玩乐。后来她归政了，但依然少不了听戏，这是她生活中唯一的乐趣，所以忍不住登台示范、指导。她确实是一个戏曲内行——懂戏，是地道的老戏骨。

🎙王天兵：你把戏曲和西方现代舞做对比，将中西冲突可视化了，非常好看。

🎙芦　苇：没错。慈禧对容龄说，她看不出西洋女人漂亮在什么地方，觉得她们长得粗糙怪异，说她们汗毛太长、脚大、手大，有什么好看的？她跟容龄谈美，谈美的感受，谈女人怎样叫漂亮、什么叫美丽。这是时代的距离，也是种族审美的距离。

🎙王天兵：容龄在欧洲时已经光着腿跳舞了，而且还留下了照片。

🎙芦　苇：她相当开放、西化。

🎙王天兵：这是她们之间价值观的冲突。

🎙芦　苇：对慈禧这一代人来说，别说露出大腿了，除了一张浓妆艳抹的脸，裸露身上任何一个部位都是有失体统的，是出格的。

裕容龄在舞蹈《玫瑰与蝴蝶》中扮演蝴蝶仙子，
1902 年摄于法国巴黎

🎙 **王天兵**：剧情跌宕起伏、华丽精致，有一场戏是容龄在紫禁城跳现代舞，让人浮想联翩。

🎙 **芦　苇**：她既跳现代舞，也跳芭蕾舞。慈禧给她下了一道令："我的祝寿大典上，得有一些新奇夺目的玩意儿，可也不能不成体统。"她没料到容龄编的荷花舞那么富于中国情调，那么典雅优美，令人大开眼界。容龄是"中国现代舞第一人"，这是舞蹈界公认的，她的一些舞蹈照片应该系统地收集整理成书。

🎙 **王天兵**：有电影资料留下来吗？

🎙 **芦　苇**：至少我没见过影像。

🎙 **王天兵**：随着容龄与光绪的不断接触，她慢慢改变了对慈禧的看法，最后发现慈禧是一个愚昧、残忍的独裁者。

🎙 **芦　苇**：后来她从多重事件中认清了慈禧的本性，觉得非常可怕。
　　慈禧在晚年被迫改革，却无力回天。清朝政体的维新改革，她本能地抗拒——祖宗章程不可变啊。中国的现代化是被列强裹挟推动的，不是主动地去寻求的，政治改革在慈禧这儿是要碰壁的。她拒绝改革加速了清朝的灭亡。当改革的路被堵死后，全国的改良派才绝望了，愤然而起选择武装起义。当时，上海的商团集体加入国民党就很能说明问题。

🎙 **王天兵**：最后容龄和光绪产生了爱情，这是杜撰的吧？

🎙 **芦　苇**：这是影影绰绰的传闻。有人说裕容龄或裕德龄勾引光绪，因为她（们）知道光绪跟隆裕皇后不和，想做皇后梦。这只是一种猜测，没有史料可以证明。德龄写了《御香缥缈录》。两人都是慈禧的女官。写剧本时，我为了突出容龄，干脆把德龄拿掉了。

🎙 **王天兵**：但让光绪和容龄恋爱，写不好就很轻浮、庸俗。

🎙芦　苇：戏剧性冲突怎么写都可以，但是必须令人信服。

🎙王天兵：你插入了很多清代宫廷的生活场面，包括溜冰活动。当时的溜冰像团体操。

🎙芦　苇：颐和园、什刹海，冬天都结着厚冰。溜冰是满人的一个传统活动，清宫每年都会照例举办，而且在溜冰的时候，行家里手花样百出，令人眼花缭乱，拍出来一定富于观赏性。

🎙王天兵：有一张清代长卷画叫《冰嬉图》。

🎙芦　苇：是，一张画得很精美的宫体画。

🎙王天兵：画中清朝人衣冠齐整，脚蹬冰刀，结队滑行，还放烟花。这些传统元素与现代舞相互映衬，供你在电影剧作中尽情发挥。

🎙芦　苇：这些场面写剧本时都用上了。中国人喜欢排场。慈禧为了自己的大寿，搞得惊天动地，场面超级奢华。

🎙王天兵：这种排场也是一种中式舞蹈。

🎙芦　苇：中国过去的一些舞蹈叫身段。民间舞蹈不登大雅之堂，只有祭孔的雅乐才能上台面。容龄是第一个改造中国传统舞蹈，并使之现代化的人。

🎙王天兵：你写的人物，如容龄、光绪、李莲英等，个个都好看，尤其是慈禧，很精彩。

🎤 芦　苇：以前没有人这么写过慈禧。以前写她，要么阴险，要么狠毒，没有人写过她的魅力、纠结与苦闷。

🎤 王天兵：在你的剧本中，慈禧临死前跟容龄说："我做太后还不如当年刚入宫时自在快乐。"

🎤 芦　苇：慈禧的一生难得自由快乐，其实是个悲剧人物。

🎤 王天兵：我看完之后，感到剧本唯一的缺憾是容龄回到清宫之后似乎把邓肯的事忘了，只字没再提邓肯。虽然她很快适应了宫廷生活，但理应会不时想起邓肯，甚至会和邓肯通信，因为在你的剧作中，邓肯是她生命中极重要的一个人物。容龄回到清宫之后，剧本好像两张皮，宫廷的事和欧洲的事，有断裂感。

🎤 芦　苇：她已变成了中国的邓肯，实拍稿会有调整。

🎤 王天兵：这个剧本要不拍确实可惜了，从审查角度也没啥问题。

🎤 芦　苇：清宫戏。但我也庆幸它没有被草率处理，将来时机成熟了再说。

🎤 王天兵：我看了剧本后就想，当年拍《卧虎藏龙》的章子怡演容龄特别合适，既善舞又有精灵的感觉。

🎤 芦　苇：容龄确实是个精灵，见慈禧说慈禧的话，见光绪说光绪的话。

🎤 王天兵：可这个片子现在拍刚好，李安来导仍很合适。此剧其实是他最擅长的童话类型。你的史诗格局与李安的童话气质结合，必出奇葩。

🎤芦　苇：这是一部商业包装的艺术片。中国电影怎么就走到这一步了？除了李安就想不起别人了？可悲。

关于《弗朗索瓦——一个法国外交官在云南》

🎤王天兵：你现在在写晚清时期一个法国人在云南的事，也属于这种中西文化冲突。

🎤芦　苇：容龄虽然在法国待了那么多年，但她毕竟是中国人。弗朗索瓦是以一个法国人的视角看中国，所以也是一个新奇有趣的两种文化价值观冲突的故事。

🎤王天兵：这是有人来找你写的吗？

🎤芦　苇：是我自己选材后推荐给影视公司的。

🎤王天兵：一家什么样的影视公司？

🎤芦　苇：这家公司参与了好几部非常赚钱的电影的拍摄，有经营能力。

🎤王天兵：这个故事的来龙去脉是什么？

🎤芦　苇：这是一个真实的故事。剧本以法国第一任驻清朝云南总领事弗朗索瓦的故事为原型，讲他和当地官府、民众之间不同寻常的一段往事，通过这个故事来反映那个时代。

🎤王天兵：当初你提到的弗朗索瓦自传〔《晚清纪事——一个法国外交官

的手记（1886—1904）》】写得较为凌乱琐碎，我读不下去。看来他最后变成了一个中国通——方苏雅。

🎤 芦　苇：他是个很率性的人。目前存世的大约两千张晚清时期广西、云南的照片都是他拍的，这是关于清朝的照片里面数量最多、内容最丰富、表现最真实的一套照片。

弗朗索瓦（方苏雅）（左）与清朝官员（右）

🎙 **王天兵**：这个剧本你开始写了吗？

🎙 **芦　苇**：已经写了提纲。

🎙 **王天兵**：是什么类型？

🎙 **芦　苇**：正剧与传奇的结合。

🎙 **王天兵**：能不能从电影叙事的角度谈谈整个故事的来龙去脉？

🎙 **芦　苇**：弗朗索瓦先从法国到越南，从越南一进入中国就任法国特使，他的生活就跟格列佛游记一样，非常惊险，难以料想的事件接踵而至。对他来说，晚清的广西、云南是个童话国度，在一个欧洲人看来，当时的中国确实充满惊险与新奇。

🎙 **王天兵**：他最后做了清朝的官？

🎙 **芦　苇**：他在中国待了五六年，清政府赏给他一个顶戴，他衣锦还乡，终老于法国。他的不同寻常之处是，他跟电影摄影机的发明者卢米埃尔是朋友。他来华之前，卢米埃尔送给他几台照相机，还有一台电影摄影机。

🎙 **王天兵**：他拍过影像吗？

🎙 **芦　苇**：拍过三十五分钟影像，非常珍贵。我看过这段纪录片，是他在云南和广西看到的景象。你记不记得有张照片，当时官吏镇压了七个土匪，他仔细地拍摄了整个行刑过程。

弗朗索瓦原来在越南是行政官员，调他到中国，实际上是督促清政府跟法

236

国携手围剿当地的一个黑帮武装。他进入了中国，刚一上船就来了个赌客，教他打麻将，说这是中国的纸牌，不妨玩几盘，然后陪他打。结果他输给这个人很多钱，临走的时候，他的望远镜也丢了，后来才知道这个人原来是他要剿灭的黑帮头子，可见当时黑帮嚣张到什么地步，完全是官匪一家，无法无天。

🎤 **王天兵**：他最后还是被中国同化了？

🎤 **芦　苇**：剧本里面写到一个法国的传教士，一天到晚只会泡茶馆、哼小曲、唱滇剧（云南主要戏曲剧种之一），他的教堂是猪狗鸡鸭都可以进去，他听之任之，根本不管，他才是被彻底中国化了。我让这个传教士说了一句台词："如果上帝到中国来，也就是我这样子——每天喝点小酒，游手好闲，不务正业，信仰已经无所谓了。"别人就问他："你是传教士，是跟人的灵魂打交道的，怎么能不传教呢？"他说："传教的前提是你的听众必须有灵魂，我才可以传教。我面对的是一群失去了灵魂的人，他们只知道吃喝玩乐，传教等于对牛弹琴。"

🎤 **王天兵**：这个是你杜撰的吧？

🎤 **芦　苇**：他的困境是真实的。

🎤 **王天兵**：这与弗朗索瓦形成一个对比。自古以来，来中国的外国人，有的彻底被汉化，也有拒绝被汉化的，还有变得不中不西、亦中亦西的。

🎤 **芦　苇**：是的。当时广西是一个教区。弗朗索瓦在广西认识了一个叫苏奇的法国传教士头目。苏奇说，我有一个计策，可以使这个教区的事业大发展。弗朗索瓦问他什么计策，苏奇说，必须死人，死一个洋人以后，我们就可以向清政府索要一大笔赔款。弗朗索瓦问，谁死呢？苏奇就说，我看那个传教士就可以，就是咱们刚说的那个传教士，一天到晚喝着小酒、唱着小曲、遛鸟、逗狗、吟诗作画，还在自己的教堂里面养猪养狗，把传教给忘了。苏奇说，他只要一死，这个事就好办了，我们可以说是中国人把他杀了，一大笔赔款可使我们把基督教事业发扬光大。但具有戏剧性的是，那个喝小酒的传教士安然无恙，苏奇却被人杀了，教会果真得到一大笔赔款。这个故事颇为传奇、精彩。

🎤 **王天兵**：清末民初这一段历史是很精彩的，但将弗朗索瓦在云南的经历写成电影剧本，很有挑战性。而且弗朗索瓦是个法国人，有法国人特有的浪漫。

🎤 **芦　苇**：在某种意义上，这个剧本与《龙的亲吻》有相似之处，容龄其实就是半个法国人。想象一下这个被中国同化了的传教士——他穿了一身当地的长袍马褂，留着一根小辫子，长着一张洋人的脸，但张口闭口就说中国脏话。这个人物不是很鲜活有趣吗？

🎤 **王天兵**：我看过当年《纽约时报》驻华记者——美国人阿班的回忆录，其中写到当初在北京的外国人生活很富裕，他们享受特殊待遇，有好多仆人，都不想回去了，因为他们在祖国雇不起这么多仆人。

这里蕴藏着一个大的电影类型——外国人在中国的经历，涉及文化冲突、种族矛盾、宗教错位等。

🎤 **芦　苇**：历史上这种在华的外国人不少见，他们留下了很多关于中国的回忆录，都可以作为编剧的基础。但是我们现在连本国人的经历都讲不好，还有能力讲好外国人在中国的经历吗？

🎤 **王天兵**：关于外国人在中国，中国人自己拍不了，外国人就来拍了。

《末代皇帝》就参考了溥仪的老师庄士敦的回忆录《紫禁城的黄昏：外籍帝师眼中的溥仪与清末政局》。

斯皮尔伯格的《太阳帝国》你看过没有？改编自英国作家巴拉德的同名小说。巴拉德是在中国长大的英国人，太平洋战争爆发时他还是一个小男孩，被日本人关进了集中营，直到二战结束才返回英国，与家人团聚。

🎙️**芦　苇**：看了。

🎙️**王天兵**：你觉得怎么样？

🎙️**芦　苇**：我觉得拍得没有中国的质感，有"东方主义"之嫌。

🎙️**王天兵**：我很喜欢这部片子，看过很多遍，还是觉得精彩，虽然这部片子中有正直的英国人、机智的美国人，还有勇敢的日本人，就是没有一个像样的中国人。

🎙️**芦　苇**：在斯皮尔伯格的电影作品里面算是一般的，口碑比《辛德勒的名单》差远了。

🎙️**王天兵**：根据赛珍珠的小说改编的《庭院里的女人》也讲了一个外国人在中国的故事，主演是罗燕。

🎙️**芦　苇**：没什么影响，很平庸。

🎙️**王天兵**：你看过法国作家马尔罗写的《人的命运》（又译为《人的境遇》）吗？此书以 1927 年发生在上海、汉口的大革命为背景，讲了几个来华参加革命的外国人的故事。

🎙️芦　苇：马尔罗和他写过的这本书我知道，但是没看过。

🎙️王天兵：这本书我看了不到二分之一，因为我对这段历史有些了解，可以看出他完全是杜撰的。他把1927年的大革命描绘成一场国际革命，舞台上活跃的革命领导者都是外国人，他们在上海发动革命，最后被蒋介石镇压，英勇就义。主人公就是一个法国人，不时穿插他的浪漫情事。但人物状态和事件过程，我一看就知道是胡编的，与实际情况相差太大了。

其实，马尔罗本人当时没到过上海和汉口，他将自己在湄公河岸上道听途说的一些故事硬安到黄浦江畔了。我看不下去，但此书在西方影响很大。据说贝托鲁奇曾打算拍它，后来拍了《末代皇帝》。

🎙️芦　苇：可见外国人也是无知者无畏。

关于《狼图腾》①

🎙️王天兵：你好像跟法国人有缘。我们接着谈谈《狼图腾》，这是法国导演让·雅克·阿诺找你的。

🎙️芦　苇：他善于拍动物，拍过《虎兄虎弟》，还拍过《熊的故事》。

🎙️王天兵：他当初是怎么找到你的？

🎙️芦　苇：朋友推荐给他的，他就约我到北京见面。

---

① 本次谈话时，电影《狼图腾》尚未拍摄。

🎤 **王天兵**：阿诺和邀请你写《赤壁》的吴宇森有何不同？

🎤 **芦　苇**：不是一个文化层面。吴宇森是拍商业电影的，阿诺拍的是文化电影，他们的目的不同。

🎤 **王天兵**：阿诺的《情人》讲的是一个中国男人与法国少女的跨国、跨种族、跨阶级的爱情。

🎤 **芦　苇**：《情人》拍得不错。阿诺的电影拍摄手法娴熟，他本人给我的印象也很好，直爽、热情。我跟他讨论剧本的时候，感觉他电影素养不低，剧本是否有质量，他能敏锐地看出来。

我们前后谈了三次。他说找我不但因为我的编剧阅历，还因为我当过知青，与《狼图腾》的主人公有相同的经历。第三次谈得畅快，阿诺对剧本给予了热情的肯定。

🎤 **王天兵**：你跟小说作者姜戎见过面吗？

🎤 **芦　苇**：见过几次，包括他爱人张抗抗。

🎤 **王天兵**：聊得怎么样？

🎤 **芦　苇**：他跟我是同辈人。他告诉我，小说《狼图腾》出版十年来，在全球许多国家畅销，在中国的正版销量有三四百万册。

🎤 **王天兵**：但是近年来人们对它的评价越来越低。

🎤 **芦　苇**：有人认为它有动物社会学倾向，这是误解。小说讲了狼的生态环境被破坏，讲了草原大环境的退化带来的生存危机，这是它的主题。我不认为作者是在鼓吹动物法西斯主义，这是毫无根据的"大帽子"。

这本书提出的问题很尖锐，我对小说的写作技巧有不同的意见，但对它的社会学意义完全予以肯定。小说的人物塑造单薄了一些，但写狼的部分相当精彩。

🎤 **王天兵**：《狼图腾》其实很难改编，因为它的主角是狼。

🎤 **芦　苇**：小说里的主人公叫陈阵，是北京来的知青。小说通过他的眼睛，通过他的经历，讲人与草原狼的故事。

🎤 **王天兵**：你是怎样架构这个故事的？

🎤 **芦　苇**：我基本上是按照小说的顺序，使之精练化、戏剧化。

比如开篇，就和小说不同。那个时候有抱负、有情怀的青年都会唱《沁园春·雪》：北国风光，千里冰封，万里雪飘……在剧本里，陈阵昂首挺胸唱着这首歌出场，正在抒发豪情，忽然不唱了——狼群把他包围了！

这首歌代表了一个时代，一听这首歌，就知道他是"文革"时期的人，秦皇汉武、唐宗宋祖、一代天骄成吉思汗……他有理想主义情结，崇拜英雄，很有抱负。

🎤 **王天兵**：以人定胜天的豪情开局，以人必须敬畏自然的认知收场。但在小说里面，主人公陈阵对生态的关注过于超前，那个时代的人……

🎤 **芦　苇**：草原牧民的生态意识启发了来自北京的知青陈阵的思考。他的理想主义、革命激情也渐渐转化为对草原生态的思考与忧患意识，他与牧民融为一体了。

🎙 **王天兵**：我看过你的剧本第一稿。《狼图腾》的作者似乎特意回避了爱情内容。

🎙 **芦　苇**：我加了主人公与一个内蒙古女人的姐弟恋，在逆境与患难中他们彼此依靠。

🎙 **王天兵**：你的这个剧本是什么类型？

🎙 **芦　苇**：传奇正剧。这是有关生命环境的传奇故事，主题是大自然生态平衡被破坏的严峻问题。这是中国电影人无力面对的一个问题。

🎙 **王天兵**：人与自然的关系主题是中国电影最缺失的。

🎙 **芦　苇**：阿诺把这个担子挑起来了。

🎙 **王天兵**：这个剧本你写了多长时间？

🎙 **芦　苇**：大概写了一年。

🎙 **王天兵**：阿诺看后提了什么意见吗？

🎙 **芦　苇**：我写完提纲后他就提出了初步意见。写完第二稿提纲的时候，他继续跟我讨论。等我写完剧本的时候，他跟我逐场讨论，共花了五天时间，气氛热烈融洽。最后他很高兴，拥抱着我说这个剧本写得不错。

🎙 **王天兵**：他还会再接着改吗？

🎙 芦　苇：他还有两位法国的编剧合作者，主要是考虑到国外的市场。我没见过这两位编剧，所以不知道最后的版本是什么样子。

🎙 王天兵：《狼图腾》这部片子拍摄难度很大。

🎙 芦　苇：是，他要用 3D 技术来拍。

🎙 王天兵：内蒙古草原你去过吗？

🎙 芦　苇：我去过东乌珠穆沁旗和西乌珠穆沁旗，故事发生的地点也去了。我只能说国内电影界拍不出《狼图腾》这部电影，没有这个见识和魄力，也没有这个能力。

阿诺的《狼图腾》很值得期待，这是一部有文化价值的坚守与表达的电影，但不知其结果如何，我很是好奇。

- -

附记：芦苇点评阿诺版电影《狼图腾》

我和小说《狼图腾》的作者姜戎都当过知青，对上山下乡非常熟悉，因此我改编小说是有根基的，我的剧本中除了草原史诗的背景以外，还讲到了一段传奇爱情，可惜阿诺未能全用我的剧本。

如果和《末代皇帝》比较，同是外国人拍中国，贝托鲁奇拍出了一部中国史诗，他对中国的问题分析得很到位，电影特别有戏剧性，中国人看了会感到惭愧。但阿诺对中国知青这一代人的经历终究还是隔了一层，《狼图腾》"这锅饭"他给做夹生了，电影最大的问题是没有时代质感。《狼图腾》小说的可贵在于它表达了人与自然的关系问题以及揭示出草原退化的真相，但电影《狼图腾》回避了小说中深刻的主题和这些尖锐的矛盾，对中国的现实意义不大，缺乏史诗感，仅是一个一般的故事而已。

关于《李陵传》

🎤 **王天兵**：上次我们提到日本导演小泉尧史找你写《李陵传》，但未及细说，其实这个题材也涉及草原文化和农耕文化的冲突。

🎤 **芦　苇**：对于《李陵传》《狼图腾》这些在中国历史与现实中的敏感素材，国内导演没有兴趣。

🎤 **王天兵**：自己的金矿不知道挖掘。小泉作为日本导演，为什么对李陵这么感兴趣？

🎤 **芦　苇**：小泉导演是黑泽明的大弟子，给黑泽明当过多年副手与执行导演。他认为《李陵传》是大主题，讲一个人在民族冲突中身份转换的问题。

🎤 **王天兵**：《李陵传》也可以折射出中日之间的一些问题。

🎤 **芦　苇**：李陵的经历很独特，这给了他超越时代的视角。

🎤 **王天兵**：这段历史惊心动魄。李陵是一个非常复杂的人。

🎤 **芦　苇**：《李陵传》的故事本质上是关于草原文化和农耕文化的冲突，我们发现专制文化原来如此残酷，比如汉武帝对李陵的家人灭三族，非常暴虐，灭绝人性。李陵这种骁勇善战的名将跟很多战功赫赫的将领一样为君王所用，又为之所弃。

🎤 **王天兵**：李陵最后被草原文化同化了。

🎙芦　苇：他娶胡人为妻又生胡子，最后自己也完全变为草原人了。他说现在不是汉人抛弃了我，我最终也把汉人抛弃了。

🎙王天兵：胡汉冲突贯穿中国历史。唐朝皇族有突厥、鲜卑血统，汉人血统不足四分之一。

🎙芦　苇：《李陵传》牵扯到一个身份认同和背叛的问题，大有深意。

🎙王天兵：这些问题在当下也很尖锐。像斯诺登，美国政府骂他叛国，但他热爱美国。美国政府并不能代表美国人民。

我看了你的两万字提纲，故事有点像托尔斯泰的《哈吉穆拉特》。《哈吉穆拉特》讲的是十九世纪中叶，在俄罗斯和车臣进行拉锯战期间，既不认同沙俄又不愿归属车臣沙米里的第三者——哈吉穆拉特在两个种族、两种文化之间徘徊，最终死于非命的故事。

🎙芦　苇：《哈吉穆拉特》的题材较小，讲一个部落首领和几个随从在两个阵营之间穿梭历险，场面较小。而《李陵传》的场面很大，史载他率领五千步兵面对十万匈奴骑兵，步骑对战，以少胜多、以弱抗强，这是中国军事史上一个著名的经典战例。

🎙王天兵：如果用现在的技术还原这些大场面，一定好看。

🎙芦　苇：惊天地泣鬼神，李陵直至弹尽粮绝才被匈奴俘虏。匈奴人没有杀他，他们认为李陵是值得尊重的对手，是受到天神眷顾的英雄。匈奴人善待李陵，汉武帝却诛灭了他的全家。因此李陵质问："就这么一个昏聩苛酷的君王，我凭什么要为他尽忠？"其实中国人多有对家族的怀念，少有对君王的热爱。

🎙 **王天兵**：这个与张骞通西域的经历也有相似之处。张骞困在匈奴十年，娶了匈奴人为妻，最后又逃回汉朝。李陵和张骞的后代都是混血儿，他们使匈奴人带上了汉族人的基因。自古以来，胡汉一直在混血。正统儒家历史观强调华夷之别，刻意掩盖文化冲突和血脉融合。到现在，我们又在全球一体化的格局下重新寻找一种新的身份。《李陵传》后来怎么没有拍呢？

🎙 **芦　苇**：日本经济萧条，小泉导演原来的投资方撤了。

🎙 **王天兵**：这个剧本写完了没？

🎙 **芦　苇**：初稿写完了。

关于戈登与太平天国及其他类似题材

🎙 **王天兵**：你多次提过，想将戈登协助李鸿章镇压太平天国的故事搬上银幕。这又是一个外国人在中国的故事。

🎙 **芦　苇**：戈登在中国的经历很有传奇色彩，值得拍一部电影。按照以往的说法，他是一个帝国主义阵营的人物。我们连自己的反面人物都不能拍，拍这么个人可能是情理难容的，如果有机会的话，我希望能拍出一部像《阿拉伯的劳伦斯》那样气势宏大的史诗片。

戈登是英国职业军人，李鸿章花钱请他来，让他指导清军使用现代化的枪炮。他到中国以后组织了一支雇佣军，跟太平军作战，胜多负少，在镇压太平天国起义的过程中起到了重要的作用，这支军队被称为"常胜军"。

🎙 **王天兵**：他还是天津租界五大道的城市规划师。

🎙芦　苇：戈登的"常胜军"是一支独立的战斗部队，李鸿章给他发军饷，"常胜军"替清政府打仗。戈登的部队中有中国人、印度人，还有尼泊尔人。戈登是个冒险家，最后在非洲战死，这是个传奇人物。

他曾经接受李鸿章的节制，但最后跟李鸿章翻脸了，因为他与太平天国达成停战协约，只要太平军放下武器，停止战斗，就可免死。但当太平军践约之后，李鸿章却把太平天国的七个首领全部杀了，戈登不能原谅李鸿章的背信弃义，盛怒之下欲与李鸿章开战。李鸿章不理解他，他也不理解李鸿章。这里面涉及中西政治、理念与价值观的激烈冲突。

🎙王天兵：戈登为什么而战呢？是为了钱还是为了某种理念？他与清政府之间是纯粹的雇佣关系吗？

🎙芦　苇：他是纯粹的职业军人，按他的说法就是为军人的荣誉而战。

🎙王天兵：他跟弗朗索瓦有什么不同？

🎙芦　苇：弗朗索瓦是法国职业外交家，而戈登是英国职业军人，他们的使命也不同。

关于史迪威等来华洋人

🎙王天兵：二战期间中缅印战区的最高指挥官史迪威和戈登有类似之处。

🎙芦　苇：他们俩的处境大不一样。史迪威跟蒋介石互不待见，有一个文化差异的隔阂，也有互相之间个性的冲突。与戈登相比，史迪威没有实际军权，他虽然是盟军在华的最高司令，但中国的将领、军队都不听他的指挥，只听蒋介石的。戈登却有自己的战斗部队，他来自基督教文化圈，自认为是一个有原则的人，在一个实用主义的国度里，他困惑、纠结，文化冲突剧烈，这是他的悲剧。

🎤 **王天兵**：史迪威、戈登都是标准的西方军人，从某种意义上说就是我们所说的一介武夫，与蒋介石、李鸿章这样的政治家是无法真正相互信任的。

🎤 **芦 苇**：他们是互相利用的关系。太平天国是有火器的，但他们的炮队装备很落后。戈登的洋枪队是清廷引进的新型兵种，船坚炮利，战术先进，因此连连取胜，李鸿章在战场上要依靠他。

🎤 **王天兵**：我们谈到过《史迪威与美国在中国的经验》，这本书也能改编成电影。

🎤 **芦 苇**：我们要能给史迪威拍电影的话，一切真实历史人物的电影都可以拍了。

🎤 **王天兵**：其实史迪威坚持把军火分给八路军。包括这部书的作者——巴巴拉·塔奇曼本人，也是左倾的，她后来还写过《来自中国的笔记》，我看过英文版，她是同情共产主义革命的。目前，官方对史迪威的评价是比较正面的。

🎤 **芦 苇**：史迪威的原则只有三个字——打日本，是从反法西斯全面抗战的角度出发，他认为八路军在战场上能够起到牵制日军的作用。

🎤 **王天兵**：像弗朗索瓦、戈登这样的题材还有很多。

🎤 **芦 苇**：他们的经历可以折射出时代的真实面貌。

🎙️ **王天兵**：你在做电影梦的时候，还想过哪些外国人在中国的题材？

🎙️ **芦　苇**：太多了，传教士、医生、大学老师，用他们的眼光来看待中国，几乎都值得拍电影。

🎙️ **王天兵**：司徒雷登的经历就值得拍一部史诗电影。白求恩你考虑过没有？

🎙️ **芦　苇**：白求恩不是拍了嘛，只是把他拍成了主旋律式的人物，没有血肉，没有生命质感，因此影响力很有限。

🎙️ **王天兵**：中国人拍外国人，总拍得不像。

🎙️ **芦　苇**：每每落个画虎不成反类犬。

🎙️ **王天兵**：中国的导演也好，编剧也好，对西方人的精神世界不太了解。

🎙️ **芦　苇**：他们犹如来自两个星球。也有一些外国人在中国待了几十年而彻底被中国化了。

🎙️ **王天兵**：有些外国人对中国是爱在骨子里的。赛珍珠就是这样一个人，她在二十世纪七十年代中美建交后想回中国，但被拒绝，为此郁郁而终。她本人也是一个很好的电影题材。

其实，很多二十世纪来到中国的外国人是同情共产主义革命的，他们都是左倾的。比如我们谈过的韩丁，他是一个美国工程师，他的有关中国土改的回忆录《翻身》如果能拍出来也会很精彩。韩丁是一位坚定不移的社会主义者，他回到美国后还受到麦卡锡主义者的迫害；贝托鲁奇也是个著名的左派；

马尔罗也是，当年尼克松访华前还找到他了解中共领袖。我到美国生活多年之后才发现，在西方文化领域中，马克思主义思想、社会主义思想曾经很时髦，至今也代不乏人。

关于传教士薄复礼参加长征的故事

🎙 **王天兵：**这让我想起另一个外国人在中国的故事，想起你经常推荐的一本书，跟我们今天的话题也有关系，就是瑞士人薄复礼写的《一个外国传教士眼中的长征》。这本书由昆仑出版社出版。萧克将军专门为此书作序，并指出要正视这段历史，不必避讳。

🎙 **芦　苇：**这本书很有意思，写的是红军在长征时，萧克的部队红六军团抓了一个外国传教士——薄复礼。红军指望教会出钱把这个教士赎回去，用这笔钱做军费。

薄复礼跟着红军行军打仗有半年多的时间，他在书中讲了自己一路上的所见所闻。他发现萧克等年轻将领都是相当单纯的理想主义者，他们把中国的未来寄托在红色革命上，寄托在武装斗争上。他用自己的眼光去观察这些红军将士，视角非常独特。红军战士说人论事总是美化自己的理想、提高自己的身价。在传教士笔下，这一代人的所作所为格外真切。萧克将军为此书作序，看重的也是这点。

这个经历很有意思，抓了薄复礼之后，刚开始要价过高，教会拿不出这么多钱，谈了好多次，谈一次降一点，终于降到教会可以承受的程度。红军后来也查明这个传教士不是特务，对他也有同情之心，就把他给放了。

一个传教士看中国红军的长征，他的价值观、文化背景跟其他民众完全不一样。这是很好的电影题材，如果有机会的话，我是很愿意写这个剧本的，因为这一段故事太有意思了。

🎙 **王天兵**：这是一个多好的国际化、世界级大片的素材啊。

关于《岁月如织》

🎙 **王天兵**：1949 年之后的中国又发生了什么呢？这就是《岁月如织》这部剧作所讲述的。

🎙 **芦　苇**：《岁月如织》是《白鹿原》的姊妹篇，如果都能拍成的话，那我们就有一部完整的乡土史诗。《白鹿原》从 1904 年写到 1949 年，《岁月如织》从 1948 年写到 1998 年。我们还可以考虑第三部，从 1998 年到现在。

🎙 **王天兵**：我觉得要从 1998 年写到 2040 年，那又是四十多年。

🎙 **芦　苇**：我是活不到那个时候了。

🎙 **王天兵**：说说这个剧本的来历吧。

🎙 **芦　苇**：当初吴天明问我愿不愿意写一个陕西农村的戏。我十分感兴趣。但剧本写出来跟原著《农民日记》已经关系不大了，我只是用了它的人物关系。原著讲一对夫妻养育了五个孩子，以及这个家庭悲欢离合的故事。剧本其实是根据我在关中农村的生活经验写的，事件也变了，人物也变了，有的事件完全不同了。在我的剧本里，《农民日记》中的那个普通农村妇女变成了一个鲜活的戏剧性人物。

🎙 **王天兵**：可以把她想象成《白鹿原》里某家的一个媳妇。

🎙 **芦　苇**：她是一个延续。

🎤 **王天兵**：仙草（白嘉轩的媳妇）的女儿这一代人。

🎤 **芦　苇**：女主人公的原型现在还活着，已经七八十岁了。在剧作中，她刚刚嫁到这家来的时候完全是一个小媳妇，听话而柔顺。而到结尾的时候，她已成为一家之主了，是一个发号施令的主心骨。她修成正果了。

🎤 **王天兵**：这就是好莱坞编剧教程中常说的人物弧光，或所谓人物的戏剧性转变。生活中何尝不是这样？经历一场场动乱之后，男人们或死或残或疯，都丧失了精气神，最坚韧的反倒是女性，她们活下来了，承担起家族的责任。《白鹿原》如此，《飘》亦然，《红楼梦》也是这样。

🎤 **芦　苇**：上善若水。女人的柔性有水的力量，温柔却坚韧无比。《岁月如织》如果能够拍成电影的话，对关中农村这五十年的历史也算有一个银幕上的交代了。

🎤 **王天兵**：我看《岁月如织》的时候，感觉字里行间有如泣如诉的秦腔韵味，通读你的剧本一直可以感到那股气息。

🎤 **芦　苇**：《岁月如织》老道醇厚，耐人寻味，跟《白鹿原》一样，用了正剧的写法。正剧要写出戏剧性难度较大，要紧紧地抓住观众的兴趣，让他们一看便欲罢不能、非看不可。这是很考人的。《霸王别姬》也是这样，头三分钟就让人关注这个人物，让人放不下。在片名"岁月如织"出现以前，头几分钟的时间内这个女人的戏剧性、她的命运就令人怦然心动。观众会说世上竟有女人是这样结婚的，那就非看结果不可了。这是个硬功夫。

🎤 **王天兵**：这个场景你描述一下吧。

🎙 芦　苇：女主角十八岁出嫁这一天，她从娘家到新郎家去，路上遇到溃不成军的国民党部队、乘胜追击的共产党军队。当时新郎穿红戴绿，一身披挂，国民党溃兵不由分说地把新郎抓走当了苦力，押着他挑了两筐炮弹急忙溃逃。新媳妇的轿子也遭到国民党溃兵的抢劫，轿子和新媳妇的鞋都被抢走了。

在旧社会，新娘和新郎成亲前是不能见面的，他们原来住的地方也相隔很远，两个主人公就这样相遇了，在嫁娶的路上，但两个人互不认识。见面以后，新郎就问，你是哪个村的？你是谁？新娘一边哭着一边回答。新郎指着自己的鼻子说，我就是你的男人！你现在一直走，再走八十里路就是咱们家的村子，进去第二个胡同里面的第一家就是咱们家，你记住没？新娘连连点头说记住了，记住了。新郎说，你不敢走丢了啊。他忽然发现新娘还光着脚，鞋被溃兵抢走了，就把自己的鞋脱下来给了新娘，让她穿上这双鞋去他家。

国民党溃兵敲打新郎官，吆喝他赶紧走。新娘的东西被抢光了，嫁妆都没有了，只剩下一个溃兵不要的东西——织布机，成了她唯一的陪嫁。

在关中平原的沟壑里，一个小女子背着一架织布机，渺如蝼蚁，缓慢地在大地上挪动，然后出片名——岁月如织。

🎙 **王天兵**：故事的头五分钟凝练、电影性强，时代背景、人物、主题、贯穿道具都有了。

🎙 芦　苇：三个月以后，她男人回来了。三个月的拉夫折磨使新郎衣衫褴褛、面容憔悴，跟叫花子一样，新娘已经认不出他了，只当他是要饭的，说你讨吃的我给，可别进我家门。新郎饿坏了，直接进灶房，拿着馍就狼吞虎咽。新娘训斥他说没见过你这么要饭的，这是抢饭！你怎么到人家里见什么就吃什么啊？新郎说，你看我是谁，我是你男人！女主人公仔细一看，把脸一捂，跑了。

《岁月如织》就这样开场了，剧情一波紧接着一波，层层推进。这个故事布满了戏剧的冲突与悬念，让人欲罢不能。

🎤 **王天兵**：《农民日记》原著我在网上看了几段，琐碎得像流水账，感觉无法改编为电影。

🎤 **芦　苇**：编剧要在难以卒读的流水账里面发现真实生活的戏剧性，找到一种真切的理解，这需要功力。

🎤 **王天兵**：《岁月如织》和《活着》有相似之处，对吗？

🎤 **芦　苇**：《活着》是散点式，而《岁月如织》是焦点式，中心事件是女主角与丈夫及家人的关系。

🎤 **王天兵**：《岁月如织》中讲到，土改时他们要分地主的东西了，男主人公把分到手的地主的家具搬回家，他妈就说从哪里拿的就送回哪里去。

🎤 **芦　苇**：日记上没有这个，这是我家的事。打土豪、分田地的时候，我外爷白天分了两把椅子，他不敢要，又不敢不要，左右为难，半夜三更大家都睡着了，他偷偷把两把椅子给地主送回去了。这是我外爷的真事，我把它写到剧本里面了。

🎤 **王天兵**：在你的剧本中，男主人公的母亲给我的印象最深的是她对传宗接代的重视，她是白鹿原人的直系后代。

🎤 **芦　苇**：在剧本中，1960 年的时候，家中一个孩子养不活了，要送给别人。老太太哀怒交加，说那是我的孙子，亲骨肉怎么给人了？我不活了！

《岁月如织》和《白鹿原》可以连起来看，这两个剧本把农村人的生存状态雕刻下来了。目前，我们的电影已经丧失表达先辈生活的能力了，甚至完全不理解了，中国电影好像天外来客一样与现实相距十万八千里，上不挨天、下不着地。

🎙 **王天兵**：中国现代史可谓五年一小变、十年一大变，中国的电影跟不上节奏，不是失语就是粉饰，或者歪曲……

🎙 **芦　苇**：时局巨变。忽而就把地主的东西分了，忽而就把自己的家产都充公了，然后又分回来了。在改革开放以后，土地又重新分回来了，那正是男主人公之前被分出去的地，原封不动，这是有象征意义的。在这个如变戏法一般的时代进程中，农民丧失一切，土地也没了，牛马等牲畜也没有了，改革开放后又失而复得，犹如坐过山车。

🎙 **王天兵**：你这个剧本要接着写的话，他们可能要面临城市化了。

🎙 **芦　苇**：他们的土地被置卖了，搞开发区了。这是今天的故事。

🎙 **王天兵**：你把它改编成一个正剧，跌宕起伏，和历史画卷交相叠应，难度非常大。

🎙 **芦　苇**：当时吴天明要三千万投资，投资者只给他一半，这哪儿够？差一倍呢。现在所有导演和制片人都在问一个煎熬的问题：观众要看什么？其实，答案很简单，观众要看的是能够触动他们情感的真情实意的故事，观众要看的是真实岁月。

我不担心《岁月如织》的票房，原因就在于它的故事与人物货真价实，非常实在，不是凭空捏造出来的，不是制造谎言。谁都爱听实话。

关于《沂蒙母亲》

🎤 **王天兵**：土地的故事可以接着讲下去。我们谈谈《沂蒙母亲》这个剧本，也是关于抗战期间军民关系的，是个主旋律，但也涉及土地、农民。借着这个契机，我们也顺便把它的来龙去脉说一下。

🎤 **芦　苇**：《沂蒙母亲》中主人公的原型是抗战时期山东临沂的一个普通农民，叫明德英，她是一个看坟人的老婆。过去农村有祖传的家族式坟地，由家族祠堂出钱雇一个人看坟，她丈夫就是干这个的。明德英是一个聋哑人，1940 年鬼子"扫荡"的时候，她救过两个八路军战士的命。

当时山东的某些农村有个风俗，就是人没死时先把坟地给置办好，棺材也买好，家里有点钱的就给自己搞个阴宅。她丈夫看护的坟地里边有阴宅。日本人"扫荡"的时候，她把一个受伤的八路军小战士藏在这里了。

小战士受伤昏迷了，要水喝，但阴宅里没有水，日本鬼子拉大网"扫荡"，她出不去，当时她正在哺乳期，有奶水，情急之下将自己的乳汁挤进了小战士的嘴里。就这一段戏，足可以惊天地、泣鬼神，流芳百世。

🎤 **王天兵**：但这个农妇给八路军喂奶的故事早就老掉牙了。

🎤 **芦　苇**：是低能的写手把这个故事讲失色了。今天的人很难理解，这是人在艰难困苦的环境中、万般无奈的情况下的一种本能举动。

🎤 **王天兵**：类似这样的故事出现在二战时期拯救美国空军的行动里，出现在越战战场上，等等。反正这样的情节已很俗套了，你怎样把这样一个俗套变成一个感人的故事？

🎤 **芦　苇**：事情怎么发生的就怎么写，写得真实自会感人。

🎤 **王天兵**：这是真实的故事吗？有当事人的回忆录吗？

🎤 **芦　苇**：故事绝对真实。当事人已经过世了。这种题材应该拍成纪实类型。

🎤 **王天兵**：她给八路军战士喂奶的时候，她孩子呢？

🎤 **芦　苇**：她丈夫在那儿管着，给孩子喂的是糠皮糊糊。当时她丈夫不敢去救她，因为人都猫藏在屋里面，一走动日本兵就会发现，谁都不敢动。战士流血很多，没有水就会死，她想挽救这个战士的性命。她在阴宅里面搞不到水，因为根本出不去，实在无奈，毅然解衣喂哺。

🎤 **王天兵**：他们在阴宅里藏了多长时间？

🎤 **芦　苇**：在剧本里，前后实际发生的时间也就是一天一夜。

🎤 **王天兵**：那你这个故事的时间跨度是多长？

🎤 **芦　苇**：大约三年，她先后救过两个人。

🎤 **王天兵**：这是一个主旋律的题材。

🎤 **芦　苇**：是低能写手辜负了主旋律题材，还是主旋律题材辜负了优秀作者？我就想用这个题材来证明，是创作者的能力问题。

🎤 **王天兵**：这个剧本你写完了吗？

🎙️ 芦　苇：梗概写完了，写了六张纸。

🎙️ 王天兵：《沂蒙母亲》讲了民众和八路军的关系、农民和革命的关系，这和《白鹿原》《岁月如织》也有关联。

🎙️ 芦　苇：《沂蒙母亲》的舞台没那么大，就集中在村落里看坟地的一家人和两个八路军战士身上，但其意义一样重大。

🎙️ 王天兵：真正的戏剧冲突是什么？是给小战士喂奶吗？

🎙️ 芦　苇：这是一个非常具有戏剧性的场景，是非常罕见的事件，给一个陌生的伤员喂奶，这需要一种对生命的怜悯的本能与博爱的能力。

🎙️ 王天兵：这个情节似乎也不足以支撑起一个剧本。

🎙️ 芦　苇：这是华彩乐章。这个故事非常曲折。她丈夫带着这个小战士出门，被日本人抓去当劳工修公路。日本人在审查他们的时候，他们以父子相称，混过一关。

🎙️ 王天兵：这实际上是讲军民鱼水情。

🎙️ 芦　苇：这是性命交关的事情，记住"性命交关"这四个字的分量。

🎙️ 王天兵：老掉牙的主旋律题材。

🎙️ 芦　苇：是谁把这个生死攸关的事件做成了老掉牙的俗套的？这倒是一个社会文化学的好题目。

🎙王天兵：这个东西很难拍。

🎙芦 苇：有些主旋律是因为拍得太烂、太伪善，早已失信于民了。真正的人性是闪光动人的。

🎙王天兵：把《沂蒙母亲》《白鹿原》和《岁月如织》连在一起看，农民对革命是全身心的拥护、支持。

🎙芦 苇：农民单纯而淳朴，本能地觉得战士这条命可怜，于是心生悲悯。只要他打日本人，就是好人，就得相救。明德英也搞不懂什么八路军还是几路军，对她而言太复杂了。这个农村妇女是聋哑人，她只认一条理：打日本人的是好人，理应相救。

🎙王天兵：她有这样的觉悟吗？

🎙芦 苇：与其说是觉悟，不如说是本能。当她看到一个垂死的人时，本能地就去相救。这是善良的人性与本能才有的光辉。

🎙王天兵：这是谁找你写的？

🎙芦 苇：山东临沂地区的一个宣传部领导来找我，让我写。等我写完以后，他退休了，这事就没人管了。

🎙王天兵：这是临沂的一个传奇吗？

🎙芦 苇：她的事迹当时湮没无闻，在七十年代以后才重新获得重视，她被称为"沂蒙红嫂"。当地宣传她，给她塑像。她的儿子和孙子现在还都健在。

🎤 **王天兵**：能不能和《白鹿原》《岁月如织》放在一起谈？

🎤 **芦　苇**：都是乡土生活的真实故事。这个老太太绝对想不到自己做这件事的伟大意义，她出于本能救人一命，她想自己是在积德行善，救人一命胜造七级浮屠，她想不到那么深远。她为爱而爱，不是意识形态的选择，也想不到这是一种道德选择。她是俄国作家列斯科夫所说的那种"不论当前还是今后，都不为追求报答而自我牺牲"的人。

🎤 **王天兵**：就是受到天良的召唤？

🎤 **芦　苇**：人性本能的召唤。

🎤 **王天兵**：你只写了一个梗概？

🎤 **芦　苇**：但主要的故事都在里面。

🎤 **王天兵**：有人投资吗？

🎤 **芦　苇**：我今天中午还在跟人商量这个题材。如果有条件的话，做这个才有价值。主旋律是可以拍好的。主旋律有它的价值，只不过有些人太低能，情商缺失，智商不足，拍不了主旋律而已。别忘了电影史中《战舰波将金号》也是主旋律。

🎤 **王天兵**：《图雅的婚事》不也是来自央视纪实栏目嘛。

🎤 **芦　苇**：是的。

🎙 **王天兵**：图雅、明德英、田小娥和《农民日记》中的女主人公各不相同，但都有农村妇女的坚韧与宽厚。

🎙 **芦　苇**：过去总用大地来形容母亲，用母亲来形容大地，两者是一体的。母亲孕育了我们，母亲就是我们的大地，值得我们感恩，值得我们流泪。

🎙 **王天兵**：所以你这几个剧本内容都是相关的，《白鹿原》《岁月如织》《沂蒙母亲》《图雅的婚事》。

🎙 **芦　苇**：都在讲中国的乡土上的人物故事以及他们的魅力。中华民族是非常有魅力的民族，中华文化是非常有魅力的文化，不要轻视它，不要忘记它，不要跟它有隔膜，我们应该对母亲有敬畏之心。

🎙 **王天兵**：在电影界，像你这样自觉又有能力再现乡土的人不多。

🎙 **芦　苇**：我希望有更多的志同道合者一起努力。

附记1：读《岁月如织》电影剧本

——王天兵

2009年，芦苇的剧本《岁月如织》交由相关人士审读，回复评价不高，一是故事老套，二是人物脉络不清，三是担心没有票房，并责令返工修改。我也要来一读，并将感受告诉芦苇。芦苇让我写一篇短评，并用传真发给审读者。下面就是我的短评。

对当代电影人来说，《岁月如织》电影剧本的叙事也许有些老派，故事中的这段历史也好像是稀松平常的，有人甚至可能会觉得叙事方式缺乏新奇感。

而我却是含着泪水读完这个剧本的，这是因为剧本中本质醇厚、饱经劫难却生生不息的关中农民，更是因为这个剧本的史诗气质。是的，"史诗"二字已被用滥，可这个剧本却货真价实，这表现在编剧对剧本中五十年历史的全局把握，尤其表现在剧本拥有史诗才具备的完整、扎实的结构感，前面的场景已经催人泪下，而后面部分更是让人感慨万千。

也许，故事一开头并没有特别吸引人的场面和人物冲突，这些场景甚至会让人感到故事的主题未免陈旧，因为它讲述的农村婚礼和国民党溃兵拉夫的情节早已司空见惯，但在这开头的叙事中已经蕴含了全篇的脉络和主题。

首先，贯穿始终的是以农业经济为基础的宗法社会中最平常的传宗接代、夫妻伦常的问题，这个主题并不新奇，也被无数人写过，但几乎没有一个编剧具备芦苇这种能力。他不但从容细致地将个人的婚丧嫁娶、生儿育女与严酷的历史进程相互叠印，而且将三代人的观念演变和生存环境的冲突写得历历可见。

让我热泪盈眶的第一个场景是剧本第七十八、七十九页王母去世的场景：当眼睛已经无法辨认亲人的王母听儿子假装孙子告诉她孙媳怀孕的消息后，口齿不清地喃喃自语道："天胜孝顺，让婆四世同堂，婆这辈子……有福……婆见了你爷，有交代了……"然后如释重负地嘘了口气，溘然长逝。这看似虚妄的老辈人的人生寄托在残酷的阶级斗争中，显现出力敌千钧的人性力量。

其次，编剧条理分明地勾勒出夫妻之间的角色互换——男主人公作为一家之主出场，而女主人公作为一家之主结尾，这其中已经蕴含了无数生存的无奈、命运的捉弄和历史的沧桑。

另一处感人的场景发生在剧本第八十九页：当女主人公历数四十年来分地、入社，直到重新包产的往事后，男主人公说："我不哭。咱这一辈人，就摊下这当试验田的命，哭了笑了，都得认这个命呀。"这些平平常常的话语却无法不让人为他们所经历的无谓"折腾"哽咽。

如此说来，不被读者察觉而贯穿始终的脉络还有家传织布机、王母棺材、祖传果园、农村中读书人的地位、王生录和李宗汉的关系，等等。给人印象最深刻的是编剧对主题和叙事线索的驾驭能力。实际上，剧本前半部分的每一个场景都在后半部分得到回响，而后三分之一的每一句话都与之前的发生共振，剧终是交响乐才能实现的交相辉映和悲欣交集。

这实际上是福楼拜、狄更斯、契诃夫、托尔斯泰等十九世纪的文学巨匠们所擅长的叙事手法，也是大卫·李恩、贝托鲁奇、黑泽明、科波拉等二十世纪的电影大师们所借重的类型方式。而这种看似朴素平常、老老实实的电影叙事类型却在中国影坛完全消失了，亿万元的投资虚掷在廉价的剧本上，目之所及都是咋咋呼呼的活报剧、鸡零狗碎的小品集合、为屁大点事就哭哭啼啼的肥皂剧、虚假空洞的正剧和土头土脑、不中不洋的商业大片。中国电影已经没有史诗类型了，中国电影人也丧失刻画人物的能力了，由此，芦苇所擅长的这种最需功力的电影类型竟然成了一个异数和另类。可以想见，在当今这种情境下，《岁月如织》这样的电影剧本会有什么样的反响。那些忙忙碌碌的电影包工头们不但自己在人物刻画、情节安排上偷懒取巧，而且已经丧失了起码的阅读故事的快感和对戏剧品质的判断能力。

如果说芦苇改编的《白鹿原》描写了关中平原从清末民初直到新中国成立初期将近五十年的历史，那么《岁月如织》则描写了从1948年到1998年的又一个五十年历史，后者无疑是前者的姊妹篇。这部电影剧本是芦苇试图用影像再现乡土中国的又一次努力。芦苇曾多次表示，中国作为一个乡土国家，却缺乏一部像样的、对得起受苦受难的农民的乡土电影。作为一个陕西籍艺术家，他真心希望能用一部作品回报生于斯长于斯的土地。在《白鹿原》和《岁月如织》电影剧本中，我们都能听到原汁原味的关中秦腔、陕西土语，让人既觉得过瘾，又为这样活泼生猛的语言竟然没有被电影人留意过、关注过、强化过以及向世人展示过而感到惋惜。真是愧对陕西这片沃土!

附记2:《龙的亲吻》电影剧本梗概

在电影圈,所谓电影剧本梗概,是一种有特殊功能的文体,一般三千到五千字,要将电影中的主要人物和事件交代清楚。作为编剧,在剧本写作前会先写一个梗概勾勒故事全貌,这样便于与导演、制片方沟通修改,免得剧本完成后做不必要的返工。在剧本完成后,编剧为了维护版权,只向投资人和制片方等公开梗概,便于他们了解剧本的内容和类型,如果对方有诚意,再进一步协商购买剧本版权、阅读剧本等事宜,如此避免了剧情泄露,起到了保护编剧著作权的作用。

写作剧本梗概也需要功力和技巧,要把数万字的剧作压缩在数千字内,不遗漏剧作中重要的情节点,让人感到剧作的分量和特色,需要全局在握、条理清楚地解析剧作。

《龙的亲吻》剧本的版权已被相关公司购买,不便发表。以下梗概是芦苇为了便于与投资方沟通剧本而写的,收入本书是希望帮助读者体会剧本梗概的要素和写作方法,也希望能引起有识之士的重视,尽快投拍。

——王天兵

"文革"运动中"忠"字舞如火如荼。一位年逾九旬的老妇被揪到舞蹈学院交代历史问题。这个老人叫容龄,她的往事如烟似梦,她坦陈曾与"龙"亲吻。

容龄是大清驻日本公使龙庚的女儿。她七岁时在一桩著名的政治刺杀案中受到惊吓,患上精神阻断性瘫痪病。后因父亲调往法国,她也随之来到巴黎。

坐在轮椅上的容龄让父母焦虑难安，从医学院士到江湖巫士都请遍了，她的病情就是不见起色。听闻世界头号神医——俄罗斯人拉斯普京来到巴黎，龙庚夫妇送上重金指望他救治女儿。

拉斯普京的豪宅夜宴花天酒地，容龄被一位英姿勃勃的舞女的舞蹈深深吸引。拉斯普京断言容龄的灵魂被魔咒化为石头，不可挽救，让容龄母亲与他做爱再生一个俄罗斯血统的小天使。突然舞女冲过来抢了拉斯普京两个耳光，怒气冲冲地讨要工钱之后扬长而去。她叫邓肯，是伊莎贝尔舞蹈学校的校长，现代舞蹈的创始人。

容龄迷上了邓肯。龙庚出钱将她送到伊莎贝尔舞蹈学校当旁观者，只为让女儿开心快乐。

邓肯教授舞蹈的方法是让学生投身于大自然，用心灵感受，用生命舞蹈。她与学生们在湖光山色中排练的《俄狄浦斯》意境奇妙，学童们在恣意的欢快中推着容龄的轮椅飞跑，结果乐极生悲，容龄和轮椅坠入湖中。

邓肯跳下水将容龄救出，在朵朵睡莲中，两人宛如一对水仙。

为防意外，邓肯不能再留容龄了。临别时，容龄哀求说，难道不可以留我演一只失去翅膀濒临死亡的鸟儿吗？残疾女孩绝望的肢体动作深深震动了邓肯。

邓肯用融融爱意与不懈努力训练容龄，希望她能恢复正常。虽然屡试屡败，但她终不放弃。容龄筋疲力尽，在挽跑训练中跌倒，磕掉了门牙，在惊痛中，她不觉自己竟然起身去寻找落牙。邓肯目光盈盈，为眼前的奇迹而感动落泪。

容龄出落成开朗美丽的少女（十九岁），成为舞校演出的台柱子。她站在埃菲尔铁塔顶端，盛装招展，让哥哥龙昶拍照，高呼："邓肯我爱你！巴黎我爱你！"

年少倜傥的亲王载顺途经法国，对容龄一见倾心，送她名贵钻饰，龙家受宠若惊。

龙庚陪载顺去大剧院开眼，未料看到容龄与邓肯在台上跳泰坦尼亚双人舞。载顺认为容龄着装暴露，有伤风化，龙庚顿时惶恐。

龙庚责令女儿不准再跳舞，容龄不服，被关了禁闭。容龄以绝食对抗，索性装疯卖狂乱砸东西，吓得龙庚只得任由她去。他认定女儿中了邓肯的邪术，无药可救了。

容龄在巴黎舞台上大放异彩。

龙庚接到朝廷诏命，要他带着容龄回国。龙庚恐有不测，安排容龄装病留在海外。

远航客轮启程的最后时刻，容龄来到父母身旁。她不忍抛下双亲，要与全家生死与共。

颐和园重重的大门沉沉开启，容龄来到神秘莫测的皇家宫禁之中。她忐忑不安地来到颐乐殿，西太后正在赏看昆曲《西厢记》，光绪皇帝站立侍陪，形同木偶。

容龄惊讶地看到西太后突然起身直奔戏台上去罚太监戏子自掌嘴脸，又亲自展现身段、唱腔以示正范，把少女怀春演得淋漓尽致。容龄心驰神往，钦佩不已，未料光绪冷然用英语对她招呼："你来到地狱了。"

西太后细细端详容龄，顿生爱意，她试穿容龄的洋裙、洋鞋，乐不可支。容龄用从法国带回的古龙牌染发水将西太后的白发变成青丝，大得西太后欢宠。

庚子事变后，西太后迫于国际压力而改行新政，需要一位可靠的旗籍女性翻译官侍奉身旁，载顺乘机公事私办举荐容龄入宫当差，以图近水楼台先得月。

西太后在海晏堂大办豪宴招待各国公使夫人。席间公使夫人们纷纷发问政局要害，西太后左右受攻难以招架。容龄急中生智另出奇招，她手持响板跳起一曲西班牙舞，转移了公使夫人们的兴致所向。

西太后龙心大悦，说保住她的颜面就是保住了朝廷的颜面，赐容龄为御前第一女官，与李莲英品秩同等。容龄讨求跳舞的差事，西太后委派她去管理专司唱戏的升平署。

容龄投入到传统国戏舞蹈的学习研究中，如鱼得水，乐此不疲。

西太后视容龄为心腹，派她以教英语为名去监视光绪帝。

容龄进入光绪书房，迎面一部《圣经》砸过来。容龄指责光绪对女人无礼，两人不欢而散。

西太后赐给容龄珍珠金丝披风，将她指婚给载顺亲王。容龄对未来的幸福满怀憧憬。

光绪对容龄冷傲排拒，极不待见，容龄亦不示弱，公事公办。她问及珍妃的死因，光绪答："问西太后去。"

各国使馆索要西太后的照片以供瞻仰，西太后认定这是摄取她灵魂的阴谋。容龄现身说法打消她的疑惧。

光绪为珍妃招魂，才得知珍妃是怎样惨死在西太后手中。

西太后用容龄当替身试验拍照，并占卜打卦照相是凶是吉。

容龄追问珍妃死因，光绪说西太后仇视他，是因为他志在维新挽救大清的命运，不肯当愚蠢的傀儡，珍妃是为他而死的。

西太后见容龄拍照后安然无恙，且卦卜大吉，下定决心与时共进，以为国捐躯的凛然神情盛装拍照。

容龄对光绪深为同情，当她得知珍妃至今仍暴尸井中不得安葬时，指责光绪懦弱不争。

容龄蓄意为西太后演昆曲《鬼怨》一折，西太后受到惊吓卧病在床。容龄装神弄鬼称被珍妃鬼魂附身，西太后不寒而栗，急忙委派容龄厚葬珍妃。

光绪追问珍妃归葬的详情，容龄不忍回答。光绪悲痛交加，如同溺水般紧依着容龄，发出惨不忍闻的哭号。

西太后拍照片上了瘾，四处摆拍留影。朝廷急报日俄战争在中国土地上开仗。

容龄告诉光绪日俄战争的相关消息。光绪忧愤焦虑，叮嘱容龄注意西太后举动。容龄自嘲她变成了双面奸细。

西太后处理国难的方略是将一棵冬季开花的大树刨根烧灰深埋三

丈，并给容龄放假一天。

容龄问光绪嫁给载顺好不好，光绪说不论好坏，太后指婚都无可逃避，但细数之下，西太后的指婚竟没有一桩是有好结局的。

容龄在哥哥的陪同下满怀欣喜地去找载顺会面，他们在广和戏楼一间幽暗的密室里找到载顺，他正吞云吐雾狂抽鸦片、狎玩妓女。容龄决绝地卸下钻饰，摔到载顺脸上。

容龄万念俱灰，光绪动情劝慰。两个绝境中的人身不由己地相互依偎。

西太后命容龄速婚。容龄以筹典西太后七十大寿为理由推挡。容龄苦心设计了七仙女下凡祝寿舞，西太后看得心醉神迷，容龄拖婚得逞。

容龄与光绪相拥起舞，吐露出彼此的爱意。

隆裕皇后告发光绪私看《圣经》，容龄挺身承担，说那是她教授英文所用。西太后泄愤处死了四名当值太监，同时放飞了三千只鸽子以修慈悲功德。

昆明湖上焰火缤纷，举行盛大的溜冰会，容龄为西太后献上精心排练的冰上舞蹈《龙舞吉祥》，西太后豪气冲天地抛撒大把银圆放赏，《龙舞吉祥》乱成了一锅沸粥。

西太后乐极生悲，突发晕厥，颓然倒地。

西太后垂垂待毙，恍惚中说出宠爱容龄的秘密，说她神形活脱就是当年让先皇怦然心动的少女兰儿，看到容龄就看到了年轻时的自己。

容龄将西太后病危的事告诉光绪，他信心十足地说老妖婆一死，他下的头道圣旨就是废除容龄与载顺的罪恶婚约以正天下风气，让有情人终成眷属。容龄与光绪深情接吻。

西太后病重返回故宫，将光绪囚禁在瀛台孤岛，与容龄不得相见。

爱情在容龄身上燃烧，她把激情化为舞蹈，深信光绪无处不在地凝望着她，他们的幸福如喷薄而出的红日不可阻挡。

容龄在日出时分在瀛台对岸练红绸舞，李莲英带人抬着巨大的棺灵过来。她问李莲英要将西太后移放何处，李莲英的回答似晴天霹雳：棺灵里躺着的竟是光绪。

李莲英说，这是西太后早就安排下的定数，光绪是不能死在她身后的。

容龄僵愕无语，手中红绸悠然飘落到水中。

从那以后她再没有跳过舞了。蓦然回首，舞台上红绸翻飞如潮，年轻的容龄手持彩练当空而舞。

漫谈戏曲与民歌

芦 苇 王天兵

芦苇是改革开放以来最早致力抢救戏曲和民歌的电影人，四十年来，作为职业电影编剧，他把大量的时间和精力投入民间音乐，比如昆曲、老腔、蒙古长调和陕北民歌的采集、整理和研究上，他将这些收获融入他编剧的电影《黄河谣》《霸王别姬》《活着》《图雅的婚事》中，不但赋予影片以灵魂，音乐本身也大放异彩。但芦苇的这些经历和心得却鲜为人知。2014年12月30日下午至31日下午，芦苇和我在西影厂家属院芦苇家中第一次系统地回顾了他在戏曲和民歌方面的丰富阅历。本次谈话之前从未发表。

读者在阅读这篇谈话时，不妨听一听其中提到的乐曲，会是一种享受。

——王天兵

用电影来抢救民乐

🎙 **王天兵**：今天我们要谈谈民歌和戏曲，这是两个不同的概念。

🎙 **芦 苇**：是的，一个是抒情的，一个是叙事的。民歌多为抒情，非常自由，不受情节限制，而戏曲以叙事为主，有严格的规定，必须有角色出场。

🎙 **王天兵**：据调查，直到民国时期，90% 的中国人都不识字，传承历史、表达感情都是靠戏曲和民歌。尤其在农村，那时 99% 的人是文盲，不读书、不认字，都是靠民歌和戏曲怀念祖先、弘扬正义……扫盲运动、普及义务教育之后，民间乐曲的这种功能渐渐消失了。

🎙️ **芦　苇**：现在到内蒙古去，很多小孩不会唱长调，只会唱流行歌曲。很多藏族的小孩也是这样，不会唱传统民歌了。我们谈话的目的是呼吁当代人从丰富的民族文化、历史文化里面吸取养分，这是最可靠的资源，因为是我们血液里面的东西，因为能把情感寄托在里面，所以它格外珍贵。民歌是一个取之不尽、用之不竭的浩瀚海洋，但是当下与我们传统文化的很多资源一样被忽视、被遗忘了，正随着时光逐渐消亡。

🎙️ **王天兵**：说起戏曲、民乐和民歌，我才是个文盲呢。你今天给我扫扫盲吧。咱们从你最早开始接触的戏曲、民歌谈起吧，从你第一次被感动开始，索性放开谈，说到哪支曲子就用你的音响放放，说到哪儿算哪儿。

🎙️ **芦　苇**：我对民歌的爱好是与生俱来的，也有点受家庭影响，因为我父亲是一个音乐爱好者。那时候他在西北局工作，礼拜六多有晚会。我从小就听了很多音乐，看过西藏歌舞团、新疆歌舞团、日本前进座剧团、阿塞拜疆歌舞团的演出，还看过苏联芭蕾舞《天鹅湖》。我大概从八岁起就大开眼界，对我以后的创作有潜移默化的影响。

"文革"前有一部新疆的电影，拍得很烂，但是片头是新疆民歌，给我留下了终生难以磨灭的记忆。直到去年我到四川出差，才在成都淘到了这个影碟，虽然歌词平庸，但歌曲的旋律非常动听，使我大受感动。"文革"中我又接触了昆曲，还跟马长春老师学过《桃花扇》唱段，受益匪浅。

🎙️ **王天兵**：再回到你父亲，他对你的音乐启蒙还有哪些？

🎙️**芦　苇**：我父亲在延安时期给边区政府主席林伯渠当过司机，参加过冼星海主办的音乐普及班。他还会拉小提琴，他说小提琴的面板和背板的木料是非常讲究的，要用枫木或用什么木做才行。"文革"的时候，他被关在陕北南泥湾五七干校，附近长满了林木，他居然把材料找着了。他手很巧，自己做了一把小提琴。他还买过全套的广东音乐资料，像《金蛇狂舞》《旱天雷》《昭君出塞》《小桃红》，我从小耳熟能详。他用陕北的土纸抄过五线谱，"文革"时都被抄走烧了，很可惜。

🎙️**王天兵**：这是民间戏曲吗？

🎙️**芦　苇**：是风靡一时的广东民间音乐。广东是有优秀民间音乐传统的一个地方。民间音乐和戏曲曲牌有密切的关系。

🎙️**王天兵**：为什么广东这个地方的民乐这样丰富？

🎙️**芦　苇**：这与广东地区的商埠开发较早有关系，民间自发的音乐组织相当活跃。开埠之风也带来了音乐的传入与开放。

🎙️**王天兵**：什么时候开发的？

🎙️**芦　苇**：晚清的时候。其实民间的乐社几乎全国各地处处皆有，谁以这个为生，就叫乐户了。过去民间音乐各地都有，大多是自生自灭，比如说陕西，过去民间乐社很多，像西安的东仓鼓乐社、周至的集贤鼓乐社，现在已日薄西山，快后继无人了。广东的民间音乐保留得比较完备。

民间音乐的研究工作到"文革"时期基本就中断了，很多民间音乐现在已经失传而无人知晓了。中国的民间音乐资源如果再不挖掘保护的话，基本就消失了，在电视和流行音乐盛行的时代，它很难存活。我们可以把民族音乐资源电影化。这是我多年来一直在追求、一直想做的事情。

🎤 **王天兵**：你是啥时候开始到下面去采集戏曲的？

🎤 **芦　苇**：1989年，西影厂让我拍一个纪录片，我就租了一台机器乘机把碗碗腔与老腔的老艺人演出拍下来了。我当年拍摄过的老艺人如今绝大多数已经不在世了。拍他们的时候，我三十多岁，他们已是五六十岁，现在已经几十年过去了。

当时华县（今陕西省渭南市华州区）有一个碗碗腔戏班，耍皮影最好的老艺人叫芒娃，他的形象可以在《活着》里面找到。我去过他家，跟他是很好的朋友，他也来过我家。还有一个碗碗腔唱得很棒的潘京乐，我去过他家好几次，他也来过我家，我们也是很好的朋友，他现在已经八十多岁，记忆力不是很好了。这些资源，电影圈的人缺少研究、缺少关注，在传统音乐方面，电影人多为文盲。

🎤 **王天兵**：中国电影圈的人怎么会对民间文化、传统艺术如此麻木？

🎤 **芦　苇**：有一个事实必须承认，那就是中国电影人的文化艺术素养普遍偏低。美国人历史短，缺少历史文化资源，但美国人充分利用了它，光看《教父》，意大利社区的文化生活、社区音乐，意大利移民的口语、日常习惯，教会的音乐，一应俱全，非常饱满。

我们几千年的历史资源，在电影里面却见得很少。这几年好些了，各地区已经比较注意保存自己的文化遗产了。他们也在把这些元素往电影里加，但嫁接得还不是很成功，传播不出去。

电影圈对民族传统音乐的无知无觉是中国电影没有文化特色的原因之一。

🎤 **王天兵**：据我所知，这么多年来，在电影圈里，这些方面的事好像都是你一个人在弄，其他人都不知道在忙啥。

🎙️ 芦　苇：陈凯歌忙于《搜索》，张艺谋忙于《归来》，看了就知道他们忙啥了。再看看他们以前的《霸王别姬》与《活着》，都用电影的方式把民族音乐传承下来了。《霸王别姬》就把京剧和昆曲的魅力展现给观众了。现在无论国家还是民间，都在重新认识昆曲，除了白先勇先生的不懈努力与呼吁，电影《霸王别姬》也起了很好的推动作用。《活着》把老腔、碗碗腔都用胶片保存下来了，后人看了不免要问：他们唱的是什么？怎么这么有魅力？这就是电影文化传承的功能。《图雅的婚事》之所以取得成功，长调与马头琴起了至关重要的作用，那几段音乐当时是在我家用这个录音机放给主创听的，那是电影的精神指向和情感展示，是画龙点睛之笔。

看到《霸王别姬》和《活着》受到那么多观众的喜爱，我曾经有过一个梦想，就是在有生之年，通过电影把中国的民间音乐、民族音乐系统地记载下来，要做西藏音乐、新疆音乐、内蒙古音乐、甘肃和青海音乐……用电影音乐的方式传之后世，可惜收效甚微。

比如说新疆，世居的少数民族就有十几个，每一个民族都有民歌，都有特别棒的音乐。塔吉克族的民歌，当年只用了有限的一点资源就拍出来一部音乐传奇《冰山上的来客》，已经唱了两三代人了。当年雷振邦先生把广西彩调和民歌相融合，就有了《刘三姐》，一直传唱至今，百听不厌。如果我们再不做这样的工作，这个资源就会被遗忘了。

再说藏族音乐，有藏戏、郎玛、藏族山歌，还有锅庄。郎玛当年是贵族听的音乐，作为一个音乐类型，如今通晓的人已很少，到现在，藏戏的剧团虽有，但郎玛的社团已寥寥无几了。藏族山歌，比如说山歌王子扎西尼玛的歌，曲曲震魂荡魄，首首可以成为一部电影的心灵指向。可是，这个资源没有人用，任凭其自生自灭。

二十世纪六七十年代，甚至八十年代的时候，山歌唱得棒的还真有几个人，现在已经绝少了，除了扎西尼玛，在别的地方很难听到非常地道的山歌了。藏族人也知之不多了，跟汉族人已经淡忘昆曲是一样的道理。

我想通过电影有意识地做一个文化遗产的抢救工作。《霸王别姬》（京剧、昆曲）、《活着》（老腔、碗碗腔）、《图雅的婚事》（长调、马头琴）不就做成了嘛。我坚信，只要继续再做，还会有成效。

我想拍一部主旋律的电影《沂蒙母亲》，想用沂蒙小调。沂蒙小调是山东民歌的一支，跟山东地方戏有密切关系，但懂的人很少。曾记否，电影《红日》里面的《谁不说俺家乡好》传唱了多少年？这就是沂蒙小调的旋律。

🎤 **王天兵**：当年的电影就有意识地用了民间音乐。

🎤 **芦　苇**：当年的音乐家和作曲家是自觉的，有传承的功夫，非常注意从民歌里面吸收营养、寻找创作的原料。今天能够自觉地做这个工作的人屈指可数了。我接触这么多电影人、音乐人，只有徐磊还在自觉地收集和保护传统藏族民歌。

🎤 **王天兵**：你是什么时候开始搜集民歌的？

🎤 **芦　苇**：搜集民歌是我的爱好和习惯。陕北民歌我搜集得较全，咱们陕西人得天独厚。陕北民歌的两代歌唱家我都认识，李志文这一代、王向荣这一代，许多人都是我的朋友。

《黄河谣》的主题曲是李志文唱的，《黄河船夫曲》是陕北民歌里最有名的一首。这首歌我听了这么多年，听了这么多歌手唱，没有人能唱得过他。我们用电影的形式把他的声音保留下来，传至今日，愈传愈广。

再说一种民歌——内蒙古的漫瀚调，它是蒙汉两族互相渗透、互相组合的一个活化石。清朝中后期的汉人拥入内蒙古开荒垦殖，他们把蒙古族民歌学会以后填入汉人自创的歌词，形成了新的民歌品种，就叫漫瀚调。

漫瀚调的旋律来自蒙古族民歌，但是词和句式基本是汉族的。比如说：

"三十里的明沙，二十里的水，五十里的路上来眊（方言，看）妹妹，半个月眊了你十五回，眊来眊去把哥哥跑成个罗圈圈腿。"这首陕北民歌的旋律就是从漫瀚调里移植过来的，汉族人写的词。

🎤 **王天兵**：这个调子为什么这样打动你？

🎤 **芦　苇**：有蒙古族民歌旋律的动人，也有汉族歌词的魅力；有蒙古族人的豪放开朗，又有汉族人的诙谐明快。漫瀚调是蒙汉两族文化水乳交融的结果。

🎤 **王天兵**：这是清朝以后的事。

🎤 **芦　苇**：开垦草原是光绪以后的事情。至今漫瀚调都有两种名称，一为蒙古曲名，一为汉人的曲名，是两个民族共同咏唱的歌曲。

🎤 **王天兵**：漫瀚调流传的地区是……

🎤 **芦　苇**：漫瀚调的发源地应该是以内蒙古准噶尔旗为核心的，包括包头、山西的西北部、陕西的最北部，主要是在大河套地区流传。

🎤 **王天兵**：胡汉大规模融合从汉朝就开始了。南匈奴后来完全依附汉朝。当年就有民歌吗？与后来的漫瀚调是什么关系？

🎤 **芦　苇**：河套古代民歌《敕勒歌》："敕勒川，阴山下。天似穹庐，笼盖四野。天苍苍，野茫茫。风吹草低见牛羊。"与今天的河套民歌一定有传承关系。

🎤 **王天兵：**当代还有谁漫瀚调唱得好？

🎤 **芦　苇：**"漫瀚调之王"——奇附林。他是蒙古族人，漫瀚调唱得很好，但已不会说蒙古语了。他现居内蒙古准噶尔旗，也是我的朋友，我们见过很多次面。

我一直在鼓动内蒙古的文化部门关注这事，拍一部电影。他们后来也拍了一部关于漫瀚调的电影，可惜没拍好。

🎤 **王天兵：**你现在有漫瀚调的碟吗？可以放吗？

🎤 **芦　苇：**我的民歌都是分类搁的，这只是我的一部分，你也见过我的藏碟，五个柜子满了。我找一个有代表性的放一段（找碟），《珍珠倒卷帘》，旋律奔放跌宕，非常独特。

🎤 **王天兵：**我们最好是一首民歌、一出戏曲地过一遍，从歌词到发源地，再到曲调、唱腔，都过一遍。

🎤 **芦　苇：**河套民歌的歌词很简练，上下联句，一首歌在一段里面只有上下两句。比较地道的河套民歌就是漫瀚调，与河曲山曲、陕北民歌的关系一听就听出来了，是"近亲"。这个形式是一男一女对唱，男的往往比女的唱的音高，这在民歌里非常罕见。

🎤 **王天兵：**听上去有一些苦涩。

🎤 **芦　苇：**内蒙古民歌有悲调，也有欢音。

再比如说《小青马》，这是河套民歌，也是内蒙古民歌，你听：大青山高来乌拉山低，马鞭子一甩我就回口里。不大大那个小青马，我多喂上二升料，三天的路程我两天到……这个也叫爬山调，跟漫瀚调又有区别，是其中的一种。值得为这首歌写部电影剧本！

🎤 **王天兵**：挺不错的。你最早什么时候接触到河套民歌的？

🎤 **芦　苇**：1988年我写《黄河谣》的时候已经把河套民歌写进去了，用了回族的《花儿》，陕北民歌《黄河船夫曲》《拉骆驼》也用了。《黄河谣》里的土匪会唱山歌，是葛优演的。我找出来你听一下，非常动听。

🎤 **王天兵**：这些是当年在农村听到的吗？是走到下面才第一次接触的？

🎤 **芦　苇**：当时我跟摄制组在云南的基诺山里拍片，听到两个女孩子唱，异常动听美妙，我说得录下来。我们找着了两个女孩，起初两个女孩还有点害羞，但是还愿意唱。她们一唱，底下山沟里面的男声就对应起来了，一唱一和，如听天音。

我们全录下来了，回来以后放给赵季平听，他说这个歌是和声唱法。我就奇怪了，云南那么偏远的地方怎么会有和声呢？赵季平说他们天生觉得这样唱好听，和声就是这样发明出来的。

🎤 **王天兵**：现在还有这种原生态的对歌吗？

🎤 **芦　苇**：对歌曾是他们的习俗，过去的人都会唱戏，会唱民歌，这是一种世代相传的人性气质，现在都被流行歌曲取代了。腻腻歪歪的二三流流行歌曲就像垃圾食品一样，无处不在，伤害了人的耳朵，如同软性毒品。

🎤 **王天兵**：国家现在不是也在抢救非物质文化遗产嘛。

🎤 芦　苇：有关方面现在开始意识到了，但远远不够。我写剧本的学养来自这些音乐的熏陶，受益匪浅。

🎤 王天兵：这话怎么说？

🎤 芦　苇：民歌让我明白何为灵魂。

🎤 王天兵（听山歌自语）：传达的总是忧伤、狂放。

🎤 芦　苇：写作涉及情感和灵魂。为什么写此而不写彼，为什么不写《小时代》，为什么写了《图雅的婚事》，这是一个选择。

🎤 王天兵：这些民歌、戏曲帮助你做了选择。

🎤 芦　苇：是的。

🎤 王天兵：再举个例子吧。

🎤 芦　苇：我写《霸王别姬》时有很多情绪都来自昆曲，这就是精神指向。

🎤 王天兵：因为《霸王别姬》本身就是一个悲情戏？

🎤 芦　苇：曲调本身就是悲情性质的。我放个青海民歌《花儿》你听听，是用土话唱的，咱们很难听懂。（播放《花儿》）

🎤 王天兵：虽然听不懂，但是味道听出来了——忧伤的倾诉。

🎤**芦　苇**：这就是"我歌我泣"。再放放李志文的《黄河船夫曲》，是在我家录的，质量很差，但是他唱得真是地道、有味儿。（播放《黄河船夫曲》）

🎤**王天兵**：纯，像正宗羊肉泡馍一样，有膻味儿。

🎤**芦　苇**：李志文在我家唱的时候快七十岁了。音乐对我有什么直接影响我说不出，但深深感动我心。听觉不灵与无情的人是当不了编剧的。

🎤**王天兵**：你放的这些歌都回肠荡气。

🎤**芦　苇**：哪首歌都值得写部电影剧本！我把大量的时间和精力用在这方面了，这是我愿意做的工作——通过电影来抢救和保留民歌。

向马长春老师学《桃花扇》昆曲唱段

🎤**王天兵**：你"文革"期间接触昆曲的事能从头讲一下吗？

🎤**芦　苇**：昆曲是古老的剧种。清朝昆曲北上以后，一度成为戏曲舞台的主流，真正的衰亡是在清朝末期。过去在戏班子里京昆不分，京剧和昆曲血肉相连，京剧科班都是用昆腔打底，做基本功的训练，因为昆曲是很成熟的戏曲体系。到了民国的时候，很多昆曲老艺人失业的失业，落魄的落魄，昆曲在新中国成立前已濒临灭绝。新中国成立以后在文化上推行"双百"方针，要继承传统文化中最优秀的部分，昆曲又恢复了生机。那时中国成立了好几个昆曲团，比如上昆（上海青年京昆剧团，今上海昆剧团）、浙昆（浙江昆剧团），甚至湖南也有，如湘昆（湖南省昆剧团）；重要的一支力量是北昆（北方昆曲剧院），侯少奎、白云生这些老艺人都在北昆。

如果我没有记错的话，《桃花扇》是中国第一部昆曲电影故事片，如果不算梅兰芳先生的昆曲电影《游园惊梦》等短片的话。《桃花扇》是1963年拍成的，音乐是北昆的基调，非常动人。我十三岁那年就看了，特别感动，入迷了。世间还有如此动听的戏曲、如此迷人的声腔，此后昆曲始终萦绕于耳，挥之不去。1964年后，《桃花扇》被禁演了，在"文革"中又遭到批判。时至今日，我每次观看都是难得的享受。

1976年，我进西影厂后在一个电影摄制组里工作，副导演是马长春老师。她原来是西安的话剧演员，后来到我们厂成为职业演员，她会唱昆曲，曾在《桃花扇》里出演丫鬟小红。

🎙 **王天兵**：我小时候看过《桃花扇》，但现在想不起来了，自始至终有唱段吗？

🎙 **芦　苇**：《桃花扇》本身是戏曲，拍成电影就成戏曲故事片了，以昆曲作为音乐基础，里面有大段的昆曲唱段。

🎙 **王天兵**：据说在明末清初的时候，看了《桃花扇》的文人士大夫全被抓起来了。

🎙 **芦　苇**：清朝刚刚一统天下的时候，要加强对民众的思想控制，《桃花扇》有很强烈的反清复明的含义，引起清政府的警觉是可想而知的。《桃花扇》对文人标榜的风骨、道统提出了质疑，指出此辈所标榜的操守、风骨还不如妓女。

🎙 **王天兵**：思想很超前。

🎙 **芦　苇**：今天再看《桃花扇》，我们不一定赞同，说句老实话，明朝在政治文化层面上真是不如清朝开创时候那么有生机与朝气。

🎤 **王天兵**：你写过《李自成》的电视连续剧剧本，对这段历史交代甚详，明朝确实已经腐烂了。

🎤 **芦　苇**：晚明已不可挽救，但是在道义上、情感上，少数的遗民、士大夫还是忠于这个腐朽将死的王朝。

🎤 **王天兵**：有一点需要补充，1971年你招工进了工厂，但嫌管制太严，干脆回家读书了，后来为什么又到西影厂上班了？

🎤 **芦　苇**：1976年上半年，我已经二十六岁了，不能老赖在家里混饭吃，我得工作了。当时西影厂招工，我想先进去再说，分配工作的时候，人事干部问我有什么特长，我说我会画画，把画拿去给他们看，美术组说还可以，就去当绘景工吧，就是画布景。绘景是美工的一部分，我就到西影厂的美工组上班了。当时一些人还不理解，说成天抡个大刷子画布景，又脏又累，有什么意思？当个汽车司机什么的不挺好？因为我喜欢画画，这是我愿意干的，所以坚定不移地选择了这个职业。

🎤 **王天兵**："文革"前西影厂竟然拍了个昆曲电影，这也是个奇迹啊。

🎤 **芦　苇**：那时候西影厂还有老导演孙敬，从上海滩过来的，带有旧派文人品质。"文革"的时候，孙老因《桃花扇》吃尽苦头。我1976年上半年到了西影厂的时候还见过老先生。有一次，我出差去兰州碰到老先生，我说孙导演您拍的《桃花扇》真好，我是您的崇拜者，老先生听了以后连声说："我有罪，我有罪。"

🎤 **王天兵**：为什么？

🎙**芦　苇**：害怕呀。他在"文革"期间因《桃花扇》被整，一听说"桃花扇"就说"我有罪"，成条件反射了。

🎙**王天兵**：孙导演都被批成那样了，马长春当时也是受排挤、很压抑的吧？

🎙**芦　苇**：是的，批判《桃花扇》也波及她了。我当年不过二十六岁，她将近四十岁了，我却跟她一见如故。马长春老师也很意外，因为那个年月竟然有一个年轻人爱听昆曲，而且欣赏她唱的昆曲。我就拜她为师，她偷偷教了我很多唱段，我们俩很投缘。她现在已经去世了，我很怀念她。

🎙**王天兵**：她教了你哪些东西？

🎙**芦　苇**：昆曲《桃花扇》里的唱段。我以前只是喜欢昆曲，年少时觉得昆曲的词写得好，也很好听。她算是把我对昆曲的热情释放出来了。

🎙**王天兵**：这是你的昆曲入门课。你很幸运。然后你自己开始研究昆曲了吗？

🎙**芦　苇**：远谈不上研究。写《霸王别姬》的时候，我过了一把昆曲瘾，有意识地把昆曲段子写到了剧本里。我一共写了四段昆曲，包括小豆子学戏的时候学的就是昆曲。后来给日本人唱、给国民党大员唱的都是昆曲。虽是虚构的，但也符合真实的历史。

昆曲代表了我们民族文化里的优美典雅的传承，有一段时间几乎消亡了，在白先勇先生的倡导和支持下，九十年代以后又开始复兴。国家现在重视了，所以昆曲总算没像很多地方小戏一样失传。

昆曲是非常好的电影资源，因为它表达了传统中国文人最优美的情感和最精致的审美情趣。

🎤 **王天兵**：昆曲和中国其他技艺有类似之处，文人介入民间创作后，他们得以抒发胸臆，民间技艺得以登堂入室，就像西泠八家的陈曼生设计紫砂壶一样。昆曲本来也是民间的，关汉卿这些文人介入后把它提升了。白先勇与昆曲的关系也类似。这个现象我认为很有趣。你看过白先勇的青春版昆曲吗？

🎤 **芦　苇**：我买了所有青春版昆曲碟片。

🎤 **王天兵**：觉得怎么样？

🎤 **芦　苇**：很是惊艳，推陈出新，焕发出全新的生命力。

🎤 **王天兵**：戏剧专家章诒和先生对白先勇的青春版不感冒，她认为不地道，还不如就让它失传了吧。我本人是外行，无论旧的、新的都听不下去。

🎤 **芦　苇**：老树开新花已经不是传统意义上的昆曲。我这个抽屉里全是昆曲。《桃花扇》女主角是北昆名角李淑君唱的，我存有她的一些音乐资料。

🎤 **王天兵**：她在《桃花扇》里演了角色吗？

🎤 **芦　苇**：王丹凤饰演女主人公李香君，但是唱词全是李淑君配唱的。

🎤 **王天兵**：昆曲和京剧是什么关系？

🎤 **芦　苇**：昆曲是早于京剧的独立剧种，但和京剧有密切关系，可以说是京剧的老祖宗。京剧有三个来源，一个是湖北的汉调，长江流域的，一个是安徽的徽调，还有一个是传统的昆腔。传统的说法是徽班进京开创了京剧。京剧里面有大段的昆曲段子，过去京剧科班练基本功的时候都是要学昆曲的。昆曲和京剧可以说是"父子"关系。

🎙 **王天兵**：昆曲本来是文人士大夫玩的，更雅一些，而京剧更世俗化了。

🎙 **芦　苇**：昆曲早期也是流传于民间的戏曲，清朝末年被京剧取代了，因为京剧更符合当时的市场需求，更通俗易懂。

🎙 **王天兵**：京剧的兴起和慈禧有关吗？

🎙 **芦　苇**：西太后本人是个京剧内行，她会演、会唱，欣赏水平很高。那时候的江湖班子都是自生自灭，朝廷只不过起一个推动的作用。现在戏曲才被国家重视起来了。

🎙 **王天兵**：再回到你向马长春学艺，她是怎么教的？

🎙 **芦　苇**：我把唱词写在本子上。马长春老师有演员的功底，唱得不错，让我领略了昆曲的美妙。总共教了三五段吧。我俩在那个年代是两个异类。她善待我，教我唱昆曲，我特别怀念她。

🎙 **王天兵**：那时再没有别人对昆曲感兴趣了吧？

🎙 **芦　苇**："文革"中把昆曲连根拔除了。

从陕西地方戏分布到其他地方戏曲

🎙 **王天兵**：你七十年代末还接触过其他戏种没有？

🎙 **芦　苇**：我八岁起听碗碗腔，一听即入迷。

🎙 **王天兵**：什么是碗碗腔？

🎙 **芦　苇**：陕西关中东部渭南、华阴、大荔一带的民间小戏，主要是皮影戏班子唱的。新中国成立以后碗碗腔被文艺工作者搬上舞台，这应归功于陕西省戏曲研究院老院长马健翎先生，他做了很大的努力，将碗碗腔推上大舞台。

🎙 **王天兵**：搬上舞台的第一个剧目是什么？

🎙 **芦　苇**：应该是《金琬钗》，改编的是老戏本。作者是渭南的李十三（李芳桂），他是清代人，写过八本碗碗腔的剧本——俗称八大本。关中道上的碗碗腔艺人和别的戏种的艺人都在演他的剧本，其中《金琬钗》是代表性剧目之一。

🎙 **王天兵**：《金琬钗》后来搬上银幕了吗？

🎙 **芦　苇**：拍过不同版本的电视剧，但没拍过电影。

🎙 **王天兵**：这是哪年搬上舞台的？

🎙 **芦　苇**：如果没有记错的话，应该是五十年代末或者六十年代初，在马健翎先生的组织下完成的。

🎙 **王天兵**：你是什么时候听到的？

🎙 **芦　苇**：八岁左右。

🎙 **王天兵**：我小时候听过碗碗腔，简直听不下去。

🎙 **芦　苇**：好听至极。《活着》里面的民间艺人演出就用的碗碗腔，还有老腔，唱腔是由老腔和碗碗腔两部分组成的。

🎙 **王天兵**：后来你通过什么渠道接触的碗碗腔？

🎙 **芦　苇**：陕西省戏曲研究院成立了眉户碗碗腔团，专门演眉户和碗碗腔，也称眉碗团。

🎙 **王天兵**：眉户和碗碗腔有什么不一样？

🎙 **芦　苇**：眉户戏是流传在西安以西、关中西部的眉县和户县的一种地方戏曲，碗碗腔和老腔是在西安以东、关中东部流传的戏曲。

🎙 **王天兵**：很有意思。关中东、西两个地方的戏曲还不一样。我西安生、西安长都不清楚。它们和秦腔是什么关系？

🎙 **芦　苇**：秦腔是大戏，盛行于整个西北，在清朝末年曾经在北京轰动一时。有一个叫魏三（魏长生）的名角把秦腔带进了北京，当时秦腔的旦角都是男人演的。

我放一段秦腔给你听听，任哲中的《祝福》。

🎤 **王天兵**：像一个人物在诉苦。

🎤 **芦　苇**：再听一首经典的，康亚婵的《清风亭》。我写《岁月如织》的时候就常听她的唱段，能把我带进去，体会到女主人公的处境和心情。所谓人物质感、戏曲音乐每每都能提供答案。

🎤 **王天兵**：小时候，秦腔电影《三滴血》重新上映，我竟然从头到尾看完了，印象很深。秦腔、眉户和碗碗腔的关系是不是有点类似于京剧和昆曲？

🎤 **芦　苇**：不能这样简单类比，因为秦腔的历史非常古老，至少明朝的时候已经有记载说它盛行于世了，有人甚至说起源于唐宋。但它和其他戏曲到底是一种什么关系，中间的嬗变、融合到底是怎么回事，至今依然是个谜，因为没有资料。过去唱戏的是下九流，文人不屑于替他们留下资料，戏曲史就任人想象，有大段的空白。

🎤 **王天兵**：你能把陕西的戏曲版图介绍一下吗？西部有眉户，东部有碗碗腔，南、北、中呢？

🎤 **芦　苇**：东部跟秦腔有密切关系的包括同州梆子、碗碗腔、老腔；西部主要是眉户，还有凤翔的西府秦腔、弦板腔；汉中的汉调桄桄；西安的叫西安乱弹，还有很多地方小戏。过去没有电视、电影、话剧，也没有文艺团体，中国民间娱乐主要就是戏曲，所以以戏曲为生的有一个阶层。《霸王别姬》里面的戏班子曾比比皆是，到现在寥若晨星了。老腔只在西安东部华阴有，已处于失传的边缘了。

🎤 **王天兵**：当初各县都有自己的小戏？

🎤 **芦　苇**：至少地方戏曲涵盖各地。

🎤 **王天兵**：这个现象很有趣。中国古代是郡县制，是以县为单位进行统治的，每个县的文化是自成一体的。

🎤 **芦　苇**：说县不太准确，是以语言区域分布的，比如几个县可能流行一种小戏种。

🎤 **王天兵**：民间艺人在这个区域内走街串巷卖唱？

🎤 **芦　苇**：是的。

🎤 **王天兵**：陕北呢？

🎤 **芦　苇**：陕北流传的是秦腔与晋剧。现在绥德县的地方戏曲剧团就不是秦腔团而是晋剧团。陕北有些县都听晋剧，剩下的都是一些曲艺杂戏、小戏了。

🎤 **王天兵**：陕南呢？

🎤 **芦　苇**：秦腔在陕南的唱法，专业术语叫汉调桄桄。为什么秦腔跟京剧也有密切关系，源于汉调跟秦腔有关系，京剧又与汉调有密切关系，故有此说。

🎤 **王天兵**：你啥时候接触的西安易俗社？

🎙️ 芦　苇：易俗社是在民国时期创立的，新中国成立以后政府也很扶持它。陕西有两大秦腔基地：一是陕西省戏曲研究院，是省级单位；二是市级单位易俗社，在民众中相当有号召力。现在易俗社的遗址保存得相当完整，仍在使用。

🎙️ 王天兵：你在《白鹿原》电影剧本里写过，新中国成立初期原上唱起了"现代秦腔"，这是什么？

🎙️ 芦　苇：马健翎先生当年在解放区进行秦腔戏剧改革，就是把革命的现实生活放在秦腔里面。秦腔过去唱的都是古人的戏。

🎙️ 王天兵：后来各地的小剧种也被改造了吗？

🎙️ 芦　苇：小剧种全都改造了。那时候艺人要生存，全要唱样板戏，才能挣工钱、口粮。

🎙️ 王天兵：现在华阴的老腔是不是成为非物质文化遗产了？应该早就系统地保护了吧？

🎙️ 芦　苇：1989 年，我当时抱着抢救、记录传统文化资料的目的去拍过专题《关中皮影》，主要是老腔和碗碗腔。我拍过张全生，拍的时候他已经八十岁了，现在他已经去世了。白毛（王振中）最有名，现在也快八十了。他当时才五十四岁，是唱得最好、最有激情的时候。

我问过他们老腔的来历。老腔的剧种是怎么传过来的？各有说法。有人说是过去渭河上面的船工唱的，因为老腔有一种合唱的形式，每段戏的结尾，全台所有的演职人员，包括乐队，一共六个人一块儿唱拉坡调。顾名思义，拉坡调是船工在逆水船走不动的时候，靠着这个曲子拉坡；另有一种说法是老腔是从老河口传过来的，老河口在湖北；还有一种说法是老腔是从汉代宫廷里面传出来的——这有点牵强附会了。

🎙 **王天兵**：王全安在电影《白鹿原》中把老腔加进去不太合适吧？白鹿原的人是不会听老腔的，应该听秦腔吧？

🎙 **芦　苇**：民国时候老腔的流行范围到不了白鹿原，基本上是以华阴为基地，流传于渭南地区。在白鹿原上唱老腔，纯属虚构。

🎙 **王天兵**：你除了采访拍摄过老腔艺人，还采访过碗碗腔艺人吗？

🎙 **芦　苇**：老艺人我都采访过。潘京乐是唱碗碗腔的一代名师，我去过他家多次，还带着张艺谋去过。潘京乐在《活着》里露过脸。这些老艺人都在《活着》里面露了脸。我做这个事很卖力，算是替他们保存了一点资料。
听听这个碗碗腔。（播放碗碗腔）

🎙 **王天兵**：很优美，让我吃惊。

🎙 **芦　苇**：这是地道的碗碗腔，这个是民间戏班的。
《活着》的主旋律内有眉户的成分。（播放《活着》主题曲）

🎙 **王天兵**：这个是什么乐器？

🎙 **芦　苇**：二股弦和板胡，非常好听。

🎙 **王天兵**：《活着》的主题曲听上去像板胡独奏，一种有滋有味过日子的感觉。

🎤 **芦　苇：**赵季平用管弦乐为板胡做背景，气势很大。

🎤 **王天兵：**我第一次看《活着》就觉得配乐有点薄，好像是合成器做的，你这么一说才知道是板胡。

🎤 **芦　苇：**眉户《梁秋燕》是在新中国成立以后影响广泛的一个戏，讲的是婚姻自主，在陕西广受欢迎。那时候在农村里流传一句话："宁吃秋燕尿下的，不喝壶里倒下的，宁吃秋燕屁下的，不吃碗里盛下的。"

🎤 **王天兵：**民间生活虽然很苦，照样可以过得有滋有味，只要与对路子的人、心上人在一起就行了。

🎤 **芦　苇：**民间一直是生气勃勃，一直是生机盎然。还有一种剧种流传于陕西关中的富平县，叫阿宫腔，也是皮影戏，和碗碗腔类似，外行听不出区别。

🎤 **王天兵：**陕西很有趣，每个地方都有一个小剧种。

🎤 **芦　苇：**各地一样。

🎤 **王天兵：**当年这些地方戏，眉户、阿宫腔、老腔唱的内容也是帝王将相、才子佳人吗？

🎤 **芦　苇：**内容基本上是这些，跟中国的民间传统戏剧是一样的。

🎤 **王天兵：**本子是谁写的？当年唱腔的段落是口口相传还是有文字传承？

芦　苇：比如碗碗腔的本子，晚清以前是李十三写的。我专门写过一个电影剧本，叫《灯影春秋》，一看就明白了。手抄剧本我在纪录片里拍了很多，是抄在麻纸上的。唱老腔的张全生的本子是他父亲传给他的，爷爷传给他父亲……居然还有乾隆年间的手抄本！

王天兵：他们也是靠文字性的资料代代相传。

芦　苇：是。

王天兵：从小练功的方式和昆曲类似吗？

芦　苇：不太一样，因为不需要登台表演。皮影戏的演出是靠亮子（白幕布）、油灯照射。眉户，尤其是碗碗腔，以前全是皮影，登上舞台是新中国成立以后戏曲改革时弄的。

王天兵：整个陕西地方戏全是皮影吗？

芦　苇：不是，关中道上地方小戏以皮影居多。

王天兵：这个很有趣——不登台。

芦　苇：皮影戏是皮影登台，艺人在白布后面唱戏。

王天兵：昆曲、京戏、粤剧都登台。

芦　苇：那是大戏。秦腔也登台。

🎙 **王天兵**：为什么过去的戏剧都是男的演女的，没有女的登台？

🎙 **芦　苇**：那时候女人是轻易不能出门亮相的，就是老老实实待在家里，不能在江湖上混，出去很丢人。那时候大家闺秀抛头露面是不可想象的事情。这是旧中国的陋习。

🎙 **王天兵**：皮影是否只在西北流传？

🎙 **芦　苇**：全国很多地方都有，四川、河北（唐山）、东北都有，我都看过。

🎙 **王天兵**：有差别吗？

🎙 **芦　苇**：在皮影的造型、做工上最精美的是关中皮影，这是戏剧史专家们一致认定的。

🎙 **王天兵**：为什么陕西皮影可以达到这样的精美程度？

🎙 **芦　苇**：你听碗碗腔的唱腔，基本是为才子佳人写的，细腻委婉、典雅幽媚，可以看到陕西人性格的另外一面。都说西北汉子，其实陕西人的另外一面是非常细腻、非常精致的。

🎙 **王天兵**：回到你青年时的经历，七十年代末的时候你已接触这么多戏曲了吗？

🎙 **芦　苇**：我从小就接触戏曲，八岁的时候就看过西安德庆皮影社的演出，土生土长、原汁原味，德庆皮影社的班头是唱黑头的，我保留了他的唱腔资料。

🎤 **王天兵**：陕西的皮影现在还在演吗？

🎤 **芦　苇**：已经是旅游商业性演出了，现在还在大雁塔景区固定演出地点为外地游客表演。

🎤 **王天兵**：样子货、符号性的。甘肃省有什么戏？

🎤 **芦　苇**：甘肃省也有皮影戏，那是另外一种唱腔，皮影戏的唱腔因地区而异。宁夏、青海也都有流传，比如说一个甘肃班子流动到青海去演，就与当地唱腔水乳交融了。

🎤 **王天兵**：你是什么时候接触福建南戏的？

🎤 **芦　苇**：我是从磁带里和唱片里听的南戏，觉得很别致，另有韵味，应该与昆腔有密切关系。我也有南戏的资料。

🎤 **王天兵**：南戏也是皮影吗？

🎤 **芦　苇**：非也，有清唱，也上戏台。

🎤 **王天兵**：四川呢？

🎤 **芦　苇**：我小的时候看过川剧，但对川剧不太了解。川剧的高腔很有特点，高亢跌宕。

🎤 **王天兵**：《抓壮丁》也借鉴了川剧吧？

🎤 芦　苇：《抓壮丁》里面的李老栓一醉酒就唱川剧。当地地主老财、乡绅墨客都能哼几段川剧，跟今天的流行歌曲一样。李老栓就是一边喝酒一边动情动色地哼唱川剧，很有生活气息。

🎤 **王天兵**：徐童拍的《挖眼睛》也属于地方戏曲吗？

🎤 芦　苇：是流行河套地区的地方小调——乞吃调。

🎤 **王天兵**：但是这个小调好像也没什么传承，完全是自编自唱，讲自己的经历。

🎤 芦　苇：乞吃调的曲调旋律是有传承的，不可能独创，但唱词多根据场合、对象临场发挥，很生动。

🎤 **王天兵**：《挖眼睛》的流传说明现在小调在民间有所恢复。

🎤 芦　苇：主要是有需求。地方小戏依附于地方语言，只要地方语言不消失就有空间。为什么进不了北京？因为其方言道白北京人根本听不懂，所以只是在说河套方言的地区流传，比如张家口一带。

🎤 **王天兵**：湖北有什么戏吗？

🎤 芦　苇：汉调就是湖北戏。汉调是登台的，是大戏，想当年是浩浩荡荡带着戏班子进京的，进入宫廷大内。

🎤 **王天兵**：所谓进京指的是什么？

🎤 芦　苇：是指受众面波及京城，用现在的话说，在首都培养了一大堆粉丝。清朝的时候，汉调很快和其他剧种融合成新的剧种——京剧。

🎤 **王天兵**：湖南有什么？

🎤 芦　苇：有湘剧、花鼓戏，还有目连戏。

🎤 **王天兵**：花鼓戏有整本大戏吗？

🎤 芦　苇：有的。现在还有花鼓戏剧团在演出。

🎤 **王天兵**：云贵呢？

🎤 芦　苇：有滇戏。

🎤 **王天兵**：广东是粤剧，很难懂。

🎤 芦　苇：粤剧唱词我一句也听不懂，但是旋律很优美动听。红线女唱得真好听。

🎤 **王天兵**：河南是豫剧。

🎤 芦　苇：豫剧和洛阳曲子戏（曲剧）。豫剧也叫河南梆子，历史很短。唱豫剧的是民间的草台班子，甚至有一些大城镇不让他们进去唱。豫剧流落江湖自生自灭，全面抗战爆发前后才发展起来，到了樊粹庭、常香玉那一代人才真正兴盛起来。

西藏、新疆和内蒙古民乐

🎙 **王天兵**：西藏有什么戏？

🎙 **芦　苇**：我这里有藏戏的碟片，比如整本《格萨尔王》，连本大戏，一唱就是几天，是用藏语唱的，用汉语唱不成。

🎙 **王天兵**：也分男旦、女旦吗？

🎙 **芦　苇**：男声、女声。现在拉萨有自治区级的大藏剧团，很多小县也有剧团。我曾经看过一些小县的藏戏，很好听。我一直梦想把这些资源变成电影的形式，一是展现它的魅力，二是通过银幕传承下去。听听郎玛吧，以前是西藏贵族音乐，委婉优雅，堪比昆曲。(播放郎玛)

🎙 **王天兵**：这是什么乐器做的？"láng mǎ"是哪两个字？

🎙 **芦　苇**：有的叫郎玛，亦称囊玛，是一个意思。这就是郎玛的过门旋律，以弦乐吹奏为主，但还能听到本来的意思。

🎙 **王天兵**：有宗教仪式的感觉。

🎙 **芦　苇**：对，异常动听。民国时期有一个藏戏女演员叫阿玛阿德，在藏区很出名，她的故事能拍成电影。

🎙 **王天兵**：做电影音乐太棒了。

🎙 **芦　苇**：藏族的音乐资源浩如烟海，但当代人意识不到，以致被大量地遗失、遗忘。藏族人过去人人会唱歌，唱歌就是他们生活的一部分，是他们生命的诉求。除了郎玛，还有锅庄、山歌，也就是藏族的民歌，还有藏戏。藏戏又分很多派别，除了西藏，青海、四川都有藏区，各地藏戏有所不同，唱腔不一样，语言也不一样。

你听听藏族民间歌手扎西尼玛（播放歌曲），他是当代的"山歌王子"，今年才三十四岁。我们在四川遇上了，我说我是你的崇拜者，他说芦老师，我是《霸王别姬》的崇拜者，我们就这样认识了。我非常想给他拍部电影，现在正在策划。他主要在四川和西藏活动。他唱得比现在所有藏族通俗歌手都要原始醇厚，是国宝级的民族歌手了。

在这个时代，我们想要听到祖先的歌声，那就得找他了。

🎙 **王天兵**：他这些歌是从哪儿学的？

🎙 **芦　苇**：他不是音乐世家出身，而是普通牧民，从小跟家里人学的。

🎙 **王天兵**：普通牧民世世代代传唱的歌曲这么圆熟优美！

🎙 **芦　苇**：是的。这些人中任何一个都足以拍部电影，可是没人对他们感兴趣，这叫文化的遗忘症。藏文化是一个被低估的、在银幕上被歪曲的，甚至完全没有展现出来的文化。我正在策划一个西藏电影叫《洛桑的家事》，讲的是一场意外的事故后，两个家庭的纠纷，这个故事会让我们对今天的藏族人有一个认识。我多次去西藏和四川、云南的藏区采风，总觉得没看够、没听够。

🎙 **王天兵**：谈谈新疆的音乐吧。

🎙 **芦　苇**：新疆的音乐是另外一种形态，舞台化的戏剧至少我没有见过。

维吾尔族有自己的音乐经典，最典型的是十二木卡姆，就是十二套古典音乐大曲，新中国成立以后地方一直在整理，器乐与声乐并茂，我存有十二木卡姆的音乐资料。

🎙 **王天兵**：歌舞更多一些吗？

🎙 **芦　苇**：对。（拿出一张碟片）这是汉族作曲家石夫作曲的新疆木卡姆交响曲，他夫人彭老师当过西安美院附中的主任。

哈米提是哈萨克族歌手，他生于 1941 年，在六十年代就很有影响力，传统的哈萨克族民歌，比如《玛依拉》，他都唱过。我跟他认识是奇遇。有一次乘飞机，我和身边的乘客聊天，他说是新疆来的哈萨克族人。我说你们族有一个歌手很棒，叫哈米提。他一笑，说我就是。后来我们成了朋友。

放一首他的吧。（放哈米提的歌）

🎙 **王天兵**：这个真纯。

🎙 **芦　苇**：非常地道。新疆维吾尔族歌手太多了，比如说唱《你不要害我》的阿卜杜拉，他的音乐有中亚突厥族民歌的魅力。再听听这首哈萨克族民歌《燕子》……听这种音乐怎么能写不出好剧本？

🎙 **王天兵**：什么时候录制的？

🎙 **芦　苇**："文革"以前。这是哈萨克族流行的乐器冬不拉。再听听这个《牡丹汗》，这是弦乐。"汗"就是姑娘的意思，如《阿娜尔汗》。维吾尔族的乐器艾捷克也很动听，有独特的魅力。

🎙 **王天兵**：以后慢慢听。内蒙古有蒙语的戏吗？

🎙芦　苇：他们有民歌，分长调、短调，非常丰富。

🎙王天兵：经常听你说起蒙古长调。

🎙芦　苇：长调是一种民歌形式，也是一种唱腔，最能体现蒙古族的灵魂。

🎙王天兵：你从什么时候开始接触蒙古长调的？

🎙芦　苇：小时一听就入迷。长调是中国音乐的瑰宝。

我还去过长调歌手哈扎布的家，那时他已经去世了，现场听长调让我心灵深受震撼。后来在《图雅的婚事》的配乐里，我终于如愿以偿，蒙古长调为影片增色不少。

🎙王天兵：记得 1999 年初，我们在美国认识后不久，你就让我带你去当地最大的一个音乐碟片店淘蒙古长调。

🎙芦　苇：我是走到哪儿淘到哪儿，艺海拾贝，买碟不可能每首都听嘛，碰上对路的是要撞大运的。听听这个女声，是匈牙利人唱的，但唱的是蒙古族民歌。这个组合特别有意思！还有额尔德尼琪琪格，她是蒙古国歌手。再听听这个吧，非常典型的蒙古族民歌，是蒙古国图瓦人的代表作《飞吧飞吧，我的忧伤》，这首歌是我的保留节目。

🎙王天兵：听着非常现代。

🎙芦　苇：再听听这个，内蒙古科尔沁民歌《秀英》，是用陕西典型民间乐器——板胡演奏的。这首民歌我很早就听过，是陕西的张长城演奏的，非常出色，一听就记住了，秀英是一个美好女性的名字。陕北民歌《三十里的明沙》，其实原是内蒙古的民歌，还有"文革"前的电影《草原英雄小姐妹》插曲《草原赞歌》和《两朵红花》。我常常纳闷，为什么在那个年代能涌现出那样优美的歌曲，而之后的音乐却是"垃圾"居多呢？

🎙 **王天兵**：这真是很有趣的现象，不可思议。

🎙 **芦　苇**："文革"时期还需要精神寄托，现在的精神寄托体系都消亡殆尽了。

东北二人转

🎙 **王天兵**：接下来谈谈东北二人转。

🎙 **芦　苇**：抗战胜利后东北野战军出关，陕北的一部分文化干部随之入驻东北。那时候鲁艺（鲁迅艺术文学院）和解放军文工团的人员很有音乐意识，他们在东北研究民间音乐，发现了二人转。二人转的权威一个是王肯先生（1924 年生），2011 年他去世了，还有一个的是王兆一先生，我曾经登门拜访过他。

🎙 **王天兵**：他们是鲁艺的？

🎙 **芦　苇**：他们比延安时期的鲁艺毕业生小一辈，是东北本地的大学生，五十年代还是小青年。后来王兆一因为搞二人转研究被划成右派了，他身处逆境，心情苦闷，就不屈不挠地收集整理东北民间音乐，以此寻找精神寄托，结果成了东北二人转研究的集大成者，真正的二人转行家、专家。

🎙 **王天兵**：民国时期不就有人开始搜集民间音乐了吗？李叔同算不算？

🎙 **芦　苇**：李叔同是在日本学的音乐，他觉悟比较早，但当时中国社会对于音乐的认识还没能形成一个自觉的环境，他以一己之力发掘民乐，当时民乐基本上也是自生自灭。

民国时期对二人转的研究几乎是空白。新中国成立以后扶持了一批，也打压了一批。例如，东北二人转的曲目中被认为有封建迷信成分的、有色情成分的就不许演了。改革开放以后，二人转才从东北地方小戏变成一种小品式的舞台戏，最后火遍大半个中国，甚至成为春晚压轴节目。

🎙 **王天兵**：什么是二人转？我只看过几段。

🎙 **芦　苇**：二人转是地方小戏。

🎙 **王天兵**：和碗碗腔、老腔相似吗？

🎙 **芦　苇**：不是的，是一种民间形式的演出。

🎙 **王天兵**：是低一级的吗？

🎙 **芦　苇**：跟高级、低级没有关系。二人转的名称是新中国成立以后才起的，大约在1954年才有通称，民国时期的名称是蹦蹦戏，也称地蹦子，有的地方干脆称之为唱唱。

🎙 **王天兵**：最早是清朝还是明朝开始的？

🎙 **芦　苇**：基本就没有文字记载。过去东北是清朝皇家封地，一般人进不去。根据老艺人们的记忆，二人转在东北的流传不过只有一二百年可考的历史。东北民间除了大秧歌，普通百姓唯一的娱乐就靠二人转。民国时期，东三省、河北北部和内蒙古的一部分都有二人转艺人的踪迹。

🎤 **王天兵**：张作霖时代就有了？

🎤 **芦　苇**：张作霖时代以前就有了。

🎤 **王天兵**：他是不是二人转迷？

🎤 **芦　苇**：缺乏记载。但张作霖有一段时间整治社会风气，禁止二人转进城，这是真的。

🎤 **王天兵**：也觉得它低俗？

🎤 **芦　苇**：觉得有伤风化，不体面高雅。

🎤 **王天兵**：二人转有什么特点？

🎤 **芦　苇**：生动活泼。二人转到一个地方去演出，能够在一晚上把当地的事和人编成戏剧，第二天就上演。例如，到你家里就唱你家的事，只要你告诉了他你们家的事，他就能现场编出剧目来。

🎤 **王天兵**：唱堂会？

🎤 **芦　苇**：堂会也唱，村会也唱，集市也唱，家庭也唱，只要有东北人的足迹就有二人转的身影。见谁给谁唱，挖煤窑子的、伐木工、水运船工、商会的人；走哪儿唱哪儿，村落、匪窝、抗日联军根据地，都去唱。二人转主要是底层乡村社会的一种娱乐。为什么受欢迎呢？因为独此一家，少有别的娱乐了。东北没有大戏班子。

🎙 **王天兵**：二人转的演唱形式是什么？

🎙 **芦　苇**：有固定的一套程序，主要是以丑唱男。所有男的，不管老生、小生，都是一个人唱的，这个人就叫丑。女性角色是旦来唱，实际上旧社会二人转的演员几乎都是男的，女的是极其个别的。

🎙 **王天兵**：就是两个人在唱？

🎙 **芦　苇**：有大小班子，一般来说就是六七个、七八个人，多的曾经达到十几个人。小班子两个人也能唱，对唱、清唱。

🎙 **王天兵**：乐器是什么？

🎙 **芦　苇**：唢呐、胡琴。

🎙 **王天兵**：和陕西类似？

🎙 **芦　苇**：陕西的乐器多了，二人转的乐器相比而言很简陋。

🎙 **王天兵**：当年他们也是由人们去请，到哪个村里来演，到谁家去唱吗？

🎙 **芦　苇**：游走江湖，所以二人转艺人自称江湖人。他们走哪儿唱哪儿，挣的东西也是五花八门的，当地没钱就给粮食，没粮食就给农副产品，还有的是给牲口，给羊、药材，有的还挣过一些毡帽、毡鞋等衣物，什么都挣过。书里记载，有一次给人家唱，没什么给他们的，就给一人送了一双乌拉草鞋，里面塞着保暖的干草。有的干脆给烟土，他们再把烟土倒卖，换成钱物。

吉林有个作家叫曹保明，他写老东北的风土人情，船帮、木帮、采金的金帮，还有挖药材的、挖人参的、土匪帮、关东军……东北民众的市井生活和各行各业的生计都写得非常真实。那才叫世俗社会，原来如此丰富。当时东北还保持着原始山川的壮丽风貌和质朴彪悍的民风，语言也很棒。作为一个电影编剧，要想还原真实的时代质感，当年有关的环境空间、生存方式都不能想当然，都要一一了解和把握。这个功夫是一定要下的。

🎤 **王天兵**：二人转艺人们有固定住所吗？还是无所谓，到处走？

🎤 **芦　苇**：他们都有家，但一年之中除了农忙和过年，基本上都在江湖上，难得着家。

🎤 **王天兵**：以前他们社会地位也很低。

🎤 **芦　苇**：当然了，甚至有的大乡镇都不让他们进入，张作霖就曾下令不让他们进大的城镇。

🎤 **王天兵**：纯粹在民间流传的。

🎤 **芦　苇**：是自生自灭的草根民间演出形式。

🎤 **王天兵**：你是什么时候接触到二人转的？

🎤 **芦　苇**：我最早是在八十年代无意中看到一本二人转老艺人程喜发写的

回忆录，是 1961 年左右出版的，看后很受震动，它把东北社会的真实情况描绘得栩栩如生。得到这本书我如获至宝，一直珍藏着。

🎤 **王天兵**：写的是什么年代的事？

🎤 **芦 苇**：程喜发的演出从二十世纪三十年代开始，一直到四五十年代。还有刘世德、李青山这些人，都特别有魅力。程喜发的回忆录出版以后，李青山、刘世德的回忆录也跟着出版了，保留了一批宝贵的文化遗产。二人转跟这些东北小戏较早得到抢救性保护，因此才得以保全。

🎤 **王天兵**：有录像资料留下来吗？

🎤 **芦 苇**：程喜发、李青山他们的影像资料绝少见到，几乎没有了。

🎤 **王天兵**：他们唱的什么内容？有文字记录吗？

🎤 **芦 苇**：文字记录应该感谢王肯和王兆一。（拿出书）这是他们整理出来的二人转曲目资料，精彩的有很多。

🎤 **王天兵**：念一段你喜欢的。

🎤 **芦 苇**：我念一段小帽戏文："一代帝王就数那刘邦，十万大军进驻咸阳，萧何月下追韩信，用计谋有张良，十面埋伏楚霸王，别虞姬，难回家，自刎在乌江。唉嗨唉嗨哟。一代军师就数那孔明，胸怀大略，隐居卧龙，三顾茅庐汉刘备，论天下在隆中，火烧赤壁共东风，出祁山五丈原。唉嗨唉嗨哟。一代奸雄就数曹操，拥兵自重拜相在朝，官渡大战灭袁绍，下东吴，抢二乔，华容道上把命逃。唉嗨唉嗨哟。在中原称霸王，归得司马昭。唉嗨唉嗨哟……"

🎙 **王天兵**：还是帝王将相，台词很通俗。

🎙 **芦　苇**：帝王将相、才子佳人是中国戏剧的传统主题。

🎙 **王天兵**：是哪个二人转艺人唱的？

🎙 **芦　苇**：我听说是一个叫相阳的艺人唱的版本，他唱得很棒。

🎙 **王天兵**：你这两大本二人转史料集《东北二人转研究资料汇编·史料卷（上下）》（吉林人民出版社），你边说话，我边翻着，太精彩了。语言和老舍的一样地道。

🎙 **芦　苇**：现在绝少有人会看这本书了。

🎙 **王天兵**：多么精彩的段子，全是现成的台词。这本书应该重新包装一下。书有多的吗？

🎙 **芦　苇**：这是我的资料书。你要的话我想办法到东北给你再搞一套。

🎙 **王天兵**：这本书太好了，随便翻一翻，全是瑰宝。文字太绝了，简直是大师级的。

🎙 **芦　苇**：你算看出来了！我们就是要用老艺人写的资料拍一部好电影。

🎙 **王天兵**：够拍十部电影的，都是活生生的，这么地道。他们逮谁模仿谁，管这叫"抓他们的相"，"抓相"这个词用得真好。这么好的书没人知道，真是明珠投暗。民国底层社会到底是什么样的，读这个书就能看到一点真相了。

🎤 芦　苇：光听东北人聊天也很有意思。李青山活到新中国成立以后，还受到重视。新中国刚成立，他对东北传统文艺江湖有许多记忆，东北的文艺工作者出了不少力气才保存下来，但大部分已经灰飞烟灭了。

🎤 王天兵：二人转你看过多少？

🎤 芦　苇：二人转的碟片，你看我买了多少。什么叫文化，这就是文化。

🎤 王天兵：你搜集的光碟很全（拿出芦苇买的碟读道），《骚嗑大全》。

🎤 芦　苇：是现在的小品。

🎤 王天兵：宁舍一顿饭，不舍二人转。

🎤 芦　苇：这是东北民间流传很广的一句话。

🎤 王天兵：《大西厢》？

🎤 芦　苇：有《小西厢》，也有《大西厢》。

🎤 王天兵：搞笑二人转《张郎休妻》，还有《瘸知县上北楼》《长坂坡》《吗啡叹》《刘云打母》《冯魁卖妻》《包公赶驴》《卷席筒》《五鼠闹东京》《杜十娘》，还有《小姑贤》说的是小姑劝解家庭是非、婆婆媳妇的生活俗事……这么多杂七杂八的，长见识。这些老戏在京剧、秦腔中也都有吗？

🎙 芦　苇：有的有，有的没有。

🎙 王天兵：《卷席筒》不是一出秦腔嘛。

🎙 芦　苇：《刘云打母》在别的戏种中就很少。

🎙 王天兵：都是全本戏？

🎙 芦　苇：地方戏也能演全本戏。碗碗腔是地方小戏，也演全本大戏。真正的传统二人转你肯定没有听过，乡土味儿极冲。

🎙 王天兵：没听过。

🎙 芦　苇：给你听听传统的二人转。（放二人转）这是女声唱的，是地方民间音乐和戏曲的结合。

🎙 王天兵：这是原汁原味的二人转吗？

🎙 芦　苇：这是新中国成立以后改良的，和原始的不完全一样，二人转的土味儿没有了。

🎙 王天兵：有点像评剧。

🎙 芦　苇：不一样。伴奏很简单，一把胡琴、一支唢呐。你听，这是比较地道的二人转的唱腔。二人转提供了宽广的历史画卷和壮阔的乡野舞台，我一直有心为它写一部电影剧本，这才有了《白山黑水》这个剧本。

电影剧本《白山黑水》

🎙 芦　苇：当年写《霸王别姬》的时候，有很多文艺界的人还不理解，说什么时候了，还搞封建老古董，有什么意思？还有人说，芦苇，你写警匪戏不挺好的，既现代又挣钱？他们看不出《霸王别姬》里面有的是金子。二人转里面也是有金子的。我想在银幕上把东北传统二人转和说口的艺术魅力展现出来。

🎙 王天兵：什么是说口？

🎙 芦　苇：说口是一种讲小段子的艺术，即兴发挥，临时编纂，主要是以说为主，跟传统的二人转相距甚远，是以小品剧目的演出为主。

🎙 王天兵：谈谈你的电影构思吧。

🎙 芦　苇：电影剧本《白山黑水》写了从 1934 年到 1937 年间的故事，讲的是一个二人转老艺人收了一个徒弟，因为很多城镇不允许蹦蹦戏入内，他们就在东北的白山黑水间四处漂泊。我从今年五月份开始系统地看二人转的资料，二人转老艺人的回忆录只有三个人写得最有参考价值，他们是刘世德、程喜发、李青山，三人写得不尽相同，刘世德写得最好，能够把东北的社会面貌写出来。从民国初年至三十年代，东北老百姓生活变化不大，穿的服装还是前清的样式。他们乘爬犁赶场子，唱大屯（大村镇）、唱马帮、唱车马店，他们给土匪唱、给抗联唱、给猎户唱、给渔民唱、给挖参人唱……一路上把社会风情的魅力展现出来了。

有一场戏，主人公掉到东北猎人专为捕捉猎物挖的陷坑里，他一看，下面已经掉了只狗熊，但掉到套网里了，还在挣扎。这就有戏了。他跟狗熊待在一块儿，浑身不自在，熊一动网就晃悠，网一晃悠他就躲，一边躲一边对狗熊求爷爷告奶奶，说了一堆好话。后来日本人把他抓住了，以为他是探子，听说他会"唱唱"，就问"唱唱"是干什么的，他说"唱唱"就是唱戏的，日本人说唱给我们听，他就开始唱。日本人一听，哇哇乱叫说好听哇，给我们好好唱，于是他们一边喝酒，一边唱日本歌、跳日本舞，一群二人转艺人被日本人一起拽着跳，稀里糊涂搅成一团，最后，他和日本侵略者同归于尽了。

🎤 **王天兵**：姜文的《鬼子来了》结尾也是这样的。

🎤 **芦　苇**：这个历史舞台上不但有日本人，还有俄国人，中国的土匪、抗联就不用说了，这个舞台壮阔而精彩。《白山黑水》要拍成电影肯定好看，那些人物与场景，极其独特，极具个性。

把二人转作为历史舞台，道理和《霸王别姬》是一样的，把程蝶衣放在历史场面里，他就不是普通艺人了，就和史诗联系起来了。《白山黑水》是有其独特魅力的。

有的当代导演自以为是文化人，其实很没眼界，他们都小看了民间传统艺术，他们的修养历练不足，不能理解二人转这种民间艺术，更不能将它们在大银幕上展现出来。

时下无英雄，才使《小时代》成名了。

中外院线电影点评

芦苇

《小时代》

《小时代》有一百个缺点，但是有一个优点，就是电影类型清楚，这一点郭敬明比陈凯歌要自觉。《小时代》的价值观反映了一代人整体的潜意识，是未来社会学家研究当今中国某些人崇尚、渴求财富的病态心理的活标本。跟当年人们疯狂追随革命一样，现在是疯狂追逐金钱财富、追求低俗恶俗。尽管追求的内容南辕北辙，但其疯狂程度是一样的。各个电影学院、中央戏剧学院、中国传媒大学都应该研究这部电影，它是一个"病毒标本"。

《同桌的你》

这类片子看了以后记不住。一个人拍的跟一百个人拍的没有什么区别。

《亲爱的》

在中国电影中，表现社会现实的题材已是寥寥无几，陈可辛的这部影片就显得难能可贵了。电影的主线有两条，一是爸爸找丢失的儿子，二是妈妈找丢失的养子，故事交叉而成一部电影。从电影品质来看，它不能算是一部经典，从剧作上来看也有些笨拙。结构可以更巧妙、因果关系可以结合得更具戏剧性，但在中国所有涉及社会现实题材的电影里面，这是一部有诚意的作品。不管是从选材还是从成片来看，都有一种久违的亲情关怀，很稀缺。

香港导演拍内地的故事现在很卖座。不信你看看《智取威虎山》，从革命样板戏发展出一个追求娱乐精神的新类型。

《智取威虎山》

中国革命正在成为一种商品资源。革命资源可以以票房来计算，以钞票来计算。这种变化很有趣。

过去我看到革命转变为一种教育素材，现在看到革命成了一款商品的原料。从类型来讲，这是部成功的类型片，我起的名字叫作"革命+high（兴奋）"，革命、武打、枪战和奇幻的混合体，是一个新型的产品、一种新型的"药物"，但确实有 high 的作用，不管用的什么原料，反正是 high 了。

票房非常成功，类型清楚，制作也算细致，叙述也算到位，这是一个混搭，难成经典。我们要通过这部电影了解解放东北时的真实历史氛围，那就走错门了，全是虚幻的电影想象。

徐克的电影类型一直很清楚，只有一个《七剑》类型不清楚。

《太平轮》

《太平轮》的问题和《赤壁》的问题一样，甚至可以说是《赤壁》失败的翻版。类型不清楚的问题在《太平轮》里面进一步劣质化。

《归来》

《归来》想讲"文革"带给人们的伤痛，但回避了心灵创伤的缘由及真相。讲失忆也没有讲透。这部电影未能进入影响较大的电影节便是明证，证明其文化品质确实不过关。张艺谋是不是也有他的难处？不得而知。他既然敢于拍这个片子，就要把这个担子挑起来，但他没有挑起来，拍了悲剧的人物和故事，但是达不到悲剧的品质和深度。

表演还不错，失误是编剧和导演的失误。我没有看过原小说，无法对比，但据说严歌苓的小说在刻画人物心理方面是用了大量笔墨的，在电影中都缺失了，所以读过小说的人对这部电影都不满意。

《私人定制》

其炫富心理和《小时代》可以比肩，只不过它还有一个光明的尾巴。在中国谁要开办一个发财学习班，绝对不赔本。《私人定制》有人看也不奇怪。比如说传销，国家打击了多少年了？为什么就是永远打不死呢？因为人人都有发财梦在暗中作祟。

《白日焰火》

这部影片表现了基层民警的真实处境，它的功绩不仅仅在于它得了柏林国际电影节最佳影片奖，而且在于它展现了当今中国社会的真相。它虽然是一部文艺片，但类型驾驭得也不错。此片的导演刁亦男以前是编剧，他在《白日焰火》中继承了优秀的现实主义传统。在今天还有这种力图表现真相的片子，可谓珍贵。同是警察题材，《警察日记》与之相比在情节上就不够完整。

《狂怒》

很棒。描写坦克大战，把好莱坞战争片的传统优势发扬光大，同时更加注重人物的刻画。

美国战争片的主题永远是战场上的英雄主义，但他们非常严肃地对待自己的历史，将二战作为一段宝贵经历来反思。他们不是健忘的民族，而是反思深刻的民族，和《智取威虎山》一比，后者是把这段历史素材作为娱乐资源，靠贩卖革命来赚钱，文化品质高下立判。

《狂怒》真实的力量在《智取威虎山》里是没有的。《智取威虎山》就

是让你 high。革命可以 high，这是徐克的一大"特色"，也是他的一大
"发明"。

国内拍类型片没有纯熟的技巧和出色的团队。

《救火英雄》

香港式的主旋律电影，制作认真、内行，人物、场面也不错，但故事很
难深入人心，一部没有任何特色的标准产品，做工精细，平庸无趣。

《黄金时代》

《黄金时代》是一个非常不真实的萧红的生活流水账，没有故事，没有
人物，没有主题，基本是"三无"产品，苍白无力。

《姨妈的后现代生活》

《姨妈的后现代生活》的人物不能称为完整的人物，戏剧故事也是支离
破碎的。主人公是一个外语老师，怎么可能最后去卖衣服？可见编导对中
国社会完全不了解。外语老师在这个时代里要吃有吃、要喝有喝，左右逢
源、如鱼得水，是绝不会混到去街上摆摊儿的。这是凭空想象，导演对社
会环境完全不了解。

《西藏天空》

素材很好，人物很好，但主题不明确，拍得杂乱无章。故事讲农奴的
孩子跟贵族的孩子从小到大的悲欢离合，按说能够反映西藏历史，而且编
剧是阿来，很好的一个作家。但电影故事讲得十分拙劣，讲着讲着就讲到
一边去了，不能形成一个有效的戏剧故事。

《警察日记》

为什么票房这么差呢？因为这是一部作家电影。类型在那儿搁着，讲

故事的方法跟着个人的感觉走，所以不可能有票房。电影尽管很有新意，空间很有地域的质感，在表现警察正面形象上做了努力和创新，但没有故事性，这在剧作和影片里面都没有完成。男主角之所以获得东京国际电影节最佳男主角奖，是因为演得很真切，令人信服，要不然不可能获这个奖。

《焦裕禄》

李雪健演得不错，但全片平庸。

《见龙卸甲》

香港电影的一切毛病它都有，香港电影的一切优点它也都有。平庸的商业片，平庸的武打片。

《无人区》

类型片，没有类型内容。余男、徐峥、黄渤的组合不错，但故事乏味无力。

《致我们终将逝去的青春》

影片力图表现出一代人的生活和心路历程，但没有给我留下任何印象。

《团圆》

电影的题材很好，讲了海峡两岸的一段苦恋，但这个故事完成得并不好，角色的转换没有说服力，不动人，因为回避了一些情感上最尖锐的、最痛苦的、实质性的问题。失败之处跟《归来》相似——深刻的主题，肤浅的表达。

《一代宗师》

不错的文艺片，武侠类型，作家电影，有王家卫的一切优点，也有其一切问题，很难拥有广大受众。

《青红》

讲的是三线城镇里青少年成长的故事，有犯罪因素在里面，但电影只有状态，没有故事。

《中国合伙人》

陈可辛讲了一个阶层的成长史，倒不妨说是一代人的发财史，《小时代》的趣味和追求这里面都有，但不如《小时代》做得赤裸。这种故事打动不了我。

《一步之遥》

《一步之遥》和《太阳照常升起》，老实说我没看懂，不得要领，不知所云。我只看懂了马走日这个角色，浑身上下都只体现了三个字——我牛×。

它跟《太阳照常升起》有一个共同之处——没有和观众交流，至少是没有和我交流。我自己花钱看了，我只想说：这电影一点儿也不牛×。

《二十四城记》

这部电影依然有贾樟柯的老问题，以为戴上艺术片这顶高贵的帽子就可以随心所欲了。电影看完了内容我也忘光了，就记得是一个人讲一段自己的故事。

《墨攻》

制作讲究，唯独弱的是剧本故事，又一次用电影证明了制作再讲究，故事不精彩的话也没有观众缘。

《光猪六壮士》

很经典。看看人家是怎么拍底层人物的，它给中国所谓的社会生活片树立了一个标杆，讲究故事、讲究人物，中国的电影已经把这些讲究抛到九霄云外了。

《北京遇上西雅图》

合格的类型片，获得商业上的成功是意料之中的，但打动不了我。

《画皮Ⅱ》

乌尔善的电影类型清楚，虽说不上是经典，但是一个商业片该有的因素都有了，在商业片里算是做得比较精致的。导演的驾控能力很强。

《斯大林格勒》

繁杂冗长，毫不必要的煽情，而且一头一尾的帽子是拙劣的添加物。片子很有战争质感，但是叙述老套，和《兵临城下》一比，高下立判。阿诺可以当邦达尔丘克的师爷了。

《大河之舞》

看了好几遍，太棒了！爱尔兰音乐加现代舞、西班牙舞、踢踏舞……

《寄生虫》

这部电影最大的优势是类型做得很彻底，表演也很出色，但人物的塑造相当病态。当然，人类经常处于病态，但片中所有人都是如此病态就有点极端了。在我看来，它对生活的阐释不够真切。电影用力过猛，为了风格而走极端，导致格局过于刻意。

《小偷家族》

和《寄生虫》相比,《小偷家族》的视角是不一样的,从容平和,也比较大气。这是个小题材,但人物刻画都做到了极致。韩国电影还是太使劲了。与《寄生虫》相比,我更喜欢这部电影。

《无依之地》

浑然一体的美国风格。导演赵婷是在中国长大的,她能把如此平民化的美国底层真实生活讲得这么地道,让我感到很惊讶,也很佩服。这是一个国际合作的完美典范,指明了未来电影的方向。

《三块广告牌》

这部电影我也很喜欢。剧作功夫老道,电影拍得饱满结实,跟中国电影形成了对照。除了故事结实,女主角是最大亮点。

《摔跤吧,爸爸!》

你看它的人物刻画多么生动、多么准确、多么朴实,它是个励志故事,把印度真实的社会生活都通过银幕带到我们眼前。电影的品质令人信服。

《血战钢锯岭》

非常棒的电影。拍场面是好莱坞的特长,很多英雄电影都是卖弄场面,但它没有,它的场面是为人物服务的。影片最大的亮点是一个不愿意杀人作战的人在战场上变成了生命的救护者,人物转变得那么艰苦卓绝,直击人心。

《何以为家》

黎巴嫩电影达到了世界经典电影的水准,虽然是故事片,但纪实的力量丝毫不亚于专案的纪实报道。这部电影把社会生活还原得准确、生动、残酷、真实，很有质感，闪烁着人性的光辉。我非常喜欢这部电影。

《1917》

它有英国电影一贯的大度恢宏，强烈的个人风格直击眼球，长镜头跟拍那么地道，让人叹服。

《芳华》

冯小刚最好的一部电影，方方面面都很不错，但它依然缺乏一种深沉的历史感，它的历史感总是捉摸不定，有一层包装纸的感觉。

《驴得水》

电影类型把握得非常好，带有黑色幽默的轻喜剧，但未能克服中国电影的老问题——糙、毛糙。关键是文化品质，跟西方电影对比就知道了。它可以看，不值得研究。

《地久天长》

电影的题材、主题、表演都非常好，缺点是叙述过于冗长、拖沓，结构臃肿，不够精练，缺乏经典作品的戏剧力度。我曾经在西班牙见过王小帅，我说这部电影再剪掉四十分钟篇幅就更好了。

纪实性的题材同样可以表现得力道十足，它太长了。

《我的姐姐》

非常成熟的家庭伦理类型，整个内容和表达形式都很统一，和《地久天长》相比，戏饱满精练而不拖沓，在中国电影里是难得一见的真切却又很好看的家庭题材电影。

张子枫和朱媛媛的表演都很到位。

《柳青》

我是电影《柳青》的文学顾问，应该肯定的是导演敢拍这部电影，因为作家电影是最难拍的。但电影的完成度非常有限，没有把柳青真正的人格魅力充分地表达出来。导演还处于起步阶段，他需要总结经验。

成泰燊的表演是全片的亮点，他把这部电影撑起来了，起了顶梁柱的作用。要是没有成泰燊的表演，很难想象成片会是个什么样子。

《你好，李焕英》

故事讲的是母女关系，视角非常好，切入点也很好，但它完成得——说句老实话——还是粗糙，而且表面化，表演和场景都没有历史感，等于把过去的苦难拿来消费了。它是一部成功的商业片，票房很好，因为带有轻喜剧风格的电影一向是观众喜闻乐见的，何况讲两代人亲情的电影在中国电影里面非常罕见，它填补了这个空缺。

《八佰》

战争大片，难成经典，讲了"八百壮士"这个历史故事，但既没有真相，也没有深刻、准确而动人的人性表达。总而言之，把历史与战争当成消费品了。

《哪吒之魔童降世》

很棒很棒！中国动漫一直成熟不了，但这部电影上了一个台阶，电影类型很完整，叙述也很精彩，最关键的是人物刻画很到位，不概念化，充满了生命力。

《中国机长》

它的优点是把这个事件拍出来了，但如果把它的人物刻画和剧情结构与伊斯特伍德的《萨利机长》做个对比，高下立判。在《中国机长》里，很难找到深刻的人性的表达，还是有假大空和鸡血的嫌疑。

《我不是药神》

这部电影，我的评价非常高。为什么？因为它切中全中国人的一个痛点，就是看病难。全中国人民最为痛心疾首的问题就是医疗腐败。《我不是药神》有反思、有揭露、有批判的表达，对中国人来讲有深刻的意义。当然，从电影技巧上来讲，表演分寸感还有问题，但无碍于主题的光辉。

《战狼 II》

红色"兰博"，成功的英雄片，类型做得不错，跟《红海行动》像双胞胎兄弟。

《一秒钟》

能看出张艺谋的用心，他非常想表达社会底层的苦难，但总有隔靴搔痒之嫌，关键是无法跟观众在情感上产生深入的交流。演员的表演、场景的布置都不错，唯独故事和人物疲弱无力。

《悬崖之上》

制作精美、技术成熟，但戏剧性依然是模糊不清，故事本身也不成立，难以打动人心。人物都浮在表面上，至少跟我这个观众很难交流。

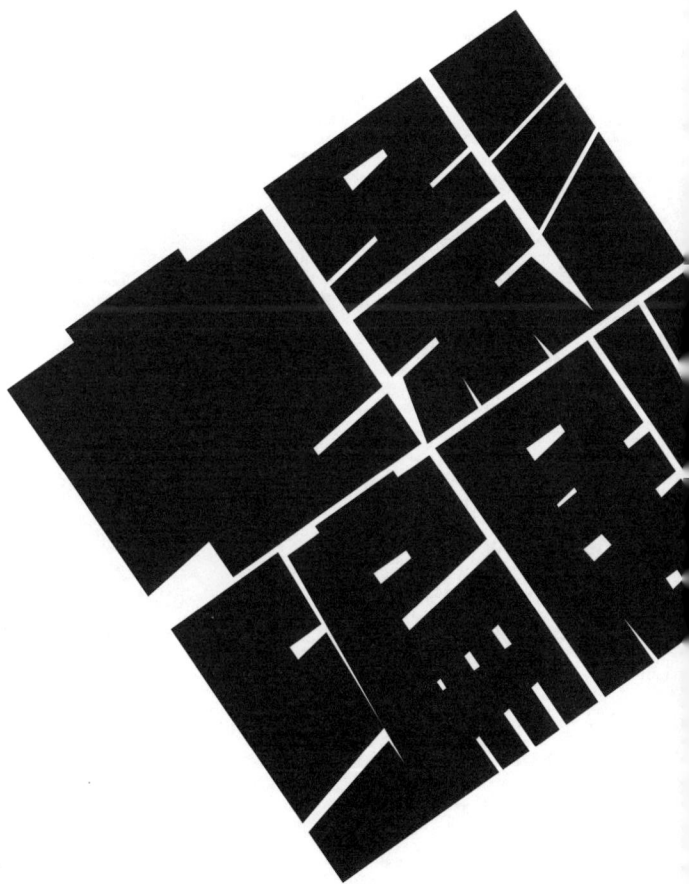

黑幕:

鞭响声,陕西关中农民吆喝牲口的声音,从历史深处由远而近飘传过来。

鹿三的声腔铿锵有韵、响彻天地:"走!——嗯儿驾,走走!嗯——我把你个挨下鞭的东西哟,你个生就出力的坯子下苦的命,不出力想咋呀,你还想当人上人呀?连我都没那个命,走!嗯儿驾!……"

鞭声噼啪甩出片名:

白鹿原

清光绪三十年(公元一九〇四年)

陕西关中白鹿原

1. 白鹿原　　日　外

土原浑然屹立,沐浴在金秋的阳光中。

鹿三抖动缰绳驾骡耙地,白嘉轩扬臂播撒麦种,两人年当青壮,活路[①]干得畅快得劲,赳赳有势。

鹿三:"……慢下来咧看我拿鞭子抽死你!嗯嗯!吁吁——"

碾耙过后的土地平坦顺展、肌理均细,小麦粒儿铺天扬撒,盖地飞落。

这是农人在抚育着生命的永恒景象。

白嘉轩:"鹿三吔,我屋里头的就要生养了,得请你给俺娃当干大[②]。"

鹿三:"我命穷,怕是托护不起这么贵气的娃。"

白嘉轩:"你人穷,可品不穷嘛——"

鹿三(高兴):"嘉轩,这货敢要是个带把把子的男娃,就是咱祠堂将来的掌门人么!嗯儿驾——(盯)连这牲口都咧着嘴笑呢,挨定是男娃!"

---

① 泛指各种体力劳动。

② 干爹、干爸。

2. 白家牲口圈　　日　外　内

牲畜打着喷鼻嚼咽草料，母牛哞叫起来。

白嘉轩的妻子仙草挺着大肚子担着水撞门而入，吃力地拎桶倒水入缸。她拎起第二桶水绊住缸沿，腰身一闪跌倒，水桶砰然坠地！

一只小牛犊惊慌不安地窜来窜去。

白妻哆嗦着从裤腰里掏出手，手上沾满血污。

门砰地被撞开，黑娃（四岁）跑进来，他突然站定，吓呆住了：白妻哆哆嗦嗦从裤腰里抱出一团蠕动着的血肉疙瘩！

黑娃的镰刀草笼失手坠地，他反身逃窜出去，扒住门扇朝里窥视。

白妻（呻吟）："黑娃吧……快拿镰刀来！"

黑娃进门拾起镰刀，惊惑不安地递给白妻。

白妻无力接镰，呻唤着："割下去……在这儿割一下……"黑娃目瞪口呆，木然不动。

白妻（责骂）："死人你？快割……"

黑娃闭上眼，钩扯了一刀！

白妻晕厥瘫卧，黑娃惊叫着扔下镰刀蹿出门去。

母牛移动身躯哗哗地撒下一泡热尿。

小牛犊偎靠过来，亲热地舔蹭着新生在地的婴儿。

3. 白鹿原　　日　外

四辆大车装载着戏班子辚辚而来。鹿子霖坐在车帮伞下把着细瓷壶嘴喝茶。

白嘉轩扬手撒出一把麦种，伸出大拇指说："子霖兄，不是你这手面，谁能把麻子红这么大的戏班子搬到白鹿原上来?!"

鹿子霖满面堆笑，说："嘉轩兄，我娃要过百日咧，非你族长的大驾才能压住场面，我这厢有请咧！"

白嘉轩："白鹿原上第一大户过事，我敢不去登门纳礼？娃的官名儿叫个啥呀？"

鹿子霖："官名儿鹿兆鹏，吉祥大兆的兆，鹏程万里的鹏。"

白嘉轩（赞叹）："名儿好名儿好，这名字还了得咧，光听这名儿，你鹿家门下就得出封将拜相的人物咧！"

鹿子霖："咱白鹿两姓同祖同宗一个祠堂，同福共喜么——"

黑娃急如脱兔地奔到崖边上，丢魂失魄地对着下面川地号叫着："大呀！——大呀！……我姨，我姨在牲口圈里……"

鹿三勒住缰绳训斥道："把话说亮清！你姨咋个了？"

黑娃喘息着说："我姨在牲口圈……尼下来一个……尼下来一个……"

鹿三："好好说，尼下来一个啥？"

黑娃："……尼下来一个，一个，一个娃……这么长！"

鹿三（警觉）："哎呀，怕是生养了?!"

白嘉轩脸色陡变，拔腿就跑。

鹿三（提醒）："你跑河边弄啥去呀，把路跑反了！"

白嘉轩呆立片刻，转身往原上蹿，一个趔趄失重绊倒，他爬起身来急急如飞向原上奔去。

白嘉轩的喘息心跳在古老的土原上声声可闻。

字幕：清宣统三年（公元一九一一年）

4. 白鹿村私塾　　日　内

白鹿原上传来琅琅读书声。

村童们摇头晃脑背诵《三字经》："三才者，天地人。三光者，日月星。三纲者，君臣义，父子亲，夫妇顺。曰春夏，曰秋冬，此四时，运不穷……曰仁义，礼智信，此五常，不容紊……"

村童们的诵书声遍传古原。

5. 白鹿村祠堂　　日　内

白嘉轩带领着工匠族人忙着栽立新雕刻完工的乡约族规青石碑，鹿子霖抄着手惶惶不安地匆匆进来。

白嘉轩："子霖吔，你来得刚好，我娃孝文明儿定亲待客哩，咱请不起大戏，就请你坐个上席喝个酒。"

鹿子霖："我真服你了，嘉轩！西省城里革命党的枪子儿打得满天飞，说是宣统皇帝的位位都坐不稳了，人心乱得跟吊桶一样七上八下的，你这会儿还有闲心摆席面喝酒呀？"

白嘉轩："西省城乱了，白鹿原没乱么。咋，我把你请不动？还要雇个八抬大轿抬你才来呀？"

鹿子霖："我还坐轿呀，这阵儿，皇上怕都没轿子坐咧！"

白嘉轩："皇上的事归天管，给娃娶亲定媳妇，归咱当大的管。"

6.白兴儿配种场　　日　内

三个村童兴致勃勃地走过来。

白孝文："……昨儿，我大叫媒人从屋里拉走了十桩子麦，给我把媳妇儿订下来了。黑娃，你大啥时候给你订媳妇呀？"

黑娃眨了眨眼，张口无语。

鹿兆鹏（对白孝文）："你大给你拾便宜货哩。我大给我订的媳妇拉走了三十桩子麦，还搬走了十捆子棉花！"

黑娃："孝文订下的是猴儿媳妇，身子轻，当然便宜，你媳妇胖得像猪八戒，上了秤重，就得出大价。"

鹿兆鹏："你是老虎媳妇，上了秤更重，看你屋里订得起不？"

白孝文："我干大穷，订个老鼠媳妇还将就。老鼠媳妇只耍一把把麦价么。"

黑娃一下恼了，扬手给白孝文后脑勺一巴掌，说："我大没麦没钱，我打光棍儿得成！……"

鹿兆鹏也恼了，一把揪住了黑娃的小辫儿，说："你黑娃咋耍不起了，凭啥打人家孝文？"

三个人炸了窝，厮打起来。

黑娃挣脱，寻拾了一块土疙瘩扬起手臂，鹿兆鹏站在围墙塌口连连招手，说："甭打甭打，赶紧过来看呀——"

三只小脑袋挤在围墙塌口朝里张望。

院墙里，场主白兴儿忙着配种。一头发情的黑驴跟一匹白马又咬又蹭，黑驴抬蹄跃上白马的脊梁。

院墙外三人屏住呼吸瞪圆了眼睛。

白兴儿顺手一推，黑驴颤抖着嘶叫起来。

黑娃突然在白孝文裤裆抓了一把："噢呀！孝文的尿硬得跟驴锤子一样！"

白孝文报复地砸了一拳黑娃的裤裆，疼得他龇牙咧嘴呻唤起来，鹿兆鹏急忙为黑娃揉抚小腹。

黑娃叫唤："他把我牛牛砸失塌了！"

鹿兆鹏哄慰着说："反正你也没订下媳妇，失塌了就失塌了，留着也没用。"

黑娃一把推开鹿兆鹏，凶着脸说："失塌不成！财东娃听着！我黑娃要么不娶媳妇，要娶就娶个三宫六院七十二妃，听着了没?!"说罢一抢手狠狠把土疙瘩扔进院墙里。

土疙瘩直中黑驴，它受惊嘶叫着跳下来，撞倒白兴儿脱缰狂奔逃去。

白兴儿灰头土脸地爬起来，恶声恶气地叫骂着追奔过去："狗日的立住！看我把这伙崽娃子皮剥了去！"

三个孩子转身飞逃。

7.白鹿村祠堂　　日　内

鹿子霖焦虑不安地对白嘉轩说："现在革命党满世界杀人放火奸女人呢，世道乱得都没熊样子咧，你先说咱村该咋个办呀！"

鹿三在旁听着，也面露难色。

白嘉轩："咋办？按老规矩办。我把老辈传下来的乡约族规打刻到碑子上，立到祠堂里，这就是咱行事论理的准绳。不管他谁坐皇位位，咱都尽良民本分缴纳皇粮，一斤不少，一斤不多。"

鹿子霖："嘉轩，你拿得稳，你要敢生在三国，皇上位位怕得你来坐。当个白鹿村祠堂的族长，把你的才屈大咧。"

白嘉轩（一脸正色）："子霖，这会儿不是你撂杂话说笑料的时候。（手拍着石碑）咱是百姓农人么，耕读传家么，啥世事咱都是这个活法，连咱的娃们家都读书知理、遵规守法着呢。你兆鹏、俺孝文都能读《论语》咧，连黑娃都能说个'之乎者也'了么——"

白嘉轩话音未落，白兴儿连推带搡拧着耳朵把三个小娃押送来，怒气冲冲地告状。

白兴儿："刚好，你三个大人都在这儿哩。族长，我好好做我的营生着呢，这三个匪娃子抢着碗大的石头块子就朝我砸，把驴的熊都打成瞎瞎熊咧。种没配上不说，驴马受了惊跑得没影儿了咧。族长，你说这事咋办？"

黑娃嚷嚷着辩解："黑驴跑了，白马没跑！"

白兴儿："你三位都是原上最要脸面的人，这三个咋就这么没皮没脸的，那是牲口交配的场合么，好看得是？看了给你大脸面上增光不成？"

鹿子霖劝息着说："甭急甭急，咋个失赔市面上都有个价码，你先甭急，慢慢说歇①！"

白兴儿："我咋不急，我营生瞎咧！"

三位家长气得脸色发僵，面面相觑无话可说。

白嘉轩捺住心火，在条凳上蹲蹴下去，审视着孩子们问道："你三个谁出的主意？"

三个娃哭丧着脸，鹿兆鹏翻着白眼回应："我。"

黑娃嘟嚷着："……黑驴，是我拿土疙瘩撇跑的……"

鹿三怒不可遏，抬腿一脚把黑娃蹬翻，骂道："我没钱赔，我就把你失塌了抵人家的驴命去！"

鹿子霖脱掉鞋举晃着，虚张声势地斥骂着儿子："我鹿家的脸面让你丢尽了！今儿我就当着众人面把你瞎松打死到这儿！"

---

① 陕西话，语气助词。

鹿兆鹏屁股挨的鞋底分量不重，犟嘴口气却硬："君子一言，驷马难追，今儿你不打死我，你不算好汉！"

白嘉轩蹲在条凳上抄着手，引而不发地逼视着儿子。白孝文像落入陷阱的小动物，惊惧失色地眨巴着眼睛。

白嘉轩："我不打你，咱按族规办。去，把墙角底下的酸枣刺拿过来。"

白孝文哭丧着脸把酸枣刺交给白嘉轩。白兴儿上去拦住白嘉轩，说："对咧对咧，吓唬吓唬就对咧，不敢来真的，不敢！"白嘉轩推开他，一板一眼地说："我不吓唬人，我要说就是实打实话。"

白嘉轩一声喝令，叫三个娃一溜儿跪下。

白孝文转身欲蹿，被白嘉轩一把拎住了领口。他抡起酸枣刺抽了下去！

白嘉轩："我让你一辈子忘不了，看你还敢不敢学瞎。"

白孝文惨号着捂住了脸，指头缝间渗出一缕细血。

白嘉轩把酸枣刺丢到地上，对鹿子霖和鹿三说："碑子上族规写得分明，你俩看着办。"鹿三、鹿子霖只得拾起酸枣刺，未及下手，黑娃突如脱兔般地逃窜出祠堂，鹿三随后追去。

鹿兆鹏趁机飞逃出去。

8. 祠堂门口　　日　外

鹿三追下台阶，被一群背枪挎刀正在下马的官差拦住，为首的田福贤一把揪住了他。

田福贤："鹿三，你慌失个啥哩？"

鹿子霖出来，拍着大腿颜容顿时变欢，他搀扶住田福贤："哎呀，我的田大官人！兄弟把你眼睛都快盼穿咧，快请快请！"

9. 白鹿村祠堂　　日　内

鹿子霖给官差们殷勤倒茶，田福贤擦着汗说："都啥时候了，你们还有工夫跟娃们耍猴儿戏。都把头抬高好好盯，没看天都变了色了？"

白嘉轩抱拳作揖："田大官人，到底出啥事情了？"

田福贤："出大事了！革命了，反正了，大清朝必失了！"

农人们难以置信，惊讶无语。

白嘉轩："……田大官人，你再说一遍！"

田福贤凑到白嘉轩脸前一板一眼地说："听下，宣统皇帝——下了位位咧！"

白嘉轩（愕然）："这话……这话可是杀头的罪！"

田福贤："要杀的，怕是你这号黏黏浆子 ① 的头！"

田福贤摘掉毡帽，拍着光头上的半截短发现示，说："都盯！江山易主，改朝换代，让咱这辈人活活就给兑上 ② 咧，只说你认不认吧。"

农人们惊惑不安难以置信。

白嘉轩："……新皇上是谁呀，新年号叫个啥呀？"

田福贤："新皇上叫大总统，新年号叫个中华民国，都记下。喊万岁再喊错了，操心脖项子上的头！"

众人面面相觑，寂然无语。

鹿子霖："那，那，那老制钱还管不管用了？"

田福贤："你钱多就操心个钱！现在新督军衙门派我传命，叫各村的头面跟族长到县上去听训受职去。白嘉轩、鹿子霖，你两个赶紧拾掇行李，跟上我走。"

众人呆若木鸡，僵立不动。

田福贤（提醒）："兄弟这趟出的可是新衙门的官差，你们不管茶饭，得是要反呀？"

鹿子霖热络地钩起田福贤的胳膊拉扯着说："看你说的，看你说的，不认皇上了都不敢不认个你。走，走，到我屋里先歇歇脚，兄弟就盼着你来给指点明路哩。嘉轩，你招呼先寻些草料喂马！鹿三，你赶紧给马备料饮水去！"

---

① 陕西方言，头脑不清的人。黏，读 rán。

② 陕西方言，碰上、撞上、遇上。

农人们众星捧月般地簇围着官差，一窝蜂地拥出了祠堂大院，只剩白孝文捂着脸僵跪在地。

黑娃与鹿兆鹏四下张望，蹑手蹑脚地走到白孝文身旁。

鹿兆鹏怯怯地说："孝文，你大走了。"

白孝文僵跪不动，没有反应。

鹿兆鹏欲看伤情，白孝文如被电击般推躲开他。

黑娃上来哄劝说："我看孝文裤裆一直都顶得硬邦邦的，他大一刷子下来就软得没影儿了。"他摸了一把白孝文的裤裆，故作惊讶地喊着，"哎呀，孝文的膙子叫他大刷掉了，成母马咧！"

白孝文浑身哆嗦着，没有反应。

黑娃欲搀扶他起身，说："起来起来，你大走了。"

白孝文突地一巴掌将黑娃抡翻，双手捂住紫肿失形的脸，发出尖刺惨绝的叫声："甭动我！谁都甭动我！我大没让我起来！"

10. 白鹿原　　日　外

惊雷隐隐，官差马队与同行的白嘉轩、鹿子霖如闻惊雷悚然回首，不禁面面相觑忐忑不安。

11. 滋水县衙门正厅　　日　内

陈旧晦暗的衙厅里挂贴着新旗新徽新标语，新任县长给乡绅族长们宣讲革命大义。

县长："……何谓中华民国？顾名思义，就是民众的国家。何谓民众？就是黎民百姓。何谓民主？就是要黎民百姓来做主参与国家朝政，彻底地根除封建专制弊端……"

县长长篇累牍讲得声嘶力竭。乡绅族长如听天书惑然难解，他们抽着旱烟咳嗽吐痰，厅里烟雾缭绕，垂垂老翁困顿不支，坐着打盹儿。

县长喝茶润嗓，吐着叶梗问："都听明白了没有？"

无人应声。半晌，鹿子霖起身站出来，他双膝一跪磕头，说："大人在上——"

县长拍着惊堂木说:"起来起来,说了半天成对牛弹琴咧,你都是民国公民咧,不准再搞这些封建礼仪咧,有话站起来说!"

鹿子霖迟疑着站起来,口唇嚅动却说不出话来,又跪身下去。

田福贤对县长悄声解释:"这人见官跪习惯了,站起来就不会说话了。"

县长:"甭着急,你慢慢地说。"

鹿子霖:"大人英明。这皇上没有了,科举也没有了,秀才举人状元都作了废了,那,小的娃们家在私塾里花费着银子读了一整整,都成了竹篮打水一场空咧?"

县长:"咋能一场空呢?旧学堂废掉了新学堂可起来了么。"

鹿子霖:"新学堂也有科举功名?也能晋身为官?"

县长:"我就是新学堂出来的,才当了县长的!你起身说话!"

鹿子霖正欲起身,白嘉轩又扑通跪下了。

白嘉轩:"请大人开导,这——这今后没皇上了,老百姓的日子咋个往下过呀?"

县长:"该咋过咋过,你往下说——"

白嘉轩:"皇粮咱纳还是不纳了?要是纳,是照着清家的老规矩按田亩等级来纳呢,还是有个新纳法?如再遇灾荒年馑,新官家还发不发赈粮了?"

县长:"嗯,你问了个实在,你不简单。"

白嘉轩:"还有,这男人要都剪了辫子成了啥了?要人没个人样,要鬼没个鬼样,怕先人都不认得咱是谁了。这女人要都不裹脚,都放成两只大肥脚片子,还不把人恶心死了,这号货谁还敢要,谁还敢娶?!"

嬉笑声哄然而起。几位乡绅又出来跪下去发问:"'革命'究竟是啥东西,'反正'究竟是啥东西?"

县长合目寻思,田福贤过来附在他的耳朵根子上提醒说:"史县长,唱文戏这伙子听不懂,赶紧上武戏,让这伙子知道民国的辣子也是辣的!"

县长猛拍惊堂木,赫然变色说:"不知道'革命'?立马就让你们眼见为实,带人!"

田福贤一招手,几名军人把身着清朝官服、五花大绑的老县令拉上来,压跪到地面上。

乡绅们乍见蟒袍顶戴，不由自主地纷纷起身下跪，被军人斥责着赶回原位。

田福贤掀掉老县令的顶戴，一剪子剪掉他的辫子递给县长。县长抖动着辫子，说："革命就是把这猪尾巴割掉，把这民族的耻辱、奴隶的标志都割掉扔到东海里去。啥叫反正？反正就是把反动的封建权力扳倒过来，交到革命政府手里，交到民众的手里。白嘉轩，你在白鹿原是品端行正深孚众望，来，把你的猪尾巴铰了去，立马你就是掌管白鹿乡的乡长！来，过来——"

白嘉轩赶紧护住辫子起身回到原位坐下，声辩着说："你革人家清家的命哩么，咋个革到我的头上来咧？"

县长："不革到你头上，旁人不得知道啥叫个革命！"

白嘉轩："古人圣书上说，发肤受之父母，不得随意损毁，你连古人圣书的命也要革了去呀？"

乡绅嗡然起哄附和，局面一时僵住了。

鹿子霖对白嘉轩作了一揖，如同临危赴难大义凛然地悄声说："嘉轩兄，你惹下的麻缠大了，这辕门你不上，只有兄弟替你受过，兄弟替你担当了去！"

鹿子霖四处作揖来到前排，对着县长又欲下跪，被田福贤一声喝住。鹿子霖深躬腰身，说："多谢大人指教开导，县长跟田官人拥护革命，我就拥护，砍头才不过碗大个疤，我铰个辫儿明个心，拥护拥护！没有二话！"

田福贤剪掉了鹿子霖的辫子，衙厅响起一片喝彩叫好声。

县长精神大振，说："本人以滋水县县长身份宣布，任命鹿子霖同志为白鹿乡的乡长——"他狠狠敲了一下惊堂木，大声说，"都知道了吧，这就叫革命加反正！"

会场顿时一片哗然。

12. 白鹿原　　日　外

　　大轱辘木车轮吱呀作响地转动着，大车轧着深深的沟辙前去。车厢上坐着鹿子霖父子与陪送的亲属家仆。

　　鹿子霖穿着新式制服爱宠地搂着儿子，柔声细语谆谆而言："……大革命图个啥么，还不是图个为了我娃好。大算是认清了，今后要想活人上人，我娃就得进新学堂去受业！小学堂毕了业就准是秀才，中学堂能再毕了业就准是举人，大学堂再敢毕了业，就是中魁当上状元了，直接发授就是官！俺娃有这一天，大就到祖坟跟前放上三九二十七声铳子炮，说咱鹿家出人咧！……"

　　鹿兆鹏忽然爬起身，高喊着："黑娃！黑娃！快过来黑娃！"

　　沟边割草的黑娃拎起草笼飞快地向大车奔去。他顾不上拾捡失落的草笼，一口气追上大车，亦步亦趋尾随在后。

　　鹿子霖对黑娃笑语："你可逃学了，可把挨打攒下咧！"

　　鹿兆鹏向黑娃："你咋不去祠堂念书咧？"

　　黑娃："我大不叫去了。"

　　鹿兆鹏："为啥不叫去了？"

　　黑娃："说我是窝不住的野鹁鸽，把买纸买书的钱都白撂了。你要去哪达呀？"

　　鹿兆鹏："俺大革了命了，送我到西省城里上新学堂呀！"

　　黑娃："新学堂先生歪不歪①？拿啥打人呀？都念些啥书？"

　　鹿兆鹏："读的是文明新书，还要学洋人的洋字洋码、洋人说话唱歌——"

　　黑娃："那把你学成碎洋鬼子咧么，猪八戒媳妇都不认得你了！"

　　鹿兆鹏："黑娃，你认我就对了。接着，给你吃个好东西！"

　　鹿兆鹏掏出一块水晶饼点心塞给黑娃。黑娃凝视着点心，狠狠咬了一口，极度幸福而困惑地站住不动了。

---

① 凶不凶、厉害不厉害。

大车辚辚前去，鹿兆鹏问："咋了黑娃？卡住喉咙眼儿咧？"

黑娃举起点心："这叫个啥？"

鹿兆鹏："水晶饼！"

黑娃端详着水晶饼，猛地一口全部塞进嘴里，脸腮撑起一堆疙瘩。

鹿兆鹏："好吃不？"

黑娃被噎住，哇地一口把点心吐到手掌中，细细端详着。

大车远去，鹿兆鹏对黑娃挥手告别："黑娃！等你娶媳妇的时候，我给你提满满一盒子水晶饼！"

鹿子霖斥训儿子："你！你跟黑娃这号死狗赖娃子能混出个啥名堂来？交人讲究个交结高人能人贵人，你跟这号烂松货能交出个啥名堂?！嗯？"

大车辚辚远去。黑娃小心翼翼地捏着一撮点心渣，放进嘴里慢慢地品嚼着，不觉脸上淌下几滴清泪来。

13. 白鹿乡乡公所　　日　内

田福贤、鹿子霖召集村首族长开置酒席聚餐议事，众人举着酒杯，听鹿子霖手执一张通告训话。

鹿子霖："……田区总刚说了，上面的税收是一分也不能少，是一厘也不能缺，喝了这杯酒，各位回去办催交，都把牙口往硬里撑。喝！"

众人仰首喝酒。白嘉轩进来了，睁大了眼睛，说："可吃喝开了?！可要收咋个税咧?！"

田福贤指着白嘉轩的光头咧开嘴笑，调侃地说："都盯着，嘉轩这会儿不怕他先人不认得他了！你这辫儿一铰，白鹿原的革命就算彻底成了功，这么大的事情，得专门设宴祝贺么。"

白嘉轩面带赧色地说："还是子霖兄的辫儿铰得残活①，一辫子就铰出了一身官服，我这辫儿，看谁给得下一个麻钱儿？"

---

① 锋利、能干。

众人听得忍俊不禁，嗤笑起来。

鹿子霖提声清嗓，把一纸通告塞进白嘉轩手里，正色而语："各位，咱们私事私了，官事官办，收缴粮税，就得按县府的命令照办不误！"

田福贤："对！史县长对兄弟再三交代，必须服从革命法令，抗拒不交者，以国法处治！"

白嘉轩看通告吃了一惊，悄着声问："子霖，这民国不是说民众做了主么，咋，给百姓摊下的税咋比清家皇粮翻了一番还多？"

鹿子霖回答不了，向田福贤努努嘴。

田福贤清了一下嗓子，说："好家伙，你当民国推翻清朝就不摊本钱咧？这天下是白拾白捡来的？"

白嘉轩恍然大悟长"噢"了一声，说："我还当是咱的乡公所吃出窟窿来了，要拿村民的粮补缀哩。"

鹿子霖噎得难受，摇着通告说："你编的啥闲传……嘉轩你看清，这上面是县府大印，不是我乡公所鹿子霖的印。"

白嘉轩请教着问："那你给我说，咱这几桌子席面吃的是谁的？怕不是县府请下的吧?！"

鹿子霖无话可答，干喝一口酒。

白嘉轩不依不饶地追着问："你再给我说说，这交的税县上拿多少？区里拿多少？乡里拿多少？比例开成是咋个算的？"

鹿子霖噤口无言，田福贤过来解围，说："嘉轩，这话你得问上头去。"

他斟一杯酒塞给白嘉轩，说："你个老鼠非要把铁锨咬透为个啥？咱办官差吃官饭，你咸吃着萝卜淡操着心，得成？"

白嘉轩喝光酒，鹿子霖把壶续斟，说："嘉轩，你今把辫儿一铰，咋瞅着人一下子狰狞得很！可想把兄弟往辕门逼呀？"

白嘉轩抖着通告说："子霖，你穿官服办官差我敢逼你？这名堂说不清的税，我交办不了。"

鹿子霖："只要这白鹿原还能长出庄稼还能打出粮食来，你就有办法。哪朝哪代的百姓还敢有个不纳税不交粮的？除非要当反民！嘉轩，你只管办你的催交，你那一份么，随便往里咋个一添……不就完咧么。"

白嘉轩从鹿子霖手中拔出酒瓶倒满酒杯，一仰脖子灌了下去。

14. 白鹿村　　日　外

黑娃跟白孝文一前一后肩扛扁担抬着铜锣，白嘉轩敲着响锣边走边喊："接鹿乡长命令，县府派税，月内交齐，抗拒不交者，以革命军法处治——"

祠堂墙壁的通告下，拥满了情绪激动议论纷纷的村民。白嘉轩过来猛敲锣面，指着通告说："都甭问我！鹿乡长说了，只要白鹿原地里还长着庄稼，就一分一厘也不准少！"

15. 祠堂大厅　　日　内

农人挤满厅堂，孩子们兴奋地你推我搡乱作一团。

鹿三顿脚吆骂："都滚出去耍去！也不看看啥时候啥地方，快滚！"

鹿三回到农人堆中，大家满腹怨愤神色僵冷，一时默然无语。

村人："嘉轩，去年秋里旱了，这粮我交不出来。"

村人："这伙子当了道，咋比清家还心黑？"

村人："革命就革出来了个这一河滩的税钱？这革命咋晦气得很！"

村人："这'反正'倒反成胲子了，这死县长①倒是个胲子县长！"

鹿三："嘉轩，这明明儿是把刀架到咱脖子上搜腰②哩么！"

白嘉轩拉条板凳蹲蹴上去，深叹口气说："皇帝再咋说都是一条龙呀！龙一回天，你都瞅瞅，世间的龟五偷六都出来了。"

村人："种庄稼是养儿育女养家哩么，这一伙子又不是咱的后人，咱凭了啥要养这窝子害？"

---

① 陕西方言中 s 和 sh 不分，于是，"史县长"成了"死县长"。含有恶意。
② 陕西方言，抢钱。

白嘉轩："你在这儿熬煎哩，鹿乡长还吃着香的喝着辣的品着麻的呢。"

村人："这税交还是不交，你给句话歇。"

村人："族长你说交，咱只有乖乖交，族长你说不交，咱就一个不交，你给咱把秤拿住么！"

白嘉轩打着火镰点着白铜水烟壶，咕噜咕噜吸着，喷出团团青烟。

鹿三："嘉轩，大家都等着你定秤^①哩，等着族长你发话哩！"

16. 白鹿乡乡公所　　日　内

桌席上杯盘狼藉，众人喝得醉颜配色，热火朝天，划拳声不绝于耳。

黑娃突如飞矢般冲撞进来，收身不住，一头撞到田福贤椅上摔倒。黑娃爬起来，扬手把草笼子砸扣在席桌上，汤盆碰翻溅了田福贤一身，也烫得黑娃龇牙咧嘴。

田福贤狼狈不堪，一把揪住黑娃气急败坏地骂："碎驴日下的反了你？这是谁屋里出下的土匪？！"

鹿子霖惊魂未定地说："鹿三屋里的，鹿三的崽娃子——"

田福贤拎起草笼扣到黑娃头上，一掌掀倒他，正欲发作，忽然吃惊愣住。

鹿三肩扛一架犁杖，领着手持农具的大群村民拥了进来。

黑娃趁机往出溜，白孝文把一只粪笼扔进来，挽着他跑出去。

鹿三将犁杖重重朝地上一丢，不卑不亢地说："各位官人，这摊派下来的税钱太重太狠了，俺们是背不动也挨不起了，种庄稼没活路了就种不成了，麻烦各位官人把这农具收下，看他谁能交得起这税，交给他谁种去。"

鹿三放下犁杖就走，村民们愤愤不满地把各种农具稀里哗啦地堆砌起来，顷刻便封住了大半个门，人群拥挤着扔堆农具。

酒席上的人愕然失措面面相觑。

_____

① 拿主意。

鹿子霖气急败坏地蹿到田福贤面前，说："……这……这可咋办？依我看，得把鹿三绑起来，办他个煽动逆反的罪名，做他个娃样子！"

白嘉轩推着独轮木车悠然而来，他看见白孝文跟黑娃摩拳擦掌跃跃欲试，训斥说："孝文，谁叫你来的，回去！"

白孝文拧趄着不愿离去，白嘉轩板下脸喝骂一声："没长耳朵？"

白孝文如同惊鼠一溜烟不见了。

黑娃人小挤不到前面，索性一甩手把镰刀扔进房门里。

镰刀飞到桌子上，酒瓶子砰然碎裂。

田福贤夹起一片扣肉放进嘴里品嚼着，长呷了一口酒。

鹿子霖："我看鹿三这人有反骨，好我的爷，你拿个主意吓^①！"

田福贤："关鹿三个原事，是白嘉轩 × 你的尻子哩！"

白嘉轩用木轮车车把顶住堆积如山的农具，把房门彻底封死。

字幕：民国十一年（公元一九二二年）

17. 白鹿原　　日　外

鞭炮声中，一行装饰华丽的迎亲马车爬上土原。

18. 白鹿村祠堂　　秋　日　内

鞭炮响鸣鼓乐齐奏，人群拥挤场面热闹，白孝文娶亲拜礼的仪式隆重举办。

收纳的物品琳琅展列，执事忙着点收银圆、抄录礼品，高唱着纳礼人的姓名礼数。

黑娃青壮结实，拎着茶壶忙着倒茶待客，他惊美地盯着高大健硕的新娘子，

---

① 陕西方言，语气助词，读 hǎ。

不觉把茶水倒溢出来。

执事被水溅烫，咧嘴笑着揶揄："黑娃，操心把你眼珠子瞅失掉了！瞅到眼里能咋，你睡不到炕上。这是孝文的新娘子，不是你黑娃的！"

身着盛装顶着绣巾的新娘子比新郎白孝文高出半个头，两人对着父母下跪叩头。

司仪："叩拜父母礼毕，叩拜亲族礼始！"

白嘉轩举手暂阻司仪，亲自把鹿三搀扶到礼桌前面，高声朗朗地说："鹿三兄长是我娃的干大，孝文他能平安长大，登堂拜祖正塑门户，是凭受了他干大的恩护之情，先拜你干大！"

鹿三笑容局促深受感动。

白兴儿取笑着说："黑娃，看人家孝文的福气，才十六就搂上媳妇压上炕了，你看你毛交二十的人了，硬得邦邦的也只能跟牲口睡个马房，人跟人不能比！"

一个村童嚷叫着追赶家犬飞跑过来，撞到黑娃身上摔了个狗啃屎，号啕起来，惹出一片喧乱。

白嘉轩招手呼唤："黑娃，你过来！"

19. 鹿子霖家院　　秋　日　外　内

一摆排场的花轿大车华丽夺目，院里张灯结彩喜气盈盈。

庭院里拥聚了服饰典丽、浓妆艳抹的亲属家眷，个个神色有异窘慌不安。

黑娃兴冲冲地挤进正堂，喊着："子霖叔呐，赶紧赶紧，族长催叫兆鹏跟新娘子进祠堂拜祖叩头去哩——"

黑娃惊然噤口，只见鹿家父子如同仇敌相峙僵对。

鹿兆鹏脸色苍白，拿起手帕擦嘴，手帕沾染上点点血迹。

黑娃："叔！……兆鹏大喜的日子，这是何苦哩？……"

鹿子霖："何苦？这驴日的，在城里洋书念得中了邪咧！我三媒六证给他定的亲，八挂大车拉着财礼给他接回来的新娘子，要登祠堂拜祖门了，这会儿他可说他不情愿了，他可要吜油（自由）呀，要乱爱（恋爱）呀，你当我摆下这场面是给你吃花酒逛窑子来咧!?"

鹿兆鹏啐了一口血沫,说:"比那还要恶劣,还要腐败!也不睁开眼窝看看,都把清朝的命革毕了,都中华民国了,讲人权讲婚姻自主了——"

鹿子霖:"住口!中华民国是你大,还是我是你大?"

鹿兆鹏:"大,中国的愚昧落后,就是让你这号封建顽固折腾成这瞎熊样子的!"

鹿子霖:"我封建?我封建咋的把你日弄出来?!咋的把你养成这人模狗样?!"

鹿子霖怒火又起,举手欲打,被黑娃拦住。

黑娃:"叔咃!你把兆鹏打出麻达来,咋个进祠堂呀?"

鹿子霖:"打死他都不亏!你给他说,叫他给我把祠堂拜了把婚结毕了,日后他随便咋个死去,我连问都不问,我只当喂了一条混眼子狗!黑娃,你把这畜生给我敲打敲打!"

鹿子霖甩帘而去。

黑娃拿起手帕递过去,说:"兆鹏,你不进祠堂,这夫妻的名分名不正言不顺么。"

鹿兆鹏:"夫妻?连个面都没见过,一把拉过来就要上炕呀。咋,他把我当牲口摆弄呀,我是个人!"

黑娃:"是人是人,是人你也得成家立业么。"

鹿兆鹏:"成了个封建礼教的殉葬品了……咳,时代悲剧!"

厢房里,新娘满头银饰颤抖着,忍耐不住失声痛哭,泪水浸透了红盖头。

新娘:"妈呀,我前世造下孽了……妈呀,你当初咋不把我窝到井里头淹死了去!"

黑娃询问鹿兆鹏:"你说这'吡油'是个啥?'乱爱'是个啥?"

鹿兆鹏:"是自、由、恋、爱,不是吡油乱爱,自由飞翔的自由,恋恋不舍的恋爱。唉,我有口说不清……我就恨不得把这屋跟祠堂一把火烧净了去!"

黑娃:"你……你得是把洋药吃错咧?"

门帘一揭,一堆人拥着鹿子霖妻进来,她将一把剪子塞进儿子手里,涕泪俱下地哀号起来："兆鹏呀，你是逼着妈给你下跪呀，你是把妈往死路上逼呀！剪子给你了，你敢不成婚就朝你妈喉咙上攮！"

鹿妻痛不欲生一头撞去，哭号着："你今儿不进祠堂，就先把你妈杀了去，妈今儿就死在你手里头——"她突然两眼一翻昏厥过去，屋里顿时大乱。

鹿子霖领着几个人冲进来架起鹿兆鹏的胳膊，说："黑娃，给叔搭个帮手，他今儿死也得给我死到祠堂里去！"

鹿兆鹏："甭架我！我有腿哩。听着，我今儿进祠堂不是为了你鹿乡长的脸面，是为了我妈的这条命！"

鹿兆鹏甩开众人，如赴刑场决绝前去。

20. 白孝文新房　　秋　夜　内

大红蜡烛闪耀着焰火，已经烧到残根。

新娘盘腿端坐在炕上，白孝文渗着冷汗醉卧不醒。

新娘不安地揭开盖头窥视着，白孝文打着酒嗝翻滚过来，胳膊搭在她腿上，吓得新娘赶紧放下盖头。

白孝文在梦中痛苦地呻吟着："……哎呀，我憋气死了……难受死了……憋气死了……"

他哇地呕吐起来。新娘躲避不及，锦绣嫁衣弄得污秽不堪。

新娘气恼地扯掉盖头把白孝文推到一边儿去，委屈地哭泣起来。

21. 白家牲口圈房　　秋　夜　内

牲口喷着响鼻吞吃夜料。

黑娃独自一人铡草料，他腿脚并用踢拨着成捆的苜蓿，憋足劲狠铡下去。

黑娃汗流浃背刀刀势猛，把无穷的精力与抑闷倾泻在铡刀刃上。

门一声砰响，鹿兆鹏冲进来，直奔过去抄起铁叉和马灯。黑娃未及反应，鹿兆鹏已从窗户口钻跳出去，他回头撇下一句："黑娃，把你的夹袄给我！"黑娃把夹袄塞出窗外。

咣当一声，鹿子霖领着人推门而入，他威胁说："黑娃，今黑你要敢窝藏兆鹏，就算是招灾上身了！"

黑娃："咋咧，兆鹏咋咧？"

鹿子霖领人四处查寻，他说："甭装！你两个打小就勾结成伙相互包庇，狗皮袜子没个反正——"

黑娃："你看你，叔，我做我的活路着么——"

鹿子霖蹲弯腰身窥视料槽下面，不防一头牛哗哗撒尿浇溅在他的绸裤上面。

鹿子霖抄起拌草木叉跳起脚抽打牛，被黑娃拦住。

随人禀报说："人没在这儿。"

鹿子霖一屁股颓丧地坐到草捆上，拉着黑娃的手悲切地说："今黑兆鹏他再不进洞房，叫人家新娘子的脸面往哪达搁呀？这不是要闹下出人命的事么，嗯?!"

鹿子霖悲从心来，自扇自脸哀诉："这驴日的哪是我的儿？这是我侍候不了的爷嘛！……"

一个人推门急入，喘息着说："乡长，兆鹏沿着滋水河跑了！"

鹿子霖急急起身，被绊个趔趄，领带着一伙人急急离去，剩下黑娃一人呆然无语。

22. 滋水河畔　　秋　黎明　外

晨色微曦，鹿子霖一行人打着灯笼追过来。

鹿子霖气急败坏地拖着木棍，追着河对岸鹿兆鹏的身影，声声哀求："兆鹏吧——你立下！你跟大有话回屋好好说么。"

鹿兆鹏扛着铁叉、提着马灯大步流星地走着，昂首而答："我跟你没话说！"

鹿子霖："兆鹏吧——你读书知理是明白人么，自古而今，见谁家弄下过这号邪兴事，你让你大的脸面在白鹿原上咋个搁呀？"

鹿兆鹏："我就是读了书才明白的，不能做你手里的牺牲品！"

鹿子霖："我问你，你让你媳妇还活不活人了，嗯?! 你给大拿个主意吧。"

鹿兆鹏："甭问我，你尻下的屎你打折去。"

鹿子霖（恼急）："你狗日的立下！你把你妈都逼得咽了气咧！"

鹿兆鹏（不恼不急）："吓唬个谁呀，你咽了气我都不回头。都到二十世纪咧，白鹿原上还蹦跶着这些个封建活鬼，都死了才干净！"

鹿子霖（嘶骂）："畜生立下！我今儿不把你打死就不算人！"

鹿兆鹏："立不下，我得赶回学校搞革命去呢，我比你忙！"

鹿子霖："嗨——我早知道你是个孽种，当初把你往尿盆子里一窝，啥事都零干了，你给我立住！"

鹿子霖跳脚追骂着，一不小心扑进了水里，被众人拉上来抬回去。他浑身湿透，痛彻心肺地悲号起来："读了个你妈的 × 的书……革了你妈的 × 的命呀……办你妈个 × 的学校，把娃都教成这号六亲不认的畜生咧！……"

鹿兆鹏扬臂把马灯扔进河，马灯砰然碎灭！

23. 白家牲口圈房　　秋　日　内

白嘉轩填草，鹿三撑刀，给牲口铡青草，两人谈笑风生意气欢畅。

白嘉轩："昨晚麻子红的戏嬺^①不嬺？"

鹿三："嬺么！鹿乡长他儿那一折子戏唱得更嬺！"

白嘉轩："咱是择吉日给娃成亲哩，他鹿子霖也非要挤到一块儿办，想拿钱堆场面来伤我的脸呢。没想到他儿给他唱了一出空城计，走了！新娘子要跳井呀，要上吊呀，要拿刀抹脖颈子呀，让人都把他鹿子霖的脸当成尻子笑开咧。"

鹿三："毕竟是祖德太薄太浅了。看看咱孝文的婚事，得了体还风了光，谁不夸你教子治家有方！"

黑娃背着一大捆青草进来，将草捆扔卸到铡刀旁，走到水缸旁用马勺舀水咕嘟咕嘟地灌饮。

白嘉轩（板正了脸）："黑娃，你这一茬儿，就剩你没成家了。我跟你大商量了，准备给你定亲呀。"

---

① 陕西方言，好。

黑娃猛地被水噎住，他放下马勺，瞭了白嘉轩一眼。

鹿三："咱家贫寒把你的婚事耽搁了，你嘉轩叔不忍看你恓惶下去，先拿彩礼给你定亲娶媳妇，成家立业。天大用手捧不住，你先给你嘉轩叔谢个恩，日后就在白家好好扛活，趁着我没下世，也好经管着你。"

黑娃不吭气，又舀了一瓢水灌下去。

鹿三："听见了没？没长耳朵？……当年不是白家仁义出彩礼让我娶了你妈，这世上还有个你娃？说话！"

黑娃："大吔，将来我有了娃，娃再娶亲，得是还让人家白家张罗彩礼呀？"

鹿三被噎得结实，张大嘴只说出一句："你……你犯上！"

白嘉轩："黑娃谋得倒是远，可是眼下，你晃荡到啥时候才是个了呀？"

黑娃："……我出门当麦客挣钱去呀。挣下了钱，我就不晃荡了。"

白嘉轩："话是在理，怕只怕你挣下钱了，年岁可不饶人了，这可咋个办？"

黑娃："要真是落下这命，我认了。"

鹿三："你认不成！凭啥你认下的命，我就得绝了后？！"

白嘉轩："甭着急，这是顶门立户传宗接代的大事，你爷儿俩再思量思量。"

白嘉轩起身离去，鹿三对黑娃吆喝："过来，搭个手。"

黑娃过去，帮着鹿三铡草。

鹿三："咋个？你要等我棺材烂了才成家呀？"

黑娃给铡刀底下塞草，低头不语。

鹿三："说么，你为啥不受人白家的好意？"

黑娃低着头，只顾塞填青草。

鹿三举起巴掌威胁："你没长嘴？回话！"

黑娃："不为啥。"

鹿三又一扬手："不为啥，你为啥嘴硬？！"

黑娃："我嫌他……吐气太粗，腰挺得太硬了。"

24. 郭家原　　夏　日　外

一望无际的麦田金浪滚滚。

麦穗的摇曳声、飞鸟的欢鸣声、农人的秦腔声，交织出一曲浓郁的关中乡韵。

成伙的麦客穿行于麦浪间，黑娃参列其中。他戴着草帽，袒露胸脯，肩上的镰刀把儿上搭着的衣衫随风摆动，显得精壮而自信。

黑娃吼起了秦腔，其声激越高亢遍传大地。

25. 郭家原　　夏　日　外

烈日炎炎。收割的麦客们听到主家吆喝着歇晌吃饭，纷纷向大槐树下走去。

只剩黑娃一人不罢手，他光着膀子抢着一具筛镰①埋头猛干。

麦客在大槐树下叫唤："黑娃，赶紧吃饭来！"

黑娃："我还没弄完哩。捎几个馍过来就对咧！"

筛镰飞舞，呼呼作响，麦秆成堆倒落。

黑娃豪情难抑，口齿敲打起秦腔的戏文板眼。

忽然，他似有所感，拧过身去。

一个打着绣伞的年轻女人露齿一笑，说："你就是叫黑娃的？可以，黑头唱得能登戏台子了。再来上几声我听听。"

黑娃憨笑，说："你甭耻笑我！"

年轻女人指着地上的老碗，说："吃饭，馍里夹着油辣子哩。"

黑娃为女人的俊美所惑，脸色一红说："你是主家，我咋敢劳主家跑路哩……"

年轻女人："我开眼来了，瞅识一下世上要钱不要命的人是个啥模样儿，原来是个这瓜坯子。"

---

① 关中特有的农具，可折叠，拉开后割麦子。

黑娃嘿嘿地干笑着。年轻女人说："你不过来？工钱你也不要了？"

黑娃拾起汗褡儿搭在身上，赶紧过去接钱。年轻女人把铜板一个一个往他手掌心里按。

黑娃："主家，咋个称呼你呀？"

年轻女人："叫我小娥姨。我的爷吔，你一个人挣下了三个人的工钱，你要买几个媳妇呀？"

黑娃忸怩地干笑："小娥姨，你甭听这伙子胡说八道……"

田小娥："不为这事，你哪达来的这么大劲呀？给，再多加一个，帮你买个媳妇的脚指甲盖儿。"

田小娥又掏出一个铜板塞进黑娃挂在腰间的荷包里，她掂了掂荷包："嗯，挣下半条腿钱咧，你好好挣。"

田小娥扭着腰肢转身离去，黑娃怔怔地瞅着她的背影。田小娥头也不回地撇下一句："吃饭！"

黑娃赶紧拿起馍来咬了一口，却不知嚼咽，如置梦境。

26. 白家麦场　　夏　日　外

木锨扬起团团麦粒，夏风吹落层层麦皮。

白嘉轩跟鹿三忙着扬场，白妻拎着瓦罐挎着食篮送饭过来。

白妻："咋没见孝文了？"

白嘉轩不满地努努嘴，白孝文靠在麦垛旁流着口涎睡得死沉，浑然不觉身上落满麦皮屑末。

鹿三："娃乏了，叫好好歇歇。"

白妻用草帽扑扇白孝文身上的麦皮屑末，不满地说："看把俺娃累成啥了，你给娃把活儿压得太重了吧？"

白嘉轩（不悦）："晒麦打场么，算是个啥重活路么。"

白妻（心疼）："你看把娃熬得都没样儿了。"

白嘉轩："那不是麦场上熬的，是睡炕上熬的。这怂娃子新婚贪上色了，你得给他媳妇扇扇风，叫赶紧收敛着！"

白妻："这话咋开口呀？你当初把烷面子都整失塌过，还说你娃呢。"

白嘉轩："这才刚交十六，嫩着呢，操心色贪重了，把娃嫩撅了去，这事你得管管了。"

白妻："管？想管都没人管了，人家一大早拾起包袱回娘家去了。"

白嘉轩："连个招呼都不打，还有规矩没了？"

白妻："哭得呜呜的，问啥都不说话么。"

27.郭家麦地　　夏 日 外

黑娃跟几个麦客蹲蹴着磨镰刀片，张望着大槐树下发放工钱的田小娥，窃声窃语暗自偷笑。

麦客："东家这么老的棒槌了，还能倒腾上这么水色的女人，还是有钱人活得美呀！"

长工李相："七老八十的人早弄不成了，这三姨太是专门给老东家泡枣的，老汉全凭着吃这泡枣，才硬撑着这一口气不肯死哩！"

黑娃（惊奇）："泡枣是个啥药么，还能撑着人不死？"

长工李相："啥药？仙药！那是世上最补男人的东西，吃了滋阴壮阳，生血补精，你小伙儿吃一颗试试，怕你能跳起来日天——悄着，悄着，人来了——"

田小娥姗姗而来，她一本正经地指划着说："黑娃！你割麦光想图个快多挣钱，也不瞅识瞅识割得干净不干净，明儿算了，这麦你甭割了。"

黑娃怔怔地看着她，着了急："我比他谁割得不干净，让他出来比试比试来看！"

田小娥将一把铜板塞进黑娃的手，说："甭你媳妇还没有买下哩，先把小命搭到地里头，我当主家的还得掏钱给你买棺材哩！"

田小娥转身离去，黑娃追了上去，嚷叫着说："我死了精尻子埋都成，我活着不能挨旁人的黑挫！"

田小娥转过身来，眯着眼嘲弄说："你得是想钱想疯了？"

黑娃："我就是想钱想疯了！"

田小娥（开导）："疯了咋娶媳妇呀？是这，想挣钱，到后院给我摇辘轳车水浇花去。"

田小娥起步又走，黑娃赶上去追着问："那……那工钱咋个说呢？我是只干包活不按天算！"

田小娥："一说钱，你就急得跟猴儿见了桃没个人样样了，比你割麦不少，得成？"

田小娥离身走去，黑娃蹲下来给磨石浇水。

长工李相眯着眼对黑娃诡秘一笑，说："你娃去了尽心好好巴结三姨太，哄得她高了兴，赏你一颗泡枣吃，你娃这辈子就算活成人了。"

28. 白家上房　　夏　夜　内

白孝文牵着载着媳妇的骡子进来，站在门外面无表情地说："大，我把人给你接回来了。"

白嘉轩蹴在条凳上吸水烟，深为不满地说："咋是个给我把人接回来了？我有你妈呢！今后，谁屋里的东西谁经管好，甭叫我再操你的闲心。"

白孝文冷着脸把骡子拉到院中，扔下缰绳径自离去，剩下孝文媳妇尴尬无助地坐在鞍座上面。

白嘉轩喝住了白孝文："立下！"他正色而言，"国有国法家有家规，咱家不是开野店的，不准想来就来想走就走，把这规矩给你屋里人说清了去。"

白孝文抽身离去。

白嘉轩："立下！"

白孝文站住回过身。

白嘉轩："夫妻么，就没个情礼咧？把你媳妇挽回屋里去。"

29. 郭家后院　　夏　日　外

辘轳吱呀作响，井绳紧绷圈圈交缠。

黑娃袒胸露腹卖力绞动着拐把，将一桶水倒进水渠里。

黑娃一走神，井绳飞落下去，木桶砰然落水；田小娥端着木案吃食摆动腰肢款款而来。

田小娥："黑娃,吃饭咧。"她放下木案,捋着头发说,"姨给你寻下的活路好不好?"

黑娃(矜持):"好,好么。"

田小娥:"日头儿不晒麦芒儿不扎,树荫底下你慢慢地浇,没人算计你。"

黑娃说:"我知道,我知道。"蹲下来喝米汤吃馍。

田小娥把菜碟子推过去,说:"这是刚刚掐下来的蒜薹,你尝尝鲜。黑娃吨,该挣下媳妇的一条整腿了吧?"

黑娃尴尬地笑着,说:"……你不敢拿我寻开心……"

田小娥:"我是给你操心哩,看你大你妈给你操过这细的心没有?姨看你人实诚,出了门可怜。好好吃,吃饱了再绞一桶水,姨给你把这身汗衫摆摆干净。"

黑娃:"……这咋敢呢?我是扛工的。"

田小娥伸出手指戳了黑娃一脑门子,说:"你不识好歹,我咋说你咋听,吃毕了,把水提到我厢房院里去。"

30. 田小娥厢房　　夏　日　内　外

田小娥往脸上抹花露水,对镜端详。院里传来黑娃的声音:"小娥姨吨,水提来咧。"

田小娥拿起搓板,用铜盆顶开门帘出去。

田小娥下台阶的当儿脚下一崴,身子斜扑闪失倒在地上,铜盆咣当摔落。

黑娃急跑过来欲伸手搀扶,却身不由己地拾起了铜盆,说:"这铜盆——还好,没有摔坏!"

田小娥皱紧眉头责骂:"你不操心人先操心个盆子,瞎了眼咧你?!"

黑娃扔掉盆蹴在田小娥身边,问:"小娥姨,你,你崴了脚腕得是?"

田小娥瞑目呻吟:"哎哟哟……怕是岔了气,疼死了!"

黑娃(焦急):"咋办呀?……我到前院叫人来呀……"

田小娥(嗔恼):"你不是人?你没长手?赶紧搀我回屋去!"

黑娃搀扶起田小娥,跨进厢房门槛,她哎哟叫着又欲跌闪,黑娃搭手搅住她的腰，田小娥借势钩住他的脖子，黑娃把她抱进厢房去。

黑娃把田小娥抱置在炕，她紧闭双眼贴着黑娃不松手。

黑娃惶惑不安地抹一把汗，说："小娥姨……你，你先歇着，我，我走咧。"

田小娥（呻吟）："哎哟，我把气岔腰里了。"

黑娃又抹了一把汗，说："那，那，我叫老掌柜的请大夫去。"

田小娥："不用了不用了，你拿拳头捶几下就行了。"

黑娃攥起拳头在她腰身敲打着。

田小娥："哎哟！你打铁呀？你这手太重了。"

黑娃放轻了手。

田小娥："太轻了，你这人咋连个轻重都拿捏不住？算了，算了，你给揉揉就对了。"

黑娃给田小娥揉腰，她的眼光闪烁迷离起来。

田小娥："黑娃，你叫我啥？"

黑娃："小娥姨。"

田小娥："日后甭叫我姨了，叫姨，把人都叫老了。"

黑娃："那……那我咋个称呼呀？"

田小娥："叫姐，就叫我小娥姐。"

黑娃："……那乱咧辈分了，我见老掌柜的叫伯，咋敢叫你姐哩？"

田小娥："瓜蛋儿！有旁人在场时，你就叫姨，只剩咱两个时，你就叫我姐，得成？"

黑娃呼吸急促说不出话，点点头。

田小娥（细声）："你这会儿叫我啥？"

黑娃张开口却发不出声。

田小娥（柔媚）："叫我啥？说一声。"

黑娃（颤着声不自在地）："……姐……姐吔……"

田小娥翻坐起来，双臂箍住黑娃的脖子，醉迷地呢喃："叫我小娥姐！"

黑娃一脸茫然，田小娥贴上脸说："叫吔！"随即一口咬住了他的嘴唇向后倒去。

黑娃僵挺不动，突然一把搂起田小娥，目光灼热而复杂地盯着她。

田小娥将嘴唇迎上去。黑娃气性迸发，将她猛地挪抱起来，不料劲力使过头，将一只细瓷彩罐碰落，彩罐坠地迸裂，罐里的红枣撒落四散。

黑娃在惊吓中清醒，手脚忙乱地收拾碎瓷。田小娥收揽着红枣，柔声埋怨着："你真是个生生，手下就试不来个轻重？"

黑娃愧笑着从地上拾起红枣捧给田小娥，悄着声儿好奇地问："这得是你给老东家的泡枣儿？"

田小娥霍然变色，一个嘴巴子抽到他的脸上，黑娃愕然间又重重地挨了一记。

田小娥冷着脸一伸手把碎瓷片和红枣拨拉到地上。

黑娃愤然生火，顿着脚说："……我，我不浇你的花咧！……我，我还割麦去呀！"

田小娥狠狠地啐骂："你死了去才好！"

黑娃拧身就走，慌乱中把竹帘哗啦啦撞掉在地上。

31. 白孝文新房　　夏　夜　外　内

厢房里厮打的碰撞声与咒骂的喘息声此起彼伏，白嘉轩夫妻闻声赶来，立在门外。

白嘉轩顿着脚重重地咳了一嗓子："开门！"

门闩开启，床炕狼藉，小夫妻衣襟不整，孝文媳妇的一只眼窝乌青紫黑。

白嘉轩瞪眼喝道："跪下！"

白孝文两口子跪下去。

白嘉轩："说，为了啥？"

白孝文夫妻紧绷着脸不回声。

白嘉轩（厉声）："没长人耳朵？回话！"

白孝文夫妻仍不作声。

白妻对着孝文媳妇逼问："你没长嘴？叫你回话呢！"

孝文媳妇："……我没有话。"

白妻光火戳点着孝文媳妇脑门说："你还嘴硬，问的就是你！"

孝文媳妇："……问你娃去。"

白妻恼怒，抄起扫帚敲打孝文媳妇，说："还敢顶嘴?！我今儿偏偏就要问你，为啥？你说！"

白嘉轩拦住妻子，孝文媳妇捂着脸强忍抽泣，突然仰首嘶喊："为啥？为啥？就为你娃不是个男人，我前世造了孽了，才落到你娃这号不是男人的东西手里——"

白孝文暴怒，抄起炕桌欲砸，被白嘉轩拦下，孝文媳妇一头冲出门去。

屋里的人愕然无语，孝文媳妇的哭号声声传来，痛彻肺腑，让人不忍听闻。

白嘉轩（悚然失措）："……你说啥！……你说的啥？……你给我说亮清！"

32. 麦地　　夏　日　外

黑娃抡着大筛镰狠狠地刘麦。

麦浪翻动，垄起的田埂上一柄小花伞游移而去。黑娃认出田小娥，他呆看了半晌，扔下筛镰向田埂追去。

黑娃越追越急。

33. 田埂土崖麦场　　夏　日　外

黑娃跟在花伞后面，田小娥不理不睬只顾前行。

黑娃："……小娥姨吔，我可割了整整三天咧，你为啥不开我的工钱？"

田小娥（冷言冷语）："谁是你的姨？混眼子狗认错人咧！"

黑娃急了，跑上去挡住田小娥，说："你凭啥扣我的工钱？"

田小娥："我不认识你，走开！"

田小娥绕行而去，黑娃尾随在她的后面。

黑娃："我给你屋割罢十亩麦咧，这会儿你不认识我咧？"

田小娥："谁叫你割麦你寻谁去，我没叫你割麦。"

黑娃张口无语，只得紧随其后。

田埂断崖下是麦场，摞置着大堆麦垛子。

黑娃又拦住田小娥，她脸色冷绝地说："走开，我回呀。"

黑娃目露凶光，说："不给工钱，看你回得去?!"

田小娥抡起花伞连打带戳地骂着："我还怕你个混眼子狗咧？还要咋？你还想吃人呀！"

伞尖划破了黑娃的脸，他怒火中烧，一把将田小娥捉挟起来，站在断崖边上，恶狠狠地说："把你吃了也就吃了，给不给钱？"

田小娥（决绝）："不给！"

黑娃双臂一扬，将田小娥扔到土崖底下去！

一声尖叫，田小娥飞落，埋进麦垛子里。

黑娃扭头就走，他突然站定，返回崖边朝下张望。

田小娥衣衫狼藉地从麦垛子里钻出来，抖落着满身麦秸。

黑娃（吼叫）："给不给工钱，说！"

田小娥啐吐着麦秸秆儿，高声还骂："给你个死婆娘，千刀杀的，绝了你的后人去！"

黑娃一咬牙，纵身跳下土崖！他重重地砸在田小娥身上，撞得她龇牙咧嘴失声惨叫。

黑娃火燥火燎地扳过田小娥，咬牙切齿地说："我先把你整成个死婆娘，工钱我不要咧！"

田小娥撕抓着，狠狠咬了一口黑娃的手。

黑娃一把扯开了田小娥的衣衫襟扣，又一把扯开了她的绣花裹兜。

霎时间阳光刺目，黑娃头晕目眩起来。

田小娥用手挡住了阳光。

黑娃忽地挟起田小娥，两个人挣扎滚落到底下麦垛里去。

两个人忽然停止了动作，互不相识似的凝视着，田小娥用手指轻柔地拭去了黑娃脸上的血迹，黑娃一掌拨开了她的手。

金色麦穗的旋涡中，两人疯狂地撕扭着、挣扎着，田小娥突地发出一声刺破青天的呻叫！

惊动了土崖上一群野鸽子，群鸽振动翅膀扑簌簌地飞上蓝天，倏忽盘旋落下。

麦地里收割的农人们纷纷起身，不安地探寻张望着。

两个人狼狈不堪地喘息着，满面苦痛的田小娥推开黑娃，从麦垛出溜下去坐倚着，她爬起来拍打着身上麦屑，步履不稳地离去。

黑娃胸膛起伏，呼哧着支起身子，惊魂不定地盯着田小娥的身影。

田小娥挟捂着腰腹蹲下去痛苦地喘息着。

黑娃跃身跳下麦垛，捉提着裤带愣怔地望着她。

田小娥站起来跟跄了几步，叉着腰腹又蹲下去。黑娃跑了过去，惶惑不安地围着她打转，俯身伸臂欲挽她起来。

田小娥打开黑娃的手，悄声切齿而语："赶紧走一边儿去！……还怕旁人看不见，不知道你是个畜生？"

田小娥挣扎起身，独自离去。

34.白家上房　　夏　夜　内

白妻把药罐里的汤药倒进碗里，叫着："孝文屋里头的，给你大端药！"

白孝文进来端碗，白妻悄声问："你媳妇人呢？……可回娘家去了？"白孝文不作答，接过碗进了里屋。

白嘉轩半靠在炕上，头蒙着湿布，面容憔悴双目紧闭。白孝文过去，说："大，喝药！"

白嘉轩嗓音沙哑闭目而语："孝文，你这病是啥时落下的根？"

白孝文："大，你先喝药。"

白嘉轩："问你就回话。"

白孝文："……早先。"

白嘉轩："早先是个啥时候？"

白孝文："……"

白嘉轩："究竟是个啥时候？"

白孝文："辛亥年。"

359

白嘉轩猛地睁开了眼："辛亥年？就是革命反正，皇帝下位位那年么！"

白孝文："嗯。"

白嘉轩："皇帝下位位，咋能把病根落到你身上?!"

白孝文："你罚我跪祠堂，拿酸枣刺刷我的脸，从那以后就再没行过。"

白嘉轩（惊愕）："……皇帝下位位，我可罚你为的啥?"

白孝文："我跟黑娃、兆鹏偷看牲口配种，犯了乡约族规，你嫌丢你的人了。"

白嘉轩仰首朝天竭力思索着："……跟着黑娃兆鹏偷看牲口……跟着黑娃兆鹏……就那一回?!"

白孝文："大，药凉了。"

白嘉轩扬手把一碗药汁泼洒在白孝文身上，他言辞冷峻痛彻肺腑地说："你不是丢我的人，你是拿刀剜我的心哩！你是要断白家的门户哩……你让你大咋给先人交代呀?! 你给我说，让我咋个交代?!"

35. 郭家庭院　　夏　日　外

黑娃担水进院浇花，目不转睛地注视着庭院的动静。

管家背着手四处巡看，来到摊晒着的一堆红枣旁，大声吩咐："黑娃，你浇毕了花，把这晒好的枣拾掇了去！"

黑娃应了一声，管家背手离去。

黑娃放下水桶，从晒架上抓起一把红枣，神情复杂地端详着，狠劲把掌中的红枣挤捏得稀碎，甩臂扔了出去。

黑娃自觉失态，将晒干的红枣拨拉进口袋里。

36. 田小娥厢房　　夏　日　内

黑娃提着枣袋进来，惶惑不安地站立住。

田小娥躺在睡椅上养神，摇着绣纱团扇不理睬他。

黑娃干咳一声，尴尬地开了口："……小……小娥姨吧——"

田小娥冷着脸哼了一声："你真还有脸敢叫我声姨?"

黑娃霎时脸红，结舌无语。

田小娥闭着眼用团扇指点着说："你脸皮比墙厚，把这些枣倒瓷罐里去。"

黑娃将枣装进案桌上的瓷罐里。

田小娥："看见了吧，桌上的纸包是你的工钱，回家娶你的媳妇吧，我再不欠你啥了。"

黑娃打开条桌上的一只纸包，里面放着两个晶莹碧透的玉镯。他拿着玉镯来到田小娥身旁，低头解脱腰带。

田小娥顿生惊慌，压低了声训止："你可疯咧？没看这是啥地方?!"

黑娃从腰带上解取下荷包，连同玉镯捧到田小娥面前，拙口笨舌地说："我……我，你就让我叫你一声小娥姐! ……我，我对你不住。"

田小娥用团扇挡住黑娃的手，吃惊地瞪着他。

黑娃一脸愧赧地说："我怕是……怕是伤着你了，你这份心跟工钱，我是没脸受了。"

田小娥用团扇遮住脸，屋内寂然无声。她如置梦境地说："你刚说啥唻?"

黑娃："我做下亏心事了，对不住你……"

田小娥的眼睛从团扇后面露出来："你一直不走，就为给我说这一句话?"

黑娃："就为说这一句话。"

田小娥的脸隐入到团扇后面，屋里复归寂静。

田小娥放下扇子，眼圈发红笑着感叹："活了半辈子，这才头一回听人说对不住我……亏了我……"她清然泪下泣不成声地说："……我十二岁叫郭家买进门，就是给人家当泡枣用的一个东西……你提这事不是拿锥子扎我呢? ……十年了，有谁说过一句对不住我? ……"

田小娥哭得黑娃心里泛酸，他用衣襟拭去她的泪水，劝慰着说："甭哭甭哭……你一哭，我这心也跟锥子扎一样……"

田小娥哭得越发悲切，黑娃抱起枣袋把枣子倒进痰盂里，解下裤子对里面哗哗地撒了一泡尿。

黑娃端过痰盂朝田小娥面前一放，咬牙切齿地说："甭哭了，小娥姐，他姓郭的再要吃泡枣，就给他吃这! 吃死他个老东西!"

37. 白鹿原山梁道　　夏　日　外

白嘉轩吆赶着骡车过来，白孝文点数着褡裢里的中药包。

白嘉轩（鼓励）："把精神劲头提起来，甭摆阴阳丧气的脸色。大夫打下包票了，就按这个方子吃，百日之后必能见效。"

白孝文："……咱到哪里寻他开下的豹鞭这药引去呀？"

白嘉轩："这就不是该你操的心。咱白家几辈子人都是财旺人不旺。你爷是个单崩儿守着我个单崩儿，到了你还是个单崩儿。圣书上说不孝有三无后为大，你绝了后才是大逆不孝！"

白孝文："都说那东西有价无货，有货无价，咱家咋能折腾得起呀?!"

白嘉轩："娃呀，破了的财都命中注定不是白家的。我只说一句，哪怕卖牛卖马卖地卖房卖光卖净，我也不能在祠堂里断了香火。你把这话记下！"

38. 麦场　　夏　日　外

麦垛上的麦穗秸秆成为爱欲的海洋，黑娃与田小娥在金色的旋涡中如饥似渴地拥抱翻滚着，欢快恣情地呻吟着。

天空湛蓝，野鸽子翻腾而上倏忽而下，飞进浓密的大槐树丛中。

天地停止了旋转，两个人汗水淋漓地喘息着，不觉身上被麦芒划得伤痕累累。

田小娥畅舒地长吁一口气，钩紧黑娃的脖子欲飘欲仙地呢喃着："黑娃，我就是今儿或明儿死了，也不惦记个啥了！"

黑娃满怀痴迷地悄声儿问："……这回，咋没伤着你？"

田小娥沉醉地笑着说："你当畜生那回……我还是姑娘身子呢……"

黑娃茫然若失地躺下去。

田小娥："以后，你叫我咋个活人呀？"

黑娃："……"

田小娥把脸埋进黑娃怀里沉醉地说："我的脸面让你丢尽了，在这世上活不成咧！"

黑娃闭着眼睛实诚地说："你活不成了，我也就活不成了。"

田小娥："你再说一遍。"

黑娃抱紧田小娥，说："不管死活，我都要你。"

田小娥："你咋个要我呀？"

黑娃："咋个都要。"

田小娥掐了一把黑娃，说："你就会拿虚套话哄我骗我，你得了便宜，尻子一拧还不就走了？"

黑娃："……我，我一辈子就守你跟前，赶都把我赶不走了。"

田小娥钻进黑娃怀里，闭目呢喃着："下辈子，我还做女人呀……还做女人呀……"

39. 土崖　　夏　日　外

天色垂暮，晚霞瑰丽。

管家领着七八个背着麦捆的农人沿着小径过来。

农人们与管家纷纷止步呆立，愕然失语地瞪着土崖下边的麦场。

麦垛子上，黑娃与田小娥相依相偎沉沉睡熟。

农人们面面相觑，惊然无措。

管家气急败坏地顿着脚发作："看啥哩！赶紧捉奸拿双，赶紧！"先捆起来甭叫跑了。

农人们扔掉麦捆，急急奔扑下去。

40. 白鹿村麦场　　夏　日　外

白孝文将晒好的麦子灌袋装车，他忽然挺直身躯张望——白嘉轩风尘仆仆牵着骡子回来了。

白孝文跑过去接应，白嘉轩疲惫不堪地蹲蹴在碌碡上，捧过瓦罐大口喝汤。

白孝文："大，你把鞋都跑烂了。"

白嘉轩："从甘肃省打来回，鞋咋能不烂？"

白孝文大吃一惊："大，你出了省咧？！"

白嘉轩："值！到底把东西寻着了。"

白孝文感动得不知说啥。

白嘉轩："大没劲了，你扶大上鞍牵骡回。"

白孝文扶起父亲，两人突然举目惊视。

黑娃背着大竹篓拄着一架杖踉踉跄跄地过来，他袒胸露腹，身子脸上伤痕累累，形同恶煞。

黑娃马步蹲裆稳住竹篓，嘶哑嗓子喊："孝文，给弄碗汤水来，快！"

麦场上农人们纷纷停下活路，惊讶不已地望着黑娃。

白孝文急忙拎来瓦罐，又与黑娃两人合力把竹篓放下来，黑娃撩开覆盖在上面的衣服，里面是一个昏厥过去的年轻女人。

白孝文瞠目结舌，不觉将瓦罐里的汤水倾溢出来。

黑娃捧过瓦罐给田小娥喂灌汤水，四周农人目瞪口呆。

白嘉轩："孝文，你过来！"

白孝文目不转睛地勾望着田小娥，失神无语。

黑娃挣扎着背起背篓，踉跄了几步差点跌倒，白孝文急忙架扶。黑娃放下背篓喘着深气说："……怕得你帮我一把了……"

白孝文挎上背篓，被白嘉轩的一声"孝文！"拦住。

白孝文醒过神来，放下背篓走了回去。他牵起骡缰，目光仍旧盯着背篓。

白嘉轩正待上鞍，白孝文如受咒摄使，突然牵赶骡子向黑娃奔去。

白嘉轩（惊讶）："你——咋咧？"

白孝文："黑娃哥撑不住了，我给他打个帮手。"

白嘉轩张口无语，一屁股蹾在石碌碡上，瞪着儿子如飞离去。

41. 白家牲口圈房　　夏　日　内

白嘉轩给牲口添料，鹿三用铁锨去圈土，两个人神情严肃地交谈着。

白嘉轩："……黑娃脸是咋破的相？"

鹿三："说是赶夜路，人从土崖上失了脚栽伤的。"

白嘉轩："这女人究竟是个啥来历？"

鹿三："……黑娃说，主家掌柜是个七老八十的人，娶了三房，他碰巧挑上掌柜的发了暴病死了，正房跟二房谋着不叫三房分家产，就势拿她顶了工钱咧。"

白嘉轩："黑娃是去割麦，又不是割金子割银子去咧，还挣个恁大的活人回来了?!"

鹿三："黑娃说他再不领走，怕是正房合着二房能把这女人下毒害死。"

白嘉轩："就说黑娃心善不假，怪的是这女人这么听话，说不叫分家产就不分了? 说拿她顶工钱她就认命跟着走咧?"

鹿三默然无语地干着活。

白嘉轩："黑娃他妈咋说的?"

鹿三："他妈高兴，说拾到篮篮就是菜。咳，咱穷人么，订不起黄花闺女，对付着叫他进祠堂拜了成个家，也算了了我一桩心事。"

白嘉轩："拾到篮篮的，也有药死人的毒草呢! 鹿三吧，你人穷品不穷，事关接续香火门户名声，大事情! 得有个父母之命三媒六证的规矩，起码得讲个知根知底来路正经。不然，这祠堂怕是不好进。"

鹿三："……实说，我心里也是七上八下的，我咋搭眼一照，这女的身上有股子妖气，不像是咱庄户院里能养下的货色………嘉轩，这事情大，得你给我拿秤。"

白嘉轩："是这，你先到郭家原跑一趟，看黑娃说的话是真是假，女人来历清白不清白，靠定了咱再商量。"

白孝文担水进来，两人辍口不语埋头干活。

42.白鹿村祠堂　　夏　日　内

白嘉轩站在分解圆木的台架上，边扯着大锯边吆喝着指挥众人置放刚刻完乡约族规的石碑。

黑娃走进祠堂，从白孝文手里接过锯把儿，说："你歇口气去，我有事求问你大呢。"

白嘉轩居高，黑娃仰上，两人锯扯木料。

黑娃："嘉轩叔吧，我领回来的人你都瞅见了，我人穷就不摆场面了，只想求你出面做个主，择个吉日领俺两个进祠堂，拜罢天地敬过先人，把俺夫妻的名分挂到族谱上，我这门户也就算立起来了。"

白嘉轩放下活路，伸手示意要水喝，黑娃赶紧捧碗倒茶递上。

白嘉轩喝口茶，吐着叶梗子说："这事，你大悦意不悦意？"

黑娃："我成亲，俺大咋能不悦意呢？（央求）我一辈子大事也就这一回，都凭族长你成全了。"

白嘉轩（语重心长）："黑娃吣，这事得你大出面操办才合礼仪规程，父为子纲，你大他是一家之主么。"

黑娃："……"

白嘉轩："你叔讲得在不在理？"

黑娃："俺大出门办货去了，得个几天工夫，我不愿情他里外破费，想简简单单一办，就是请你吃一碗臊子面，也算是我两个人的一片心意么。"

白嘉轩仰首喝光茶水，抖着碗说："你大只要点一下头，甭说吃你一碗臊子面，就是喝你这一碗凉水叔都高兴，你思量着去。"

两人重新拉锯，黑娃不卑不亢地说："嘉轩叔，我是求你来的，我求你，是给我娶媳妇呢，不是求你给我大娶媳妇呢，你也思量思量。"

白嘉轩："谁娶媳妇，都得上合天理下合人伦，都得父母之命媒妁之言。乡约族规的石碑子就在这儿立着呢，自古以来规矩上面写得分明，看他谁敢不遵，看他谁敢不守？"

黑娃猛力一扯，锯条砰然断裂！

43.鹿三家　　夏　日　内

鹿三妻端着饭碗对背身躺在炕上的田小娥柔声细语地说："俺娃吃饭，妈给你做了鸡蛋拌汤，你尝尝。"

田小娥无知无觉，呆愣中眼含泪花。

黑娃忙着置放小桌端碗摆饭，鹿三妻努努嘴，示意让他劝哄田小娥。

黑娃："小娥吣，妈叫你吃饭哩。"

田小娥如梦方醒，抹了一把眼泪，拖着哽嗓说："不饿。"

鹿三妻："好了，妈给你舀碗苞谷糁子的米油油，说是粗茶淡饭可养人呢。"

黑娃："吃毕了再哭，不伤人。"

田小娥摇摇头，抹干眼泪说："谁哭了？你们先吃。"

鹿三风尘仆仆地推门进屋，铁青着脸把褡裢扔到地上。

鹿三妻赶紧把饭碗端递过去，说："他大回来了，快先吃饭！"

鹿三一巴掌把饭碗打落在地，说："吃饭？我嫌饭脏！"他随即转身一抬手把小木桌掀翻。

黑娃跳下炕来，说："大，你咋咧?!"

鹿三扬手抽了黑娃一耳光，骂道："咋咧？我把奸夫淫妇养到我屋里炕上头来咧！"

鹿三两眼一翻斜栽倒地，昏厥过去，屋里顿时慌乱。

黑娃跟鹿三妻手忙脚乱把鹿三扶抱到炕上，又掐人中又喷冷水，田小娥缩蜷在墙角一脸惊恐。

半晌，鹿三缓缓地睁开眼皮，抬起手指着黑娃。

黑娃："大，好些了？"

鹿三："……你，你先给我把这个烂货撵走！"

鹿三妻："他大，你咋个说话呢？"

黑娃："大吔——"

鹿三："先甭叫我大，你先把她撵走！"

黑娃："大，你有话好好说么——"

鹿三："你做下瞎事了就好说不成！你还敢造怪哄我骗我，你两个造下的孽，满郭家原上都摇了铃咧，走到哪儿人家都把我的脸当尻子指戳呢！"

黑娃："大吔——"

鹿三："你先甭叫大，你要是不把这个祸害撵走，就不是我生下的儿，你立马从这门里给我滚出去！"

鹿三怒不可遏，起身抄起小木桌朝黑娃砸过去。

田小娥失声尖叫！

44.破窑院　　夏日　外　内

鹿子霖领着黑娃、田小娥走进窑院。

鹿子霖："……嘉轩这人，哼，脸冷，牙冷，心硬，抬手一遮，白鹿原的天都是黑的！"

朽门破旧，开启时轴木断裂先垮下来半扇，鹿子霖拿着铜锁站在门外，让黑娃与田小娥进窑查看。

几只野猫嘶叫着夺窗而逃，吓得田小娥退身，与鹿子霖撞个满怀。

窑里蛛网尘封残颓不堪，柴草遮掩着一口朽败的旧棺材。

鹿子霖爽然地说："没钱不要紧，你两个先住下安住身再说。"

黑娃感激地说："子霖叔，不是你伸手拉这一把，俺两个真是走投无路了。"

鹿子霖（义愤）："你是硬叫人逼到这一步的么！他不叫你进祠堂，那就是不给你一张活人的脸面么。唉，心比石头硬，这人要敢生在三国，就比曹操还残活。这就不是人做下的事情么！"

黑娃："人心不能比。小娥你也给子霖叔谢个恩。"

田小娥一脸漠然没有反应。

鹿子霖摸出印盒字契，慷慨大度地说："这窑是顶了我十个银圆的债落下的，叔只当五个银圆让给你，利息免了四六算三七，啥时有了啥时还，你是落难落到这一步，叔不催你。"

黑娃按了手印，鹿子霖关怀备至地说："赶紧收拾，那寿材旧了还能凑合当一副床板用哩。"

鹿子霖告别离去。

黑娃把铺盖捆垫到田小娥身下，一屁股坐到地上，长长地舒口气，说："好歹总算是有个窝，你坐下来歇歇。"

田小娥僵立不动，甩拨开黑娃伸过来的手，冷冷地说："狗窝……连狗窝都不如。"

黑娃（宽慰）："总比当野鬼游魂强些。"

田小娥突地一屁股坐下来，咬牙切齿地说："我前辈子不知做了啥孽了，才一落千丈到这鬼都不来的地方了。"

黑娃:"郭家好,郭家你穿金戴银吃香喝辣,你可嫌你活得没个人样!"

田小娥:"落到你手里才没个人样!连个给泥腿子当老婆的名分都落不下。"

黑娃:"是族长不准咱进祠堂,是俺大把咱撵出来的,咋能怨到我头上?"

田小娥:"你就是克星,你非要把我克死不结!"

黑娃:"是这,你看哪家财东还要你泡枣去,我还拿背篓背着你回去。"

田小娥容色遽变,忽地站起来:"说啥?再说一遍!"

黑娃(生气):"我不想克死你!"

田小娥如同母兽发作,劈头盖脸地撕打黑娃,扯着哭腔骂着:"不是你克死我……是谁?谁叫你,谁叫你跑到,跑到郭家割麦去呢?!……谁叫你,把我,把我摆到麦垛里去呢?!……谁叫你,得了便宜,得了便宜……还不快滚?!谁叫你,谁叫你,在麦垛子上……睡得,睡得跟死猪一样?!……谁叫你——"

黑娃吼叫起来:"谁叫你也睡得跟死猪一样呢?!"

田小娥鬓发散乱痛不欲生地号啕大哭起来。

白孝文不知何时站在了窑洞外,他怯怯地说:"黑娃哥吔!……我大说,请你到俺屋里去呢!"

45.白家上房   夏 日 内

白嘉轩拎壶倒茶,给黑娃递上茶盅。

鹿三(愤然):"这驴日下的在郭家原造下的孽我说不出口!嘉轩,你跟他说。"

白嘉轩语重心长地说:"黑娃,你是拾了一条命回来的,知道不?"

黑娃低头看茶盅不应声。

白嘉轩:"这偷拐人妻的事敢搁到清朝,把你活埋了也就是蹭死个臭虫捏死个虱。郭家有话,你是沾了民国的光了,啥腌臜人都成国民了,犯事得捆交官府不准私办,郭家是嫌丢不起这人,才便宜你了。"

黑娃:"……实情不是这。"

白嘉轩:"实情是啥?"

黑娃："小娥不给他口证，把我捆到官府也没有用。"

鹿三拍案而起："奸夫淫妇勾结作乱还占上理了?! 唉——啥烂松个民国的法，我一镢头把这号瞎货砸死了还得偿命！"

白嘉轩示意鹿三坐下："三哥，我不信咱黑娃真个辨不来饭是香的、屁是臭的，黑娃呀，你兑上灾祸了！"

黑娃低着头看茶盅。

白嘉轩："黑娃，我没让你跟那女人进祠堂拜祖成亲，你恨我不恨?"

黑娃："……族规在祠堂里首立着呢，我还能恨石牌子去呀？"

白嘉轩（朗然）："好！黑娃不糊涂。叔再问你一句，你丢得开这个女人不?"

黑娃盯了他一眼，垂下头。

鹿三："你叔问你话呢！"

白嘉轩："你拾掇下这号女人，娃呀，你操心招祸！我搭眼一瞅，就知道这不是你黑娃能养得住的人。趁早丢开免得后悔，人说前悔容易后悔难。"

鹿三跟腔说："你嘉轩叔说的都是好话实话，搭眼一瞅那货，就不是咱屋里头能养得住的东西！"

黑娃："咱屋里不叫养了，我外头土窑里养，得成?"

鹿三被噎，正待发作，白嘉轩用手止住他，说："黑娃呃，你想想，她能坏了郭家的门风，就不能坏了你家的? 她能勾搭你，就不能跟旁人勾搭? 这水性人就是水性人，跟狗吃屎一样，改不了！"

黑娃蹲蹴在座凳上，双手抱住了头。

白嘉轩："你不要操心丢开她就寻不下媳妇了，叔还是老话一句，丢开她，你的婚事连定带娶叔都给你包了。"

鹿三："嘉轩，你甭给他说那么多的话，哪怕是打光棍都不能要这号烂货，立马把这害撵走，下边事下面说。"

白嘉轩："……黑娃，给你大撂一句干脆话。"

黑娃张口无语，从座凳下来蹲蹴在地上。

白嘉轩："男子汉大丈夫，当断立断！"

黑娃："……丢开？丢开了，她的活路在哪达?!"

鹿三连声咂着嘴皮子说："这号烂女人死了倒干净，不看你死命催在尻子上，还管那货！"

白嘉轩："黑娃，咱两家是几辈人的情分，叔不能眼睁睁看着你把一个妖灾招进屋门里！你好好想一想，叔不逼你。"

黑娃站起身，说："我，我就落下的这命，我认了，谁逼都没用。"

黑娃转身离去。

鹿三怔怔地看着白嘉轩。

白嘉轩凝视着虚空，用哲人的口气说："黑娃叫这妖货蛊住了，毕了——毕了——叫妖货蛊住了。"

46.白鹿原　　深秋初冬　日　外

白鹿原秋色尽染，蔚蓝的天上一排大雁鸣叫飞去。

鹿兆鹏骑着自行车过来，后面跟着一堆炸了窝的村童，欢叫声盈盈充耳。

他们尾随吆喝着："鹿校长，骑洋驴！鹿校长，骑着洋驴撇洋腔！"

白嘉轩父子吆赶着马车运粪土，与鹿兆鹏在土崖旁狭路相逢。鹿兆鹏打着响铃高叫："立住！立住！让我先过。"

白嘉轩紧急勒车站立不稳，鹿兆鹏抢道飞驰而过，喊着："孝文！来坐我车后尻座上。"

白孝文从马车跳下来，追上鹿兆鹏跳上了后车座，搂紧鹿兆鹏的腰。

白嘉轩瞪大了眼睛，看着一堆村童尾随着自行车哄闹着尾随而去。

47.窑洞　　暮　外　内

黑娃光着胸膛锤打土坯，将土坯排排摆置起来。

窑洞换上新的粗木门窗，场院里外整洁而有生气。

田小娥利索地切面下锅，高声唤着："黑娃，回屋吃饭。"

黑娃进门，田小娥搅动着开锅，说："瓦罐里兑着煎水^①，你好好洗净。"

黑娃洗脸擦身，田小娥拿来一件新缝的肚兜给他试身，满意地说："你出门做活胃不受寒了。"

黑娃给灶眼添火，说："你把咱藏钱罐罐拿来。"

田小娥抱来一只罐子，黑娃倒出一堆铜板麻钱数点着说："就拿打土坯挣下的钱买几个猪娃子，好好喂上膘，明年一卖，咱手头就不紧缺了。"

田小娥从腾腾热气的开锅中捞出面条，调好蒜醋辣子递给黑娃，说："尝尝甜咸，合不合口？"

黑娃吃得津津有味，笑着说："狗窝里的饭么，哪有郭家的山珍海味合口。"

田小娥一把夺过碗，说："你碰上灾祸了，我还兑上活鬼了！灾祸做的饭你甭吃。"

黑娃："不吃，不吃黑了上炕出不了力。"

田小娥戳着黑娃额头把碗塞给他，说："都是贱命，一对儿黑班头儿^②。"

黑娃："你认命了？"

田小娥："就这贱命，不认有啥办法。"

黑娃："你不想你的绫罗绸缎山珍海味了？"

田小娥："想！想得很！想有个啥用？都怪我一时叫鬼迷了窍了。不然，只说一句你把我糟蹋了，你娃都死在官府大牢里头了，还吃我擀下的面呀？"

黑娃："你！你是舒服受活得迷了窍了。"

田小娥（坦诚）："就是！在郭家我是白天舒服黑了遭罪，在你这窑里我是白天遭罪黑了舒服，甘蔗不得两头儿甜，我就只咬你这一头算了——"

两人融融暖意被外面自行车响铃声打断，门吱地开启，白孝文领着留着偏分头穿着洋布制服的鹿兆鹏进来。

---

① 陕西方言，开水。

② 陕西方言，倒霉蛋。

鹿兆鹏将点心盒放在小木桌上，拉着黑娃握手，爽朗地说："早就要给你跟嫂夫人道个大喜，老不得闲。"他对田小娥鞠了一躬，说，"嫂夫人，你好，我是黑娃的朋友鹿兆鹏！"

白孝文对田小娥介绍："兆鹏是白鹿原民国小学的校长，鹿校长！"

田小娥惊讶，慌乱地还了一个回礼。

鹿兆鹏（对黑娃）："都知道我回来教书了，独独就是不见你来寻我，把咱桃园三结义的兄弟都忘了？"

黑娃："你是堂堂的校长，我是扛活的苦力，怕去了辱没了你校长的身份么。"

鹿兆鹏："你就说你重色轻友！拿下，西安的水晶饼，这是当年我应承下给你的结婚礼物。"

黑娃（感动）："兆鹏，你是白鹿村第一个来这儿看我的人，就不怕沾上我的晦气？"

鹿兆鹏："我是沾你跟嫂子的喜气来咧！"

白孝文在暗处，眼光中闪着羞羡凝视着田小娥。

鹿兆鹏："黑娃，你领嫂夫人回来成亲，族长不让你进祠堂，你心里受活不受活？脸上光彩不光彩？"

黑娃脸色一冷，说："你当上校长成人上人了，你拿穷朋友寻开心来了？"

鹿兆鹏（极为赞赏）："这才是你黑娃的本色，敢说敢骂，敢恨敢爱，白鹿原这么大，让我佩服的还只有你黑娃一个人。"

黑娃撇撇嘴角，说："佩服我？刚你嫂子还说我都混成黑班头儿了！"

鹿兆鹏："你敢给自己找媳妇，你比我强呀！"

黑娃："你可又耍笑我呀！"

鹿兆鹏从炕上跳下去，慷慨激昂地说："你——黑娃，你是咱白鹿原自古以来头一个冲破封建枷锁的人，头一个实行婚姻自主的人，头一个敢于反抗封建礼教、反抗宗法族规压迫的人，这叫啥？开天辟地，伟大！"

黑娃："兆鹏，你，你现在学问大了，会拿洋话砸瓜人了！"

鹿兆鹏："你还问我啥叫个自由恋爱，你跟嫂子这就是嘛。"

黑娃疑惑不解倒吸口气："我的爷哩，你再甭吓唬我咧——"

鹿兆鹏："看，你是敢作了，可不敢为。要中华民国做啥呀，要国民革命做啥呀？就是要革除封建统治么，就是要实现婚姻自由么，就是要废除父母操办买卖婚姻么，就是要人人跟你黑娃一样，寻自个儿喜欢的女人做媳妇么，多好的事情。你记下，你跟嫂子就是白鹿原新时代的一对儿榜样。还进什么祠堂，上什么族谱，狗屁事情，人活得幸福美好才最要紧。"

黑娃惊异地瞪大眼睛："……兆鹏你，你从哪达学来这些吓人的说词？"

院子里，孩童们推抢着自行车转圈儿，相互拉扯乱作一团。

鹿兆鹏："这是中国未来的必然趋势。白鹿原，新思想的潮水还没卷过来，还是一座封建牢笼，连我的婚姻还压迫在里首哩。你说我咋能不眼红你、佩服你黑娃！"

黑娃（恍然大悟）："兆鹏，你把媳妇撇到屋里不回家，就是想学我偷人呀？不是不是——这叫个啥，自由恋爱呀？"

鹿兆鹏："这，这才是目标之一。"

黑娃："等偷上了人，你还想弄啥呀？"

鹿兆鹏："无产阶级最终的目标是解放全世界、全人类。"

黑娃与白孝文愕然无语，田小娥碰笮黑娃悄声说："你问问鹿哥，像咱这号自由恋下的，得是就能进祠堂了，就能落下名分了？"

院子里自行车哗地倒翻，摔落了一地吱哇乱叫的娃娃伙。

48. 白鹿村小学教室　　冬　日　内

鹿兆鹏在课上朗朗领读："缠小脚，是黑暗的中国封建社会野蛮的习俗，是对妇女同胞极为残酷的迫害，必须给予彻底地铲除根绝——"

学生们齐声随念。

鹿子霖从门口伸头进来张望，背着手跨进门槛，正色开口："鹿校长，你出来一下。"

学生们与鹿兆鹏吃惊地举目相望。

鹿子霖："他是校长，我是校长他大。"

鹿兆鹏："大，你稍等一下，马上就下课了。"

鹿子霖直挺挺跪下身去，扯大嗓门说："鹿校长，大求你出来，求不动就给你跪下，你不应承大就一直给你跪下去，跪到死！"

教室哗然大乱，鹿兆鹏只得走下讲台，硬拉鹿子霖起了身。

两人来到校长室，鹿子霖一屁股坐到凳子上冷着脸问："你昨天回白鹿村了？"

鹿兆鹏："嗯。去看黑娃了。"

鹿子霖："黑娃这号烂松人你都能去看，为啥不回屋看看你媳妇？都到了家门口了么！"

鹿兆鹏："……我忙着呢，学校一大堆事情呢。"

鹿子霖（苦口婆心）："兆鹏呀，大跟你说心里话，你——你只要叫你媳妇生养下一个娃，就把咱两家的脸面都顾住了，日后有本事你在外面讨个三房四房，生他七个八个，我都只嫌少不嫌多，得成？"

鹿兆鹏："大，我不是你繁殖后代的工具，你不要指望把我当你的牲口使唤。"

鹿子霖恼羞成怒一个耳光抡过去，打得鹿兆鹏趔趄了几步方站稳。

鹿子霖（痛斥）："不指望你，叫我指望嫖客去呀，指望野汉去呀？！"

教员校工闻声赶来好言相劝。鹿子霖悲从中来，当众控诉羞辱儿子，一发不可收拾。

鹿子霖："你校长是个人面畜生，他不要脸了我也不要脸了！他媳妇是七岁上三媒六证定下的，十七岁上八抬大轿嫁进俺鹿家的门，人家上孝老人下敬亲友，任劳任怨尽心尽意，他给人家尽过一次人事没有？没有！我说句不要老脸的话，他媳妇过门几年了还是个姑娘身子，你们就知道这畜生有多毒多歹！走！跟我回，先拿刀把你媳妇跟我劈死，你再自你妈的由、恋你妈的爱去！"

鹿兆鹏："少胡搅，你包揽下的摊子你去收拾！"

鹿子霖抄起板凳骂着："我把你驴日下的砸死，我蹲监狱守法去呀！"

众人劝阻的混乱中，突然响起了三声清脆的枪声！

众人愕然，一群身着黑色军服的官兵拥进来。

戴着军官帽的杨排长对着冒蓝烟的驳壳枪吹了几口气，操着河南话问："哪个是鹿乡长？"

被胁押来的田福贤冲鹿子霖努努嘴，杨排长一个耳光打得鹿子霖转悠了半个圈儿，鹿兆鹏急忙用身体护住父亲。

杨排长："你当乡长不在乡公所办公，跑到这儿拷你妈来了？"

鹿兆鹏："我是这儿的校长，老总你有啥话好好说，不要动手。"

杨排长："你是校长，刚好。我是河南镇嵩军的杨排长。滋水县被本军接管了，我宣布，本军征用这学校当粮仓。你放长假回家吧，搂着你媳妇睡觉，给你参生孙子去吧，你看你参想当爷都急疯了！"

49. 白家田地　　冬　日　外

白嘉轩父子与鹿三锄地。

鹿三抱着锄草到田垄旁去喂牛。白嘉轩问儿子说："孝文，百服药也吃完了，你觉得咋样？"

白孝文对着巴掌吐口唾沫，闷头锄地。

白嘉轩（体贴）："这二回该把你媳妇接回来了，你试活试活，要不行的话，我再跑回甘肃省。"

白孝文："大，这药比牲口都贵，再踢腾下去，我都成了败家子咧。"

白嘉轩盯着白孝文，斩钉截铁地说："你糊涂！留着家产干啥？断了香火给旁人占了你就心甘了？我还是那句话，哪怕卖牛卖房卖地卖光卖净——"

鹿子霖踉踉跄跄地跑过来，惊慌失措地说："嘉轩，赶紧回村敲锣召集村人去！"

白嘉轩："啥事情嘛？"

鹿子霖："河南的镇嵩军要来征收军粮哩。"

白嘉轩："啥军？啥军来了都跟我无关。"

鹿子霖指着地头过来的一行镇嵩军说："嘉轩兄，我跟田福贤都是枪架到脖颈子上逼来的，你不敢硬碰硬的。"

白嘉轩索性蹲下去锄地，说："自古以来百姓都只纳一份公粮，旁的粮不纳，要敲锣你敲去。"

田福贤跑过来压低嗓门说："嘉轩你咋瓜咧？没看这一群饿狼杀人连眼都不眨？没看着连我都让当狗欺着呢?!"

白嘉轩："没道理的锣不能敲，就这话。"

杨排长领着一伙士兵过来，问："你是白鹿村的族长白嘉轩不是？"

白嘉轩没吭气儿，背过身蹲下去锄草。

杨排长："回去敲锣，召集村民到祠堂交军粮。"

白嘉轩摸出火镰烟锅，装烟打火。

杨排长一脚踢到白嘉轩脸上，火镰烟锅飞落坠地。白孝文冲过来，横起锄头护住父亲，叫着："凭啥欺负人?! 你凭啥?!"

杨排长抽出驳壳枪，白嘉轩推开儿子，横下脸训斥："回去，这儿没你事情！"他从腰里摸出黄铜钩圈钥匙递给杨排长，说："村民的粮食我不管，谁要敲谁去祠堂取锣。"

杨排长动作潇洒地哗啦一声拉上枪栓，对着黄牛"砰！砰！"开了两枪！

被打断腿的黄牛猝然翻倒在白嘉轩身旁，痉挛着哞哞悲号起来。

杨排长："看见了吧？不去老子就打断你的腿，让你爬着去给我敲锣。"

众人愕然失语，田福贤掏出烟卷给杨排长塞上，堆起谄容说："杨老总见过大世面，不能跟他一个见识，老陕都是这号倔瓜，头里首拐不了个弯——"

杨排长冷冷地说："我这枪子儿也拐不了弯儿！"他对着黄牛头部连开数枪，血点飞溅沾染在白嘉轩的衣裤上。

50.窑洞　　冬　日　外　内

田小娥给鸡喂食，黑娃背着褡裢回来，田小娥上去把他迎进窑洞。

黑娃从褡裢里亮出四只吱呀乱叫的小猪崽，喜滋滋地说："咱屋里这下热闹了。"他又掏出一条印花洋彩布头巾给田小娥系在头上，说："娶你连个红盖头巾都没戴过，算我补一下心。"

黑娃提着褡裢出窑，把四只猪娃子抖落进新垒的猪圈里，忽听到锣声阵阵传来，仰头张望。

土崖小路上，白嘉轩等一行人在刺刀逼迫下过来。白嘉轩僵冷着脸敲锣喊着："交纳军粮，一人一斗，抗拒不交，军法处置！"

田小娥跑出来四处寻看，白孝文出现在崖顶上，他顿着脚警告说："黑娃哥！镇嵩兵来了，赶紧藏嫂子，麻利！"

黑娃把田小娥推进窑里，抱来大捆苞谷秆掩藏窑门。锣声逼人，田小娥一脸惊惧，黑娃掩堆着苞谷秆说："你悄着甭动，有我在哩！"

白嘉轩从窑洞崖顶上过去，黑娃刚锁上柴窑门，几个镇嵩军冲进来，院里一时鸡飞猪嚎。

黑娃本能地上前阻拦，被枪托砸倒，鹿子霖站在崖上提声警告："黑娃！老总要啥你给啥，你蹴下甭动！"

黑娃鼻青脸肿，眼睁睁看着家禽牲畜被抢劫一空。

镇嵩军提着猪崽拎着鸡扬长离去。

51.破药王庙　　黄昏　外

三个青年躲在塌梁断壁中，轮着一瓶子酒边喝边骂。

黑娃："忽儿来了个陈督军，忽儿来了个马司令，忽儿来了个杨指挥，今儿又来了个镇嵩军，咋胲子军，都是喝人血的土匪！"

鹿兆鹏："这镇嵩军是北洋反动军阀，真真的反革命反动势力。"

黑娃："这世道瞎了，白鹿原待不成了。"

鹿兆鹏："白鹿原无罪，瞎就瞎在白鹿原上的人，一个个都是嘴硬尻子松的货，标准的奴才相，白鹿原咋能不倒退到奴隶社会去，嗯?！"

黑娃咂下一口酒，切齿而语："我就想把那几个土匪兵一镢头砸死才解恨！"

白孝文："兆鹏，咱挣死扒活打下的粮，为啥要喂这一伙子龟子孙？嗯？——我就恨不得把这帮狗日的一把火都烧死了才痛快。"

鹿兆鹏将酒瓶塞到白孝文手里，说："你这话，算砸到点子上了，我先敬你一杯！"

黑娃与白孝文面面相觑。

鹿兆鹏："白鹿原的命运就搁到咱几个肩上了，咱三个只要有胆，不信它乾坤不倒日月不变!"

52.白家院、街巷　　夜　外

白孝文抽开门闩出门,掩上门。

他沿小巷走去,与牵着骡子回来的白嘉轩撞个正着,骡鞍上坐着白孝文媳妇。

白嘉轩:"你出门去哪达呀?"

白孝文支吾着:"我……我是看你回来没回来……"

白嘉轩:"回来咧,跟我回。"

白嘉轩把牵绳交到白孝文手里,径直进院。

白孝文悚然不安地站立不动。

白嘉轩回过身来:"咋了,没听着我叫你回屋?"

白孝文只得牵骡进院。白嘉轩吩咐说:"把门闩上!"

白孝文:"……大,我出去一会儿就回来。"

白嘉轩:"外面兵荒马乱的,啥事情?"

白孝文:"我,我寻兆鹏借本书看。"

白嘉轩狐疑地打量着,说:"我给你把人接回来了,你可倒要看书了。我看你是有鬼!"

白孝文张口无语。

白嘉轩:"鹿兆鹏的书不准看!操心把你也看成骑洋驴撇洋腔六亲不认的假洋鬼子咧。你,少跟他黏。"

白嘉轩见白孝文呆立不动,声腔威严起来:"去,把你媳妇搀下来,服侍你媳妇回屋去。"

白嘉轩反身闩上大门,咔嚓一声用铜锁锁死了大门。

53.白鹿村小学　　冬　夜　外

风声呼啸,黑娃与鹿兆鹏泼洒煤油,打着火镰,大火忽地冲天而起!

黑娃身手迅猛地将一排水缸用镢头各个击破,冲到井台旁,利索地割断了井绳,将水桶扔进井里,向围墙跑去。

火光中两个身影从墙上翻越而下。

黑娃接住鹿兆鹏，两人疾如脱兔向远处跑去。

54.白孝文房　　冬　夜　内

孝文媳妇在炕上把白孝文推到一旁去，冷冰冰地说："我看，你大买下的药，十成怕是假货。"

白孝文满头虚汗喘息着说："你端碗煎水来，我渴得喉咙眼冒火了。"

孝文媳妇躺着不动，冷嘲热讽地说："白孝文，白孝文，你这男人算是白当了，我这女人也算是白当了。没有金刚钻，你可揽这瓷器活为了个啥么?!"

窗户外突然映燃起阵阵红焰，两人惊然起身，孝文媳妇失声尖叫起来。

白孝文突地推开窗户，烈焰的光照亮了房顶。

白孝文颓然倒卧，分不清是在喘息还是哭泣。他突地发作，将炕上被枕衣物全踢蹬下去!

55.土原　　冬　黎明　外

火光照亮了天空。

黑娃与鹿兆鹏脱离险境，一头栽倒在地上翻滚喘息着。

两个人爬跪起来观赏自己的杰作，鹿兆鹏捶打着黑娃胸脯由衷地夸赞着："好身手，黑娃你烧得太利索了，好身手！"

黑娃："狗日的抢了我四个猪娃五只鸡，我把他老窝连锅端了，叫狗日的救都救不应，看谁争①！"

鹿兆鹏："你争！你争！咱只剩下看'火焰山'的大戏了。"

黑娃："白孝文呀白孝文，这货跟他大一个×样，都是嘴硬尻子松的货。我，我平日真是把他人看高了。"

---

① 陕西方言，厉害。

鹿兆鹏："就看他大一张封建老脸，能养下啥好货。这就是典型的口头革命派。黑娃，你才是真正的革命实践家，咱白鹿原最争火的人！"

尖利刺耳的枪声砰然而响！

56. 白鹿村戏台　　日　外

镇嵩军士兵被烧得面目失形衣衫破焦，杀气腾腾地用刺刀围逼着村民聚集。

戏台上面，白嘉轩与鹿子霖被绑押着，杨排长被烧得如同黑煞，嘶哑着嗓门训话。

黑娃守着田小娥站，在白孝文后面，目光灼灼地死盯着杨排长。

杨排长："……白鹿原上烧完的粮白鹿原补！我废话没有，征粮再加一倍，啥时候交齐全了，啥时候放这两个人。再烧，本军就杀这两个回敬，看是你老陕头硬还是老子的枪子儿硬……"

白孝文感觉有异，回头瞅了一眼黑娃。

黑娃肘顶着白孝文的后腰，切齿低语："嘴闭紧，刀就长眼。听下咧？"

白孝文冷冷地哼了一声。

黑娃肘子收回，白孝文突然撇来一句："羊替牛死！"

黑娃肘臂又顶上来："说啥？……"

白孝文（切齿）："我说羊给牛把罪顶了！"

人群涌动起来，一名士兵急奔过来爬上戏台子对着杨排长咬耳窃语。

街巷口，镇嵩军溃兵队伍搀扶着断臂缺腿的伤兵川流而过，一名军官跑过来吆喝："杨排长，快撤退吧！"

杨排长："没见命令呀，出啥事了?!"

军官："冯玉祥开来的国民军打过来了，快撤快撤，咱死也要埋到河南老家不是?!"

士兵们闻言变色，杨排长满脸晦气心有不甘地领着士兵拥下了戏台。

人群混乱中，杨排长突然反身回来，提起驳壳枪对着村民连开数枪！

白嘉轩、鹿子霖愕然抬头瞠目结舌。

村民们一片惊叫哀号，嗡然而乱四散溃逃。

黑娃搂紧了田小娥把她拖走。

白孝文逆着人流冲上戏台去解救父亲。

57. 白鹿村小学　　冬　日　外

"打倒列强，打倒列强，除军阀，除军阀，

国民革命成功，国民革命成功，齐欢唱，齐欢唱——"

新修的小学气象一新，校园里歌声飘荡，操场上老师给学生教唱时兴歌曲。

鹿兆鹏领着学生在墙上刷大标语，看见黑娃背着褡裢过来，迎上去跟他握手。黑娃如视怪物，上下打量着他。

鹿兆鹏："不认识了，看海兽呀？来来来，搭个帮手，甭闲着。"他把盛染料的盆子塞到黑娃手里，边刷标语边搭话。

黑娃："满白鹿原都摇了铃，说鹿家出了一个共产党的大脑系①，咋没见你红眼窝红头发共产共妻么？"

鹿兆鹏："不要听反动谣言，共产党国民党跟你一样，都是人。叫你来，必有大事情。"

黑娃："你可要放火烧谁家呀？咱图了个痛快，结果把鹿老七的女子打死了，把白兴儿他妈腿打瘫了，这号事我再不弄了。"

鹿兆鹏："不烧，不烧反动军阀还在你脖项上骑着屙哩尿哩。"

黑娃："贵贱不弄这号缺德事了。"

鹿兆鹏："你就寻个老婆，还叫人家撵到村外野窑里去了。革命嘛，还能不付个代价？是这，省城里举办了农民运动讲习所，我把你举荐上去了。三个月时间，管吃管住管津贴，你去听听道理长长见识，革命形势需要你了。"

黑娃："我？！我只会打个土坯子。我反正没脸没皮了，只图出苦力盖上两间瓦房，再养上两个娃，送到你门下念念书，这一辈子也就交待了。"

---

① 陕西方言，大人物。

鹿兆鹏："你看你家出了几辈子苦力，盖得下一间瓦房没有？你就是个糊涂！叫你去，就是让你知道穷人为啥老受苦，富人为啥老享福，穷人咋样子才能翻过来身，门道在哪里。"

黑娃："我是猪脑子，只怕人家说些啥咱听不懂也记不下。人大了，再挨先生戒尺打，脸也没处搁了。"

鹿兆鹏："那地方没有戒尺，有热蒸馍、大碗烩菜。你就只当去逛了回省城开开眼去，咋？舍不得跟你媳妇分开？！"

鹿兆鹏随手一甩刷子，粉浆溅了黑娃一头一脸。

黑娃："慢些儿！你慢些儿！"

鹿兆鹏（畅快）："刚好，唱个大花脸刚好！"

58. 白鹿原　　冬　日　雪　外

大雪纷飞，原驰蜡象。

秦腔的吼声高亢激越自远而来。

黑娃与农讲所的一行人背着行李踏上雪原，他们引颈高歌，充满豪情。

59. 白鹿原区公所　　冬　日　雪　内

田福贤与鹿兆鹏围着火炉下象棋。田福贤从卫兵手里接过热茶递给鹿兆鹏。

田福贤："鹿同志，咱国共合作既然是一家兄弟，我倒是要请教，'一切权力归农会'究竟是个啥意思？"

鹿兆鹏："我不信你不知道。"

田福贤："得是让我把区公所大印账库移交给农会，让我回家抱娃收鸡蛋去呀？"

鹿兆鹏："你身为国民党区分部书记，就应该跟农会站在一个立场上，这有个啥移交问题么。"

田福贤："这农会究竟要弄啥呀？"

鹿兆鹏（笑）："你把精神头都放到麻将牌上头去了。弄啥，发动农民起来，打倒封建秩序，铲除贪官污吏恶霸地主，我得说多少遍？"

田福贤："清家都打倒了么，再打倒个谁呀？人家谁是个贪官污吏，谁是个恶霸地主，凭证是个啥么？黏得很！"

鹿兆鹏："谁现在还剥削压榨农民，谁就是贪官污吏恶霸地主，就要拿脚踏倒打倒他。"

激越的秦腔吼声飘传过来。

田福贤（懔然）："好瘆人的腔呀，谁个唱错了调，硬把个须生唱成黑头了。谁打倒个谁，拿我先把你将死再说。"

鹿兆鹏一脸不服地瞪着棋盘。

田福贤："说起洋码字新名词你能行，说起这地盘上的门门道道，我是狼，你是娃。"

鹿兆鹏："出水才看两腿子泥，再来！"

田福贤重摆棋子，说："我奉陪。"

黑娃等人浑身披雪拥了进来，大家兴奋地寒暄招呼着。

鹿兆鹏卸下黑娃的行李，用力拂打着他袄上的雪，说："你回来了，只问你一句，过你的小日子呀，还是跟着我干世事呀？"

黑娃（爽快）："我把热馍大烩菜吃了三个月，再过小日子，给人家组织、给你领导咋交代呀？兄弟们寻你来，就是要跟你在白鹿原刮他一场风搅雪呀！"

鹿兆鹏对田福贤说："啥叫个'一切权力归农会'？黑娃就让你耳听为虚，眼见为实！"

60. 白家院　　冬　日　外

白嘉轩赶着驴推磨碾苞谷。白孝文急步过来，神色仓皇地说："大，你听见了没有？郭家原上的农会拿铡刀把郭老财头铡了！"

白嘉轩："又没铡你的头，你慌失的要咋哩？"

白孝文："大！……我看这回天下要大乱了。"

白嘉轩："乱人他就得乱，规矩人他就不得乱。就算他世事乱得翻了八个滚儿，吃饭穿衣还得靠人的手做活路！"

黑娃领着一群戴袖标的人拥进来，他挺直了腰身，绷紧脸说："我代表白鹿原农民协会通知你，把祠堂钥匙交出来。"

白嘉轩将驴鞭和扫把塞到白孝文手里，吩咐说："做活！"他蹲蹴到座椅上，掏出火镰打着，点水烟。

黑娃："你没听见？"

白嘉轩喷出一口青烟说："现在不行。明儿我去把白鹿两姓上下老少都招到祠堂里，你给大家把要钥匙的道理说清楚了，我当众移交。"

黑娃又挺挺腰身，说："我现在就要。"

白嘉轩低头干活，冷然无语。

黑娃："……你听着没有？！"

白嘉轩："说啥？"

黑娃："我说的是人话，没听懂？！"

白嘉轩轻描淡写地说："那你，只有抢了。"

黑娃冷着脸说："从你手里抢，就不叫本事了。"

黑娃转身领着人走掉。

白嘉轩对呆然不动的白孝文大声喝道："做你的正经活路！"

白孝文狠抽一鞭子驴，吆骂着："走！你个敢作不敢为的东西，走！"

61.白鹿村祠堂　　冬　日　外　内

黑娃拎着大铁锤对着门闩铁锁瞑目切齿，突然怒睁双眼挥臂砸下去。

吭当！铁锁链子颓然坠落，一伙人扛着白底绿字的农会招牌拥进大门。

黑娃对田小娥说："他白嘉轩不叫进？我还非进不可，就这么简单，进！"

众人拥进祠堂。

田小娥看着四周，如置梦境地说："我真当咱一辈子都进不到这祠堂里来了。"

黑娃："进不来？进来我还不走了。"

田小娥牵着黑娃的衣袖问："族谱在哪达哩？"

黑娃指着写着密密麻麻人名的神轴，说："就是这！"

田小娥怯怯地说："你趁咱拿着事，把咱俩名儿赶紧写上去，咱这夫妻就名正言顺了。"

黑娃一把扯下神轴扔到地上，说："上名儿？这回，请我上我还不上咧。"

黑娃来到石碑面前抢锤就砸！

田小娥大吃一惊，气得连连捶打黑娃，说："好好个石碑，你疯咧?!"

黑娃："起开！我瞅着这碑子扎眼。"

田小娥："扎了你啥眼了么?!"

黑娃："这是白嘉轩的紧箍咒，也就收拾个穷汉，贪官污吏军阀土匪来了，尻用不顶！"

刻着族规乡约的青石碑子在敲击中断为两截，轰然倒地。

62. 白嘉轩院正堂　　冬　夜　内

白嘉轩一家人围着方桌吃饺子，他问白孝文："你媳妇还是个不回来?"

白孝文点点头。

白嘉轩："……当初，怕是八字测错了。罢，这女人气性也太烈了，命中相克哩。缘分尽了，给人家退一份休书礼钱，把这事了断了去。"

白孝文看着父亲，低下头"嗯"了一声。

白嘉轩："下回，好好托人踏摸，把八字测稳，寻一房心性温和善良的，好好把你调治过来。嗯?!"

白孝文（感动）："……大呀，一个就把人整得息息的了，先缓一缓再说吧。"

白母闻声生气，说："甭摆丧气的脸！我跟你大把心都操烂了，你还敢缓！"

白嘉轩（阻止）："他妈，你跟娃甭发火歇。"

白母："女人么，就跟糊窗户的纸一样，旧了烂了使不得了，再糊一层新的么——"

话音未落，鹿子霖背抄着手惶惶不安地进来。

鹿子霖："嘉轩，这会儿你还能咽下饺子?"

白嘉轩："吃饱不当饿死鬼呀，（吩咐白妻）给子霖兄添一双筷子。"

后院传来吵闹的人声，白嘉轩吩咐："去，看看咋了。"

白孝文起身离去。

鹿子霖："黑娃把祠堂砸了，这么大的事你不管？"

白嘉轩（瞪大眼睛）："就是事情大才轮着你管了，你是乡长，管政府的差着哩。"

鹿子霖："这会儿都是农会的天下了，我说话连黑娃的一个屁都不顶。"

白嘉轩："这才好办了。农会的总头儿是你娃兆鹏，你当大的发话，他当儿的敢不听？"

鹿子霖哭笑不得地说："这世道颠倒得没样子了，兆鹏这号货，人家现在是我的爷！"

白孝文冲进来喘着粗气说："大吔，俺干大攥着矛子要去戳黑娃，俺姨叫你赶紧去哩。"

鹿子霖计上心来，说："嘉轩，你叫鹿三把他娃先勒管住！"

白嘉轩："没看这世道，你兆鹏都成爷了，他鹿三能管下个黑娃？！"

63.白家牲口圈房　　冬　日　外

鹿三握着长柄矛子怒不可遏地扑跳着，鹿三妻死死抱住他的腿在地上拖滚，声声哀叫着。

白嘉轩、鹿子霖匆匆赶来，鹿三指着两人大声斥责："鹿乡长不出头，你族长也不露面，那狗日的货砸祠堂烧祖宗神轴，你们都装瞎子？你们怕挨戳我不怕，丢了八辈子祖宗的脸都是我的罪过，我去把那个孽子戳了！"

白嘉轩冷静地说："三哥，我说好了让你赶紧套大车，后晌咱还忙着到地里上粪去，你咋忘了？"

鹿三："羞了先人了，把先人羞得在阴司里龇牙哩！都甭拦我，我去把那畜生戳了，我杀人我偿命。"

白嘉轩捉住长矛，一使劲把矛子头拔下来，扔到一旁，说："三哥，自你黑娃领回那个女人，你日子安生过没有？你娃是叫妖孽缠住身子了，成了皮影子了，由着别人耍他呢！咱不要胡扇火再添乱了，有这劲头，咱务侍庄稼去，庄稼不造怪、不哄人！"

鹿三扔掉矛子杆，蹲在地上抱头哀叹："……唉！我咋弄出来的是这号孽种？咋弄出来的，嗯？咋弄出来的?！"

64. 祠堂　冬　日　内　外

黑娃与农会分子审问区公所的账房先生。

农会分子："……你不把田福贤跟他手下的乡长咋个加码子多收公粮、咋个私下分赃，一五一十吐出来，操心黑锅背你身上。"

账房先生汗流浃背翻眼无语。

黑娃一拍桌子，说："我看你是不见阎王不落泪了，抬进来。"

农民们抬进一台血迹斑斑的连座大铡刀，砰地放到账房先生跟前。

黑娃："这铡刀在滋水县铡了五个人，轮到咱白鹿原上来了，你要硬缸口，看你这颗头比试得过铡刀口？"

账房先生骤然失色，说："好黑娃，我的爷哩，……你问啥我实打实说啥……你快把铡刀抬走……我见这……心里毛躁得说不成话了……"

黑娃一挥手，农人们抬走了铡刀。黑娃说："再抬进来，我可就非用不可了。"

账房先生（坦然）："历年来，征粮当中日鬼捣窍的事，远的要对账，细说单是去年……"

祠堂外锣鼓齐鸣。鹿兆鹏领着大批各地农会的锣鼓队到来，一时祠堂内外彩旗飞舞锣鼓喧天，火铳声声爆响！

黑娃迎出来跟鹿兆鹏握手，鹿兆鹏说："我把各乡农会骨干都邀来给你助威来了，把白鹿原闹他个天翻地覆。"他压低声音问，"乡上区上的账查清了没有？"

黑娃把他拉到一旁，说："账房一下子倒净了，从田福贤到手底下的乡长，没有一个是干净的，黑吃下的赃把我吓了几跳。"

鹿兆鹏兴奋地一拳砸在黑娃肩上，说："黑娃，你争熊，白鹿原这场风搅雪让你给扇起来了！"

黑娃拉着鹿兆鹏，尴尬不安地压低声说："这混眼子狗把你大也咬出来了，我扇这松的嘴都堵不住口，这把麻缠还搁到你头上了。听我说，赶紧让你大先进城躲一躲，把风头避开再说！"

鹿兆鹏："藏了他，我还叫个革命者？！"

黑娃："兆鹏，再咋说，这可是你的亲大呀。"

鹿兆鹏："反动派一个不剩，都得拿脚踏倒！"

黑娃："兆鹏，你敢撂这话，那白嘉轩他也跑不脱，封建祠堂的反动族长么，不然就不叫个连锅端！"

65.白鹿村戏台　　冬　日　外

斗争大会正在进行，鹿兆鹏在戏台前声严色厉地宣读："……现已查明，自田福贤出任白鹿区团总以来，每年在征集公粮时都加了黑码，九个乡长无一例外地参与了分赃………"

贪官劣绅们戴着高帽挂着牌子剪手弯腰被押上戏台，白嘉轩和鹿子霖身列其中。

鹿兆鹏："……仅就去年，私下加码多征粮食折银圆一千四百多元，九个乡长每人分赃一百元，田福贤一个人独吞五百余元，这些银圆，都是从咱百姓身上压榨出来的血汗钱！"

台下民众突然如风浪骤起般呼叫着："拿铡刀来，铡了这狗官！"

人群骚动沸腾，往台上扑爬过来，几个人蹿上戏台拳打脚踢。

台下的呼声一浪高过一浪："抬铡刀，铡死这狗官！"

鹿兆鹏站起来指挥纠察恢复秩序，把黑娃拉到后台，说："决不准再铡人了！你赶紧放几声铳子把场面压住。"

黑娃："原上这么多反动分子，才铡了三五个就不准铡了，革命咋个往下进行？！"

鹿兆鹏："革命不是一铡刀下去能解决的事情，田福贤的身份是国民党区分部书记，牵扯到两党关系，事关重大，有个策略问题！"

黑娃失去控制，激愤地叫喊着："铡了这瞎种有个原事！管他姓国姓共，贪官奸臣就得杀，不除他田福贤看你平得下民愤?!"

鹿兆鹏竭力保持冷静，斩钉截铁地说："黑娃你混账！我命令你立即让各村协会头儿把群众稳住！叫纠察把台上的人都押到祠堂看管住，先不准死人。"

鹿兆鹏冲到前台，从腰间掏出手枪朝天上放了几枪，镇住了场面。

鹿兆鹏："我现在宣布，把田福贤等人交滋水县国民政府法院监押，依法审判!"

田福贤被押向后台。白孝文突然爬上戏台，他端着一碗水走到白嘉轩身旁，在众目睽睽之下不动声色地给父亲喂水、拭汗。

白嘉轩饮了几口水，努嘴示意，哑着嗓子说："把你子霖叔也服侍一下!"

白孝文捧碗请鹿子霖喝水，他断然摇头拒绝，愧不欲生地紧闭双眼。

白孝文摘下父亲的挂牌吊到自己脖子上，扑通跪下来请求："我大人老了，我来替他服罪，得成?"

人群复又骚动起来，田小娥瞪目惊讶。黑娃冲过来摘下挂牌给白嘉轩挂上，怒声呵斥："白孝文！你甭瞎搅和！你想当反动派了我重弄个牌牌给你挂上，得成?"

白孝文："你挂十个都成，只要你放过我大!"

台下群众愕然相视。鹿三骇然瞪目。

几名纠察将白孝文往台下推搡，鹿子霖猛然挣开了押守扑身过去，他踢蹬着铡刀墩嘶扯着嗓门叫出一声长板："鹿——兆——鹏——我把你枉披了一张人皮的鹿兆鹏呀——"

戏台上下顿时静场。鹿子霖涕泗俱下扑跳着辱骂儿子："贼人！你过来，你亲手把你大铡了去，你提着你大的头邀官去！你踩着你大的尸首革命去！看你大的头给你能换来个几品官帽帽，鹿兆鹏！你今儿不把你大铡了，你就是嫖客日下来的瞎瞎种!"

戏台上下人头攒动哗然起乱。

字幕：民国十七年（公元一九二八年）

66.白鹿原　　夏　夜　外

犬吠声声，几声清脆的枪声鸣响。

雷声隐隐而起。

67.黑娃窑洞　　夏　夜　外　内

黑娃搂着田小娥睡得深沉，田小娥隐约不安地贴紧了黑娃胸膛。

枪声骤响惊醒两人！

急促的敲门声响起，黑娃突地支起身子："谁？"

鹿兆鹏的声音："我，兆鹏，快开门！"

黑娃跳下炕开门，鹿兆鹏急喘着粗气闪进来，拉开枪栓查视。

黑娃（睡意未醒）："出啥事情了？"

鹿兆鹏舀一瓢水咕嘟咕嘟喝下去，又舀水对脸一泼，说："你快跟我走，来不及细说！"

黑娃："到底出了啥事嘛？"

鹿兆鹏："北伐革命失败了，国民党蒋介石动手杀共产党跟农会的人了！"

黑娃吸了一口凉气："我日他妈！咱受闪了，挨黑挫了！"

鹿兆鹏："快走！"

黑娃失急忙慌地出了门，听得田小娥喊："回来！你拿上盘缠！"他反身回窑里。

田小娥从箱盖上拾起装钱腰带给黑娃，惊慌失措地问："你啥时候回来呀？"

鹿兆鹏冲进来拖走黑娃："赶紧走！"

68.白鹿原　　夏　夜　外

黑娃跟着鹿兆鹏急步疾行。

鹿兆鹏："田福贤从县上领着民团到学校抓我去了，亏得我上茅子不在屋，不然这会儿就死活不知了。"

黑娃："当初你要听了我的，一刀把他的狗头铡下来，哪有他反咬咱的机会？谁叫你把他放了的？"

鹿兆鹏："这就是拿血换来的教训。今后咱也得拿枪杆子来说话了，以牙还牙，以血还血。"

黑娃突然站住，顿脚敲打自己的头。

鹿兆鹏："咋了？"

黑娃："脑子进了水！我把钱都拿走了。小娥她咋个活命呀？我得回一趟。"

鹿兆鹏一把揪住黑娃的胳膊，变了口气，说："先把你的命顾上，不准你回！"

黑娃一把甩开了鹿兆鹏，说："我的命我能掂量，我把钱一甩就追你回来嘛！"

鹿兆鹏拉开枪栓口气冷硬地说："黑娃，我是命令你跟我走，你敢违命我就敢开枪。"

黑娃脸色陡变，伸指而语："兆鹏，你不杀田福贤要杀我呀?! ……我早把这六尺半交到你手里去了，你随便！"

黑娃心一横拔脚离去。

鹿兆鹏切齿而语："你个流氓无产者的混账习气——黑娃，把枪拿上，以防万一！"

黑娃身影远去，回了一声："兆鹏你等着我！"

鹿兆鹏："听着，到三官庙集合！"

69.窑洞　夏　夜　外　内

黑娃溜进院内，轻轻叩门。

田小娥惊惶失措地问："谁?!"

黑娃："甭怕，是我。"

门开了，田小娥一头扑进黑娃怀里失声而泣。

黑娃："声悄些！悄些！走到半道上才想起来，我把盘缠拿走了你就得饿死。松开，松开手！"

田小娥扒紧黑娃哭诉："你走了我咋办？你领我走，不能把我一个撇下来，听着没？"

黑娃："领不成，我还不知道下一步到哪达落草哩。"

田小娥："你走哪儿我跟哪儿，你不带我走，我就跳井！"

黑娃狠狠推开田小娥，说："这会儿不是你胡闹的时候！听着，钱不够了，冯老五家还欠我四块半钱，再不够你借，不怕拉下账，先顾上嘴再说后话……"

田小娥越哭越疯，双臂紧箍住黑娃，说："你死到哪儿我死到哪儿，你惹下一河滩事，你跑了躲了，叫人家拿我出气……"

黑娃（焦躁无奈）："这有个啥办法嘛！"

田小娥："你把人家惹躁了逗恼了容不下咱了，后面这日子咋个过呀？你说，让我咋个过呀？"

黑娃："甭吃后悔药，早晚我都有扳倒他姓田的时候。你赶紧给我拾掇几件衣服，我走呀！"

田小娥翻箱倒柜，炸雷骤然响起，吓得她一头扎进黑娃怀里不松手，她哭诉着："你走不成，你走不成——"

黑娃："兆鹏等着我哩！"

田小娥紧搂住黑娃说："我不管他，我只管你，反正你走不成。"

黑娃双目紧闭，突然把田小娥扳倒在炕，手脚麻利地脱剥她的衣服。

田小娥："……你疯咧！这是个啥时候么？！……哎呀，不要……"

黑娃（激情满怀）："这回再不疯，下一回就不知道个猴年马月了才能疯咧……"

两个人在翻滚中碰翻了油灯。

大门突然咣地被撞开，黑娃田小娥被手电光刺得睁不开眼睛，一群黑影扑压上来！

搏斗的撞击声、受伤的号叫声、男人的咒骂声、女人的尖叫声混成一片。

70. 白鹿原崖畔小道　　夏　夜　雨　外

雷电交加大雨如注。

黑娃被五花大绑地押过来，他的脸在闪电中变得血污可怖。

团丁用枪托砸黑娃，恶声恶气地骂着："好你个狗日的，空着手还伤了俺两个人，不把你头砍下来吊城门楼上，你就要修炼成精了——"

骑在马上的田福贤划火柴点着烟，喝住了团丁："甭打他，他成瓮中之鳖了。黑娃吔，我跟你前世无仇今世无冤，你为啥要把我往死里整?!"

黑娃："……"

田福贤："说么，共产党的迷魂药把你驴日的灌糊涂了?!"

黑娃："我亮清得很! 你凭啥要剥俺的皮喝俺的血?"

田福贤："把你还理大咧! 白嘉轩该没剥你的皮没喝你的血，你凭啥个还要死整人家?"

黑娃："……"

田福贤："黑娃吔，你记下，像你这号生就的土匪坯子死狗赖娃子，把你搁到哪朝哪代，下场都是死路一条!"

闪电瞬间，黑娃朝田福贤坐骑猛地扑撞过去!

马匹受惊立蹄嘶叫，把田福贤仰天掀下鞍座。

黑娃纵身跳到深不可测的崖沟下去。

团丁惊慌失措地叫喊，对着沟崖底下连连开枪。

71. 戏台　　夏　日　外

戏台上张灯结彩，戏班子吹奏着喜气洋洋的曲牌，各乡长乡绅们聚坐台上。

田福贤示意停奏，清点着台上的人数，大声喊："请鹿子霖乡长上来!"

团丁们把鹿子霖搀扶到戏台上，田福贤埋怨地说："就差个你了，让大家都候你一人的大驾呀?"

鹿子霖羞愧难当地说："我养下的儿羞了先人了，我还有啥脸当这个乡长?! 田区总，我现在知道啥叫个共产党了!"

田福贤："你大义灭亲，危难才见了本色! 赶紧坐下，咱是一条绳上拴的蚂蚱，要站都站着，要坐都坐下。"

田福贤挺身训话："乡党们，国民政府已经彻底地镇压了共匪农会的暴乱。兄弟的脸是农会抹黑的，现在还得他农会的人还兄弟的清白！"

田福贤一挥手，团丁将十几名农会分子押上戏台跪成一排，田小娥披头散发夹在其中。

田福贤："现在，再把各乡农会的首要分子请上台来——"

团丁抬着一具盖有农会旗帜的长条木板过来站住。

田福贤："今儿请大家看的正戏是《铡美案》，开场戏叫个'铡农案'，奏乐！揭！"

乐声大作，团丁扯去旗帜，只见农会木板招牌上放着五只木笼，里面装着血肉模糊的头颅！

人群骚动陡然失色，惊恐万状。

田福贤："都是熟头熟脸的农会骨干分子，跟大家先照个面，好好招呼招呼。"

团丁们把招牌、木笼抬到跪着的农人面前，胁迫他们直面相视。

田小娥紧闭双目惊惧失魂。

田福贤："铡刀么，谁都会用。我只问你们一句话：悔还是不悔？说一声悔，立马回家！说不悔，就把头留下来，我装笼笼里还要派用场呀。说话！"

团丁拎上来几个空木笼，砰地扔到铡刀旁。

白嘉轩突然挤开人群上了戏台，大喝一声："话我来说！"他走到田福贤面前直挺挺地跪了下去。

众人鸦雀无声不知所措，吹鼓手不觉间停止了奏乐。

田福贤（不解）："嘉轩！你上来弄啥呀？"

白嘉轩："都是白鹿祠堂里的人，他们白鬼作乱是我的过失。我身为族长，管教无方，理应承担受过。"

田福贤对鹿子霖恼怒低语："咋把这老猴耍上台面了？"

鹿子霖："这人，这人就爱耍个冷彩！"

田福贤过去搀扶起白嘉轩，说："难兄难弟，你坐上头。"

白嘉轩甩臂脱身，一屁股坐到铡刀上面，说："我请求田区总开恩把他们都放回家，要铡就铡我！"

田福贤跟县团总耳语了几句，过来挽起白嘉轩，大声对台下说："大家都看见了，乱世才见忠奸。啥叫善人？白嘉轩以德报怨就是善人。但是，不惩恶人又无以扬善，你担保了这些人，白鹿原再出乱子，就得你来应承了。"

白嘉轩起身，又给田福贤跪下："我应承！"

田福贤手指着木笼子说："嘉轩，这可是性命交关上的事！"

白嘉轩："我应承！"

田福贤慨然发令："老族长拿性命替你们作保，我没二话，都回家！"

人群嗡然涌动，亲属家眷纷纷爬上台去领人。

田福贤："恶有恶报，善有善报，不是不报，时候未到，我敬请父老乡亲们听大戏三天，唱的、讲的就是这个老道理。敲家伙开锣！"

曲牌声起，白嘉轩起身拦断了鼓乐。他对田福贤说："我感谢团总的大恩大德，这有一个人不是本祠堂名下的人，我不敢担保。"

田福贤："谁呐？"

白嘉轩指着田小娥说："这人。"

白孝文瞠目愕然！

田福贤来到田小娥跟前，两名团丁架起她的胳膊。

鹿子霖："这是黑娃屋里的，一个妇道人家么，张冠不宜李戴。"

田小娥毫无反应，如同死人。

团丁："田总，这人背厥过去了。"

田福贤（大声）："鹿乡长把这个人保了，你得记住人家的大恩大德。开戏！"

戏台上啸叫连天，鼓乐声大作，只见旌旗飞舞人翻马跃、一片混乱！

72. 乡公所　夏　日　外　内

鹿子霖哼着秦腔背袖过来，看见瘫坐在门外的田小娥，和蔼地说："来来来，屋里头坐。"

田小娥惊魂未定，扯下头巾捂死了脸。

鹿子霖："是你鹿伯！起来起来。咱两个都是匪属，谁也甭嫌弃谁。"

田小娥起不动身，被鹿子霖架起来搀扶进办公间，茫然失神地瘫靠在门背后。

鹿子霖倒了一盅茶水塞进田小娥手里，左右一看，悄声说："小娥吔，你知道黑娃是死是活？"

田小娥埋首摇头。

鹿子霖："你猜呢？"

田小娥抬起脸，摇摇头。

鹿子霖露齿一笑，说："伯给你带福音儿来了，人活着呢。"

田小娥眼睛一下亮了，腾地站起来，手中杯盅落地迸裂。她慌乱地捡拾碎瓷片，跪行到鹿子霖身前问："……真的？……"

鹿子霖："看我还能骗你？你黑娃是猫，有九条命，押半路上跑了。"

田小娥用拳头捶脸，失声而泣。

鹿子霖起身把田小娥手中的碎瓷片抠出来扔掉，扶她起身说："出血咧！女人家不敢破脸相！"

鹿子霖摸出手巾给田小娥擦拭，说："田区总发话了，冤仇宜解不宜结，黑娃只要回来写个悔过书，再甭胡闹，跟你好好过日子，他就向县上担保具结，把案底子一笔勾销。"

田小娥用手巾捂住嘴，长长地喘口气，抬起头说："……他这话是真的假的？"

鹿子霖大有深意地观赏着她的脸，说："这话，你掂量去，我是把人家的话传到了。"

田小娥燃起希望，跪下来给鹿子霖叩了一个头，说："鹿伯呀，只要真的容饶了黑娃这一回，我发誓让他一辈子安安生生当本分人。"

鹿子霖："是这，最好是你亲自求田团总，把人情直接落给他，反倒零干。"

田小娥："我一个女人家不会说话，连区公所的门也不敢进，我见了田区总身上就止不住发抖。"

鹿子霖（调笑）："你跟黑娃啥地方都敢去，咋连区公所的门都不敢进了？"

田小娥（委屈）："鹿伯呀，黑娃再糊涂，也知道你是兆鹏亲大，他紧说慢说叫把你赶紧藏起来，兆鹏没听进去。"

鹿子霖："甭提他！我只当世上没有这个人！"

田小娥："鹿伯呀，当初走投无路不是你发善心安顿下俺俩，怕我都活不到今天。你是乡长，你不搭手拉一把，我只剩死路一条了。"

鹿子霖捉住田小娥的手挽起了她，说："起来起来，伯遇到知情知义的人，再难缠也要应承。事要成了，你把黑娃守死，叫他日后不敢再给伯戴帽子挂牌子游街上戏台子，伯就算没白操这个心。"

鹿子霖拿起皮条掸子细心地拍去田小娥身上的灰尘，极尽体贴。

73. 白鹿原　　夏　日　外

四匹牲口拉的大车车轮轧过土辙纵横的土路，车上置放着新刻的乡约族规的石碑。

白嘉轩对儿子发话："……前儿个，上午把退礼休书一办零干，下午就把给你说亲的聘礼让你舅拉走了，都说这户女子人和蔼贤惠，长得像《游龟山》里的胡凤莲。"

白孝文："下了多少聘礼？"

白嘉轩："二十担麦，二十捆棉花，一次交清了。"

白孝文（呻叹）："大呀……！"

白嘉轩："你甭叫唤，这个不行的话，大给你再聘，大不信，天下没有跟我娃投合的女人。"

鹿子霖斜身坐在骡子鞍上撑着油伞过来，醉意酣畅地哼唱着秦腔《游龟山》。白嘉轩吆停车给他让路。

鹿子霖："你把乡约族规的石碑子拉回来了？"

白嘉轩："拉回来了。我立起来看他谁再砸一回。"

鹿子霖："这话不敢说！说不好就真应了。"

白嘉轩："应了，咱再立一回嘛。兆鹏有没音信？"

鹿子霖："你提这人的名，不如朝我脸上唾。"

白嘉轩："你看你。咋说都是神轴上你名下的人，我咋能不问，咋得不保?!"

鹿子霖："你是白鹿原上的圣人，你要扇我的右脸，我把左脸也给你搁上去，得成？"他"嘚儿"一声，打起板眼哼唱而去。

74. 土崖窑洞　　夏　夜　外　内

鹿子霖哼着秦腔晃着醉步敲响木门。

田小娥的声音："谁呀？"

鹿子霖："甭害怕，我是你鹿伯。"

木门拉开，鹿子霖闪身进来，说："甭点灯了，省得招惹人眼。"

田小娥点亮了油灯，说："鹿伯你喝酒了？"

鹿子霖："办这么大的事情，还能不请田福贤喝酒？都喝了八回了。"

田小娥："事情咋个样了？"

鹿子霖："说对了，说妥了，说成了。"

田小娥："我咋个感谢你呀？"

鹿子霖（神秘）："可是有一句要紧的话，我真不敢给你说。"

田小娥："鹿伯呀，我又不是三岁的娃了，掂不来个轻重。"

鹿子霖："我酒喝高了，你搬个枕头我躺下给你说。"

田小娥抱来枕头让鹿子霖在炕上躺舒展了，他贴近田小娥的脸说："这话太紧要太紧要了，说出来太不保险，太不保险了。"

田小娥："鹿伯呀，你信不下我咋办呀，我给你赌个咒？"

鹿子霖："那你到我耳旁来发个誓，过来歌——"

田小娥凑过去，鹿子霖就势搂住了她，田小娥惊怯失声："鹿伯呀——"

鹿子霖："你陪着伯醒酒，要紧话得醒了酒才能说。"

田小娥："……黑娃究竟敢不敢回来？"

鹿子霖手动作起来，田小娥窘慌地推躲着："鹿伯你——"

鹿子霖不住手地说："给你经办了人命关天的大事，你还不把伯酬劳酬劳……"他一口气吹灭了油灯，翻身爬到田小娥身上说："要紧话你不听了？"

田小娥："鹿伯，我都把你叫伯呢……"

鹿子霖："甭叫伯，再叫就羞得弄不成了！"

黑暗中，鹿子霖粗涩的喘气声跟田小娥的呻泣声缠混难分。

咚的一声，鹿子霖跌翻到炕底下去！

鹿子霖爬起来，扳过田小娥的头对着她耳朵郑重地说："黑娃万万不能回来！"

田小娥死人般没有反应。

鹿子霖："听着，记下，这就是要紧话！"

田小娥呼地揭开被子坐起来，说："你哄我！你把事情没办，哄着我往崖下跳哩！"

鹿子霖："你看你，伯真要哄你，卖你三回你都不知道。听伯细细儿给你说。"

鹿子霖躺在田小娥身旁，说："田福贤是亲口给我应承下了，说县长也亲自点了头了，伯给你跑断腿，要的就是这句话。"

田小娥："那你为啥说不叫黑娃回来？"

鹿子霖："瓜娃呀，你！你摸着布面是光的，不摸里头是涩的，这要是人家设下的笼套咋办？"

田小娥没了言语。鹿子霖接着说："不说是你，就说田福贤让我当这个乡长，也是下个笼笼要套兆鹏呢，他还把我当成了个瓜屄耍咧。咱两个，一条绳上的蚂蚱！"

田小娥抽泣起来，鹿子霖抱着她说："黑娃辱贱了我，按说我该跟田福贤合着伙收拾他，可是你是伯的心肝尖尖子，伯的心就软了，不忍让你倒霉当寡妇去。"

田小娥（绝望）："那我咋办呀，黑娃回不来我咋活呀？"

鹿子霖："伯把你后头十步路都铲平了，就让黑娃在外头混着、逛跶着，受啥苦都比让人笼住强。我给你钱去买粮食，等风头过去了咱再说。"

鹿子霖掏出一把银圆塞进她的手里，田小娥缩回手捂着脸说："不要不要不要！我成啥人了嘛?!"

鹿子霖把银圆硬塞进田小娥手里，嗔怪地说："你成啥人了？你成伯的亲蛋蛋了！"

75.白鹿村祠堂　　夏　日　内

鞭炮声中，祠堂碑文修葺一新，显得肃穆整洁。

白嘉轩当着族人庄重地宣布："祠堂的修复缮补已告完毕，我可以交代了。现在世事是年轻人的了，我遵照族规，把族长的职责传交给白孝文。今后，祠堂的事务就由他出面主持了。"

众人把目光投向白孝文。

白嘉轩："本祠堂的后生们都长大成人了，都出了头露了面了，有的还干了大事，成了白鹿原上响当当的人物了，各门各户里究竟出的是善人还是恶人，乡约族规的碑子上写得分明，无须我来说。"

白嘉轩目不斜视地停顿一下，众人纷纷把目光扫向鹿子霖、鹿三。

鹿子霖忍辱负重地挺立着。鹿三痛苦羞愧地低垂下头。

白嘉轩（庄重地宣布）："等念罢了族规，大家思量思量，当着牌位神轴的面儿，各门各户对先人都要有个交代，有个说法。谁欺祖宗的神位，天理不容！孝文，你来领诵。"

鹿子霖走到白嘉轩跟前板正着脸说："兄弟到区上有要紧公事得办，先走一步。"白嘉轩客气地说："你忙你的。"

鞭炮声复起，白孝文出身，手捧乡约底本，站到头首位置端庄持重地领读起来。

在族人齐声诵读乡约族规的声浪中，鹿子霖正色离去。

76.黑娃窑洞　　夏　夜　内

鹿子霖盘坐在炕上抽大烟泡，心事重重地吐出团团烟雾。

田小娥："鹿伯你咋了？半晌连一句话也没。"

鹿子霖（凝重）："话是有一句，说了怕你受不住。"

田小娥："我都活成没脸没皮了，没有我受不住的话。"

鹿子霖："你起个誓，不管好话瞎话，你都要听伯的话。"

田小娥："我给伯起誓。"

鹿子霖："黑娃死了。"

田小娥茫然无措地张了张口，没说出话来。

鹿子霖："他在渭华镇当了共产党的兵，参加暴动叫打死了。"

田小娥愕然无语，抓起被子蒙住头，不住地颤抖。

鹿子霖又点燃一泡烟吞云吐雾。

田小娥猛地揭开被子泪水涟涟地说："鹿伯呀，求你给我点盘缠，我去渭华镇呀。"

鹿子霖："国共两军的仗还没打完，死人多得把渭河水都染红了，你寻死去呀？"

田小娥："我寻黑娃的尸骨，埋毕他，我就跳河。"

鹿子霖："黑娃早就叫河水冲得没影影了，你埋鬼去呀！"

田小娥瘫倒下去，用被子裹埋住自己。

鹿子霖揭开被子，大吃一惊，田小娥晕厥过去。他急忙给田小娥掐人中，对着她的脸喷吐出团团大烟雾。

田小娥醒过来，双目空茫绝望地说："……我再活着还有个啥指望、啥意思？"

鹿子霖又喷出一口烟雾，温言细语地劝慰着说："你就是现在死了又有个啥意思？你有鹿伯哩，有我哩。"

田小娥眼泪又涌了出来："俺黑娃……黑娃命太苦……是我把黑娃害了！是我把黑娃克死了……"

鹿子霖："你才胡说哩。克死黑娃的，不是你！"

田小娥扬起头："不是我，还能是谁呀？"

鹿子霖："你想想是谁？还有个谁？"

田小娥："……你屋兆鹏么。"

鹿子霖："你才是头发长见识短的糊涂女人。"

田小娥："谁呀？"

鹿子霖（淡淡地）："白嘉轩么。当初他要让你跟黑娃进祠堂过正经日子，哪达来后面这一串串倒霉事情，得是？"

田小娥（切齿）："他，他不得好死！"

鹿子霖："他把黑娃端端地逼上死路，回过头又借田福贤的刀来杀你，这人毒得很，杀人不见血！"

田小娥："他造孽，出门让雷把他劈死！"

鹿子霖："这是恶人，他不怕雷。"

田小娥："他怕啥我就专咒他啥！"

鹿子霖："他，他就怕人揭他脸上的那一层皮！他把装熊的脸面当命守着哩。他还把族长的位位让给他娃了，你只要把他白孝文的裤子抹下来，就算是尿到他白嘉轩的脸上了。剩下的，由伯来拾掇他！"

田小娥如避瘟神地把被子蒙到头上。

鹿子霖揭开被子，对着田小娥的脸又喷了几口烟，说："这仇不报，黑娃死了都闭不上眼！"

77.白鹿原　　夏　日　雨　外

白鹿原笼罩在大雨之中。

78.黑娃窑洞　　夏　日　雨　内

田小娥双眼僵直失神，衣襟不整，犹如死人躺在土炕上。

传来几声敲门声，田小娥浑然不觉。敲门声大起来，田小娥回过神，支起身子撩帘张望，惊然盖住帘布。

门外大雨如注，白孝文扛着一根木料，浑身透湿地站立着，他敲门说："开门，小娥，是我！"

田小娥闭上眼睛。

白孝文又敲起门来："是我，孝文！开门！开门！"

田小娥一咬牙，拉开门闩。

白孝文扛木料进来，说："这口老窑有裂缝，雨太大了，我怕是要出意外。"

田小娥蜷缩在炕角上，目光闪烁地瞟视着白孝文。

白孝文忙着垫支檩木。

田小娥一横心，脱去了上衣，直对着白孝文。

白孝文觉出有异，转过身去。

田小娥索性又脱去汗衫，半裸着上身，冰冷如霜地说："你过来！"

白孝文愕然吃惊，回过身继续干活。

田小娥："你是聋子？"

白孝文瞟了她一眼，闷着头用斧头砸敲檩木。

田小娥："过来，我没钱给你！"

白孝文嗫嚅着："我，我把黑娃叫哥呢……"

田小娥："你哥死了，你也死了不成？"

白孝文："……"

田小娥："还等着我伺候你脱呀？"

白孝文垂下眼皮，撇出一句："说句丢人话……我弄不成这事情。"

田小娥："……说啥？！"

白孝文张口无语，紧绷苦脸向外走去。

田小娥抬脚一横，拦住了白孝文。

田小娥："你刚说的啥？"

白孝文："……"

田小娥："把你那话再说一遍！"

白孝文（恶狠）："……我腰子坏了，吃了几十担药都没顶事。"

田小娥（咬牙切齿）："……你咋不死去哩？咋不让你白家绝门绝户了去？！"

白孝文："白家已经绝户绝了！……小娥……你这是咋了？"

田小娥："我咋了，我就想把你族长的脸抹黑了，再撕扯了去！"

白孝文绕开田小娥，钻进外面大雨中去。他回过身喊了声："一根怕是撑不住，还得撑两根才保险！"

田小娥跳下炕，狠劲砰地关上门，颓然坠蹲下去，双手掩脸失声而泣。

79. 村外野径　　夏　雨　外

大雨如注，白孝文扛木过来，失滑跌倒。

白孝文满身泥污爬起来，再次扛起了木料。

80. 黑娃窑洞　　夏　雨　内

敲门声起，田小娥抬起头。

门外传来白孝文的声音："开门，开门吓！"

田小娥爬上炕，拉过被子捂住脸。

敲门声声，田小娥撩开被子喊："快滚远点儿！"

白孝文："俺大的账，你不能算在我头上。把门开了！"

田小娥："一窝子蛇蝎，没一个好熊。门开了能咋，你也是蜡做的矛子原用不顶！"

白孝文用木料猛地撞开门，闯了进去。

田小娥腾地起身，顺手抄起一把镰刀。

白孝文一声不吭闷头干活。

81. 白鹿原　　夏　日　外

雨过天晴，一条美丽宽大的长虹悬垂在天空。

82. 黑娃窑洞　　夏　日　内

白孝文光着脊梁，闷头挥斧劈柴火。

田小娥对着灶火烤汗衫，火光照亮了她的脸庞。

田小娥："……我真想这窑窟嗵一声，把我埋到里边算了。"

白孝文："我不悦意你死。"

两人沉默了，只听斧劈声嗵嗵作响。

田小娥："白孝文，你为啥要牵挂上个我？"

白孝文尴尬地咧嘴一笑。

田小娥："说嘛。"

白孝文："……黑娃哥背着你回来时，我瞅你的第一眼，心扑通一声沉下去了，再就没起来过。"

田小娥："……你胡说些啥?!"

白孝文："……人心里头有谁没谁，由不了人的自个儿嘛。"

田小娥脸色一红，半晌才说："你离我远着点，我是克死人的妖孽。"

白孝文："……要是现在窑窟里一声塌了，才叫美咧。"

田小娥："……衣服干了，穿上。"

白孝文过来，田小娥帮他穿上衣衫。

两人突然呆立，举目凝视对方，门外雨虹绚丽夺目美若幻境。

83. 乡公所办公间　　夏　日　内

鹿子霖咬着鹿三耳朵说完话起身倒茶，补了一句："这话只能给你说，你是孝文干大么。"

鹿三蹲蹴在长条凳几上，瞪大了眼睛断然说："你这话说给鬼，鬼都不信。"

鹿子霖："我也不信。头一个传话的还挨了我一个嘴巴！到了三个四个再传话时，我还能再扇人家嘴巴吗?"

鹿三："……这事再抖搂出来了……不是要嘉轩的命哩?"

鹿子霖把茶杯塞进鹿三的手里，说："嘉轩那人死撑面子，我要说给他就能扇我的嘴，不说吧，日后烂了包他又怨我瞒着他，你就当个闲话听就算了。"

鹿三不接杯子，说："这是啥闲话? 杀人的闲话！"

鹿子霖："你黑娃已经栽到这烂货手里了，孝文当族长了，再栽下去，乱子就大了。我担心的是这！"

84. 黑娃窑洞　　夏　夜　内

白孝文用斧头敲钉修缮风箱，与田小娥将风箱抬挪到锅灶旁安置妥当。

他发现手指渗血，甩了甩手，用嘴吸吮手指。

田小娥："孝文你手咋咧？"

白孝文："划了一下，不要紧。"

田小娥把白孝文拉到炕边端起油灯查看，说："还不要紧，都出血了。"

田小娥在灶火里掏出一把草木灰撒上去，又从蒲篮里寻布撕扯开给白孝文包扎手指。

田小娥："孝文，你以后不要给我做活拿东西了，这儿你不要来了。"

白孝文："咋了？"

田小娥："你是族长，对你名声不好。"

白孝文："名声好，又能咋？"

田小娥："寡妇门前是非多，风声一起有嘴你都说不清了。"

白孝文："我悦意，只要你人好就成。"

田小娥："操心让你大知道了，能打死你！"

白孝文："才好了……死了就埋在你这窑里，才好了。"

两人的头贴靠在一起，不觉间相拥相依，如同石像般沉静不动。

突然门板被猛踢猛踹，发出震耳欲聋的巨响！

田小娥与白孝文顿时慌神，不知所措。

门轴断裂，门板坠落，白嘉轩昂立在门框外双目如炬，张口无语，手直指着僵立不动。

田小娥扯拉起被子包住头，白孝文目光错愕呆然不动。

白嘉轩似山倾塌，直挺挺地仆倒在地！

田小娥露眼偷瞅，跳下炕查看，她倒吸冷气跌坐在地上，说："孝文，你大来了！"

白孝文如逢厉鬼，光脚跳下炕失魂落魄飞身逃掉。

田小娥蹿到院中，白孝文已不见身影。她回到窑门探试白嘉轩的鼻息，惊惧交加在窑房里。走投无路。

一声响亮的咳嗽，鹿子霖进院来到门口。

田小娥一把揪住鹿子霖的袖口，说："糟了！糟了！把老族长气死到这儿咧……"

鹿子霖围着白嘉轩转悠，像欣赏着被射中的猎物，背着手点头冷笑。

田小娥急得捶打鹿子霖的腰："咋办哩咋办哩，人死到这咋办呀？"

鹿子霖摸了摸白嘉轩的鼻口，直起腰说："放心，放你一百二十条心。这人命大，死不了。"

田小娥（火急火燎）："死不了也不得了，躺到这儿咋办哩？"

鹿子霖亲狎地捏摸田小娥的脸颊，赞赏地说："你弄得好！这就算尿到他脸上了。"

田小娥打掉他的手说："现在你说咋个办呀？"

鹿子霖："现在才好办了，你满村子喊人去，就说老族长寻他儿呢躺到这儿了，叫快来抬人！"

田小娥跑了几步又站住，说："我不去喊，要喊该着你喊！"

鹿子霖："不喊也好，我就把他绕白鹿村一圈背回去，让所有人都睁开眼瞅识瞅识他族长屋修下的德行！你搭个手把人扶起来。"

鹿子霖扯捉着白嘉轩，咬牙切齿地说："你！你也有今日，我非把你逼上辕门不结！"

85. 白鹿村祠堂　　夏　日　内

白嘉轩头上敷着布巾躺在竹椅上，手捧着文本领着族人诵念族规，白孝文被捆绑跪在地上。

族规声落，白嘉轩闭上眼睛说："三哥，你当干大的先给他训示。"

鹿三铁青着脸瞅着耷拉着脑袋的白孝文，嘴唇哆嗦说不出话来，他猛地抡起胳膊却打不下去，在自己胸口上捶了几下憋喊出声来："羞了先人了，刚刚当上族长就敢日鬼日妖，黑娃羞了先人你也跟着他学呀？！"

白嘉轩被搀扶起身，宣布说："族长职责此后由我复任，对白孝文的处罚由我主持，还是老规矩。"

族人抱来一捆酸枣刺枝，抽出一枝给白嘉轩。

白嘉轩冷脸决绝地对白孝文说："我跟你再没有话说了。"说罢抡起酸枣刺狠狠地抽下去！

白孝文的脸霎时被鲜血浸染。

白母与族人哗啦啦跪地求情，白嘉轩毫无表情地说："族规就是族规，今日我谁的跪求都不受，谁爱跪谁跪去。"他扬起酸枣刺又抽了下去。

鹿子霖上前拦架住白嘉轩的胳膊，劝阻说："嘉轩兄，不敢打了！"

白嘉轩："你走开。"

鹿子霖挺身阻拦："你看你，不要破了娃的脸相么……"

白嘉轩："他还有个啥脸。"

白嘉轩推开鹿子霖又抽下去。

鹿子霖夺过白嘉轩手中的酸枣刺扔掉，说："嘉轩，得是还要我跪下来你才开恩呀？"

白嘉轩又抽出一枝酸枣刺，说："只要你走开，回头我给你跪下谢恩去。这是我的家法，不干你旁人的事————"

白孝文突然扬起头对鹿子霖啐吐，恶声咒骂："谁下话求饶都给我滚！谁求饶我就唾他狗日的脸，咒他八辈子先人的脸！都滚！滚！滚！"

86.黑娃窑洞　夏　夜　内　外

鹿子霖趁着酒兴得意酣畅地哼着秦腔，敲开门趔趄进去，倚在炕沿蹬掉鞋袜，醉态可掬地说："伯的亲蛋蛋呀，咱是气也出了脸也光了，今黑好好地畅快畅快。"

田小娥推开鹿子霖，急切地问："孝文现在咋样了？"

鹿子霖："脸上没皮了，他现在唱五花脸都不用抹膏子了。"

田小娥垂头不语，鹿子霖一口气吹灭了灯，把田小娥搂过去说："他娃的罪还在后头哩！今黑咱俩热热火火弄一场。你要骑马伯就驮上你跑，你要伯当王八伯就给你趴下旋磨……"

田小娥骑到他身上说："行么，好呀，我就把你当马骑！"

鹿子霖嬉笑呻唤着："哎哟哟！亲蛋蛋你轻一点，差点把我的肠子肝花蹾断了……"他忘情地哼起了眉户曲调，"宁吃小娥屙下的，不吃地里打下的，宁喝小娥尿下的，不喝壶里倒下的，啊呀——"

鹿子霖突地翻起身摸着脸陡然变色："你……你把啥倒到我脸上了？"

田小娥："你不是要喝尿哩嘛，瓦盆里的尿！"

鹿子霖恼羞成怒，抢起巴掌扇过去骂道："给你好脸你就忘了姓啥为老几了？给你个麦秆草你就当拐棍拄呀！你个婊子，跟我说话弄事看相着，我跟你不在一杆秤砣儿上！"

田小娥跳起来抓抠鹿子霖骂着："你在乡公所人五人六，我在烂窑里当贱货，你钻到我这来做啥呀？走！到街上走一回，看是人唾我还是唾你呀！"

鹿子霖慌忙抵挡着穿袜蹬鞋，气急败坏地骂着："你再喊我杀了你，你疯咧，疯咧！"

田小娥连撕带扯越发疯浪，鹿子霖落荒而逃。田小娥追打着高声叫骂："鹿子霖，你听着，我把你裤子也抹下来了，把尿也臊你脸上咧，你才是个死不要脸的畜生！"

87.土崖　　夏　日　外

白孝文挑着担子远远地过来，拐到土坡下面去。

88.黑娃窑洞　　夏　日　内

田小娥在锅灶里搅动着擀杖打搅团，她吃惊地抬起头——白孝文一头细汗挑着担子进来。

田小娥失措无语，怔怔地盯着白孝文的脸。

白孝文从担笼里拿出挂面、鸡蛋、蒸馍、蔬菜置放着，爽然地说："甭看我的脸，甭看！再看我走呀。"

田小娥如置梦境地说："……你，大白天的，你还敢来呀?!"

白孝文："我跟白嘉轩分了家，我是房也有了，地也有了，牲口也有了，他白嘉轩再也管不成我了。"

白孝文往炕口添麦秸扯起风箱，说："不是这脸难看怕吓着你，我刚挨完打就想来了。"

田小娥回过神来，蹲在白孝文身边潸然泪下，哽咽着说："孝文，我是真真地做了一回恶人——"

白孝文一手拉着风箱，一手解田小娥的偏襟纽扣，说："我在炕上躺了半个月啥也没想，一门儿心思就想你的模样儿。"

田小娥按住白孝文的手，伤怨地说："……你还嫌打挨得少了？"

白孝文又解她的衣扣，说："挨打就是为了这一看，那夜天黑，你脱了我没看清。"

田小娥打开他的手，脸上泛起红晕说："该看不看，不该看可要看，看了能咋？瞎子点烛白费灯。锅都灭了，烧火！"

白孝文愧然一笑，闷下头添麦秸，拉风箱。

田小娥抚看着白孝文的伤痕，疼怜地说："你大心太毒了！"

白孝文："头两下疼，忽儿想起是为你挨打，我情愿，就不觉得疼了。还怪了，越想你越不觉疼了……只悔一件事，没记下你光身子的样子，我死都闭不上眼！"

田小娥定定地盯着白孝文，猛地拉扯掉身上衫褂。

白孝文吃惊一愣，田小娥双手紧捂脸颊，羞赧地说："看，快，快，看毕了你死去。"

白孝文在田小娥绣织肚兜的花纹上轻轻地抚摸着，两人突然紧抱在一起，翻滚进麦秸堆里。

灶火熊熊，锅里的搅团如同火山熔岩般翻滚着、喷腾着。柴火燃尽，残枝从灶口坠失落地。

白孝文一声吼啸长喘不息。田小娥闭着眼睛抚摸着白孝文的脸，沉醉地说："吃了几担药没顶事，酸枣刺刺把你脸一刷，倒成个人了。"

白孝文（沉醉地感叹）："过去要脸，就要成那熊样子，现在不要脸了，倒还畅快了！人不要脸了真是太悦意了！"

田小娥惊然支起身："哎呀，搅团糊得吃不成了！"

白孝文一把搂住田小娥翻滚在地，激情恣意地说："吃我！你把我吃了去！"

字幕：民国十八年（公元一九二九年）

89. 白鹿原　　春　日　外

旱情肆虐景象严酷，涝池干涸龟裂结成干地。

鸠形鹄面的讨饭饥民纷纷后退避让，给求雨的队伍让开路。

农人抬走路途饿殍，白嘉轩披着蓑衣戴柳条帽抬着龙王座，带领着村民进山去拜神求雨。

90. 黑娃窑洞　　春　日　内

田小娥切剁着野菜，白孝文蹲蹴在地上抱着她的腰腹馋脸涎皮地听胎音。

白孝文（惊叹）："我冷熊！这货把腿蹬得腾腾，不是个长个牛牛带把子的才怪了！"

田小娥："孝文，咱就剩这最后一把把苞谷糁糁了。"

白孝文抚拍田小娥的肚子，敲着板眼，忘情地哼起秦腔：

"金鱼呀金鱼呀，

鱼儿结伴戏水面，

落花惊散不成欢……"

白孝文扯着道白腔感叹道："不成欢咧——！"

田小娥："我看你欢得太。"

白孝文："天不下雨遭下年馑，分下的地，卖光了，房，也卖光了，卖下的钱咱也吃光了，咋个再成欢呀？"

田小娥（惊讶）："几十来亩地哩，都卖净了？"

白孝文（得意）："我把地跟房子都卖给鹿子霖了，他白嘉轩说是俺爷置下的地不能转卖，他要出双倍的价呀，我说你就是出再大的价，我不悦意卖给你白嘉轩这个人。我争的就是一口气！"

田小娥："再甭吹了，你是亏了肚子争脸面，往后咋个办呀？"

白孝文："反正这一锅饭是现成的，吃毕了再说。"

田小娥走到炕沿用沾染着野菜汁的手拨摇着白孝文的头："你现在就给我

412

说！今黑就揭不开锅了，往后肚子里这娃出来还多一张嘴，都咋个活命呀？"

白孝文一把将田小娥搂上炕亲了一口，说："我，我成了天不收地不揽的人了，给我寻根打狗用的拐杖，我要饭吃去呀。"

田小娥推开白孝文，说："我也跟你尻子后头要饭吃去呀？不等饿死，人的唾沫就把我淹死了！"

白孝文搂住田小娥的腰说："你现在是身怀太子的正宫娘娘，朕能忍心让你出门随驾？我要讨上一个馍都是你的，讨上两个馍有你一个半，得成？！"

田小娥："吃讨饭你能抹下这张脸？"

白孝文："我要了脸去还能要下了你？我不要脸，我要你，要你肚里的娃！"

91. 贺家原村街　　春夏之交　日　外

鹿子霖与贺乡长押着一群被卖的壮丁过来，他认出了蹲在门楼下一个蓬头垢面的乞丐，站住了。

鹿子霖："哎呀孝文！你咋个跑到贺家原上来了？"

白孝文："我讨吃四方饭哩，天底下哪儿有吃的我就去哪里。子霖叔，你真个还把卖壮丁的生意做到贺家原上头来了，你财发大了。"

鹿子霖："你是拿嘴给我发财呢。县上征兵，贺乡长凑不够名额，我来帮他个忙儿。起来！拿上你的嘴，叔带你先咥^①顿饱饭是真的。"

92. 贺乡长家大厅　　春夏之交　日　内

贺乡长、鹿子霖一帮人忙着买卖壮丁，讨价还价点钱画押，忙得不可开交。

贺家一家人吃着午饭，白孝文蹲蹴在墙角一只矮凳上，端着老碗大口地吞吸着面条。

---

①dié，陕西方言，痛快地吃。

鹿子霖对着贺乡长耳语，贺乡长惊讶地瞅着白孝文上下打量。他对家人们说："鹿乡长给你们请来一位好师父，他是白嘉轩的大公子白孝文！"

白孝文谦卑地笑着，又接过一老碗面吸溜起来。

贺乡长："白嘉轩在白鹿原上算是有头有脸的门户，论声望家产都是人上之人，你们都睁大眼睛好好看，还是保不住门户出这号货色。你们要学败家子，将来就是他这个下场——"

白孝文吃毕放下碗，擦去一脸细汗，打着饱嗝站起来，笑嘻嘻地说："贺乡长，你看中我当师父，那我就住下不走了，把你屋这一窝子都调教成人上人好不好？"

鹿子霖（斥止）："孝文，你说话识相着！人落到哪一步就要说哪一步的话。"

白孝文："对，我就落到这一步了。"

白孝文径直走到鹿子霖身旁，从长桌上一五一十地点数了一摞子银圆，装进自己衣兜里。

鹿子霖捉住白孝文的手腕霍然恼怒："孝文你咋呀，你是土匪抢钱呀，反了你不成？"

白孝文甩掉他的手，蘸着印盒在卖身契上按下了指印，说："我把我卖壮丁了，我落到这一步就卖这一步的价，一分也没多拿你的，得成？！"

大厅内愕然无声，都愣怔地看着白孝文。

白孝文把一块银圆扔到贺乡长脚下，掷地有声慨然而语："收下，这是饭钱。都听着，白家的败家子只卖自个儿的命，不卖别人的命，不喝别人的血，比你姓贺的人品门风品高！将来你们败了家讨了饭，就学师父我，好汉做事好汉当，不要日鬼捣棒槌坑害旁人，把师父说的话都记到心上！"

93.土原　　春夏之交　日　外

风声呼啸，卷起团团尘土。

鹿三给送粪土的大车骡马系缰绳，看见田福贤骑马带着团丁押送犯人过来。鹿子霖被绑坐在一顶双人椅轿中，仰天瞑目怆然无语。

鹿三惊讶地问田福贤："鹿乡长犯了啥事了？"

田福贤下马，挥手命令团丁押轿先行。他对鹿三说："招了他娃的祸了。鹿兆鹏高升成省上通缉的大案要犯了，上头下令把他大押监收审，我这手想救他都够不着了。你黑娃，哼，要得也不小！"

鹿三："……"

田福贤："黑娃跑到葫芦峪入了大拇指的土匪杆子，前一向窜到贺家原抢了几家大户，还伤了人。鹿子霖落了个'共属'，你落了个'匪属'，你们都会养娃！"

鹿三呆立无语。

田福贤："鹿兆鹏是吃了共产党的秤砣铁了心。你黑娃是让那瞎女人一时蛊惑住了，只要他不入共产党的伙，我就有办法救他。你跟黑娃砸断了骨头连着筋，咋说都是给你接续香火的人，你把我这话传给他。不然，操心哪天把你也连累上收监了去。记下！"

田福贤骑马离去。鹿三对着他的背影决绝叫喊："我没这娃！他当了匪娃子，只求你一枪打死他，我才零干了！"

94. 白鹿原　　春夏之交　日　外

鹿三满腹愤怨赶着大车暴戾地抽打牲口。

士兵们押着被缚绑在绳索上面的壮丁队群过来。

白孝文喊了声："干大！"鹿三蓦然回首。

白孝文央求着："干大你过来，我有东西交代。"

鹿三跳下车过去，在白孝文示意下，从他的肚兜里掏出一袋银圆。

鹿三："你把你卖了兵了？！"

白孝文点着头，说："我要死了，你只当没我这个干儿，要能活下回来，有我给干大你养老送终。"

鹿三闻语霎时老泪潸然。

白孝文硬挣着跪下去给鹿三磕头，乞求着说："干大，你把这钱交到小娥手里头，叫她买活命的口粮去！"

鹿三顿着脚说："黑娃叫那妖货引到死路上去了，你也跟着妖货死去呀？"

士兵对白孝文抡起枪托打去，喝训着："起来，快走！"

鹿三拦住士兵苦苦哀求："等等，等等，我把娃他亲大叫来！这娃是一根独苗，他大肯定不得叫他去！……"

壮丁队长过来从士兵手中夺过枪，一枪托砸倒了鹿三！

白孝文愤急踢踹队长，被官兵用枪托砸得满脸是血！

风声凄厉黄尘弥漫。壮丁队被押解离去。

鹿三捂着嘴支起身，他的脸尘血不分形同厉鬼。鹿三唾了一口，用手抹去唇齿血沫，僵然无语地瞪着远去消隐在风尘里的壮丁队伍。

95. 沟壕　夏　日　外

风尘阵阵，吹得槐树团团翻舞，阴云深处传来隐约的雷声。

田小娥形容憔悴地挎着篮子摘捋槐花，她饥不择食地塞吞嚼咽着满嘴槐花。

鹿三背着手神情僵滞形同鬼煞般悄然现身过来，从腰腹里摸出一支尖刃梭镖。

田小娥毫无觉察，伸手摘下一串槐花放进嘴里，身躯如遭电击猛然颤抖！

田小娥回过头捂护住鼓起来的腹怀，嘴里噙着洁白如玉的槐花上渗出了一缕细血。她惊讶地直视着鹿三，眼睛射出灼亮逼人的光芒，凄婉地呻唤着："……大呀……"

鹿三拔出梭镖，田小娥颓然身折倒了下去。

鹿三转身离去，雨点噼啪滴落下来。

田小娥仆伏倒地，篮子里槐花散落，撒了一地。

大雨哗哗骤然落下，白净的槐花被血浸染成团团粉红，顺水漂流而去。

96. 山道　夏　日　雨　外

大雨倾盆而下，壮丁们浑身透湿污浊不堪。

白孝文滑失倒地，壮丁队长用牛皮鞋对他猛踢猛踹，恶声咒骂："一路上就你不顺毛！你得是想死到这咧？！"

枪声突起！霎时红军伏击的部队围冲过来。

壮丁队长慌忙开枪还击，组织抵抗。

白孝文脸上泥血不分，漠然目睹着周围的格斗厮杀。壮丁队长败退过来换掉弹匣，半跪着举枪还击。

白孝文背着捆绳爬起来踹倒壮丁队长，接二连三地狠踢他的头！

战斗结束了，白孝文犹不解恨，仍在踢踹僵卧气绝的壮丁队长。

红军连长过来拦住白孝文，递给他一杆枪说："都是苦大仇深的受苦人，当红军吧！为咱受苦人打天下！"

白孝文不作应答，抢起枪托朝壮丁队长脸上砸去！

大雨顿作倾盆，消融了世间万物的景象。

97. 白鹿原　　夏　日　外

大地庄稼茂盛生机盎然。

98. 白家上房　　冬　夜　内

鹿子霖妻对白嘉轩泣诉哀求："……田福贤说是只要兆鹏不回来自首，他大就不得放！子霖要屈死到牢房里头，我可咋个活呀？"

白嘉轩（同情愤慨）："逮不住雀掏蛋，摘不下瓜拔蔓，这烂松民国真不胜人家清家的官法了！"

鹿子霖妻把房地契纸展开奉放在桌，说："搭救子霖我把屋里快卖光倒净了，求求你把原来孝文名下的地跟房再买回去，上上下下都急等着使唤钱打点哩。"

白嘉轩推回房地契纸，把一袋银圆推过去，说："白孝文的事与我无关。我不乘人之危弄这号事，钱你拿去先用，救人要紧。"

鹿子霖妻拿着钱千恩万谢地告辞，说："我知道你为人心肠厚道，除了你，我再指望谁呀……"

白嘉轩起身送她，说："都在一个祠堂里烧香哩，啥话都甭说了，赶紧着救人。"

鹿子霖妻走后，白嘉轩直挺身躯默然沉思。

白妻进来："……他大，你咋了？"

白嘉轩长叹一口气："唉——"

白妻："你咋了？"

白嘉轩："谁都甭看谁的笑话，就摊上了这号世道。"

白妻："你说的是啥？"

白嘉轩："鹿子霖屋里出了一个共产党脑系，鹿三屋里出了一个土匪，咱屋里出了一个自卖自身的乞丐，这世道，咋把娃们家都弄成一群活鬼闹世事咧？！"

白妻端起灯拨着油捻子说："他大，我咋看鹿三这两天神情不对，瞅人的眼光瘆人得很，跟鬼附了身一样——"

油灯突然熄灭，白妻失声惊叫！

一伙山匪突如天降拥进来，将白嘉轩按倒跪地。

油灯再亮时，匪头揭下蒙面布，白嘉轩认出了黑娃。

白妻："黑娃！你要啥就拿啥，钱在炕头匣子里，粮食在楼上囤里……你快把枪收了……"

白嘉轩对妻子说："你悄着，听人家发话。"

黑娃："你是痛快人。你明说，你指派谁去杀了俺女人？"

白嘉轩："我一辈子明人不做暗事，我没杀她，也没有指派旁人杀她。"

黑娃："你！你是腰硬嘴也硬，你屋白孝文霸占我女人，这是明事吗？你嫌我女人丢了你族长的老脸，辱了你白家的名声，这是明事吧？你白孝文卖了兵，断了你的香火，这也是明事吧？这回你咋不当明人了？！"

白嘉轩："我腰硬我活累了……我嘴硬我不想说辩了。"

山匪用枪顶住白嘉轩拉响枪栓，黑娃止住他，抄起顶门的粗杠子狠狠地砸下去，白嘉轩颤然瘫倒在地。

黑娃："腰硬就从腰上要他的狗命！"

黑娃又抢起杠子，不料鹿三从暗处闪身出来，阻挡不及挨了一杠子，他趔趄倒地又爬了起来，挺身站到儿子面前。

鹿三双眼闪着异光，沉静地说："你那个婊子是我杀的，不干人家白家的事。"

黑娃愣住了，恼怒地说："大，你不要乱搅和，走你的人！"

鹿三（愈发冷静）："一人做事一人当，人是我杀的，与旁人无关。"

白嘉轩猛然扬起头，叫着："鹿三，你不要胡擦尿乱抹屎！"

鹿三从怀里掏出一只裹包，撕开层层缠布，取出梭镖撂到黑娃脚下，说："拿去，这是物证。"

山匪拾起梭镖递给黑娃，捻亮了油灯。

黑娃对着油灯辨认，梭镖锋刃上沾满紫褐色的血迹。

鹿三："好好认，不认得这是你爷传下来的梭镖？闻不出这是你婊子身上的臭血？"

梭镖当啷落地，黑娃俯身拾起梭镖。

鹿三："她害的人太多，不能叫她再害人了。我留这梭镖是给官府查案的，你倒先来了。给——朝你老子身上攮一刀！"

黑娃脸腮抽扭，手中梭镖不停地晃抖着。

鹿三："来吓！"

99. 白鹿村祠堂　　冬　夜　内　外

众山匪带着抢掳来的牲畜物什出村。村街小巷点起了几堆烧纸祭火，传来阵阵不祥的哭号声。

匪伍经过祠堂，黑娃反身回来，用刀背砍开门锁闯进祠堂，众匪推着鹿三进去。

黑娃脸色铁青地吼了一声："大！"鹿三抬起头。

黑娃抽出从匪的刀，说："我最后叫你一声算完了，你还有啥话要留？"

鹿三："我没话留，你妈有件东西给你。"

鹿三从衣襟里摸出布包打开，亮出两只银镯子。

鹿三："这是你奶传给你妈的，你妈交代说，传给你明媒正娶进了祠堂的媳妇。你这一辈子，没有这一天了，拿下，土匪！"

鹿三把银镯子重重地拍进黑娃手里，瞑目而语："将来把你妈埋到我跟前，记下！"

黑娃拿起银镯子，目眦欲裂，他把银镯子扔到鹿三脸上，举刀欲砍，却瞑目喘息下不了手。他撕心裂肺地号叫一声，冲上供坛砍断了祖神台座！

门外村人抬着棺木的出殡行列过来，哭号声阴惨令人毛骨悚然。山匪面面相觑。

黑娃犹如疯魔般砍翻了香炉，点火烧燃了家谱神轴。几名山匪神色惶恐地跑进来，阻拦着他说："黑哥快走！这村里发瘟疫了，听着没有，发了瘟疫了！"

黑娃拼力挣脱，欲狂砍狂毁，切齿而语："才好咧！都死光才好咧！"

山匪们一拥而上，将黑娃死拽活架拉扯出去。

黑娃骂咒如似鬼号："瘟疫来得才好！都死了去，一个都甭剩才好，都死净了去！"

人群四散，只剩鹿三神情怪异孑然孤立。

100. 白鹿村祠堂　　初春　日　内

祠堂恢复了旧貌，村人们黑压压地站满了厅里院外。白嘉轩腰身扎裹着缠布躺在靠椅上，一位白发苍苍的老者示意大家安静。

老者："老族长，这田小娥是非同寻常的厉鬼！自她来白鹿原，惹的祸、招的灾小的不说，旱灾刚完，瘟疫可又起来了。这股子邪气要止不住，瘟疫真能把白鹿原上的生灵灭绝死光了去。大家请你老族长出面主持，把田小娥装殓厚葬了，给她修庙塑身香火敬奉才能祛灾免祸，保咱一方平安。"

白嘉轩："……你们是不敬神倒敬起鬼来了，还是一个不干不净的女鬼。"

老者："不管是啥鬼，总得保住活人才要紧嘛。"

白嘉轩："这鬼要得寸进尺，要人都从她的胯裆底下钻，怎么办？"

众人沉默无语。鹿三突然跪下来，神情古怪漠然地说："……不行了，我，我给咱去钻她裤裆去——"

老者跪下来，满地村人哗啦啦地跟着跪下。

白嘉轩："只怕钻了婊子的胯裆，瘟疫才来得猛咧！（霍然变色）你谁敢逼着我钻这婊子的胯裆，先把他女人的脏骑马布吊到我门楼子上去再说！"

大厅里寂然无声，族人们面面相觑，不知如何是好。

白嘉轩口气低稳下来，指着石碑说："这碑子上哪一条哪一款说了要给这号婊子邪鬼塑像修庙，嗯？"

白嘉轩挣扎起身，白妻族人搀扶着他颤颤巍巍地走了出去。

白嘉轩在门口停步，回过身庄重地宣布："给她修庙？我倒要造座塔，把她的骨灰封死封严到罐罐里，埋到塔底下，叫这妖孽永远不得转世。对神要敬，对鬼，只有镇只有压！"

101. 白鹿原坡　　春　日　外

坡脊临河倚原，气势峻拔，村民们聚集举办造塔封基仪式。

砖木堆放齐全，鞭炮悬杆高挂，只等装罐封基开工，人们沉默不语，在疑虑中观候着坐在靠椅上的老族长。

白嘉轩："鹿三，叫放炮封基！"

鹿三形同魂魄丢失，茫然无助不知所措。

白嘉轩："三哥，你——咋咧？"

鹿三受了一惊，神色惶遽地悄声诉苦："昨儿这妖鬼立我门外哭了一夜！你听，这会儿可哭开了！"

白嘉轩（惊然）："你！你盯着我封塔，塔一压，不信她还能作怪。"

鹿三："哭得太惨了，我心里瞀乱得不成。"他双手掩捂耳朵，如避鬼魅般落荒而去。

白嘉轩："鹿三，立下！"

鹿三不予搭理，像断线风筝般飘忽远去。

白嘉轩压下心头惊疑，对工头说："时辰都过了，咋还不放炮封基呢？"

主事工头一脸作难，贴过身来对他悄声耳语："老族长，有大麻缠，请你到

一岸子 ①，我有话说。"

　　靠椅被抬到一旁，只剩下白嘉轩夫妻跟工头。工头握拳砸掌窘迫不安地说："老族长，这罐罐里装的是两个人！"

　　白嘉轩："……咋能是两个人？"

　　工头连连捶掌表示话难出口。

　　白嘉轩："有话你只管明说。"

　　工头凑近身压低声说："架火烧人了，才发现小娥尸首肚子里还装着一个娃子哩！"

　　白嘉轩一惊："……你往下说！"

　　工头："大家掐着日子算，都说这是孝文的种，你看这事把他家的……不敢埋了！"

　　白嘉轩张口无语，白妻问："你没看是男娃女娃？"

　　白嘉轩茫然地瞪着工头如置梦境。

　　白妻捂着腰身蹲蹴下去，突然大悲，放声痛哭起来。

　　远处族人们的目光齐聚过来。

　　白嘉轩从哭号声中回过神来，说："你哭啥哩！是不是白家的种我有数！"他对工头喝道："你埋！"

　　工头："老族长你再思量，这塔一压下去可是断绝门脉的大事，万一是孝文的……"

　　白妻的哭号声声揪人。

　　白嘉轩（决绝）："甭哭咧！就算是我白家的种，我断子绝孙陪着这婊子受罚，你埋你的！"

　　工头挥挥手示意，鞭炮声顷刻点炸，响彻山川河流。

---

① 陕西方言，旁边。

102. 白家牲口圈房　　春　夜　内

白嘉轩佝偻着腰身拄着拐杖进来，他满脸悲愤惘恨，嘴里念念有词："三哥吔，咱两个一辈子不信邪不怕鬼，真格儿还叫这妖孽蛊住了？甭怕，人越胆怯鬼越张狂，你就不能叫她看出你怵火她，你就把她镇住了！"

没人应答，只听牲口喷鼻与嚼料的声音。

白嘉轩口齿不清地絮叨着沿着木槽过来，到了炕边未见人踪，他回转过身，脸色骇然大变：鹿三吊在横杠上微微晃动，一只小牛依恋地舔蹭着他僵挺的躯体。

白嘉轩踉跄扑身过去，抱住鹿三瘫坠下去，碰掉了他脚上的鞋。

白嘉轩腾起身抱起鹿三僵硬的尸身，失声嘶啸："鹿三！……你！你咋能叫她把你命勾走了，嗯？……你说话歇！……说话歇！"

白嘉轩的悲号如似困兽喘嘶，令人毛骨悚然。

字幕：民国二十七年（公元一九三八年）

103. 白鹿原　　冬　日　外

一座青色的砖塔巍然挺立在河畔原顶。

鹿兆鹏率领着抗日支队沿途上原，突然闻声四下卧倒规避空袭。

八架日军轰炸机超低航行，从青塔顶上呼啸而去。

104. 白家上房　　冬　日　内

白嘉轩躺在靠椅上从沉沉睡梦中醒过来，他容颜衰迈显出老态来。

族人进门，对着他耳朵大声说："老族长！鹿子霖叫放回来了。"

白嘉轩清醒异常地说："噢，那就是把兆鹏逮住了！"

族人："现在打日本人，国共合作成一家子咧，他儿兆鹏跟共产党要人哩，才把他放了。"

白嘉轩欲起身，说："……你扶我起来，我，我看子霖兄去呀。"

族人："你先甭去，他现在糊涂了，谁都不认识了。"

白嘉轩再欲起身，说："他不认得谁，他都认得我。"

族人："他连他自个儿都认不得了，还能认得你？"

白嘉轩："……咋了？……是牢里关疯了？"

族人："他人进村还好好的，回家一看房、地都卖光踢腾净了，再一听说兆鹏他妈也过世了，一口子恶气把窍道堵死了，干号了几声就疯了。"

白嘉轩难以置信，半晌才说："……子霖是一身窍道的人呀，咋能？……你扶我起来，我看他去呀！"

族人扶起白嘉轩，白妻横身阻拦拉住他手臂，说："他儿兆鹏带了一河滩八路军回来了，操心可把你抓到台上斗呀，甭去。"

白嘉轩甩开妻子，说："我，专门寻的就是他儿鹿兆鹏！"

白妻："你寻死去呀？"

白嘉轩："我打问你生下的龟孙白孝文去呀，去得成去不成?！"

白妻："……你还知道你有个娃？"

白嘉轩："你又没给我生下七个八个，你只给我撅下来这一个龟熊嘛！谁叫他是从你的裤裆里爬出来的?！我不问他下落，他就是个孤魂野鬼，没人招了！"

105. 白鹿区区公所　　冬　日　内

田福贤与鹿兆鹏喝着茶下棋。

田福贤："……黑娃这杆子土匪杀人越货扰害了三个县，越剿越恶了。这黑娃可是你老弟手下培训出来的人才呀。"

鹿兆鹏："是你下手把他逼上梁山的！先不说这事，我问老朋友你一句话，保我大的这条命，你们一共搂了多少钱？"

田福贤："……这话，你得去问省上县上办案的人，大头都搁到那里头去了。"

鹿兆鹏（笑问）："我就问你拿了多少？"

田福贤："剩到我这坨儿，少得就不值得拿了，我都请狱卒吃了喝了，总算把你大的命看管下来了么。"

鹿兆鹏："有意思，把我大改造成无产阶级的是你，而不是我。"

田福贤："当初我要是逮住了你，那可比你大值钱得多。"

鹿兆鹏："有一天我要是逮住了你，怕你就不值个啥钱了。"

田福贤："那是后话。眼下贵军途经白鹿原，吃喝补养还得靠我经管着哩。你想吃饱穿暖，就不要得罪老朋友。咱们后话后说。"

鹿兆鹏爽然地说："对，咱们后话后说，拿我先将你一军！"

田福贤瞪着眼睛，"哎呀"一声把棋子丢到棋盘上。

鹿兆鹏："甭当只有狼能吃娃，娃长大了，也有吃狼的一天。"

田福贤重摆棋子，鹿兆鹏起身系挎手枪，说："咱们来日方长。"

田福贤："老哥奉陪到底！"

白嘉轩拄着拐棍进来，鹿兆鹏赶紧搀扶，说："这不是孝文他大、老族长嘛，坐下坐下，给你端茶喝。"

白嘉轩一弓腰，说："受不起受不起，现而今我咋个称呼你呀？"

田福贤："叫鹿政委，人家官称政委！"

白嘉轩："鹿政委，你能回来把你大保出来，这就算尽了孝道了。白孝文心硬，自打离家，一个纸片片、一个字眼眼都没捎回来过。你知道不，他死到哪达去了？"

鹿兆鹏："老族长，实说我不知道孝文下落。我要是孝文，知道你把塔修了个高，我怕是死也不回来了。你先把事情给做绝了么。"

白嘉轩："……咋个叫做绝了，那妖货又不是他的女人！"

鹿兆鹏："先不管是谁的，人家田小娥都是一个有生命权利的女人，凭啥杀人家，又凭啥把人家压在塔底下？老族长，人死了还要镇压她，还要专她的政，这事情不绝啥事情绝，你说？！"

白嘉轩："……我说？……要我说，我看你媳妇活得还不胜这田小娥，你说你做绝了没有？！"

106. 鹿子霖家　　冬　日　外

院落残垣断壁，仅剩两间草房。

兆鹏媳妇已呈衰颜，坐在大木盆边搓洗衣被，鹿子霖枯瘦如柴蓬头垢面，有板有眼忘我动情地唱着秦腔。

鹿兆鹏担着一担水进门，搭手帮媳妇换水绞衣被，交嘱家事。

鹿兆鹏："我都交代安排好咧，有人隔月把磨好的粮就送屋里来，我的津贴三个月寄一回，地方政府还有点抗属的贴补，差不多能将就对付过日子。"

兆鹏媳妇面无表情地搓着衣被。

鹿兆鹏神情复杂地看着她，语含歉疚地说："屋里成了这样子，不是你里外服侍，老人不得活下来。这么多年，实在是委屈你了。"

兆鹏媳妇瞟了他一眼，低闷着头洗衣服。

鹿兆鹏："咱俩的婚姻名存实亡，是时代的悲剧也是历史的错误，你还有下半辈子，不能再把这悲剧演下去糟践自己了。你听我说，你现在该认真打定主意，看有没有中意的人、合适的人家，争取过上正常人的生活……"

兆鹏媳妇猛抬起头，脸色窘赤泪水夺眶而出，生硬地说："你说的话我听不懂！谁糟践了我半辈子谁知道。鹿兆鹏，我这一辈子瞎了好了都交待到你手头了，你回不回来我都没话说，我服侍毕了老人我就在这屋里等死，这就是我落下的命。"

鹿兆鹏瞠目结舌："你?!……谁给你教下的这话？嗯?!"

兆鹏媳妇："你先人留下的规矩在石碑子上刻着呢，你到祠堂看去!"

鹿兆鹏切齿而语："甭怪你脑子进水咧，你这是典型的奴隶意识，死都不知道咋个死的!"

兆鹏媳妇冷冷地回话："我活是你屋里的人，死是你屋里的鬼，谁让我落下的这命?!"

日本飞机刺耳的轰鸣声自远而近，两架飞机低空呼啸而过，将草房顶揭掀下大半。

鹿兆鹏怒不可遏地掏出驳壳枪对天射击，一口气打光了所有子弹。

鹿子霖突然从草堆里钻了出来，他用戏文道白调慷慨激昂地指天檄骂："日本人来得好吓，就叫日本人开上白鹿原吓，把白鹿原上的男人都杀了去! 把女人都奸了去! 这白鹿原上的人没有一个好松! 一个个不知羞耻狼心狗肺，都是披着人皮的妖鬼! 该当杀尽灭绝，天下才干净了!"

字幕：公元一九四九年

107.白鹿原　　冬　日　外

青塔之旁，鬓发蓬乱年已衰迈的鹿子霖一声长啸，动情动容声泪俱下地唱着秦腔《祭陵》："……满营中白人白马白孝旗，风摆动白旗雪花飘……"

青塔下面红旗招展，解放军的大部队盘道而上。

半道上，地方部队押解着土匪停房在盘歇，像粽子般被捆住的土匪向押兵要水喝，双方争执吵闹起来。

大部队里，中年的白孝文一身戎装骑着马过来，他跳下鞍子把缰绳交给警卫员，打开军壶喝水，仰望着引吭高歌的鹿子霖，已不辨此翁乃何人。

白孝文（赞叹）："秦腔味气唱得正呀！这老汉是谁呀？谁家的？"

当地民兵："是白鹿村的。疯子，疯了多少年了。"

一个戴着墨镜的土匪蹲在地上咧嘴一笑，说："你没听出来？这人是兆鹏他大，鹿乡长么。"

白孝文（吃惊）："……你是谁？"

戴墨镜的土匪爬起身来，说："白孝文，我是谁你认得。"

白孝文过去摘下那人的墨镜，认出了人："黑娃？……你……！"

黑娃："把你壶里的水给我喝上几口。"

白孝文把水壶递过去，黑娃晃着捆绳说："怕得你来侍候我了。"

白孝文举壶喂水，黑娃咕嘟咕嘟喝了一气，喘息着问："你知道这塔底下埋的谁呀？"

白孝文："埋的谁呀？"

黑娃："埋的冤魂。"

白孝文："谁呀？"

黑娃："水，水。"

白孝文又喂水，黑娃喝饱了甩甩脸，狞笑着说："回家问你大去！"

108. 白家上房　　冬　日　内

白孝文有滋有味地吃着浆水面，年已衰老的白嘉轩仰躺在凉椅上，望着虚空絮絮叨叨忆说往事："……民国十五年镇嵩军来咱白鹿村，打死的是两口……民国十七年铲灭共党农会，杀的是三口；民国十八年遭年馑，饿死的是三十九口……民国二十年闹瘟疫虎烈拉，死了二十六口；打日本抗战，死了……死了十七口；这三年么……咳，这世事就成了个烙人的鏊子咧，能活下来，就不容易了。"

白孝文接过一碗面又吃起来，说："民国十九年，鹿三杀田小娥，加上肚子里我的娃，还有两口人命哩。"

白嘉轩老眼闪烁张口无语。

白孝文："不是都让你埋到塔底下去了？这事情，比烙人的鏊子还要狠毒么。"

白嘉轩半晌才开口说："你的娃？哄谁也甭哄我！"

白孝文（不屑）："哄你？……我把我卖了兵，就只是为了哄个你？！"

白嘉轩的眼光黯然失泽，死鱼般怔怔地盯着白孝文。

白孝文："俺妈怀娃，就是你的种，田小娥怀娃，就是我的种，挨的是你孙子，这是科学，是实事求是的唯物主义，铁板上的钉子，拔下来还是个钉子！"

室内悄寂无声，只听白孝文吃面的声响。

白嘉轩仰面朝天，如魂脱窍般地闭上眼睛。

几位军人与工作队进来，敬礼称呼："白团长！"白孝文起身握手招呼，与他们低语了几句。

白孝文来到父亲身旁，说："大，工作组同志问你要祠堂的钥匙呢。"

白嘉轩如梦惊醒："……咋？！"

白孝文（大声）："要关押土匪哩，问你要祠堂的钥匙哩。"

白嘉轩："……不给。"

白孝文环顾四周，口气生冷下来说："我说话你听见没有？"

白嘉轩："听见了。祠堂是敬奉先人的肃静场合，不是龟五偷六土匪脏人去的地方！"

白孝文："大，你把你的嘴闭上。你！你比匪娃子还难整治！"

白嘉轩："咋，你还学鹿兆鹏呀，要把我再押上戏台子挂牌斗争呀?！"

白孝文："就这都解决不了问题。"

白嘉轩："你想咋个解决呀？"

白孝文："咋个解决，我也学你修个塔，把白鹿原、把关中道、把普天之下所有的封建脑袋榆木疙瘩都埋进去，叫你们这号残渣余孽永世不得翻身，这世界就太平了。"

白嘉轩（冷笑）："啥太平世界，还是个烙人的鏊子么。我看田小娥那妖魂的法还深，还缠着你身子呢。早知道，我把塔多加三层才好。"

白孝文也冷笑了一声："国民党反动派几百万军队都让我们消灭了，还怕你加三层塔？可笑不可笑?！"他轻声吩咐来人："把这门砸开。"

白嘉轩鼻子里哼了一声："你这路数，跟黑娃一样么。"

白孝文："给你说，关的就是黑娃。"

白嘉轩悚然一震："……说啥？……把黑娃逮住了?！"他挣着弓腰身站起来。

109. 白鹿村祠堂 　冬　夜　内

押房木门吱呀开启，推进来几名保安团停虏，田福贤脸色青晦颓丧地夹在其中。

黑娃以牢头身份发话："去，都蹲到尿桶旮旯里！去，把那松的脚上行头给我脱下来。"

一土匪不由分说扒下田福贤的皮鞋袜子，交给黑娃。黑娃试穿着皮鞋，对众匪说："这松寻了咱十几年，还算寻着了。"

田福贤惊然抬首，干瞪着黑娃。

黑娃："田团总，你逮我时把我鞋剥了，我跳崖把光脚扎了个稀巴烂。这阵儿要往阴曹地府去呀，你也得光着脚跑一回了。"

田福贤嘴角一撇表示不屑。

黑娃（欣赏）："这皮鞋还就是舒服，排场。哎，你的礼帽呢？行头不全么。"

田福贤："……你就是套上件子龙袍，还是个土匪坯子的命么。"

黑娃（笑讽）："我土匪是明抢明拿都有个下数，你团总是黑贪暗偷下的，就没个下数么。"

门开了，看守民兵大声命令："鹿黑娃！提审！"

黑娃起身，一脚皮鞋一脚麻鞋高低不平地走出去。

田福贤冲他身背后撂了一句："我早说了，哪朝哪代，你这号都是一条死路的命。"

黑娃回过头，笑容可掬地说："就你这号，给我当个垫背的，一泡狗屎我还嫌脏。"

黑娃被押进堂屋。白孝文站起身来。

黑娃活动筋骨，白孝文说："黑娃，按解放军的规程，我不该来。按咱两家人的关系，我是不得不来，非来不可。"

黑娃揉着肩膀切齿而语："你来得好！"他突然猛地抡拳把白孝文打得栽跌倒地。

警卫员与看守愤然扑上去，用枪顶住黑娃额头将其制伏。

白孝文捂着青肿的眼窝，严声命令："收枪！都把枪收起来！"

黑娃喘息着说："白孝文，这是你攒下的，你得挨，认不认？"

白孝文抹去脸上的血迹，说："我认。够了没有？"

黑娃："够了，我就要你这个'认'字。"

白孝文："够了就坐下，咱好好说话。"

白孝文倒茶，打开一盒点心递过去。

黑娃："兆鹏呢？他现在在哪达呢？"

白孝文："不在了。他是四八年打宝鸡城时牺牲的，是阵亡的。"

黑娃不由自主地站起来，警卫员持枪过来，被白孝文斥退。

黑娃一屁股蹲在板凳上说："兆鹏没了，那就没人能救我了，该上路了。好家伙，水晶饼！"

白孝文把一包衣服塞过去，说："换身干净的。"

黑娃伸出大拇指，说："也馈了行，也送了寿衣，孝文，你是人！"

白孝文："黑娃，你手上到底有多少条人命？"

黑娃："吃杆子这碗饭，说这话是忌讳。孝文，你也见过大世面了，你手上有多少条人命？"

白孝文："……"

黑娃："说起来，我革命资格比你怕要深。那天晚上，我若不是牵挂小娥断粮挨饿，跟上兆鹏走的话，咱俩穿的怕是这一身皮。"

白孝文用手捂揉着脸庞，说："黑娃，你把这水晶饼吃了。"

黑娃边吃点心边饮喝着茶，说："咱俩只剩一笔账了。"

白孝文："你说。"

黑娃："你妈是在牲口圈里生下的你，知道不？"

白孝文："知道。"

黑娃："你妈给牲口圈挑水倒桶哩，腰一软就蹾下去了，我割苜蓿回来，眼瞅着你妈从裤裆里把你掏出来，也就一尺半这么长，血乎淋淋的，身上的脐带还连在你妈身上哩。"

白孝文："……你说。"

黑娃："你妈呻唤着就昏死过去了，是我把你妈摇醒过来，拿镰刀把你娃的脐带割开的，对不？"

白孝文点头，说："是俺妈叫你割的。"

黑娃："不是我下手快，你娃早死到牲口圈里去了，对不？"

白孝文："对哩。"

黑娃："这算不算救命之恩？"

白孝文："……算，咋能不算哩。"

黑娃："好！我死了你把我一烧，埋到塔底下，跟小娥葬到一搭儿。阳世阴间上的账，咱就一把算清了。"

白孝文无言以对，只是默然点头。

黑娃突然对白孝文跪下来，说："这世上我只冤枉过一个人，就是你大，不是我点不清，他腰不得断。我这就算给你大赔罪。"

白孝文："黑娃，你起来！"

黑娃："这世上我只对不起一个人，就是小娥，不是我，她不得来白鹿原死在我大手里。杀我跪下的时候，你记着，那就是我给小娥跪下来赔罪哩！"

110. 白鹿原　　冬　日　外

山河壮丽，青塔巍巍。

白孝文围着青塔缓缓地巡视、细细地端详，他蹲下身捧起一掌黄土。

沟底呼喊口号的声浪阵阵传来。

坡旁的警卫员说："白团长，镇反宣判大会快结束了！"

几名村人搀扶着白嘉轩从沟底下爬上来。

白嘉轩佝偻着腰身气喘吁吁地说："孝文，你要杀黑娃？"

白孝文："是滋水县人民政府镇压反革命土匪哩，轮不上我。"

白嘉轩："杀了黑娃就绝了鹿三的门户，你枪下留人，我来担保黑娃！"

白孝文凝视着塔基，未作搭理。

白嘉轩："白团长，你——你得是非要我给你跪下求你呀?!"

白孝文恼怒地背手离去。

白嘉轩："……哪怕让他再留下一个娃，再杀他不迟么！"

白孝文站定，说："大，你老了，话都给你说不清了，你就把嘴闭紧，好好地，安分点，行不。"

白嘉轩："你先枪下留人着——"

沟底下传来一排清脆回荡的枪声，一群白鹭惊然展翅飞起，直上青天。

111. 白鹿村祠堂　　冬　日　外

祠堂门外挂上"白鹿乡人民政府"的招牌，乡人们把乡约族规的石碑破开，分成一截截的条石，用以垫修台阶。

白嘉轩挎着粪篓子拄棍而立，盯着被破开的石碑，如似灵魂脱窍般毫无表情。

白孝文拿着证书匆匆出来，对候立着的鹿兆鹏媳妇说："嫂子，兆鹏的烈士证跟优抚证都批办下来了，今后你就凭证领取津贴，好给屋里买粮生活。"

兆鹏媳妇接过证书，感激涕零地说："我不会说话，你看你为兆鹏跑了多少路，费了多少劲，兆鹏他大糊涂了，不嫌弃我就替兆鹏给你跪谢一下！"

兆鹏媳妇屈膝欲跪，白孝文赶忙拦住她，说："不兴这个，不兴这个了，握个手就对了。"

村人们抬着破碎开的石条过来，吆喝着："搭个手！快搭个手！操心落下来！"

白孝文与兆鹏媳妇赶紧搭手相助，将石条置放妥当。

白嘉轩悄然无息独自离去。

白孝文发现了石条上的文字，拂去尘土辨认起来。

兆鹏媳妇不肯离去，抹把眼泪说："我还是得替兆鹏跪着谢你！"

白孝文拦住了她，说："嫂子，你再甭丢兆鹏的人了，这是解放区了，你盯盯，连这祠堂里的老碑子上还写着要帮睦亲邻哩么！"

白孝文追上父亲欲搀扶，被白嘉轩用手臂阻架推开。

112. 白鹿原　　冬　日　外

吆喝牲口声与鞭响声在大地川原间回荡，牛忙耙犁人忙耕种。

解放军部队源源不断开拔出发。白嘉轩在道旁拾粪，他突然扔掉粪篓跟跟跄跄地奔过去，一把拽住马的缰绳，拦住了白孝文的坐骑。

白孝文下马扶住白嘉轩，说："大，屋里事大小都安顿毕了，你还有个啥放心不下的？"

白嘉轩："你，你把黑娃埋到哪儿了？"

白孝文："这不该是你操的心。"

白嘉轩："没埋到塔里头去？"

白孝文："……埋到他大身边了。塔里头现在空了。"

白嘉轩大吃一惊："说啥？……空了?!"

白孝文指着马背上的包裹说："我把小娥跟娃都带走了，不论去哪儿都跟着我，就算我有个家了。"

白嘉轩的嘴唇抖动着，半晌无语。

白孝文："大，你好好保重，我得出发了。"

白嘉轩一把拽住白孝文，说："我都七十三的人了，现在是活天天呢，七十三八十四阎王不叫自己去。只问你一句话，到了阴司你爷问起咱这一门谁接续香火，我咋个交代呀？"

白孝文："大，你真是花岗岩的脑袋！"

白嘉轩一声嘶号："我没法给你爷交代！……"他嗵地屈膝跪地，剜心剖腹地哀求，"孝文，大在世上只留下你这一根苗，大只求你赶紧成亲留下后人，鹿三家绝了门了，鹿子霖家也绝了门了，你不能让咱白家在你手里也绝了门呀！"

行军战士纷纷侧目注视着这对举止异常的父子。白孝文尴尬不安地说："大，你起来，你快起来，这像个啥样子么？！"

白嘉轩不依不饶紧抓儿子衣裤，说："你不应承，大就不起来！"

白孝文大为光火，厉声说："大，我不是没留后人，叫你们杀了！埋了！……"

他指着远处青塔切齿而语："你能造这塔，把田小娥跟我娃埋底下，你就不要指望门下还留后人这事情咧！留后人，这叫我拿啥给你留呀？！"

白嘉轩仍然跪着不起。白孝文跨上马，一脸愠怒地抖动缰绳转了几圈，命令警卫员："去，把我大送回去！"

白孝文扬鞭前去，融入滚滚大军之中。

部队唱起了带着陕西声腔的军歌：

"向前向前向前！

我们的队伍向太阳，

脚踏着祖国的大地，

背负着民族的希望，

我们是一支不可战胜的力量！"

军队如似洪流势不可阻，淹没了白嘉轩的身影。

113. 白鹿村头　　冬　暮　外

鹿子霖在老槐树下拍着板眼自娱自唱，看见白嘉轩如似飘魂一缕过来，上去拦住了他。

鹿子霖："嘉轩兄你来得好！跟我看戏去。我就不信，他乡政府请的烂松草台班子，还敢跟我鹿子霖请的麻子红戏班打对台呀，让我把他乡政府的脸当尻子笑哩！走，嘉轩，看他出洋相去！"

鹿子霖架起茫然无措的白嘉轩，喋喋不休地把他拖向戏台门楼。

114. 白鹿村戏台　　冬　夜　外

戏台上演出着革命现代秦腔戏《三世仇》。

观众群中两个老人交头接耳窃窃私语。鹿子霖傲然不屑地说："这是唱他妈的 × 戏！啥龟孙子烂婆娘都敢登台献丑来了。这世道烂了包咧！人心瞎透了，只剩下狼心狗肺龟五偷六咧！"

白嘉轩茫然失神地哼应了两声。

鹿子霖贴着白嘉轩的耳根子神秘兮兮地说："嘉轩兄，有一句要紧的话，我真的不敢跟人说。兆鹏这驴日下的，没想到还真的给出息大了！"

白嘉轩回应着声，说："对呀，对呀……"突然惊觉："嗯——?! 你说啥呢?!"

鹿子霖（不容置疑）："俺兆鹏在山西当了县太爷了，他娶了三房女人，生了八个娃子，五男三女，你看争火不争火！"

白嘉轩（震惊）："……你说的啥？"

鹿子霖："兆鹏当上县太爷了，娶了三房，生了八个娃，五男三女！你看这得是个争熊！"

白嘉轩频频点头连连应和："好好好，那就好，争熊争熊……那就好。"
白嘉轩脸上的老泪涔涔滚落下来。

115. 白鹿原　　冬　晨　外

白鹿原浑然屹立，沐浴在金色的晨光之中。
秦腔声声慷慨悲凉，唱诉着恩怨不绝的人间传奇。

剧终。

字幕出。